Nuova Narrativa Newton

1449

Dello stesso autore:

I casi di Erika Foster:
La donna di ghiaccio
La vittima perfetta
La ragazza nell'acqua
Ultimo respiro
Sangue freddo
Indizi mortali

I casi di Kate Marshall:
I cinque cadaveri
La casa nella nebbia
La verità sul caso Joanna Duncan
La mano del diavolo

Titolo originale: *Fatal Witness*

Traduzione dalla lingua inglese di Beatrice Messineo
Prima edizione: febbraio 2025

ISBN 978-88-227-9019-4

www.newtoncompton.com

Realizzazione a cura di Caratteri Speciali, Roma
Stampato nel febbraio 2025 da Grafica Veneta S.p.A., Trebaseleghe (PD)

Robert Bryndza

Testimonianza fatale

Newton Compton editori

Prologo

Lunedì 22 ottobre 2018

Qualcuno bussava alla porta. Un rumore così leggero, quasi timido, che non le venne in mente di lasciare il catenaccio. Sembrava che l'uomo dall'altra parte della soglia avesse già un piede dentro casa, per quanto era vicino. E, soprattutto, sembrava che stesse per esplodere dalla rabbia. Senza darle il tempo di reagire, lo sconosciuto s'infilò nella fessura e, con uno scatto improvviso, le premette una mano sulla bocca e l'altra sulla nuca, afferrandola per la testa. La sollevò da terra e superò la porta, irrompendo in casa.

I guanti neri erano di pelle morbida ed elastica, ma le mani al loro interno sembravano di ferro. L'uomo la trascinò per i capelli, costringendola a piegare il collo all'indietro. Così lei riusciva a vedere solo il soffitto. Lo sconosciuto chiuse la porta con un calcio violento che gli si riverberò in tutto il corpo. La mano sulla nuca tirava un ciuffo di capelli, l'altra le schiacciava il naso tappandole la bocca. Lo shock l'aveva resa inerme, una bambola di pezza. Finì scaraventata sul piccolo divano letto.

Lo guardò spaesata. Era successo tutto in meno di tre secondi.

«Se urli, ti ammazzo. Hai capito?». Ma non le diede il tempo di capire davvero. In un attimo le fu addosso, in un misto di sudore e dopobarba, e la colpì con un pugno in faccia. La testa le rimbalzò. Sentiva il lato sinistro del viso intorpidito, ma anche caldo e freddo al tempo stesso. Il cigolio del materasso spezzò il silenzio. Era lui che si faceva strada sul suo corpo, quell'odore sempre più forte… soffocante. Il pugno scattò di nuovo verso di lei – questa volta, il mondo intero esplose in una miriade di stelle, e poi nero assoluto.

Quando riprese i sensi, non avrebbe saputo dire quanto tempo fosse passato. Era ancora sdraiata sulla pancia con i polsi legati dietro la schiena, così stretti che aveva l'impressione che le spalle fossero sul punto di staccarsi dal corpo. Una larga striscia di nastro adesivo le tappava una narice e la bocca. Lo sconosciuto le aveva ficcato uno straccio quasi fino alla gola. Lottò contro un conato, provò a deglutire.

Le tende erano chiuse, il soggiorno immerso nel buio. La porta che dava sulla sua camera da letto era socchiusa e dallo spiraglio rimasto aperto lo vedeva riempire uno zaino di quaderni. Ce l'aveva addosso quando gli aveva aperto la porta, quello zainetto sportivo, blu. Le era subito saltato all'occhio, perché le bretelle azzurrine stonavano con la giacca gessata. Provò a deglutire di nuovo, ma la stoffa premeva sulla gola. Prima o poi l'avrebbe fatta vomitare. Rischiava di soffocare. Provò a muoversi. Un istante di euforia, quando scoprì di avere le gambe libere.

Strisciò sul divano spostando lo sguardo dal salotto alla cucina. *Un coltello.* Doveva trovare il modo di arrivare a un coltello. Guardò di nuovo attraverso lo spiraglio della porta. L'uomo aveva trovato le sue chiavette USB e le stava infilando nello zaino. Lei era legata e prigioniera, eppure quello spaventato sembrava lui. Doveva approfittare della sua distrazione e sbrigarsi.

Girò la testa e la stoffa incastrata nella bocca si spostò insieme a lei, premendole sulle tonsille e provocandole un altro conato. Sentì il sangue pulsare in tutto il corpo, il volto infuocato nel punto in cui era stata colpita. Quando provò a strisciare verso il bordo del divano letto, il materasso s'inclinò, lei perse l'equilibrio e cadde per terra con un tonfo, sbattendo il lato ferito della testa contro il pavimento.

Il suono riecheggiò sulle assi di legno, ma lui non se ne accorse. Era come posseduto, ossessionato da qualcosa che lo teneva incollato alla tastiera del computer sulla scrivania.

Con tutta la forza che aveva, lei riuscì a mettersi dritta e a scivolare verso il muro. Si appoggiò alla parete e si alzò sulle ginocchia, combattendo con lo stimolo impellente di vomitare provocato dalla pressione sulla gola. Faceva fatica a respirare e dovette fermarsi due volte.

Alla fine ci riuscì. Si mise in piedi e barcollò verso il centro della stanza, instabile ma trionfante. Girò intorno al divano con passo traballante. Con una gamba urtò la scatola dello Scarabeo appoggiata sul bordo del tavolino, contro la parete del televisore. La vide scivolare, ma non riuscì a bloccarla in tempo. Tutte le tessere sferragliarono sulla moquette.

Ancora una volta, lui non si staccò dal computer. Mancavano pochi passi alla cucina. Vedeva già il set di coltelli vicino al forno.

Ce n'erano otto, ma il bancone le arrivava sopra la vita e con le mani legate dietro la schiena non sarebbe riuscita a prenderne nemmeno uno.

Avrebbe dovuto piegarsi e agganciare il set sotto l'ascella come una specie di lazo. Si girò sul fianco, sporgendosi sulla superficie. Sollevò le braccia dietro la schiena con un dolore lancinante. I polsi legati le lasciavano pochissima libertà di movimento, ma alzò comunque le braccia e cercò di incastrare il set di coltelli tra il corpo e il fianco sinistro. Non ci arrivava.

Provò di nuovo, in un bagno di sudore. Un paio di volte, il dolore fu così intenso che le fece vedere le stelle. Al quarto tentativo, riuscì a incastrare il set sotto il braccio, ma i coltelli si ribaltarono sul bancone con un frastuono.

Il blocco era caduto sul piano di lavoro, con le lame che spuntavano quasi del tutto. Presa da un barlume di speranza, si girò di schiena e cercò di afferrarne una alla cieca.

Chiuse le dita intorno al manico del coltello da carne, ma...

«No, no, no», disse una voce. Era in piedi di fianco al bancone e la guardava. Lei fece un passo avanti, il coltello ancora in pugno – sentì il fruscio della lama che scivolava fuori dal blocco. La impugnò con forza e si girò di scatto, fiondandosi verso di lui con la punta ben tesa. Ma non fu abbastanza veloce. Lui si spostò e lei cadde sul pavimento, sbattendo con tutto il peso sui polsi legati, il coltello ancora in mano.

«Proprio non vuoi lasciarmi in pace, eh?», disse mentre le si avvicinava. Parlava con voce profonda e controllata. Lei si mise a gridare e scalciare, ma lui le afferrò le gambe, la trascinò lungo il pavimento e la ributtò sul divano.

Raccolse il coltello e lei lo vide guardarsi intorno, calcolare la prossima mossa. Afferrò il bordo del materasso e lo tirò su, chiudendola all'interno. Le sue gambe scattarono verso l'alto e si ritrovò con il corpo piegato a metà, l'anima di metallo del divano che le premeva dolorosamente addosso. Lui salì sopra al materasso, schiacciandola con tutto il suo peso. Era straziante. Entrambe le spalle si lussarono, le ginocchia le premevano contro la testa. La stoffa nella bocca scivolò sempre più in basso, comprimendo la trachea.

All'improvviso, sentì una lama scavarle la schiena, poi la guancia, un fianco e la morbida curva del polpaccio. La stava pugnalando attraverso il materasso.

Non riusciva più a respirare, ma lui continuava a massacrarla, infilzando il coltello nella carne ancora e ancora, mentre lei rimaneva sempre più schiacciata sotto il peso del materasso.

Pregò che la morte arrivasse velocemente. Il suo desiderio venne esaudito tre minuti dopo. Le parvero lunghi come l'eternità.

Capitolo 1

L'ispettore capo Erika Foster si trovava nel salottino vuoto di una casa vittoriana che cadeva a pezzi. Fuori dalla finestra, incombeva una grigia e tetra sera d'ottobre. Le assi del pavimento erano marce in alcuni punti e la macchia gialla di umidità sul soffitto si estendeva a vista d'occhio sulla parete, lungo la carta da parati floreale scolorita. Una lampadina desolata penzolava sopra la sua testa, gettando con i suoi scarsi quaranta watt un bagliore tenue nella stanza. Il telefono squillò da qualche parte nelle profondità del suo cappotto. Lo tirò fuori dalla tasca. Era Lenka, sua sorella.

«Erika, ho appena provato a chiamarti su FaceTime», le disse in slovacco, la loro lingua madre.

«Non l'ho ancora configurato sul telefono nuovo», rispose Erika, ed era vero. Spostò il cellulare sull'altro orecchio e si tirò su il bavero del cappotto per ripararsi dal freddo.

«Allora, come va nella casa nuova?»

«Bene. La ditta di traslochi ha finito di consegnare la mia roba e...». La voce di Erika si spense mentre si guardava intorno. Si chiese come avrebbe fatto a rendere quel posto una casa. Un rumore metallico e acuto rimbombò tra le pareti.

La detective lasciò il salottino e attraversò il corridoio. Il pavimento scricchiolava al ritmo dei suoi passi. Mezz'ora prima aveva alzato il termostato a trenta gradi, il riscaldamento produceva un suono agonizzante ma neanche un briciolo di calore. Ci fu un attimo di silenzio, poi le tubature ricominciarono a sferragliare, riecheggiando dal pianerottolo buio di sopra.

«Cos'è quel rumore? Puoi chiamarmi su Skype?».

Erika si voltò verso l'ingresso stipato di scatoloni. Il distintivo e la radiolina della polizia erano appoggiati sull'ultimo della fila. Si era detta che in qualche modo se la sarebbe cavata, ma adesso... Non aveva un letto, e i mobili si contavano sulle dita di una mano. Avrebbe dovuto chiedere al vecchio padrone di casa un altro mese di affitto, lo sapeva, e fare qualche lavoretto per rendere quel posto abitabile. Ecco perché non voleva mostrare a sua sorella in che stato fosse l'appartamento.

«Non ho nemmeno Skype, Lenka. E il computer è sepolto in qualche scatolone».

«Avevi detto che mi avresti fatto vedere la casa nuova, però. L'hai pagata una fortuna... Non so come si possa vivere a Londra con quei prezzi. Immagina come andrà ora, con la Brexit. Sei sicura che fosse proprio il momento giusto per comprare una casa?». Con un ultimo acuto scricchiolio, la caldaia si spense del tutto. «E poi ho letto che vogliono cacciare a calci la gente dell'Est».

«Non possono cacciarmi a calci. Sono un'agente di polizia e ho la doppia cittadinanza», rispose Erika. Lenka fece un verso di scherno misto a fastidio.

«Almeno puoi scrivermi l'indirizzo, così ti mando un regalo per rendere l'ambiente più caloroso?»

«Sì, mi farebbe comodo qualcosa di *letteralmente* caloroso, come una stufetta».

Ma quella del regalo era una scusa, lo sapeva. Lenka voleva l'indirizzo per cercarlo su Internet.

«Come si chiama la zona?»

«Blackheath». Erika tornò in salotto e posò una mano sul termosifone decrepito sotto il bovindo. Sentiva un leggero tepore nel gelido tubo di metallo. Non aveva ancora messo le tende, e il vetro le restituiva il suo riflesso. Era sempre stata magra per il suo metro e ottanta, ma si accorse in quel momento di quanto fosse diventata scavata e spenta. I capelli corti e biondi spuntavano da tutte le parti in ciuffi spettinati. Andò all'interruttore e accese la luce. Adesso vedeva solo la vasta distesa di campi bui oltre la finestra, attraversati da una fila di lampioni che disegnavano cerchi arancioni sulla massa d'erba incolta.

«Blackheath. Significa qualcosa?», domandò Lenka.

Erika fece un sospiro prima di rispondere.

«Sì, *heath* significa brughiera, una distesa di terra semi-incolta e...». Ebbe un attimo d'esitazione. «E la chiamavano *Black* perché pare che ci seppellissero i corpi durante la *Black Death*, la peste nera».

«Cioè, ci sono dei cadaveri *sepolti* lì?»

«Così dicono».

«Non ti bastavano quelli con cui hai a che fare con il lavoro alla Omicidi?»

«Non è male come sembra. Ci sono tanti negozietti e pub, è un posto molto carino».

«Certo, oltre a una fossa comune per malati di peste appena fuori casa!», sbottò Lenka.

«Non ci costruiranno mai sopra, e quindi godrò per sempre di una vista spettacolare», rispose Erika, ripetendo con serietà imperturbabile le parole che le aveva detto il giovane agente immobiliare. «È vicino al lavoro e il mio collega, anzi, il mio amico Isaac vive proprio dietro l'angolo. Te lo ricordi?»

«Il becchino gay?»

«Non è un becchino. È un patologo forense».

«Come puoi trovare un ragazzo se frequenti solo cadaveri e uomini gay, Erika?»

«Non voglio un ragazzo, Lenka, e non frequento solo uomini gay. Ho anche altri amici. Comunque sia, questo è un nuovo inizio per me. Ho venduto la casa a Manchester e ho passato troppi anni in affitto, quindi ho deciso di comprare casa a Londra. E finalmente sento di aver iniziato a voltare pagina dopo...». *Dopo la morte di Mark,* stava per dire. Mark, suo marito, anche lui agente di polizia. Era morto durante un raid antidroga finito male più di quattro anni prima. Qualche mese dopo la tragedia, Erika aveva lasciato Manchester e si era fatta trasferire a Londra.

Erano stati quattro anni tormentati, dal punto di vista perso-

nale e professionale, ma comprare una casa, per quanto malmessa, le sembrava davvero un nuovo inizio.
«Sei felice?», chiese Lenka, con un tono più dolce.
Erika dovette riflettere un po' sulla risposta.
«Non ancora, ma non ci andavo così vicino da tanto, tantissimo tempo. Senti, sistemo il telefono nuovo così potremo fare una videochiamata. Ma ti avverto, c'è ancora tanto lavoro da fare in casa e il giardino è un caos».
«Non giudico. Voglio solo vederla».
«Te lo prometto. Salutami sia i bambini che Marek».
Dopo aver riagganciato, Erika trovò un berretto di lana in una tasca del cappotto e lo infilò subito. Un'altra lampadina desolata penzolava sul pianerottolo in fondo alle scale, ma la luce non arrivava a illuminare i gradini più in alto. Continuò a camminare verso l'ingresso, superando gli scatoloni e la porta chiusa di un piccolo bagno di servizio. Quando Isaac l'aveva accompagnata a fare il secondo tour della casa, aveva detto che gli ricordava il bagno di una scena di *Trainspotting* e che da un momento all'altro si aspettava di veder strisciare fuori dalla tazza un giovane Ewan McGregor.
La cucina sembrava ferma agli anni Settanta. C'era un piccolo bancone di legno con un largo lavello rettangolare sotto la finestra; incastrato nell'angolo, ronzava il nuovissimo frigorifero di Erika, totalmente fuori posto contro le pareti ingiallite. Finora aveva spacchettato solo il bollitore, il microonde e un paio di tazze. Il pensiero di dover frugare negli scatoloni alla ricerca di piatti e utensili e di scaldarsi qualcosa da mangiare in quella cucina sudicia era insostenibile. E poi, si stava facendo tardi. Decise di andare a prendere qualcosa alla friggitoria che aveva visto due isolati più avanti.
Fuori, le strade erano deserte e l'aria infestata da una nebbiolina sottile. Erika affondò il viso nel bavero del cappotto e si incamminò verso il locale. Non appena entrò, fu avvolta da un meraviglioso profumo di pesce fritto e caldo. Era una di quelle friggitorie britanniche vecchio stampo, preparava il fish and chips con un'enorme friggitrice argentata. Il lungo

bancone di formica era costellato di sale e goccioline di aceto, e di fianco alla cassa c'era un enorme barattolo di uova in salamoia insieme a varie bottiglie di aceto e ketchup. Erika ordinò una porzione grande di merluzzo e patatine e una lattina di Dandelion & Burdock. Si mise a mangiare a uno dei tavolini di fianco alla vetrina. La strada era ancora deserta, ma la nebbia si faceva sempre più fitta. Gli altri clienti prendevano tutti d'asporto. Erika era l'unica a occupare un tavolo.

Osservò la lattina di Dandelion & Burdock. Era una bibita analcolica diversa da tutte le altre. Era stato Mark a fargliela provare per la prima volta, insieme al fish and chips, poco tempo dopo che si era trasferita nel Regno Unito. La fissò intensamente. Dopo quattro anni dalla sua morte, sembrava ancora che ogni cosa la riportasse a lui. Tornò a galla un altro ricordo di quell'orribile giorno – Mark a terra di fronte a lei, con una ferita d'arma da fuoco da cui sgorgava una marea di sangue. Erika chiuse gli occhi. Non avevano mai preso chi aveva premuto il grilletto. E non era morto solo Mark, quel giorno: cinque colleghi erano rimasti uccisi nel raid. Il suo team. Si posò una mano sul collo, sulla cicatrice che ricordava il punto in cui le avevano sparato. Ripensò alla domanda di Lenka.

Sei felice?

Abbassò lo sguardo sul delizioso piatto di fish and chips che aveva davanti e pensò alla casa fatiscente che poteva definire sua. Si sentiva appagata. Forse doveva lasciare la felicità in stand-by, per il momento, e accontentarsi di quello. Di essere appagata.

Erano da poco passate le otto quando uscì dal negozio e si rimise per strada. La nebbia stava gelando in una patina bianca sulla superficie dell'asfalto. Quella zona le era ancora poco familiare, imboccò la traversa sbagliata e si ritrovò in una piccola viuzza di case a schiera. Un paio di lampioni fuori uso. Man mano che le superava, osservava le facciate eleganti delle villette e ammirava con una punta di rammarico i mattoncini color sabbia e le finestre a specchio.

A metà strada, la fila di case si interrompeva per lasciare il posto a un moderno complesso di appartamenti, con un piccolo ma grazioso giardinetto che dava sulla strada. Erano tutti al buio. Quando ormai stava per lasciarseli alle spalle, una luce illuminò la finestra del pianterreno. Un urlo da far gelare il sangue squarciò la notte. Erika si bloccò dov'era, incapace di muovere un altro passo.

Capitolo 2

Il grido proveniva da una finestra sul lato sinistro del pianterreno. Erika lo sentì rimbombare nelle orecchie finché non ne arrivò un altro, ancora più disperato, che le fece venire la pelle d'oca. Attraversò di corsa il breve vialetto che conduceva all'enorme portone di vetro e a un lurido corridoio con il parquet. Provò a muovere la maniglia. Bloccata. Ua luce rossa lampeggiava accanto a un lettore magnetico. Andò alla finestra e bussò sul vetro. Adesso sentiva piangere, da qualche parte all'interno.

«C'è qualcuno?», gridò Erika. «Sono un'agente di polizia!».

Ripescò il distintivo dalla tasca proprio mentre il viso di una donna spuntava dalle tende tirate dall'altra parte. Aveva capelli neri a caschetto e una frangetta drittissima. Erika non riusciva a vedere la stanza dietro. Appiccicò il distintivo al vetro. La donna sembrava sotto shock, era pallida come un fantasma. «Sono l'ispettore capo Erika Foster della polizia metropolitana. Ha bisogno di aiuto?». La donna traballò sul posto, annuendo. «Può aprirmi il portone?».

Ma era come se l'altra reagisse a scoppio ritardato. Dopo un attimo di esitazione, annuì di nuovo e sparì dietro le tende. Erika tornò all'ingresso. Le luci si accesero nel corridoio. La donna, che sembrava sulla quarantina, spuntò da una porta sulla sinistra e raggiunse con passo incerto il portone di vetro. Indossava una larga salopette di jeans, una giacca di flanella color vinaccia e un paio di Crocs verdi sopra dei calzini rosa di spugna. Era in iperventilazione, con il volto madido di sudore, e ci mise un po' prima di trovare il pulsante di apertura. Ci fu un suono elettrico, poi un clic. Erika spinse la porta ed entrò.

«C'è qualcun altro in casa?», domandò l'agente. La donna fece di sì con la testa. «Qualcuno è armato? Ci sono armi in casa?»

«No. Mia sorella. È morta», disse la donna. «O mio Dio… È *morta*! È pieno… C'è… Dappertutto!».

Erika guardò il corridoio. C'erano tre porte ai lati, un ascensore e una rampa di scale in fondo. La donna che aveva di fronte era uscita dalla prima porta sulla sinistra.

«Può dirmi il suo nome?»

«Sono Tess. Tess Clarke».

«È ferita, Tess?».

Ci fu un momento di pausa, in cui la donna abbassò lo sguardo sul suo corpo. Erika notò che la giacca che aveva addosso sembrava sporca, con qualche bruciatura di sigaretta sulle maniche. Alla fine, Tess fece di no con la testa.

«Okay. Bene. Come si chiama sua sorella, Tess?».

Ma lei aveva lo sguardo perso davanti a sé. Tremava, batteva i denti e le pupille dilatate erano due oceani di inchiostro nero. Erika provò a stabilire se avesse assunto qualche droga o fosse solo sotto shock. Si guardò intorno e vide che all'angolo dell'ingresso c'erano una yucca dall'aria malandata e un divanetto di pelle marrone. Prese Tess per mano e la fece sedere. «Venga, si accomodi. Può dirmi il nome di sua sorella?».

La donna si mise in bilico sul bordo e si coprì la bocca con una mano tremante.

«Vicky».

«È certa che in casa non ci sia nessun altro a parte Vicky?».

Tess corrugò la fronte.

«Non credo… Ma mi sono fermata al salotto. La camera è in fondo», rispose.

«D'accordo. Può aspettarmi qui? Torno subito, lo prometto. Ho solo bisogno di dare un'occhiata in casa».

Tess annuì. Erika portava sempre con sé un paio di guanti in lattice, un'abitudine che aveva preso sulle varie scene del crimine. Li mise ed entrò nell'appartamento.

L'odore metallico del sangue l'assalì nel momento stesso in cui varcò la soglia. La porta dava su un piccolo ingresso dal soffitto basso. Subito sulla destra spuntava un bagno pulito e moderno, con le mattonelle bianche. Vuoto.

La cucina e il salotto erano un unico ambiente. Sul piccolo divano letto, ora aperto, c'era il corpo di una giovane donna stesa a faccia in giù in un'ampia pozza di sangue. Aveva le braccia legate dietro la schiena. Girandole intorno, Erika si accorse che il viso della vittima era rivolto verso la porta. Allungò la mano e le premette due dita sul collo. Al contatto le ricordava più un pezzo di stucco che un lembo di pelle. Era tesa e fredda, e non c'era polso. L'ingente quantità di sangue e la posizione innaturale del corpo non lasciavano dubbi: si era trattato di un attacco violento.

L'odore era opprimente. Erika si tappò la bocca con il braccio e fece il giro del soggiorno e della cucina, ben attenta a evitare le macchie di sangue che punteggiavano il tappeto chiaro. In un angolo, in fondo, c'era una porta chiusa. Tese le orecchie, ma non sentì alcun rumore. Sapeva di dover aspettare fuori i rinforzi, ma Erika era Erika, quindi incapace di attendere. Scorse un mattarello di legno accanto a un set di coltelli ribaltato, e lo afferrò.

Con i sensi in allerta, spinse la porta aspettandosi di trovare una camera non troppo grande con un letto, ma la stanzetta era immersa nel buio. Da lì, si levò un suono fragoroso.

«Che succede?», strillò Tess dal pianerottolo, con la voce acuta per il panico. Erika attese qualche istante. Silenzio. Tastò il muro e sollevò la levetta dell'interruttore. Si accese una luce fluorescente che illuminò una stanza piccola e allestita come studio di registrazione. C'era una scrivania vuota, su cui era poggiato niente più che un costosissimo iMac, insieme a due sedie da ufficio con le rotelle. Sulla parete dietro la scrivania, c'era un'enorme cartina laminata della contea di Londra coperta di spilli colorati. Incollati ai margini della cartina, c'erano anche diversi articoli di giornale. Di fianco all'entrata, un grosso stand per microfoni di metallo si era ribaltato a terra: doveva averlo rovesciato lei quando aveva aperto la porta.

C'era una finestra in un angolo, ma era bloccata da un gigantesco pannello rettangolare di polistirolo. La parete sul lato opposto della stanza, invece, era ricoperta da quelli che sembravano centinaia di cartoni di uova. In quella sezione della camera c'era anche un piccolo divanetto a due posti e un altro stand con sopra un microfono dall'aria professionale. C'era una tenda nera e spessa, ora tirata, probabilmente appesa lì per separare quell'area dalla zona di registrazione.

«Agente? Che succede?», chiese di nuovo Tess.

«Nulla, va tutto bene. Ho solo fatto cadere una cosa. Non c'è nessuno qui», urlò Erika in risposta.

Non aveva tempo per chiedersi come mai la camera da letto fosse stata riconvertita in studio di registrazione, ma soltanto per appurare che non ci fosse nessuno al suo interno. L'appartamento era piccolo e, fatta eccezione per la sala di registrazione, l'arredamento era scadente.

Tornò in salotto e si avvicinò al corpo disteso sul divano letto. Non era semplice giudicare l'età della vittima. I capelli lunghi e scuri le ricadevano sulle spalle e su un lato del viso, in alcuni punti aggrovigliati e appiccicati alla testa per il sangue rappreso. La pelle del volto era piena di lividi e ferite e l'occhio sinistro era gonfio e chiuso. Il collo era inclinato in maniera strana, potenzialmente spezzato.

Erika ispezionò con attenzione il corpo. Tutte le finestre in casa erano chiuse, le tende erano tirate e non si vedevano segni di effrazione, ma una sedia era ribaltata, e c'erano diversi giornali e altri oggetti sparsi per il pavimento: una candela in un barattolo di vetro, un portapenne e – curiosamente – un gioco da tavola, lo Scarabeo, con tutte le tessere sparpagliate per terra.

Tracce di una violenta colluttazione, ma non di scasso. La vittima conosceva il suo aggressore?

Capitolo 3

Dopo essersi assicurata di non aver contaminato nessun elemento della scena del crimine, Erika tornò all'ingresso. Trovò Tess ad aspettarla appena fuori dall'appartamento.

«Cos'è stato quel rumore?», le domandò, con il volto ancora preda dell'orrore di cui era stata testimone.

«Ho rovesciato un oggetto. Venga, ha bisogno di sedersi». L'accompagnò di nuovo al divanetto di pelle e chiamò immediatamente la stazione di polizia di Lewisham Row. Le servivano dei rinforzi e degli agenti della scientifica per analizzare la scena del crimine.

Quando terminò la chiamata, un silenzio lugubre calò tra loro. Le altre due porte erano ancora chiuse.

«Sua sorella viveva lì?», chiese Erika, ripensando allo studio di registrazione in camera da letto.

Tess fece di sì con la testa.

«L'appartamento era suo?»

«No, mio. Cioè di mio marito. Nostro. Vicky l'aveva preso in affitto da lui… Cioè da noi».

«Anche voi vivete da queste parti?»

«Qui dietro. Io e mio marito abbiamo un ristorante al village. Il Goose».

Erika ci mise qualche secondo a capire. Era così che gli abitanti più facoltosi di Blackheath chiamavano il quartiere. Il village.

Le domandò quanti anni avesse Vicky. Ventisette, le rispose Tess. E continuò spiegandole che non si era presentata al ristorante per il suo turno quel giorno, ecco perché era venuta a cercarla.

«Sarebbe il pub dietro l'angolo?».

Voleva farla parlare fino all'arrivo dell'ambulanza e impedire che lo shock avesse la meglio.

«Non è un pub», la corresse Tess. «Il Goose è un ristorante di qualità».

Solo in Inghilterra, pensò Erika, *una persona può soffermarsi su un dettaglio simile anche dopo aver visto un familiare morto ammazzato*. Chissà se erano legate. Guardò con attenzione Tess, che ora se ne stava seduta con la schiena dritta e le caviglie incrociate come una scolaretta, in una posa che pareva in netto contrasto con l'abbigliamento trasandato e le Crocs.

Qualcuno bussò al portone. Quando si voltò, Erika vide l'ispettore James Peterson dall'altra parte del vetro. Il detective, un uomo nero e alto, aveva quasi quarant'anni ma sembrava molto più giovane. I suoi capelli erano rasati ai lati e sulla nuca, mentre dei piccoli rasta spuntavano al centro. Aveva una postura perfetta che le ricordava uno di quei soldatini giocattolo. Portava jeans e scarpe da tennis, con una giacca di flanella viola. Si alzò dal divano e lo raggiunse, richiudendosi la porta alle spalle.

«Ehi, ero appena uscito dal cinema a Greenwich quando mi hanno chiamato dalla sala operativa...».

«Sì. Gesù. C'è il corpo di una ragazza. La situazione è brutta. È stata la sorella a trovarla», spiegò Erika indicando Tess seduta dall'altra parte. Il detective fece per dire qualcosa, ma una voce scocciata la anticipò: «James, hai preso Winky Bear!».

Quando Peterson si girò, Erika vide un'auto parcheggiata quasi sul marciapiede. La luce nell'abitacolo era accesa e Fran, una bella ragazza bionda con la pelle chiarissima, rovistava nel sedile posteriore proprio accanto a un bambino con la pelle color caffellatte seduto sul seggiolino.

Peterson infilò le mani nelle tasche dei jeans, ma Erika si accorse che da un taschino della camicia di flanella spuntava un lembo di stoffa bianca.

«Stai cercando questo?», gli chiese, liberando un piccolo coniglietto morbido e bianco di peluche, che faceva l'occhiolino con il suo musetto dolce.

«Esatto. È il pupazzo preferito di Kyle, grazie», confermò lui, fiondandosi subito verso l'auto. L'anno scorso, fino a che Fran non aveva bussato alla porta di Peterson presentandogli suo figlio Kyle, Erika e il detective avevano avuto una storia a più riprese. Da allora aveva cercato di non pensare a lui, e perlopiù ci riusciva, anche se non era così semplice dato che lavoravano insieme. Aveva sempre sperato che prima o poi si sarebbero presi per non lasciarsi più. Ma in quel momento scacciò via il pensiero.

Nello stesso istante, arrivò un'auto civetta della polizia con il lampeggiante blu acceso. Parcheggiò davanti alla macchina di Fran. Ne venne fuori l'ispettore Moss. Salutò Peterson con un cenno della mano e raggiunse Erika alla svelta, attraversando in fretta il vialetto. Moss era una donna bassa e tosta, con i capelli rossi lunghi fino alle spalle e il viso cosparso di lentiggini.

«Allora, capo? Stavo tornando a casa quando ho ricevuto la chiamata», disse. «Peterson attacca o stacca?», aggiunse mentre lo osservava allacciare le cinture al seggiolino.

«Attacca. Non trovavano il peluche preferito di Kyle».

Moss la guardò con un sopracciglio alzato.

«Io ho passato il pomeriggio a rintracciare una prostituta dipendente dal crack che si chiama Doris. Quando l'abbiamo arrestata, abbiamo scoperto che alla stronza piace lanciare la sua stessa merda», disse con una smorfia.

«Che schifo».

«Già, e questo l'avevo appena comprato da Evans». Indicò il completo grigio ed elegante che indossava. «Per fortuna non ha una grande mira, ma un agente dell'unità speciale se l'è beccata in faccia e...».

Erika si voltò a controllare Tess, che nel frattempo si era messa a parlare con un uomo anziano con un grosso sacco nero dell'immondizia in mano. Il signore aveva l'aria di chi non sapeva come svincolarsi dalla conversazione.

Fran si mise alla guida e partì. Peterson le raggiunse di corsa, unendosi a loro mentre rientravano nel palazzo.

«Ora devo proprio andare a buttare questo», si stava scusando l'uomo. Era pelato, con il viso grassoccio e il doppio mento.

Non aveva né ciglia né sopracciglia e la testa era particolarmente lucente. Smise di parlare quando vide avvicinarsi Erika, Moss e Peterson.

Calò per un attimo il silenzio, e una breve espressione di panico gli attraversò il viso prima che riprendesse il controllo.

«Buonasera. Sono l'inquilino dell'interno due», disse indicando la porta alla fine del corridoio.

«Come si chiama?», chiese Erika.

«Charles, Charles Wakefield».

«Sta gocciolando», gli fece notare Moss, indicando la busta della spazzatura da cui colava un liquido marroncino.

«Sì. Se volete scusarmi, vado fuori a buttarla».

«Dia pure a me», disse Peterson mentre tendeva il braccio per prendere la busta.

«No, non fa niente. Ce la faccio da solo», protestò Charles, allontanando il sacchetto della spazzatura dalle mani dell'agente.

«Lo porto fuori io, così lei potrà rispondere alle domande della mia collega», ripeté Peterson, porgendo di nuovo la mano.

«Preferirei di no», rispose ancora Charles, indietreggiando di un passo. Fece per nascondere il sacchetto dietro di sé, ma poi ci ripensò.

«C'è qualcosa che non vuole farci vedere?»

«Certo che no».

Peterson si voltò verso Erika. La detective osservò l'uomo per un momento.

«Signor Wakefield, questo appartamento è la scena di un crimine e il modo in cui sta reagendo mi fa pensare che non voglia farci vedere cosa nasconde in quella busta».

«Una scena del crimine!», ripeté lui, sgranando gli occhietti da maiale. «Che cosa è successo?»

«Mia sorella», disse Tess scoppiando di nuovo a piangere.

«Oh, cielo, no. È morta?»

«Sì!».

«Signor Wakefield, cortesemente, questa è una scena del crimine. Ci mostri il contenuto di quel sacchetto», ordinò Erika.

«È solo la mia immondizia! Cosa... co...». Erika si rese conto che Charles si stava agitando sempre di più. Voleva dire qualcosa, ma gli usciva solo un balbettio strozzato. «Io... Io volevo... solo... buttare la mia ssss... spazzatura!». Aveva il viso infuocato.

«Deve darmi il sacchetto», ordinò ancora una volta Erika spazientita, mentre tendeva la mano.

«No. No!».

Charles marciò verso la porta di casa sua, lasciando una scia liquida marroncina. Tess lo fissava a bocca aperta.

«Gesù, ci mancava questa», disse Erika con una voce stanca.

«Non potete entrare in casa mia, non senza mandato!», disse mentre cercava le chiavi. Aprì la porta e filò dritto all'interno, sbattendosela alle spalle.

«Puoi recuperare quel sacchetto dell'immondizia?», chiese Erika a Peterson. «Cerca di non buttare giù la porta, se riesci a evitarlo ... Ora che ci penso, Moss: puoi andare sul retro del palazzo? In caso cercasse di uscire da una finestra. Sa cosa c'è dietro l'edificio?», aggiunse, rivolgendo l'ultima domanda a Tess.

«Un vicoletto. Costeggia la parte posteriore di alcune villette a schiera nella via accanto», disse. Peterson andò a bussare alla porta di Charles, mentre Moss fece dietrofront verso il portone.

«È arrivata la scientifica», annunciò.

Erika vide il grosso camioncino bianco che parcheggiava lungo la strada insieme a un veicolo di supporto della polizia. Tornò da Tess, che aveva iniziato a tremare.

«L'hanno uccisa. Chi può averle fatto una cosa simile?», diceva.

«Venga, l'accompagno fuori, al veicolo della polizia. Ci prenderemo cura noi di sua sorella, Tess. Scopriremo chi è stato».

Capitolo 4

Erika andò incontro agli agenti della scientifica, intenti a scaricare l'attrezzatura dal van. A capo della squadra c'era l'anatomopatologo Isaac Strong. Era un uomo alto e magro, con i capelli cortissimi e scuri che iniziavano a ingrigirsi. Le sopracciglia sottili e arcuate gli conferivano un'aria noncurante, ma gli occhi castani erano colmi di bontà. Con il passare del tempo era diventato un caro amico di Erika, oltre che un collega fidato.

«Non dovevi traslocare oggi?», le chiese.

«Esatto. Mi sono imbattuta nella scena del crimine mentre tornavo a casa dalla friggitoria. Ho uno stomaco di ferro, ma la situazione è impegnativa. La ragazza è stata pugnalata a ripetizione. Sono entrata nell'appartamento, ma ho toccato solo le maniglie delle porte».

«Va bene, ricevuto».

«L'appartamento è al piano terra, interno uno», aggiunse Erika. Isaac si avvicinò alla sua squadra di tecnici alle prese con grossi vassoi d'acciaio, piantane e una confezione di tute di plastica. Arrivò un'altra volante della polizia con due giovani agenti che parcheggiarono dietro l'ambulanza, in coda alla lunga fila di veicoli che si erano raggruppati di fronte alla palazzina. Erika si avvicinò alla macchina e il poliziotto alla guida abbassò il finestrino.

«Buonasera, capo», salutò. Erano così giovani, pensò Erika spiando nell'abitacolo.

«Cordonate la strada, ragazzi, e dopo che la scientifica avrà finito di esaminare l'ingresso dello stabile andate a bussare agli altri inquilini e scoprite se hanno visto qualcosa».

I due annuirono e scesero dalla volante. La stradina era improvvisamente affollata. Fra il brusio delle voci e il rombo dei motori, Erika sentì delle urla provenire dal retro del palazzo. Peterson e Moss si stavano avvicinando insieme a Charles, adesso barcollante e con un brutto taglio sanguinante sulla testa pelata.

«Sono un cittadino britannico! Quella è una casa di mia proprietà! Ho i miei diritti!», gridava l'uomo mentre i rivoli di sangue gli colavano fin sotto il mento.

«Che è successo?», domandò Erika intercettandoli nel cortile principale.

«È stata lei! Si è introdotta in casa mia! Ha dato una spallata alla porta!», strillò.

«L'ho beccato che cercava di saltare dalla finestra posteriore con il sacco dell'immondizia. Il piede è scivolato sul davanzale ed è caduto sul cemento», spiegò Moss. Indossava i guanti in lattice: con una mano stringeva un braccio di Charles, con l'altra la busta di rifiuti.

«E lì sono arrivato io, l'ho trovato a terra per strada», aggiunse Peterson. «Signore, deve stare *fermo*!», intimò a Charles, che stava cercando di liberarsi dandogli una gomitata al petto.

«Ehi! Si calmi subito», ordinò Erika, mentre indossava un nuovo paio di guanti e liberava Moss dal sacchetto.

«P-per... cosa... m-mi arrestate?», balbettò. Il sangue gli era colato sulla bocca, mischiandosi alla saliva e colorandogli i denti di rosa.

«Non è in arresto, signore, ma ha bisogno di cure mediche», spiegò Erika. C'era un paramedico lì fuori insieme a due agenti. La detective gli fece cenno di avvicinarsi.

«Puoi dare uno sguardo al signor Wakefield? Ha avuto una brutta caduta».

«Una brutta caduta? Diciamo pure che mi avete aggredito!», strillò Charles.

«O cielo», esclamò la paramedica, una donna sui cinquanta, minuta, con gli occhi brillanti e castani e un'aria gentile. «Venga, signor Wakefield. Diamo una ripulita a questa ferita». Per un attimo parve riuscire a placare Charles, che si lasciò condurre a bordo dell'ambulanza da lei e dagli altri due agenti. Arrivato alle porte, si girò verso Erika che aveva ancora in mano il sacco della spazzatura.

«Ha preso la mia roba!».

«Venga, signore, salga e si accomodi», gli disse la paramedica. Lo aiutarono a montare sull'ambulanza, richiudendosi le porte dietro di loro.

«Scommetto che dovranno mettergli dei punti», disse Moss.

«Avete già controllato il sacchetto?», domandò Erika.

«No. Ma voleva saltare dalla finestra pur di nascondercelo», rispose Peterson.

Erika posò la busta a terra e disfece il nodo che la chiudeva. Un odore rivoltante la assalì: un aroma dolciastro e sintetico misto a qualcosa in decomposizione. Aveva uno stomaco di ferro, ma sentì il fish and chips di poco prima risalirle in gola per la seconda volta nella stessa sera. Fece un passo indietro e prese qualche boccata d'aria fresca, poi accese la torcia del telefono, trattenne il fiato e puntò il fascio di luce sul contenuto della busta. I tre agenti si sporsero a guardare.

Vide quattro o cinque profumatori gel per ambiente, ma la plastica bianca era macchiata di sangue, insieme a quello che sembrava essere fango. C'era qualcosa con del pelo tra tutta quella sporcizia e, quando avvicinò la torcia, distinse la zampa di un gatto.

«Oh, no», disse incrociando gli sguardi di Moss e Peterson. Sentirono un grido smorzato di Charles provenire da dietro le porte dell'ambulanza. «Potete chiedere alla scientifica un lenzuolo di plastica e un paio di buste per la raccolta delle prove?».

Moss si allontanò subito, ritornando nel giro di qualche istante con un grosso quadrato di plastica. Si spostarono sul cortile all'ingresso dell'edificio. Peterson indossò un paio di guanti ed Erika svuotò con cura il contenuto della busta.

Il tanfo di decomposizione era soffocante malgrado il vento forte. Tra la spazzatura c'erano delle vecchie bustine del tè, tre lattine vuote di Newcastle Brown Ale, un cartone del latte, qualche fazzolettino sudicio di carta e dieci profumatori per ambiente in gel. In mezzo, le teste e i corpi in decomposizione di due gatti. Erano stati decapitati. Erika allungò una mano per toccarli con cura.

«Che strano. I corpi sono congelati dentro. Sentite».

Moss e Peterson tastarono delicatamente i cadaveri degli animali.

«Perché mai dovrebbero essere congelati?», fece il detective.

«Non è colpa della temperatura esterna, questo è certo. È ancora presto per gelare così», disse Moss.

«Cavolo», esclamò Peterson mentre si tirava indietro e copriva il naso con un braccio. «Dalla puzza, direi che sono morti da un bel po'. Non hanno il collare».

«E che se ne fanno, senza testa?», ribatté Moss lanciandogli un'occhiataccia.

«Intendevo dire che non ci sono collari nell'immondizia», spiegò Peterson.

«Ci sono *dieci* profumatori», fece notare Erika, contandoli una seconda volta. «E il gel è ancora intatto. Li ha aperti da poco».

Dall'ambulanza arrivò un altro urlo smorzato. Il veicolo oscillò violentemente e le porte si spalancarono di colpo. Charles Wakefield saltò giù e scappò via con una grossa benda bianca che svolazzava su un lato della testa.

«No. No! Non voglio. Non sopporto gli aghi!», strillava. Uno dei due poliziotti lo seguì all'istante e lo fermò immobilizzandolo contro il cofano di una volante parcheggiata lì di fianco.

Erika, Moss e Peterson si alzarono e corsero verso l'ambulanza, mentre l'agente lo ammanettava. Erika guardò dentro l'abitacolo e vide un mucchio di bende insanguinate a terra. L'altro poliziotto si stava tamponando il naso con altrettanti fazzolettini.

«Quel cretino mi ha dato un pugno», spiegò, con la voce roca e inumidita per il sangue nel naso.

«Spetta a me decidere del mio corpo!», gridava intanto Charles, ancora piegato sul cofano dell'auto con i polsi ammanettati dietro la schiena. «Gliel'ho detto che non volevo punture!». Aveva gli occhi inferociti, folli. Insieme al sangue che gli scorreva dalla ferita sulla testa, lo facevano sembrare un pazzo.

«Volevo solo fargli l'antitetanica. C'erano tracce di ruggine nella ferita», si giustificò il paramedico mentre sfilava i fazzoletti insanguinati dalle mani del poliziotto e gli tamponava il naso con un paio di bende nuove.

«Bastardi! Non ho fatto niente! Non sono stato io!», strillava Charles con la foga di un bambino capriccioso.

«Stia zitto!», intimò l'altro poliziotto schiacciandolo contro il cofano.

Erika guardò l'altro lato della strada, dove i vicini avevano cominciato ad affacciarsi dagli usci delle case. Una ragazzina filmava lo spettacolo con il telefono. Quella scena del crimine era già complessa anche senza che Charles ci mettesse del suo.

«E va bene, basta così!», ordinò la detective a Charles e al poliziotto che l'aveva sbattuto sul cofano. «Portalo in stazione, fagli dare una ripulita e accusalo di aggressione a pubblico ufficiale. Passerà la notte in cella».

In risposta, Charles riprese a strillare come un matto. «Non potete farmi questo! Cerco solo di vivere la mia vita. Vi prego, no! Non fatemi questo!».

«Wow. E io che mi lamentavo dei capricci di mio figlio», commentò Moss mentre lo guardavano resistere e cercare di divincolarsi dal giovane poliziotto. Lui era più alto, ma in confronto Charles era pesante e tozzo. L'agente veniva strapazzato di qua e là come un pupazzo di stoffa. Alla fine, dovette intervenire Peterson per riprendere il controllo della situazione.

«Attento alla testa, signore», disse il detective mentre lo facevano salire sul sedile posteriore della volante. Quando partì, Charles li guardò dal finestrino urlando a denti scoperti, disegnando un cerchio di condensa sul vetro come un cane rabbioso.

Capitolo 5

Un'ora dopo, Isaac diede il via libera per accedere alla scena del crimine. Erika, Moss e Peterson indossarono le tute Tyvek della scientifica, tirarono su i cappucci e misero mascherine e copriscarpe. Quando entrarono nell'appartamento, il salotto era inondato di luce. Nei due angoli opposti, il team aveva posizionato dei treppiedi con delle lampadine accecanti. Un'altra luce era stata messa sotto il divano letto su cui giaceva ancora il corpo di Vicky, e così Erika si accorse che il sangue aveva impregnato tutto il materasso colando sulla moquette. La stanza era piccola e il divano era proprio sotto la finestra. Aveva sempre pensato che le luci della scientifica aggiungessero una strana drammaticità alle scene del crimine. Il fotografo scattava dei primi piani del corpo, mentre altri due agenti specializzati raccoglievano campioni di sangue dal muro e dalla moquette. Il calore delle lampade aumentava l'odore metallico del sangue secco.

«Allora», esordì Isaac mentre si chinava di fianco al divano letto. «Il collo di Vicky è spezzato, entrambe le spalle lussate. Come potete vedere anche voi, i polsi sono stati legati dietro la schiena».

«Sì».

«È stata applicata una forte pressione su entrambe le braccia, che ha finito per far uscire l'osso dalle scapole. È stata colpita anche in faccia. Un incisivo è spezzato».

Erika abbassò lo sguardo sulla giovane donna, che d'un tratto le appariva così piccola. Così vulnerabile.

«Aveva un bavaglio in bocca – un paio di calzini arrotolati – e le labbra sono state sigillate con il nastro adesivo. È stata accoltellata in vari punti, si direbbero casuali. La parte bassa della schiena, il collo, la guancia, il fianco sinistro. La lama le ha penetrato anche lo scalpo in vari punti».

«C'è tantissimo sangue sul materasso».

«Sì, il che ci riporta alle coltellate», spiegò Isaac. «Questo è un divano letto pieghevole, piuttosto economico direi, e il materasso sottile presenta svariati buchi... La mia idea è che l'aggressore, chiunque sia, l'abbia intrappolata nel divano accoltellandola attraverso il materasso... Deve aver colpito l'arteria succlavia, una delle arterie principali che porta il sangue dal cuore alle braccia e al collo. L'ipotesi è compatibile con la quantità di sangue perso, ma l'autopsia lo stabilirà con maggior certezza».

«Un attimo, stai dicendo che è stata arrotolata nel materasso prima di essere accoltellata?»

«Esatto».

«Ma quando hanno rinvenuto il cadavere, il divano letto era aperto. Quindi l'assassino, dopo averla accoltellata, l'ha tirata giù per assicurarsi che fosse morta?»

«Questo dovrai scoprirlo tu. Io mi limito a esporre i fatti».

Erika lanciò un'occhiata a Moss e Peterson e riconobbe lo shock impresso sui loro volti. Ne avevano viste di morti orribili, ma mai niente del genere.

«Hai già un'ipotesi sull'ora del decesso?»

«No, non ancora».

«In via ufficiosa, se potessi azzardare una stima?»

«In via ufficiosa?»

«Certo», rispose Erika con un sorriso debole.

«Da quello che vedo qui... Direi tra le tre e le sette del pomeriggio».

«È una finestra di tempo molto ampia», ribatté Erika.

«È la miglior stima ufficiosa che posso darti al momento. Ne saprò di più con il post mortem».

Erika tornò a fissare il corpo di Vicky. Si avvicinò e le sollevò con delicatezza un ciuffo di capelli. Il volto della ragazza era una maschera di sangue e lividi. Le labbra contratte in una smorfia di terrore, i denti scoperti. Gli occhi spalancati e vitrei. Uno sguardo vuoto.

«Non poteva gridare con il bavaglio in bocca», disse Erika.

«No. Credo anche che non riuscisse a respirare per bene», aggiunse Isaac. «Mi sorprende che non sia morta soffocata».

Erika guardò la finestra con le tende chiuse. Dava proprio sul cortile adiacente alla strada. *Se io ho sentito urlare Tess passando di qua, qualcuno avrà sentito questa povera ragazza lottare per la vita?*, si chiese. Ripensò a quanto fosse vicina casa sua, al giovane agente immobiliare che gliel'aveva venduta. Alla sviolinata che aveva fatto in favore di Blackheath, descrivendolo come un quartiere sicuro, una comunità solida. Per quanto ne sapeva lei, nessuno era stato massacrato in questo modo al suo vecchio indirizzo.

Fecero tutti un passo indietro e lasciarono il posto a due agenti della scientifica che si avvicinarono al corpo di Vicky e le sollevarono prima la mano destra e poi la sinistra per raccogliere i residui sotto le unghie. Erano corte, notò Erika. Isaac li aspettava con i sacchetti per la raccolta delle prove già aperti. I due agenti vi fecero cadere dentro i tamponi.

La detective si fermò a osservare il resto della stanza. C'era un mobile basso e lungo con sopra una TV a schermo piatto, mentre le mensole laterali ospitavano delle candele profumate di vari colori e una lampada lava. Con l'illuminazione giusta, doveva essere stato un posticino accogliente, ma le luci severe della scientifica non facevano che mettere in evidenza lo stato di usura in cui si trovava. Le chiazze di umidità sulla carta da parati, la moquette chiara punteggiata di vecchie macchie sbiadite. I graffi sul tavolino da caffè che, quando apriva il letto, veniva sicuramente spostato sotto la finestra. La libreria scheggiata di fianco al vetro, che rivelava il truciolato sotto il rivestimento di finto legno. La camera da letto con lo studio di registrazione improvvisato era aperta.

Lì, Erika vedeva altri due agenti della scientifica che rilevavano le impronte sulla scrivania e sulla porta con pennelli e polvere. La sottile polverina grigia che veniva usata per i rilievi scintillava sotto le luci accecanti.

«Sarebbe utile scoprire perché Vicky fosse a letto così presto», disse Peterson. «Magari aveva compagnia?»

«È ancora vestita», fece notare Moss, indicando i jeans, i calzini e la felpa sporca di sangue.

Erika riportò l'attenzione sul salotto e annuì.

«L'arma del delitto?», chiese.

«È troppo presto per stabilirlo con certezza», rispose Isaac. «Ma si tratta di una lama lunga e affilata. Le ferite sono casuali, ma profonde e precise».

La detective si voltò a guardare la cucina che occupava l'altra metà della stanza.

Era ordinata e pulita, ma le luci mettevano in risalto il bancone di linoleum usurato e sporco e le ragnatele che infestavano gli angoli del soffitto. Notò un set di coltelli rovesciato sul piano di lavoro.

«Manca un coltello dal set», disse.

«In giro non abbiamo ancora trovato niente», ribatté Isaac.

Erika, Moss e Peterson si fecero da parte, lasciando passare un carrello metallico su cui era disposto un sacco nero per cadaveri. Tre agenti della scientifica presero posizione intorno al corpo di Vicky e lo sollevarono con cura dal materasso, per adagiarlo nell'apertura dello scintillante involucro nero. Sempre con delicatezza, girarono la vittima a pancia in su. Erika restò a guardare mentre il corpo si arrendeva alla gravità e i capelli scivolavano via dal viso. Vicky era bassina, con un visino da bambola di porcellana, ma il rigor mortis progrediva alla svelta accentuando la maschera mortale in cui si era bloccata: le labbra ritirate, gli occhi sgranati.

«Farò l'autopsia stasera stessa», disse Isaac. «Ti aggiorno appena scopro qualcosa».

«Grazie».

Erika si guardò intorno per l'ultima volta, soffermandosi sul materasso impregnato di sangue. La plastica scricchiolò quando gli agenti chiusero il sacco, seppellendo i resti di Vicky in un abisso buio e scintillante.

La colpì la consapevolezza di quanto fosse fragile la vita. Chissà cos'aveva provato quella ragazza l'ultima volta che aveva varcato la soglia di casa. Era stata contenta? Triste? Spaventata? Impossibile dire quale emozione agitasse il suo animo nel momento in cui era entrata nell'appartamento – ma con ogni probabilità non aveva idea che ne sarebbe uscita dentro a un sacco per cadaveri.

Capitolo 6

Erika, Moss e Peterson seguirono il carrello con il corpo avvolto nel sacco nel breve tragitto verso il furgoncino nero dell'obitorio, parcheggiato di fianco al veicolo di supporto.

Si fermarono in cortile per sfilarsi le tute anticontaminazione e depositarle nelle apposite buste trasparenti della scientifica.

«Puoi organizzare le ricerche dell'arma del delitto?», chiese Erika a Peterson.

«Sì. Metto subito una squadra a setacciare i cortili nei dintorni», rispose lui, prima di spostarsi verso il veicolo di supporto.

«Io e te andiamo a parlare con Tess, va bene?», chiese la detective a Moss, aggiungendo: «Intanto assicurati che non esca dalla macchina finché *quello* non raggiunge il furgoncino per l'obitorio, per favore».

«Sarà fatto», rispose Moss. I due giovani agenti che Erika aveva spedito a interrogare i vicini uscirono dal palazzo.

«Capo, a quanto pare oggi c'è solo un altro inquilino nel palazzo», comunicò il più alto dei due.

«D'accordo. I vostri nomi, per favore?», domandò Erika.

«Io sono l'agente semplice Robbie Grant», disse il più alto, che aveva una carnagione chiarissima, senza difetti.

«Agente semplice Amer Abidi», dichiarò il secondo, che era altrettanto carino e sbarbatello. Quando si presentò con un cenno e un sorriso, un tatuaggio spuntò sulla pelle scura sotto il colletto dell'uniforme. «Il palazzo ha tre piani», spiegò indicando l'ingresso dell'edificio. «Con tre appartamenti ciascuno. Vicky Clarke abita all'interno uno, Charles Wakefield all'interno due e al tre ci sono due sorelle, Sophia e Maria Ivanova, tirocinanti di medicina, nessuna delle due in casa».

«Ivanova?», ripeté Erika.

«Sono bulgare. Al piano di sopra abita una donna anziana, la signora Wentworth. Vive sola all'interno quattro, proprio sopra l'appartamento di Vicky. Dice di non aver visto né sentito niente stasera. Alle otto era già a letto».

«Non ci sente molto bene e non è proprio in gran forma. Abbiamo dovuto prendere la porta a martellate per farci sentire», aggiunse Robbie.

«Ci ha detto che l'interno cinque è vuoto, quello sopra l'appartamento di Charles Wakefield. Al numero sei, dirimpetto a lei, vive un certo Ray Fontaine, imprenditore. Ma trascorre la maggior parte dell'anno in Cina per lavoro», continuò Amer.

«D'accordo. E all'ultimo piano?», domandò Erika.

«Tutto l'ultimo piano è stato convertito in un unico attico di proprietà di Henrietta Boulderstone, che è anche la proprietaria dell'intero palazzo. Non ha risposto nessuno alla porta».

Erika guardò gli agenti della scientifica che caricavano con estrema cura il carrello con sopra il corpo di Vicky sul furgoncino dell'obitorio, pronto a partire. Moss e Peterson erano di fronte al veicolo di supporto della polizia insieme a Tess, che fissava con gli occhi sgranati sua sorella che veniva portata via. Le spalle erano avvolte in una coperta.

«Ottimo lavoro, ragazzi», disse Erika rivolgendosi di nuovo ad Amir e Robbie. «Se poteste fare un controllo incrociato di tutte queste informazioni sarebbe grandioso».

Erano quasi le undici di sera ma, con la strada piena zeppa di volanti e veicoli di supporto, tutte le luci del circondario erano ancora accese.

All'interno dell'abitacolo c'era un silenzioso tepore. In un angolo del furgone spuntava un tavolino con delle sedute, e Moss scivolò nella panca accanto a Erika. Erano sedute di fronte a Tess, che cullava tra le mani una tazza di plastica piena di tè caldo.

«La ringrazio per la pazienza», disse Erika. «Vuole che le porti altro tè?»

«Questa è la *terza* tazza. Che cosa farete adesso con mia…». La voce si spezzò e chiuse gli occhi, strizzandoli forte. Ma le lacrime spuntarono lo stesso. «Sorella», finì di dire con un sospiro rauco.

«Il team forense è già all'opera nell'appartamento e le assicuro che sono il meglio del meglio. Altri agenti stanno interrogando i vicini e perlustrando l'area. A breve porteremo tutte le prove raccolte in stazione e le disporremo nella sala operativa», spiegò Erika. «Se la sente di parlare un po' con noi? So che è tardi, ma le prime ore sono cruciali perché i testimoni non dimentichino dettagli importanti».

Moss raccolse una scatola di fazzoletti e la consegnò a Tess. La donna ne prese uno e si tamponò gli occhi, annuendo.

«Questa sera, passando di fronte al palazzo, l'ho sentita gridare. Da quanto tempo era in casa prima che la trovassi?», domandò Erika.

«Ero appena entrata, letteralmente. Ho infilato la chiave nella toppa, ho aperto la porta, ho acceso la luce e…». Deglutì prima di proseguire, gli occhi ancora spalancati. «L'ho vista stesa lì e ho urlato. Non urlavo così da… Non lo so, forse non l'ho mai fatto».

Erika rispose con un cenno comprensivo.

«Ho controllato l'orologio quando l'ho sentita. Erano appena passate le otto e un quarto».

«Sì. Io sono uscita di casa intorno alle otto. Vivo qui dietro».

«Ha visto qualcuno quando è arrivata? Non so, un vicino, un passante».

«No».

«Le è sembrato che la porta fosse stata forzata?»

«No. Io ho aperto con la mia chiave».

«Vicky le ha mai confidato di essere preoccupata per la propria sicurezza prima di stasera?»

«Cosa? No… No». Tess scosse la testa con foga.

«Conosce bene gli altri inquilini del palazzo?»

«È tutta gente anziana. Vicky è legata soltanto alle ragazze che vivono di fronte. Le sorelle bulgare. Non che siano grandi amiche, ma sono le uniche ad avere più o meno la sua età, ventisette anni».

«Parliamo di Maria e Sophia Ivanova, giusto?»

«Sì. Lavorano in ospedale e coprono turni lunghi. Visto che Vicky è spesso in casa, ogni tanto ritira i pacchi per conto loro. La mamma spedisce un sacco di roba dalla Bulgaria. È così che le ha conosciute».

«Invece che può dirci del suo vicino, Charles Wakefield?», domandò Erika.

La donna sollevò gli occhi e incrociò il loro sguardo. Ci fu una breve pausa e in quel silenzio la detective si domandò se Tess avesse sentito il trambusto che c'era stato durante l'arresto.

«È un tipo strano. Vicky mi ha raccontato che un paio di volte l'aveva sorpreso a origliare fuori dalla porta».

«Le ha mai parlato esplicitamente di qualche comportamento da parte sua che la faceva sentire minacciata?», continuò Erika, cercando di non condizionarla con le sue domande. Tess abbassò lo sguardo sulle mani e rimuginò per qualche istante.

«No...», rispose infine. «No. Diceva solo che era strambo. Inquietante».

«Lei che cosa sa di lui?»

«Non molto. Vive da solo...». Socchiuse gli occhi. «Non penserete che sia stato lui a farle questo?»

«In questa fase delle indagini è tutto in discussione», rispose Erika. «Vicky aveva un ragazzo?».

L'uso del passato doveva averla colpita, e Tess ci mise qualche istante per riprendersi.

«Sì. Shawn. Shawn Macavity. È da quando si sono laureati sei anni fa che fanno tira e molla. Lui vive a Forest Hill».

Erika ebbe un attimo di esitazione: non voleva indagare troppo, data la violenza a cui aveva assistito sulla scena del crimine.

«Tess. Mancava un coltello in cucina, un grosso coltello da carne».

«Non usava mai quei coltelli», ribatté lei all'istante.

«Sa dirmi se dal set ne mancava già uno?»

«No. No. Come potrei sapere una cosa del genere?».

Ma il riferimento ai coltelli la riportò con la mente alla scena che si era trovata di fronte. Erika la vide stringersi nella camicia sporca color vinaccia e sprofondare nel suo posto. Chissà se aveva avuto intenzione di uscire di casa, quel giorno. A pensarci, Tess era una persona beneducata, co-proprietaria di un ristorante di qualità – come aveva tenuto a precisare – eppure era vestita in maniera tanto sciatta.

«Dovevate vedervi stasera? Vicky la stava aspettando?»

«Come le ho detto, non si è presentata al turno del pranzo oggi. Le ho lasciato vari messaggi in segreteria, ma lei non mi ha mai richiamata. Sono venuta qui per questo… Ero…».

«Era?»

«Ero pronta a urlarle addosso… Non è la prima volta che non si presenta al lavoro». Tess scoppiò di nuovo a piangere.

«E qual era il motivo, quando non si presentava?»

«I più disparati. Una sbronza, un provino, anche se questo capitava di rado ultimamente. Altre volte solo perché non le andava. Sapeva che non l'avrei mai licenziata».

«E perché?», chiese Erika.

«Perché sono tutto ciò che ha, *aveva*… Non ci credo che devo parlare di lei al passato, ora. Mio marito non fa che dirmi di tenere lavoro e famiglia separati. E ora… Vicky». Scoppiò di nuovo in lacrime, mentre Erika prendeva appunti.

«Sta andando alla grande, abbiamo quasi finito», la incoraggiò Moss stringendole una mano. Ma Tess si ritrasse.

«Dove dormiva Vicky? A quanto pare aveva convertito la camera in un ufficio o uno studio di registrazione, giusto?»

«Sul divano letto…», sospirò lei, come se la cosa la imbarazzasse. «Vicky è un'attrice ma, come dire, non lavora molto. Di recente ha convertito la stanza in uno studio di registrazione per poter guadagnare prestando la voce per gli audiolibri, ma non ha mai ingranato davvero. Si era messa a fare un podcast e a lavorare da noi per far quadrare i conti».

«Che genere di podcast?», domandò Moss.

«Non me lo ricordo», disse Tess. Erika ebbe l'impressione che si stesse chiudendo nuovamente a riccio, il che era più che comprensibile.

«Ha mantenuto il nome da ragazza? Tess Clarke ha detto, giusto?», chiese Erika. E Tess sprofondò sulla sedia con un sospiro.

«*Ragazza*. Che parola vuota... È da tanto tempo che non mi sento più una ragazza...». Fece una smorfia. Tutto d'un colpo sembrava sfinita e distrutta. Sospirò ancora una volta e si asciugò gli occhi. «Il cognome di mio marito è Clark, senza "e". Mi ha dato un sacco di problemi far rimuovere quella sciocca vocale», disse con una punta di fastidio. La detective si chiese chi esattamente le avesse dato problemi, se il marito o le autorità.

«Come si chiama suo marito?»

«Jasper Clark... Senza "e"».

«Ha altri fratelli?»

«No. E i nostri genitori sono in una casa di riposo sulla costa meridionale. O Dio. Come farò a dirglielo? Soffrono entrambi di demenza senile... Non posso credere che sia successo davvero. Non posso credere che sia morta».

Stavolta Tess pianse senza freni, singhiozzando con il viso tra le mani.

Capitolo 7

Dagli scalini del furgone, Erika e Moss guardarono Tess che veniva riaccompagnata a casa dal suo nuovo ufficiale di collegamento familiare. Malgrado gli abiti trasandati e i capelli sfatti, c'era una sorta di nobiltà nel suo portamento, nel modo in cui teneva la testa alta e lo sguardo dritto davanti a sé. Erika si girò verso Moss, che si stava massaggiando una spalla.

«Tutto bene?»

«Ho dovuto aprire la porta di Charles Wakefield a spallate», spiegò.

«Avevamo tutte le ragioni per fare irruzione...». La detective ponderò la questione tra sé e sé. Quella storia avrebbe retto, se un giudice le avesse chiesto di giustificare la perquisizione? Si voltò verso la scena del crimine ancora affollata, ripensando alla violenza dell'omicidio appena avvenuto. «Andiamo, finché possiamo. Diamo uno sguardo al suo appartamento».

Tornarono nel palazzo e infilarono un nuovo paio di tute Tyvek sterili. Le lampade della scientifica sfolgoravano nell'appartamento quando superarono la porta di Vicky, e la detective notò che davano lo stesso effetto anche nel corridoio del palazzo, evidenziando le macchie di unto sul parquet scolorito e l'intonaco crepato dei muri.

Il portone di Charles si trovava in fondo al breve corridoio d'ingresso, proprio di fianco all'ascensore e alle scale. Erika infilò un nuovo paio di guanti in lattice e spinse la porta con il gomito. Trovò subito l'interruttore e accese la luce. L'entrata consisteva in un piccolo ingresso rivestito da una moquette sbiadita con un motivo a diamante giallo e arancione. Quando

Moss accostò la porta alle loro spalle, nell'appartamento scese uno strano silenzio scalfito solo dal ticchettio di un orologio.

La casa era impregnata dell'odore stantio degli anziani. Erika non avrebbe saputo definirlo con chiarezza... Non era una puzza vera e propria, ma qualcosa come un misto di cerume, cellule morte, capelli sporchi e prodotti per la pulizia che non riuscivano del tutto a vincere la battaglia contro la sporcizia.

Il paralume che pendeva dal soffitto era scuro e lasciava in ombra gli angoli dell'ingresso. Un vecchio telefono a disco poggiava sull'elenco telefonico e sulle Pagine Gialle, posizionati su una mensolina sotto uno specchio alto e sottile.

«Gesù. Mi è quasi preso un colpo», disse Erika in preda a una lieve ondata di panico. Indicò un appendiabiti dietro la porta, da cui pendevano uno sopra l'altro un lungo trench nero e un cappello di feltro.

«Sembra una persona che ci sta dando le spalle», disse Moss. Erika si avvicinò al trench e prese con cura il cappello dal gancio. Era rigonfio ed elegante, e l'etichetta all'interno recitava: ANTICA CAPPELLERIA JUNIPER & BROWN, ST. JAMES STREET, LONDRA.

«Attenzione: pericolo avocado!», annunciò Moss. Erika rimise il cappello al suo posto sull'appendiabiti e raggiunse la detective nel bagnetto umido alle loro spalle. La moquette marrone si abbinava ai sanitari verde avocado. Dal portasciugamani di legno, messo di fianco alla vasca, penzolavano due asciugamani arancioni, stirati e rigidi.

Erika si avvicinò all'armadietto a specchio sopra il lavandino e lo aprì. Sulla mensola più bassa c'erano tre saponette Imperial Leather, una boccetta scrostata di dopobarba Old Spice, compresse per la pulizia della dentiera, un sacchettino di rasoi usa e getta e tutta una serie di farmaci su prescrizione. Erano otto flaconi in totale, ma le etichette erano tutte a brandelli. La detective scattò delle foto con il cellulare.

«Peccato che abbia strappato le prescrizioni. Avremmo potuto scoprire cos'ha che non va: qualcosa c'è, questo è poco ma sicuro», commentò Moss, mentre l'affiancava di fronte al lavandino. «Guarda qua. Sono anni che non vedevo un portasapone magnetico. Mia nonna ne aveva uno», aggiunse, indicando la saponetta poggiata su uno stand attaccato al muro e tenuta ferma da un piccolo disco magnetico.

Erika era turbata da quei medicinali senza nome. Prese un paio di flaconi e sbirciò le pillole al loro interno, prima di richiudere l'armadietto. Si guardò intorno. Il tappetino del bagno era appeso sull'asta della tenda con le sue ventose tentacolari rivolte verso l'esterno. Le fibre schiacciate del tappetino intorno alla tazza suggerivano due impronte. L'aria era umida e stantia, ma la moquette era asciutta.

«Se è stato Charles ad accoltellare Vicky Clarke in preda a un raptus, poi deve essersi ripulito alla svelta. Ma non sembra che l'abbia fatto qui: non ci sono tracce né odore di sangue», commentò Erika.

Uscirono dal bagno e attraversarono l'ingresso per entrare in salotto. Moss accese l'interruttore. Anche in quel caso, il paralume floreale gettò la stanza in un buio cavernoso.

«Dov'è la TV?», fece Moss. L'arredamento sembrava fermo agli anni Cinquanta, con le due poltrone e il divano marroni e gli schienali decorati da centrini. Nell'angolo, sotto una lampada da terra con le frange, c'era un massiccio giradischi di legno. In quella stanza il ticchettio dell'orologio si sentiva più forte. Erika si accorse che veniva dalle lancette di un pendolo a cucù appeso di fianco alla porta. Davanti a una poltrona c'era una stufetta a gas. Sul centrino rotondo che copriva il tavolino spuntava una lattina di Newcastle Brown Ale insieme a un bicchiere semipieno. Erika toccò la lattina con i guanti: era ancora fredda. In un lato della poltrona era nascosto un catalogo di lingerie stropicciato.

La detective lo tirò su. Le modelle indossavano grossi reggiseni di pizzo, trasparenti ed elaborati, e mutande di pizzo a vita alta con i reggicalze. Su un bracciolo della sedia era posizionata una scatola di fazzolettini.

«È un catalogo vecchissimo», commentò Erika, arricciando il naso di fronte alle pagine sgualcite.

«Sarà un fanatico di pippe stile anni Settanta», ribatté Moss. La detective rimise tutto come l'aveva trovato.

Su una mensola al lato della sala c'erano una serie di foto incorniciate che ritraevano una donna con due ragazzini. Le immagini dovevano essere state scattate nell'arco di vent'anni, ma già nelle prime, in cui i bambini erano piccoli, la donna aveva un'aria severa e sembrava più grande della sua età. Portava la riga dei capelli di lato, il caschetto brizzolato e corto tenuto in ordine da un fermaglio. Nella prima foto era in una piscina naturale in mezzo alle rocce insieme ai due bambini piccolissimi, che a malapena le arrivavano alle ginocchia. In quelle dopo, i bambini diventavano sempre più grandi passando dall'adolescenza all'età adulta. Le scene immortalavano ricordi di picnic e giornate al mare. Nell'ultima foto, la donna era seduta in un letto d'ospedale con il sole che entrava dalla finestra e le faceva brillare i capelli ormai bianchi. Sembrava fragile e inconsistente, i ragazzi invece dovevano aver raggiunto i vent'anni. Charles era riconoscibile già da bambino, per lo stesso sorriso timido e inquietante che aveva ancora. L'altro ragazzo era più bello, il sorriso genuino e sicuro.

La libreria era ampia e colma di file e file dei romanzi del «Reader's Digest», grandi volumi rilegati in pelle rossiccia, mentre le due mensole inferiori erano zeppe di libri su Hitler e le due guerre mondiali.

Si mossero in fretta per la cucina piccola e ordinata, con i pensili e i ripiani in formica ormai datati. In fondo all'appartamento c'era la camera da letto, piuttosto spoglia, con un letto singolo e un armadio.

«Eccola qui, la televisione», disse Erika, puntando un vecchio apparecchio con il videoregistratore incorporato abbandonato in un angolo. Il cavo era staccato e arrotolato ordinatamente insieme alla presa, tenuti insieme da un pezzo di nastro adesivo. Lo schermo era ricoperto da uno spesso strato di polvere. «Non conosco nessuno senza TV».

«Ho sentito che Madonna non ce l'ha», rispose Moss. «È un'informazione utile?».

Erika le rispose con un'occhiataccia.

«Certo, utilissima».

«E questa è la finestra da cui ha provato a saltare», disse Moss. Davanti al vetro pendevano una tenda velata e dei pesanti drappeggi rossi. Erika li spostò di lato e aprì il pannello grande e largo. Il salto era di appena un metro, per atterrare su una striscia d'erba in un vicolo secondario tra due file di case.

«E lì è dove ha sbattuto la testa», continuò Moss, indicando il bordo arrugginito della finestra.

Erika notò un'impronta sporca di terra sul davanzale e altre macchie sulla moquette.

«Perché aveva le scarpe sporche di fango? Lo abbiamo trovato nell'atrio che parlava con Tess e stringeva il sacco della spazzatura. Forse era andato a cercare i gatti morti? No, non può essere, erano mezzo congelati».

«In quel punto era già per metà fuori dalla finestra e cercava di rientrare», spiegò Moss.

Chiusero tutto e tornarono in cucina. C'era lo stesso odore stantio del bagno. Niente forno a microonde, solo una vecchia cucina a gas con una bistecchiera sopra il piano cottura. Il frigo ronzava in un angolo. C'era un vago odore di fritto, ma i piani di lavoro erano puliti e in ordine. Erika pestò la leva della pattumiera: vuota, la busta nuova di zecca. Anche nel lavandino non c'era niente, solo macchie di calcare lasciate dall'acqua. Moss si chinò ad aprire i cassetti del congelatore.

«Nulla. Solo waffle, macinato… Oh, una busta di aringhe affumicate. Niente gatti morti».

Tornarono all'ingresso, alla grossa credenza con la chiave nella toppa. Aprendola, videro che le mensole arrivavano al soffitto e contenevano accessori per la casa, prodotti per la pulizia, rotoli dell'immondizia, lampadine di ricambio, carta igienica e una tonnellata di saponette Imperial Leather come quella che era in bagno.

«Niente TV, computer e radio. In più, è pure un piccolo accumulatore seriale», sentenziò Moss, mentre dava un'occhiata a tutte le scorte.

«Già, ma non è illegale», rispose Erika.
«Non c'è niente che suggerisca che abbia ripulito l'appartamento, a meno che non abbia indossato una tuta protettiva e dei guanti, ma nel sacco della spazzatura che gli abbiamo requisito non c'era nulla del genere».
«Dobbiamo controllare i bidoni condominiali», rispose Erika.
«Fantastico, non c'è modo migliore di passare la serata», commentò Moss. Un tonfo sordo rimbombò nell'appartamento, e il pendolo a cucù nel salotto suonò l'ora. Erika sentì un brivido lungo la schiena. In quella casa strana e inquietante, sembrava che il tempo si fosse fermato.

Capitolo 8

L'estesa ricerca fra i cassonetti dell'intero quartiere non portò a nessun indumento o fazzoletto sporco di sangue. Alle tre del mattino, quando la scientifica terminò i rilievi in casa di Vicky, il ritmo sulla scena del crimine cominciò a rallentare. Erika congedò il team, dando appuntamento per le dieci del mattino seguente.

«Vuoi un passaggio a casa, capo?», domandò Moss. Il furgoncino della scientifica era appena partito e anche il veicolo di supporto della polizia se ne stava andando. Il vento si era alzato e la strada appariva tetra e desolata, con il cordone della scena del crimine che vibrava nella brezza con un fischio sinistro.

«Tranquilla. La mia nuova casa è due traverse più in là».

«Ma è tardi. Fatti dare un passaggio, così sono sicura che arrivi sana e salva...». Salirono in auto e Moss mise in moto, accendendo immediatamente il riscaldamento. Erika infilò le mani ghiacciate tra le cosce, rannicchiandosi in attesa che l'aria calda facesse effetto.

Moss le porse un sacchetto di caramelle alla frutta.

«Tieni. Per togliere il sapore di immondizia dalla bocca», disse.

«Grazie», rispose la detective, prendendone una. La sentì sciogliersi in bocca finché il cervello non processò la piacevole botta di zuccheri, cancellando il ricordo della caccia fra il sudiciume e il cibo marcio.

«Cosa ne pensi di Charles Wakefield?», chiese Moss.

«Teniamolo in cella per stanotte e domani lo interrogheremo».

«Credi che abbia ucciso Vicky?»

«Sarebbe la soluzione più semplice e veloce, ma è troppo presto per collegarlo all'omicidio. Almeno che non salti fuori il suo DNA».

«Le soluzioni non sono mai semplici e veloci», commentò Moss.

Erika annuì sgranando gli occhi. «Dammi un altro po' di zucchero, avanti».

«Le avevo comprate per Jacob, ma non sono mai arrivate a casa», spiegò Moss, scuotendo il sacchetto e offrendoglielo per la seconda volta. «Gli zuccheri sono il mio macronutriente preferito».

«Sono buonissime», concordò Erika, mentre si rilassava per un attimo sul sedile e chiudeva gli occhi. «Gesù, sono in piedi dalle cinque di stamattina per via del trasloco».

Si allontanarono dalla casa, lasciandosi alle spalle un poliziotto solitario che aveva il compito di fare la guardia alla scena del crimine.

«C'è... ehm. C'è del potenziale», commentò Moss, sbirciando dal finestrino, non appena parcheggiarono di fronte casa di Erika.

«L'obiettivo era comprare la casa più brutta nella via più bella, come si suol dire».

«Be', ce l'hai fatta».

Erika rise.

«Grazie per il passaggio. Ci vediamo domani».

«'Notte, capo. Cerca di riposare!».

Moss aspettò di vederla scomparire dietro la porta per andarsene. Fuori faceva un freddo cane e una corrente gelida attraversava l'ingresso dell'appartamento. Accendendo la luce, la detective vide una lunga linea di impronte infangate sul pavimento. Erano delle zampe e venivano dalla cucina. Le seguì e si accorse che la vecchia gattaiola nella porta sul retro era leggermente aperta.

Un *miao* fragoroso riecheggiò per la casa, facendola sobbalzare per lo spavento. Lo sentì di nuovo, e si mise a seguire le impronte che dalla cucina andavano fino all'ingresso, prima di deviare bruscamente in direzione delle scale. Sul pannello che sormontava la porta il civico 27 era sbiadito. La luce dei lampioni filtrava attraverso il vetro, illuminando due occhi gialli che scintillavano in una macchia buia in cima alla rampa.

«Quindi sei tu, il mio ladro di mezzanotte?», domandò. Il gatto rispose con un miagolio allegro e le corse incontro venendo sotto la luce. Erika si aspettava di trovarsi di fronte a un randagio spelacchiato, ma quel gatto aveva un pelo nero e bellissimo con quattro zampette bianche, perfette, come dei calzini. Sembrava piuttosto giovane ed era magro, ma non denutrito. Gli occhi, verdi, erano i più belli che avesse mai visto.

Il gatto si fermò a guardarla ai piedi delle scale, sicuro di sé e impassibile. Le zampette anteriori erano leggermente ruotate verso l'esterno. Le ricordavano la posa di Mary Poppins, quando apriva l'ombrello e spiccava il volo.

Si chinò davanti al gatto, tendendogli la mano. Lui le andò incontro e prese a strusciarsi contro il braccio, mentre lei gli dava delle carezze leggere.

«Mio Dio, che pelliccia morbida che hai», disse Erika mentre gli accarezzava il dorso e lo grattava dietro alle orecchie. Il micio si mise a fare le fusa, un rombo lieve e costante che la rilassò subito. «Sei un maschietto o una femminuccia?», chiese cercando di guardarlo tra le zampe. «Ah, sì. Pene e testicoli. Maschietto, non c'è dubbio».

Si alzò in piedi e andò in cucina, curiosa di vedere se il gatto l'avrebbe seguita. Lo fece, sedendosi di fronte al frigorifero che produceva un lieve ronzio. Insieme alla casa, Erika aveva ereditato un tavolo di legno scheggiato e una singola sedia. C'erano diversi scatoloni impilati sia sopra che sotto quello scarno arredamento, e lei ne aprì uno con su scritto BARATTOLI. Tirò fuori un *májka pâté*.

Il gatto la guardò leccandosi i baffi.

«Certo che sei un portento. Entri qui, eserciti il tuo fascino e dopo neanche cinque minuti mi ritrovo a decidere se darti o no l'ultima lattina del mio paté ceco preferito…». Il gatto la guardò speranzoso e batté le palpebre. «Nel giro di un secondo sono diventata una vecchia gattara», disse Erika. Rovesciò mezzo barattolo di paté su un piattino pescato dagli scatoloni e riempì una tazza d'acqua del rubinetto. Li sistemò entrambi sul pavimento di fianco al frigo e restò a guardare mentre il gatto ci dava dentro, leccando la carne scintillante con la sua piccola linguetta rosa.

Erika ripensò ai gatti congelati che Charles Wakefield aveva nel sacchetto della spazzatura. Un'altra fitta di tristezza – quei poveri animali morti in quel modo. Prese solo una cucchiaiata di paté dal barattolo e diede il resto al suo nuovo amico.

Erano quasi le quattro del mattino, ma improvvisamente si sentiva sveglia come non mai. Il piattino ticchettava sul pavimento man mano che il gatto lo ripuliva leccandolo a fondo. Uno spiffero di aria fredda entrava ancora in casa dalla gattaiola. Erika andò a chiuderla, controllando che funzionasse ancora. Aveva solo bisogno di un po' d'olio e di colla. Pensava che il gatto se ne sarebbe andato dopo aver mangiato, e invece la seguì nell'ingresso.

I suoi passi rimbombavano sulle scale buie e fu grata della compagnia del micio, che stava salendo insieme a lei. Tastò le pareti, passando le dita sulle bolle d'aria e sulle chiazze d'umidità nella carta da parati, finché non trovò l'interruttore della luce. C'erano quattro porte sul pianerottolo. La prima dava su una stanza che pareva uno sgabuzzino, affacciata sul giardino posteriore. Accanto c'era un bagnetto altrettanto piccolo, mentre la terza conduceva a un'altra cameretta. La camera padronale si trovava sul lato anteriore della casa e aveva un'enorme finestra a bovindo.

Erika si affacciò nello sgabuzzino e vide il materasso gonfiabile a terra, ancora pieno d'aria e pronto con coperta e cuscino. La casa aveva un camino in ogni stanza, ma quella era l'unica in cui non era stato tappato.

Il gatto la seguì dentro e si appollaiò soddisfatto a un'estremità del materasso. Erika non aveva mai avuto un animale domestico. Quello era un randagio, ma era carino, e in un certo senso stare in sua compagnia durante la prima notte nella nuova casa la rassicurava.

Si tolse gli abiti da lavoro, lasciando addosso solo l'intimo e i calzini, e si infilò un pesante pigiama a scacchi. Aveva comprato legna e carbonella alla stazione di servizio e, un paio di minuti dopo, riuscì ad accendere un piccolo fuocherello che di tanto in tanto alimentava seduta sul materasso. Man mano che i sottili petali della fiamma prendevano vigore, Erika strofinava le mani e si godeva il tepore confortante di quel bagliore.

Le era rimasta una vecchia felpa blu che Peterson aveva dimenticato di riprendersi dopo la fine della loro relazione. Le piaceva usarla per dormire, infatti la aspettava già sul materasso, per metà coperta dal gatto. Guardò l'etichetta che spuntava dal colletto: George at ASDA.

«Uhmm. George è un bel nome, che ne dici?».

Il gatto sollevò la testolina e la guardò per un istante, poi si alzò e uscì dalla stanza. Erika lo seguì fino alla porta e lo sentì scendere le scale e attraversare l'ingresso, per poi sparire dietro il fruscio della gattaiola.

«D'accordo. Ci vediamo, George», salutò, sorprendendosi del dispiacere che provava ora che il gatto se n'era andato.

In camera l'accolse un fuoco scoppiettante. La legna che aveva comprato alla stazione di servizio ardeva e sfrigolava, e sotto i suoi occhi una scintilla incandescente saltò fuori dal camino per atterrare sul materasso gonfiabile.

«No!», gridò, rendendosi conto di come sarebbe andata a finire. La scintilla sibilò contro il sottile strato di plastica, scavando un bel buco. Il materasso cominciò a sgonfiarsi e, nel giro di pochi secondi, coperta e cuscino erano a terra. «Merda».

Di colpo la stanza perse tutto il suo fascino. Erika salì sul materasso, che ora era piatto come un pancake, e cercò di mettersi comoda sotto la coperta. Era al caldo, ma sentiva ogni centimetro di legno duro sulla schiena. Dopo mezz'ora passata a girarsi e rigirarsi, rinunciò a dormire e tirò fuori il telefono.

Non aveva mai usato l'app per podcast dell'iPhone, ma stavolta cliccò sull'icona, andò sulla barra di ricerca e scrisse: *Vicky Clarke podcast*.

La ricerca materializzò sullo schermo la foto di copertina del programma. Ritraeva Vicky in piedi contro un muro di mattoni, con un giubbotto di pelle squadrato e le braccia incrociate. Guardava dritto nell'obiettivo con un'espressione seria e cupa e, sopra di lei, la scritta a caratteri rossi: V.A. CLARKE, DETECTIVE TRUE CRIME.

Si tratta di un podcast true crime?, pensò Erika. *E perché Tess non me l'ha detto?*

C'erano quindici episodi, ognuno riguardante un crimine o una serie di crimini ancora irrisolti: incendi dolosi, vandalismo, truffe. Ma fu uno in particolare a catturare subito l'attenzione di Erika. Ogni muscolo del suo corpo si bloccò. Nella sua testa balenò l'immagine di Charles Wakefield. Il titolo era:

Il mistero del gatticida di Croydon.

Capitolo 9

Erika non aveva dimestichezza con la tecnologia – aveva comprato uno smartphone solo di recente, e con animo a dir poco riluttante – perciò ci mise un po' a capire come riprodurre il podcast. Alla fine, alzò il volume, appoggiò il telefono sul letto e cominciò ad ascoltare.

La puntata partiva con la melodia amena di un piano che riecheggiava in lontananza e, mentre i riflessi del fuoco ormai sopito si inseguivano sul soffitto dello sgabuzzino, Erika si dimenticò del pavimento duro sotto la schiena. Durante il loro colloquio, Tess aveva parlato con sufficienza delle capacità attoriali di sua sorella, ma il discorso d'apertura di Vicky lasciò la detective senza parole. Padroneggiava il microfono con sicurezza, la voce forte e coinvolgente.

«La leggenda vuole che il Gatticida di Croydon sia responsabile dell'assassinio, lo smembramento e la decapitazione di oltre quattrocento gatti in tutto il Regno Unito. La sua sete di sangue è cominciata quattro anni fa a Croydon, seminando ansia e terrore tra gli abitanti della contea di Londra.

Nel 2014 cominciarono ad arrivare numerose segnalazioni di gatti ritrovati morti e mutilati nelle aree residenziali della contea, fino a Manchester. La polizia aprì subito un'indagine che si protrasse per diversi anni. Secondo una dichiarazione ufficiale della polizia metropolitana, le mutilazioni non erano opera di un essere umano, ma frutto di violenti attacchi da parte di animali selvatici o di incidenti stradali multipli.

Tuttavia, le morti sono continuate, e in tre casi le telecamere di sicurezza hanno ripreso un'ombra misteriosa. Diversi abitanti, tra cui veterinari e agenti di polizia (che preferiscono mantenere l'anonimato), sono convinti che dietro queste uccisioni si celi un individuo malato. Alcuni di loro temono anche che presto o tardi rivolga le sue attenzioni agli esseri umani…

Poi l'audio virò sull'intervista di un'abitante di Shirley, a South London. Un cucchiaino tintinnava contro una tazza mentre un treno sferragliava sulle rotaie in sottofondo. Quei suoni evocavano l'immagine della cucina di una piccola casa a schiera, di quelle con le finestre che affacciano su qualche cortile posteriore, magari appannate dal vapore del bollitore.

«In genere ho il sonno pesante», disse la donna con un marcato accento del Kent. «Ma quel verso mi ha svegliata di soprassalto».

«Quale verso?», domandò Vicky.

«L'orribile verso dei gatti che litigano… Quella specie di miagolio acuto e gorgogliante. Se ne sentono spesso da queste parti… Ma poi si è fermato di colpo, come se qualcuno li avesse zittiti. E ho cominciato a sentire che qualcosa non quadrava… Ho svegliato Des, mio marito, e l'ho mandato a controllare fuori. Quando ha aperto la porta sul retro, si è ritrovato davanti il corpo di un gatto decapitato. Era ancora caldo. Ha puntato la torcia sul giardino e ha visto impronte fresche sul fango. Appartenevano a un uomo, numero quarantacinque, e dal prato andavano verso la recinzione…».

Erika cambiò posizione e il pavimento duro la riportò al presente. Pensò alla camera da letto di Charles Wakefield, all'appartamento tetro. All'impronta infangata che avevano visto sul davanzale della finestra…

La puntata del podcast proseguiva con l'intervista a un uomo che possedeva una telecamera di sicurezza a circuito chiuso in casa. Si era ritrovato un gatto fatto a pezzi in cortile.

La profonda stanchezza e il tepore suscitato dal fuoco acceso la spinsero in uno stato di dormiveglia. Nei suoi sogni vide Charles: era lui l'ombra tarchiata sul portico posteriore. Aveva le maniche arrotolate e tra le mani stringeva qualcosa di peloso e molle, lo sguardo indemoniato mentre gli schizzi di sangue gli atterravano sul volto glabro.

Erika si svegliò di soprassalto. Nella stanza si gelava e dalla tendina sottile filtrava una luce lattiginosa. Si rigirò sul materasso e sentì il pavimento duro premerle sui fianchi. Si tirò su, con il respiro che veniva fuori in una nuvola di vapore. Erano le sette del mattino.

Erika arrivò alla stazione di Lewisham Row poco prima delle nove. Era una giornata grigia e tersa, e l'aria fredda portava già un sentore dell'inverno. Nemmeno le due tazze di caffè che si era scolata erano riuscite a sopire il freddo che le aveva lasciato addosso la prima doccia nel nuovo bagno: più che altro, una mini-immersione in un rivolo d'acqua ghiacciato. E trovare la macchina gelata dopo la notte non aveva di certo aiutato. Per di più, la tanica di antigelo che teneva sempre in macchina era vuota. Non appena s'infilò nel parcheggio, l'auto di Peterson si fermò nello spazio accanto al suo.

La pessima dormita su quel materasso sgonfio le aveva dato il torcicollo. Provò a stiracchiarsi una volta fuori dall'auto, ma fu solo peggio.

«Buongiorno. Stai bene?», domandò Peterson. «Com'è la casa nuova?».

Erika stava per dirgli che era meravigliosa e spaziosa e come l'aveva sempre sognata, ma poi si fermò. *Perché mentire?* «Il materasso gonfiabile si è bucato e stanotte ho praticamente dormito per terra. E non c'è neppure l'acqua calda». Peterson le sorrise mentre recuperava lo zaino e chiudeva a chiave l'auto.

«A me è toccato il divano, quindi ti capisco».

«Il tuo divano è scomodo, ma sempre meglio delle assi del pavimento. Avrei fatto di tutto per dormire su qualcosa di meno duro».

«Non mi hanno cacciato. È che Kyle soffre di terrori notturni... Ecco perché sono finito sul divano», si sbrigò a chiarire Peterson.

«Anche mia madre ne soffriva. Sembrava indemoniata per come urlava, in quei momenti era sempre mezza sveglia e mezza addormentata».

«Esatto! Kyle urla e scalcia. E se ne sta con gli occhi aperti, una cosa spaventosa. Ci vuole un sacco di tempo per svegliarlo e farlo calmare», continuava a raccontare Peterson mentre le apriva la porta. «Si tranquillizza solo dormendo tra me e Fran, ma quel letto è minuscolo...». Si immersero nel tepore della segreteria. La sala era piccola e malandata, e sembrava infestata da un costante odore di vomito e disinfettante al pino silvestre. «Stanno facendo una svendita da Bed World, se ti interessa. Poco più giù, vicino alla metro».

«Ottimo. Grazie per la dritta...». Mentre si avvicinavano al banco d'accoglienza, Erika ripensò a Charles Wakefield. «Ci vediamo dentro per il briefing. Voglio solo passare dal signor Wakefield e vedere se ha gradito la notte in cella». Peterson annuì e poggiò il tesserino magnetico sul sensore accanto alla porta, che con un breve ronzio lo ammise nel cuore pulsante della centrale.

«'Giorno. Posso dare un'occhiata al registro delle detenzioni?», chiese all'agente di turno. Il poliziotto le consegnò un foglio stampato.

La detective passò al vaglio la lista, che elencava gli arresti e gli incidenti della notte passata. L'ultima voce le fece aggrottare la fronte.

«Ma che...», disse a mezza bocca. «Siamo sicuri di questo?», domandò indicando il fondo del foglio.

«Sì. È uscito subito», spiegò l'agente. «A quanto pare Charles Wakefield è il fratello di Julian Wakefield. Il commissario aggiunto della polizia!».

Capitolo 10

Erika appoggiò il tesserino al sensore ed entrò in centrale. Attraversò in fretta il corridoio lungo e basso che superava le scale e gli ascensori e portava dritto alle celle. I telefoni squillavano a non finire e gli agenti in uniforme sciamavano nella direzione opposta insieme ai membri del team di supporto, tutti con i volti stanchi, seri e concentrati.

La detective era persa in un turbine di pensieri. *Cristo. Perché Charles non l'ha detto subito che suo fratello è il terzo uomo più potente di tutta la maledettissima polizia?* Ripensò alle foto che aveva visto nel suo salotto, quelle che ritraevano due ragazzi. In effetti, le era sembrato un volto familiare.

Si imbatté in Moss, che usciva dalla sala mensa con un caffè in mano.

«'Giorno, capo. La sovrintendente ha chiesto di te. Vuole vederti subito nel suo ufficio», annunciò prima di bere un lungo sorso di caffè.

«Non mi stupisce», rispose Erika. Girò i tacchi e tornò alle scale con un misto di rabbia e ansia che le cresceva nel petto.

L'ufficio della sovrintendente Melanie Hudson era in fondo al corridoio dell'ultimo piano. La detective bussò alla porta e aspettò il permesso di entrare.

«Avanti», rispose la voce attutita di Melanie. Quando aprì, la trovò seduta dietro la sua scrivania. Era una donna minuta con un taglio biondo ed elegante. Accanto a lei c'era il comandante Paul Marsh. Se ne stava dritto sulla sedia, con addosso il solito completo immacolato. Era parecchio abbronzato e aveva una capigliatura castana e foltissima, nonostante andasse per i cinquanta.

«Buongiorno, Erika», le disse.

«Buongiorno», rispose la detective con circospezione, entrando nell'ufficio. Dalla finestra dietro la scrivania si godeva di una vista panoramica su tutta Londra. Sbirciando nella nebbia, poteva scorgere persino il Parlamento.

«Siediti, prego», disse la sovrintendente, indicando la sedia di fronte a lei.

La detective aveva un buon rapporto professionale con Melanie, ma la sua relazione con Marsh era complicata. Avevano frequentato l'accademia insieme e per diversi anni erano stati molto amici – ma tante cose erano cambiate, da allora. Per quel che la riguardava, Marsh aveva messo da parte l'etica del buon poliziotto per scalare subito i ranghi e fare carriera.

Nella stanza calò un silenzio imbarazzante.

«È bello tornare nel mio vecchio ufficio. Sembra diverso, rispetto a quando c'ero io», osservò Marsh.

«Già. È molto più ordinato», disse Erika. «Prima somigliava più alla cameretta di un adolescente. Pieno di tazze sporche, vestiti da palestra...». Melanie non rise. E Marsh sembrava infastidito. «Presumo che siate qui per spiegarmi perché il sospettato che ho arrestato ieri sera è stato rilasciato senza la mia approvazione, giusto?»

«Erika, il comandante Marsh ha messo da parte i suoi impegni per venire qui e spiegarti di persona cosa è accaduto stanotte», disse Melanie.

«Un atto di nepotismo, c'è bisogno di spiegarlo?», ribatté Erika. «Ho saputo ora che il fratello di Charles è un pezzo grosso della polizia. Immagino che Julian Wakefield abbia mosso le sue conoscenze per fargliela passare liscia anche se ha aggredito un agente di polizia».

Melanie scosse la testa e sbottò: «Cristo santo, Erika. Sta' zitta e ascolta».

Era la prima volta che Melanie la sgridava in quel modo, e la cosa la lasciò senza parole.

«Mi dispiace, ma quando l'ho arrestato non avevo idea di chi fosse suo fratello. E comunque sia, avrei dovuto essere informata del suo rilascio», ribatté Erika, il viso in fiamme per via della strigliata. Marsh picchiettava le dita sul tavolo.

«È una faccenda delicata, Erika. È un periodo particolarmente sensibile per la polizia. Come sai anche tu, la stampa ha eroso la fiducia che i cittadini riponevano in noi e questa storia andava risolta in modo appropriato, certo, ma in fretta, evitando che la notizia arrivasse ai giornalisti...». Erika fece per rispondere, ma lui la fermò con un palmo alzato. «Posso assicurarti che Charles Wakefield non è stato rilasciato con uno schiaffetto sulle mani. Alle otto di stamattina l'hanno portato di fronte alla Corte dei magistrati di Lewisham. Hanno esaminato subito il suo caso e l'hanno condannato per avere aggredito un agente di polizia e infranto l'articolo 89. Si trattava del suo primo reato – a parte qualche multa per divieto di sosta, era pulito – perciò gli hanno dato tre mesi con sospensione della pena e una multa di mille sterline».

Era sorpresa che l'avessero condannato, ma la notizia non placò il senso di tradimento che provava per essersi vista portare via la possibilità di interrogarlo a puntino.

«E dov'è ora?», chiese dopo una breve pausa. «A nascondersi insieme al commissario aggiunto?»

«No. Sembra che Charles sia un po' la pecora nera della famiglia. Conosco Julian abbastanza bene, e prima di questa storia non sapevo avesse un fratello», rispose Marsh.

«Il problema è che non si trattava di una semplice aggressione a pubblico ufficiale», spiegò Erika. «Volevo interrogare Charles Wakefield in relazione al brutale omicidio di una ragazza, la sua vicina. Dovevo appurarmi che avesse un alibi per l'ora del delitto. Nelle settimane che hanno preceduto la sua morte, la ragazza aveva lamentato un comportamento inquietante da parte sua, affermando che non si sentiva sicura in sua presenza. E quando siamo arrivati sulla scena del delitto, ieri sera, lui si è comportato in modo sospetto». La detective andò avanti a raccontare gli altri eventi della notte precedente, inclusi il gatto morto che aveva cercato di nascondere e il podcast di Vicky Clarke. Marsh la interruppe alzando la mano.

«Stai dicendo che è lui il responsabile di questo brutale omicidio e di tutti gli smembramenti felini degli ultimi quattro anni?»

«Sto dicendo che è una coincidenza sospetta».

«Charles Wakefield va trattato alla stregua di un normale cittadino...».

«Un normale cittadino?», lo interruppe Erika. «Perché non ho *mai* sentito di un normale cittadino che alle undici di sera viene arrestato per aggressione a pubblico ufficiale e alle nove del mattino dopo è già stato processato e condannato!».

«Dovrai trovare una ragione maledettamente buona per interrogarlo», rispose Marsh. «E per chiedergli pure della strage di gatti».

«Il nome ufficiale è Operazione Figtree», disse Erika. Marsh scosse la testa, livido in volto.

«L'esito dell'Operazione Figtree stabilì che erano state delle volpi a uccidere quei gatti. *Volpi*, che a Londra sono migliaia. Hai idea di quanti soldi e risorse sia costata quella storia? Milioni!».

«Sì, ma...».

Marsh si sporse sul tavolo e le puntò un dito contro.

«Se vengo a sapere che hai arrestato il fratello del commissario aggiunto in relazione a...».

«All'Operazione Figtree», continuò Erika divertita dal rantolo hitleriano di Marsh.

«Se vengo a sapere che l'hai arrestato perché lo credi un cazzo di gatticida, puoi dire addio alla tua carriera, Erika. Sul serio!».

«Credo che possa essere coinvolto nell'omicidio, però».

«Voglio che ogni sviluppo nelle indagini legato a Charles Wakefield venga riportato a me e Melanie. Ogni singolo sviluppo, per quanto piccolo. Hai capito?».

Erika si appoggiò allo schienale della sedia e lo fissò a braccia incrociate.

«Erika», intervenne Melanie. «Hai capito?».

Ci fu un momento di silenzio. Marsh la fissava dall'altro lato della scrivania, con una vena che gli pulsava sulla fronte. Per un attimo, la sua rabbia la divertì. *Ai piani alti saranno nel panico sapendo che guido io queste indagini,* pensò.

«Certo. Ho capito».

Marsh prese il cappello e si alzò in piedi.

«Melanie. Ti ringrazio per il caffè».

«Di niente, grazie a te. Apprezziamo che tu abbia trovato del tempo per incontrarci», rispose Melanie alzandosi a sua volta. Anche Erika si trascinò su dalla sedia. Si era resa conto che doveva stare al gioco.

«Paul, non sono stupida. Mi dispiace se... ho alzato i torni. Ti tengo aggiornato su tutto».

Marsh si fermò sulla porta.

«Grazie», tagliò corto. «Com'è la casa nuova? Ti stai ambientando?», domandò con una brusca inversione di rotta, cambiando del tutto argomento.

«Sì. Ha bisogno di qualche lavoro, però», rispose.

«Blackheath è un bel quartiere... Ricordi l'appartamento del primo anno di accademia a Manchester? Niente moquette e riscaldamento. Lettini da campo». Il ricordo gli strappò un sorriso. «Però ci siamo divertiti, no?».

Erika provò una punta di rimorso, un senso di perdita. Non per Mark, ma anche per il vecchio Paul Marsh. Il buon amico che era, prima che la fame di potere e successo lo divorasse. Adesso che era di tre gradi più in alto di lei, non sapeva più come parlargli. Ogni volta che ci provava, poi, combinava solo disastri.

«Sì, molto», rispose con un sorriso sincero.

«Mi manca Mark. Penso spesso a lui».

«Anche io. Sempre».

Per un attimo le parve di rivedere in quel sorriso il vecchio Paul.

«Ti prego, fa' attenzione con questo caso. Okay?», disse.

«Certo».

Fece un ultimo cenno, non sorrideva più. Dopo un attimo, se n'era andato. Senza dire niente, Melanie fece il giro della scrivania e la raggiunse.

«Mi dispiace», disse Erika. «Il mio rapporto con lui sarà sempre strano».

Melanie annuì.

«Però ricordati che anche io sono un tuo superiore. Avrete anche il vostro modo di parlare quando siete da soli, ma non è il caso che ti rivolga a lui così di fronte a me».

«Certo, hai ragione. E ora? Che si fa? In teoria sono il capo delle indagini, ma sappiamo che ho le mani legate. Charles Wakefield è off-limits, quindi?»

«Al contrario di Marsh, io ho letto i dettagli del caso. Si è trattato di un omicidio violento e feroce. A questo stadio delle indagini, non escluderei Charles Wakefield come potenziale sospettato. Solo un consiglio, Erika: fatti furba. Sta' al gioco. Non procedere in modalità bulldozer, quando è coinvolto il familiare di un ufficiale così importante».

La detective si passò una mano sul viso.

«D'accordo. Grazie».

«E ricorda questo: quando hanno portato dentro Charles Wakefield, ieri, gli hanno preso un campione di DNA. E sarà in libertà vigilata per i prossimi tre mesi. È un grosso vantaggio per te. Cerca solo di andarci piano, non correre di qua e di là come un elefante imbizzarrito».

Capitolo 11

Erika raggiunse la sala operativa e fu felice di vedere che tra i membri del team c'erano i soliti agenti fidati: gli ispettori Moss e Peterson, il detective John McGorry, un ragazzo sulla ventina con il volto pulito e i capelli corti e scuri, e il detective Crane, un agente basso e dai capelli biondo cenere che aveva qualche anno in meno di lei.

L'ispettore capo delineò in fretta gli eventi della sera prima, raccontando del rapido arresto e rilascio di Charles Wakefield. Si avvicinò a una foto di Vicky che non aveva ancora visto. Un primo piano in bianco e nero, formato venti per venticinque. La ragazza sorrideva all'obiettivo con un sorriso da Gioconda.

«Chi l'ha trovata questa?»

«Io. L'ho scaricata da Spotlight, un sito web per attori», spiegò Crane. «Ha recitato in teatro e in TV, ma non negli ultimi due anni».

«Non mi convince il fatto che abbiamo trovato Charles Wakefield che cercava di nascondere due gatti morti, mentre Vicky Clarke aveva appena caricato un episodio del suo podcast true crime riguardo al Gatticida di Croydon. È una coincidenza strana. Vi giro il link della puntata. Vale la pena ascoltarla».

«Pensa che Charles Wakefield sia il Gatticida di Croydon?», domandò McGorry.

«Non è questo che ci interessa al momento».

«Wakefield è diventato del tutto off-limits?», chiese Crane, seduto a braccia incrociate e con il volto accigliato di fronte alle foto della scena del crimine, che correvano lungo l'enorme lavagna bianca della sala operativa.

«No, ma dobbiamo stare molto attenti quando ci interfacciamo con lui», rispose Erika. Si spostò verso gli scatti dell'omicidio appesi alla parete, soffermandosi su una foto di Vicky stesa sul divano letto. «Credo che conoscesse la persona che le ha fatto questo», disse battendo il dito sull'immagine. «Non c'erano segni di effrazione in casa. Il portone del palazzo si apre con una chiave magnetica e alla sua porta c'è una serratura modello Yale e un chiavistello. La finestra principale era chiusa e la stanza che usava come studio di registrazione era sigillata con il polistirolo».

Erika si spostò verso gli scatti dello studio in questione. La polvere argentata per la raccolta delle impronte si era depositata lungo tutta la scrivania nera e scintillava per il flash dell'obiettivo.

«Dovete tartassare i colleghi della scientifica. Ci servono i risultati dell'autopsia, il prelievo delle impronte, il DNA e le analisi del sangue. La squadra informatica sta lavorando all'hard disk di Vicky. Voglio sapere subito se trovano qualcosa. Mi servono anche i suoi tabulati telefonici e gli estratti conto. Bisogna studiare chi le era più vicino, famiglia e amici. Come al solito, dobbiamo ricostruire un quadro preciso di quella che era la sua vita e dobbiamo farlo alla svelta... Quindi è il momento di riscattare i favori che avete fatto. Chi ha le dichiarazioni degli interrogatori porta a porta?»

«Io», rispose Moss scattando in piedi. «Siamo come quella centrale a cui hanno rubato tutti i gabinetti».

«Non ti seguo».

«Non c'è niente su cui spremerci», spiegò l'ispettore. Erika si ritrovò a sorridere suo malgrado. «Dalle case di fronte non hanno visto nulla, lo stesso vale per le case circostanti. A Honeycomb Court, gli unici vicini che erano in casa al momento dell'omicidio erano Charles Wakefield, la signora Wentworth, ovvero l'anziana del piano di sopra, e la proprietaria del palazzo, Henrietta Boulderstone».

«Andrò a parlarle non appena finiamo qui», disse Erika.

McGorry alzò la mano.

«So che la questione del gatticida è controversa», disse. «Ma un mio amico ha lavorato per due anni all'Operazione Figtree. Posso chiedergli in sordina se c'è qualche collegamento, per quanto piccolo, all'area in questione. Senza fare il nome di Charles Wakefield, magari riferendomi solo al palazzo».

Erika era incerta.

«Se puoi scavare a fondo senza fare nomi, va' pure. Ma non so come descrivervi la situazione, se non dicendovi che potrei giocarmi il culo. Non posso avvicinarmi a Wakefield senza un'ottima ragione».

«Certo», rispose McGorry. Erika tornò a osservare la foto del sito per attori di Vicky.

«Dovremmo anche saperne di più sulla sua carriera da attrice. Ha fatto qualche audizione? Ha un agente? Quanto la recitazione ha influito sulla sua vita privata? La sorella ci ha parlato di un fidanzato, Shawn, ma gli attori in genere conducono esistenze particolari e imprevedibili. Sarebbe utile ottenere un quadro quanto più chiaro possibile di questa parte della sua vita. Ci aggiorniamo domattina alle nove, qui».

Senza aggiungere altro, gli agenti si misero all'opera animando la stanza di chiacchiere e brusii.

Capitolo 12

Sotto la luce plumbea del giorno, Honeycomb Court non aveva più un aspetto tanto severo. La struttura di cemento appariva meno brutale in mezzo alla schiera di case vittoriane a mattoncini rossi.

Erika parcheggiò l'auto davanti al palazzo e scese insieme a Moss e Peterson.

Charles Wakefield si trovava nel piccolo cortile d'ingresso, con in mano un sacco nero della spazzatura. Di fianco a lui c'era una donna minuscola e raggrinzita. Fissavano le zolle d'erba rovinate dalle macchine e dai furgoni della polizia. La detective non aveva prestato troppa attenzione al giardino, una piccola striscia di prato che fiancheggiava il vialetto di cemento davanti al portone. Dal verde spuntavano un'ampia aiuola ricurva di erba della Pampa, alcuni fiori appassiti e un albero carico di frutti. Diverse mele cadute erano ancora intorno all'albero, schiacciate dai solchi profondi degli pneumatici.

«È un *disastro*», diceva la donna mentre si chinava a raccogliere una mela spappolata. La voce, acuta e tremula, ricordava la melodia di un clarinetto. Charles le porse la busta aperta per gettare il frutto ormai andato. Indossava un paio di pantaloni chiari da golf, che si chiudevano a vita alta sul suo pancione, e un maglioncino a motivi geometrici. Sollevando il viso, la signora vide che Erika, Moss e Peterson si stavano avvicinando. Li guardava con due occhi grandi e velati, labbra carnose attraversate da una miriade di rughe e un naso prominente. La fronte era piccolissima, l'attaccatura dei capelli così bassa che pareva fondersi con le sopracciglia chiare e folte.

«Salve, serve qualcosa?», disse con fare deciso.

Charles si teneva impegnato, continuando a raccogliere i frutti caduti a testa bassa. Erika fece le presentazioni mostrandole i distintivi.

«Quindi siete stati voi a investire il mio *Knobbed Russet?*».

Moss inarcò un sopracciglio mentre Peterson lanciava un'occhiata confusa alla signora.

«Come, prego?», rispose Erika. La donna indicò il melo con il bastone da passeggio. Il tronco era piegato da un lato.

«*Questo*. Una delle vostre auto ha colpito il mio Knobbed Russet... È un albero di mele rarissimo...». Si chinò e raccolse un frutto che agli occhi di Erika appariva brutto e deforme, con un'escrescenza bitorzoluta simile a un tumore. «Non badate all'aspetto. Sono buonissime. Ottime per le torte o con i formaggi. Per vostra fortuna abbiamo avuto un buon raccolto quest'anno», aggiunse, indicando con il bastone la chioma piena di frutti. «Spero soltanto che non abbiate danneggiato le radici».

«Posso chiederle come si chiama, signora?»

«Sono Henrietta Boulderstone. *Signora* Boulderstone per voi, grazie. E lui è il signor Charles Wakefield». Il modo in cui parlava e si atteggiava trasudava ricchezza e snobismo. Era chiaro che veniva da una famiglia aristocratica.

«Ci conosciamo già. Spero che non abbia trovato la cella troppo scomoda stanotte, signor Wakefield», disse Erika. Henrietta sollevò la testa e fissò Charles con uno sguardo da Re Mida raggrinzito. Lui reagì in modo inaspettato: arrossì. Un velo color ruggine si sparse sul volto liscio e lucido. Ci fu un breve silenzio mentre Charles fissava il prato. «Siamo qui per l'omicidio di Vicky Clarke».

«Una storia orribile. *Orribile*», commentò Henrietta dopo qualche lungo istante. Teneva lo sguardo fisso su Charles. *Si aspetta una spiegazione?*, si chiese Erika. C'era un che di infantile e petulante nel modo in cui il signor Wakefield continuava a ignorarli, concentrandosi su una mela spappolata nella striscia di fango lasciata dagli pneumatici.

«Conosceva bene la vittima?», chiese Moss.

«Avevamo un rapporto di cortesia. Apparteniamo a due generazioni molto lontane tra loro».

«Era a casa ieri sera? Un agente è venuto a bussare alla sua porta».

«Sì, ero in casa. Ma sono andata a letto presto, intorno alle otto. Per fortuna ho il sonno ancora pesante e il campanello non funziona. Mi sono accorta di *questo*», spiegò sventolando il bastone sull'erba rivoltata, «solo stamattina, quando mi sono svegliata. Gli appartamenti al piano di sopra sono entrambi miei. In uno c'è uno studio».

«È un'artista?»

«Sì. Utilizzo la fotografia come principale mezzo di espressione», rispose altezzosa.

Charles si era allontanato dal gruppo, filandosela verso l'ingresso del palazzo per raccogliere l'ultima mela deforme tra la scia di pneumatici.

«Ha visto qualche soggetto strano entrare o uscire ieri pomeriggio? In particolare, ci interessa sapere se ha visto qualcuno tra le tre e le sette del pomeriggio», spiegò Peterson. Henrietta spostò l'attenzione su di lui e cominciò a fissarlo con uno sguardo d'approvazione.

«Dipende da che intende per strano», rispose.

«Qualcuno che non conosceva, che le è sembrato sospetto».

«Può definire *sospetto*?», domandò, giocherellando con la spessa collana di bronzo che aveva al collo.

Le brillavano gli occhi come a una ragazzina, mentre parlava con Peterson.

«La prego, risponda alla domanda», la incalzò Erika. Henrietta la guardò seccata.

«No. Non ho visto nessuno di sospetto. Anzi, non ho visto proprio nessuno fino alle sei, quando è venuto a trovarmi Charles e siamo andati a prendere un po' d'aria sul mio terrazzo. Dico bene?», aggiunse, voltandosi verso di lui per chiedere conferma.

«Ehm, sì», rispose l'uomo con un'aria furtiva, senza smettere di raccogliere le mele da terra.

«Smettila di perdere tempo e vieni qua», sbottò la donna. Charles raccolse il sacchetto di plastica e tornò da loro. Si comportava come un bambino timido in presenza di Henrietta. «Sei arrivato proprio mentre iniziava il notiziario delle sei e siamo andati in terrazzo».

«Sì», fece lui. «Sono rimasto meno di un'ora, quarantacinque minuti al massimo».

«E mentre eravate sul terrazzo avete visto qualcuno che entrava o usciva dal portone?», domandò Erika.

«No».

«E poi è tornato subito a casa sua?»

«Sì».

«Ha visto o sentito niente di insolito dall'appartamento di Vicky?».

Scosse la testa.

«No».

«Mi piace ospitare gente per l'aperitivo, ma non mi piace quando ci si trattiene troppo», spiegò Henrietta con un sorriso, articolando le risposte monosillabiche di Charles. «Non provo neanche a nasconderlo. Sono un'amica leale, ma a piccole dosi».

«Charles, lei invece cosa ha fatto ieri pomeriggio dopo le tre e prima di andare a trovare la signora Boulderstone?», chiese Erika.

«Ho pranzato e sono andato in centro a fare una passeggiata a Regent's Park», rispose.

«A che ora?»

«Sono uscito poco prima delle due e sono tornato alle cinque e venti. Ho mangiato un boccone e sono salito da Henrietta... Ho ancora il biglietto del treno».

Erika prese il taccuino e prese appunti nel silenzio generale.

«Vicky era una ragazza socievole? Riceveva molte visite?», chiese.

«Più che altro la sorella e il ragazzo, vedeva solo loro», rispose Charles.

«Sa come si chiama il ragazzo?»

«Shawn Macavity. Per un certo periodo ha vissuto qui con Victoria».

«*Illegalmente*, aggiungerei», disse Henrietta.

«In che senso illegalmente?», domandò Erika.

«Il contratto d'affitto stipula che solo la persona o le persone indicate nel documento possono risiedere nella proprietà. E un contratto d'affitto è un atto ufficiale, o sbaglio?», spiegò Henrietta. Un furgoncino giallo canarino parcheggiò di fronte al prato. Sulla fiancata c'era scritto a caratteri cubitali: "Derren Bryant, fabbro".

«Se volete scusarmi, mi aspettano», disse Charles, e corse incontro all'uomo che stava scendendo dal veicolo.

«Charles è un brav'uomo. Incompreso, però. Non ha avuto una vita semplice. Ma di certo la sua amicizia leale è stata un beneficio per me», disse Henrietta a bassa voce, mentre sotto i loro occhi Charles accompagnava dentro il fabbro. «Diciamo che lavora come portiere per il palazzo, ma in senso lato. Si occupa dei piccoli lavori di manutenzione che interessano le aree comuni, chiama i giardinieri e controlla se c'è bisogno di riparazioni varie. È un uomo onesto e fidato».

«È in possesso delle chiavi di tutti gli appartamenti?»

«Santo cielo, no. Come ho già detto, è un accordo molto blando. Gli appartamenti sono e restano privati».

«E che cosa può dirci degli altri inquilini? Mi pare di capire che ci sono solo un altro paio di vicini, giusto?», domandò Erika.

«Beryl Wentworth del piano di sopra sta molto sulle sue. Ray è via per la maggior parte dell'anno, lavora in Cina, qualcosa che ha a che fare con i computer. Le ragazze bulgare sono *adorabili*. Sophia e Maria. Intelligentissime e educate. Specializzande in medicina. È bello vedere degli stranieri qui che si guadagnano da vivere».

«Sono in casa oggi?», continuò Erika ignorando il suo ultimo commento.

«No, abbiamo appena bussato, ma non hanno risposto al campanello. So che hanno dei turni estenuanti... anche di notte». Lanciò un'ultima occhiata al cortile disastrato. «Comincia a fare freddo, mi accompagnereste di sopra? Così potete vedere il mio studio», aggiunse, prendendo Peterson sottobraccio.

Capitolo 13

Anche l'ingresso sembrava diverso alla luce del giorno. Le pareti erano di un blu ceruleo e brillante, che rifletteva il bagliore che filtrava dalle finestre.

Henrietta guardò la porta dell'appartamento di Vicky, sigillata dal nastro della scena del crimine.

«Quanto è brutta la situazione?», domandò a Peterson. L'agente fece per rispondere, ma poi esitò. «*Davvero* brutta, allora», si rispose da sola la donna. Sembrava sconvolta.

Da dietro la porta chiusa di Charles, sferragliavano gli attrezzi del fabbro al lavoro. Henrietta camminava senza indugio ma lentamente, stretta al braccio di Peterson e con Erika e Moss alle spalle. Salirono al terzo piano in ascensore e trovarono soffitti più alti di diversi metri rispetto agli altri piani, attraversati da un serie di lucernari che conferivano al pianerottolo un aspetto luminoso e arioso. C'erano solo due porte, una su ciascun lato del corridoio.

«Qui c'è il mio studio», disse Henrietta. Prese un mazzo di chiavi dalla tasca e aprì la porta. «Entrate, prego».

Erika si domandava perché li avesse portati fin lì – voleva mostrargli il suo lavoro? Lo studio era un enorme open space con una vetrata da cui si godeva una vista spettacolare di Londra e Blackheath. Il sole brillava dietro le nuvole e sembrava che all'orizzonte si stesse preparando una tempesta. Sulla parete posteriore correva una fila di mensole con sopra tutto un armamentario di reagenti e attrezzatura artistica. C'erano anche un congelatore a pozzetto e un vecchio frigorifero della Red Bull da cui si intravedevano scatole su scatole di pellicole.

«Là dietro c'è la camera oscura», spiegò Henrietta, indicando la porta di fianco al congelatore.

Le pareti rimanenti erano foderate di magnifiche fotografie di texture, colori sgargianti e forme meravigliosamente intricate. In una, Erika riconobbe le creste livellate di un fondale sovrastato da acque cristalline, mentre un'altra sembrava un primo piano iper-ravvicinato di alcuni cristalli di ghiaccio.

«Questo cos'è?», domandò Moss, incuriosita dalla stessa immagine che aveva catturato l'attenzione di Peterson, la foto di un disco argentato dalla superficie ruvida.

«Quella è una moneta d'epoca normanna. A essere precisi, è la macro estrema del bordo di una moneta», spiegò Henrietta raggiungendoli di fronte alla foto. «Qui ce n'è un'altra di una palla da biliardo», disse mentre indicava un'immagine che sembrava ritrarre la superficie rocciosa di una scogliera. «Certi oggetti, ingranditi al massimo, tirano fuori vette e avvallamenti che potrebbero appartenere a un paesaggio di montagna».

«E questo?», domandò Peterson, puntando il dito verso la foto di una massa rossiccia contenente bolle e fronde delicate.

«Il tratto digerente di un cavallo. Non ho portato un cavallo intero nello studio, sia chiaro, solo il suo intestino. Fa parte di una collezione di foto che ritraggono le parti anatomiche degli animali. Ecco perché il congelatore», spiegò puntando il bastone verso l'elettrodomestico che ronzava nell'angolo della stanza. Erika, Moss e Peterson si scambiarono un'occhiata che non passò inosservata a Henrietta. La donna fissò i tre agenti con lo stesso sguardo raggrinzito di poco prima.

«Che succede, detective?»

«Per caso il suo progetto fotografico coinvolgeva anche dei gatti?», chiese Erika.

«Sì».

«E in seguito ha chiesto a Charles di liberarsi delle carcasse degli animali?»

«Sì, ieri dopo l'aperitivo gli ho chiesto di buttare i corpi di due gatti morti che tenevo in congelatore nei bidoni condominiali».

«E dove si è procurata i cadaveri dei gatti?», domandò Erika, combattuta tra un senso di trionfo e di allarme. Il suo istinto si era sbagliato, riguardo a Charles.

Henrietta zoppicò verso la scrivania sotto la finestra e rovistò tra mille scartoffie e oggetti vari.

«Ah, eccolo qua», disse, porgendole un documento. Erika si avvicinò a guardare. «Devo mantenere un registro accurato per il Consiglio artistico che finanzia una parte del mio lavoro. Quella è una ricevuta, diciamo, di Fogle and Harris, la clinica veterinaria di Dulwich. Attesta che i corpi dei due gatti, che purtroppo hanno dovuto subire un'eutanasia, mi sono stati donati per scopi fotografici».

Erika lesse al volo il documento.

«Quanto tempo tiene gli animali prima di liberarsene?»

«Li congelo e li tiro fuori quando è ora di fotografare. Devo stare molto attenta, perché dopo un'ora cominciano già a decomporsi e a puzzare. In genere, mi organizzo secondo la raccolta dei rifiuti, così i resti non rimangono a marcire nei bidoni condominiali. È tutto legale».

«Perché Charles non ce l'ha detto?», domandò Erika. «Ci avrebbe risparmiato un mucchio di tempo».

«Gli ho chiesto io di non raccontare in giro del progetto. Certa gente è molto sensibile all'argomento».

«E si è fatto addirittura arrestare, pur di non farlo?», osservò Moss.

«Charles è una persona davvero leale. E si comporta da vero amico, spesso a suo discapito», spiegò Henrietta.

«Vicky le ha mai chiesto niente dell'accordo che aveva con la clinica veterinaria?», domandò Erika. Henrietta la guardò con le sopracciglia folte contratte per la confusione.

«Buon Dio, e perché mai avrebbe dovuto farlo?».

Erika le raccontò brevemente del podcast e dell'episodio sul Gatticida di Croydon.

Henrietta scosse la testa.

«No, no. Non so niente di questo… com'è che si chiama?»

«Podcast».

«Cosa sarebbe?»

«Una specie di trasmissione radio», spiegò Moss.

«No, non mi ha mai parlato di niente del genere. E, come ho già detto, sono molto riservata riguardo al mio lavoro. Questa è sempre stata una via tranquilla. Un palazzo tranquillo. Sono sconvolta dal fatto che una simile tragedia sia accaduta proprio qui».

«Perché Charles non ci ha spiegato la storia dei gatti morti nel sacco della spazzatura?», domandò Erika mentre tornava alla macchina. Diede un'altra occhiata alla ricevuta della clinica veterinaria. «Era legalmente legittimato a liberarsene».

«Ha addirittura picchiato un agente di polizia», commentò Moss.

«Comunque non c'entra con la morte di Vicky Clarke… Isaac dice che è stata uccisa tra le tre e le sette di sera. Charles avrebbe dovuto agire tra le cinque e le sei, per poi pulirsi in fretta e salire da Henrietta per l'aperitivo», rispose Erika. Peterson stava uscendo in quel momento dal palazzo, e le raggiunse in macchina.

«Charles mi ha dato il biglietto del treno e la ricevuta di lunedì», disse mostrandoglieli. «L'ha comprato alla stazione di Blackheath alle due meno cinque, e alle due e zero tre era già sul treno diretto a London Bridge».

Erika controllò l'orario impresso sul biglietto e lo scontrino.

«Ha pagato in contanti», disse. «Però possiamo sempre chiedere i video di sorveglianza della stazione. Ti ha detto a che ora è tornato qui?»

«Sì. Dice di essere partito da London Bridge con il treno delle cinque. Il viaggio dura circa dodici minuti, più qualche minuto a piedi dalla stazione, quindi è arrivato qui a Honeycomb Court intorno alle cinque e venti», spiegò Peterson.

«Isaac ha stabilito formalmente l'ora del decesso?», domandò Moss.

«Non ancora», rispose Erika. «Abbiamo solo una stima: l'assassino deve avere agito tra le tre e le sette del pomeriggio».

«Avrebbe potuto farcela, aveva mezz'ora di tempo», disse Moss.

«Hai visto casa sua: dove sarebbe andato a ripulirsi, poi? E dove avrebbe nascosto l'arma del delitto? E i vestiti insanguinati? Sono tempi molto stretti, per queste cose».

«Il bagno di Vicky, magari? Forse l'assassino si è ripulito lì», ipotizzò Moss.

«Forse. Anche in questo caso dobbiamo aspettare i risultati del DNA raccolto sulla scena del crimine», rispose Erika. Gli agenti rimasero in silenzio per qualche istante.

«Voglio parlare con le bulgare, le due sorelle dell'appartamento di fronte. Ancora non sappiamo se erano a casa lunedì», disse Erika. «Prima, però, andiamo a fare visita al ragazzo di Vicky».

Capitolo 14

Erika osservò i campanelli sul citofono. C'erano sei interni nel palazzo dove risiedeva Shawn Macavity. Tre dovevano essere i nomi di attività commerciali: sotto YOGA PET e TACCO PUNTA S.R.L., c'era anche L'APE OPERAIA, CREATIVE AGENCY. Il nome SHAWN M. era scarabocchiato a penna su una striscia di carta in cima ai campanelli del SIG. AEGEDFIST e di PERRY GORDON.

Moss avanzò per suonare il campanello, proprio mentre una giovane donna dai capelli scuri e ricci apriva il portone. Indossava un trench e una borsetta a spalla, mentre in mano stringeva la sua carta Oyster. Li guardò a malapena e corse via, con i tacchi che ticchettavano sul marciapiede.

«Qualcuno è in ritardo per la metro. Ecco a voi la vita londinese», commentò Peterson, mentre insieme a Moss guardava la ragazza scappare via di corsa. Erika era sollevata di non dover suonare il campanello. Spesso e volentieri, l'elemento sorpresa era un buon asso nella manica.

In fondo al corridoio c'era una rampa di scale che conduceva a un pianerottolo con tre porte chiuse. Quella di Shawn era l'ultima. Il palazzo sembrava mal costruito, con quelle mura sottili che amplificavano il suono dei loro passi.

Erika bussò alla porta e aspettò qualche istante. Bussò una seconda volta, e alla fine un giovane allampanato venne ad aprire. Portava soltanto un paio di boxer larghi color vinaccia, i capelli erano scuri e lunghi fino alle spalle, sciolti. Aveva uno sguardo tormentato.

«Sì?», disse. Alle sue spalle, si intravedeva un monolocale moderno con una cucina minuscola e un divano letto aperto.

«Shawn Macavity?», chiese Erika.

«Sì», rispose ancora, socchiudendo gli occhi confuso. Parlava con un caldo accento del nord.

«Sono l'ispettore capo Erika Foster e loro sono l'ispettore Moss e l'ispettore Peterson», disse lei, mostrandogli i distintivi. «Siamo qui per parlare della sua ragazza».

«Chi?», rispose lui, incrociando le braccia. Gli spifferi d'aria provenienti dal corridoio gli avevano fatto venire la pelle d'oca.

«Vicky Clarke», disse Peterson.

«Vicky? Non stiamo più insieme. Da un po' ormai. Siamo solo amici ora...». Batteva il piede sul pavimento, ed Erika notò che sembrava nervoso. «Che ha combinato Vicky?»

«Possiamo entrare?».

Dopo un attimo di esitazione, Shawn si fece da parte e li lasciò passare, chiudendo la porta alle loro spalle.

«Cosa le fa pensare che abbia combinato qualcosa?», domandò Peterson.

«Avete una faccia seria, siete vestiti di tutto punto, pensavo...».

«Mi duole molto doverla informare che Vicky è stata trovata morta ieri sera», gli disse Erika. Il volto di Shawn parve cedere di colpo sotto i suoi occhi.

«Vicky?»

«Sì».

«Vicky è morta?», ripeté, incredulo.

«Purtroppo sì».

Shawn crollò sul materasso del divano, che cigolò in maniera drammatica, e si strinse la testa tra le mani.

«Non capisco. Dove?», chiese sollevando lo sguardo verso Erika.

«La sorella ha trovato il corpo in casa sua, a Honeycomb Court».

«Vicky?», ripeté. Restò in silenzio per qualche istante, poi parve riprendersi. «Sono entrati in casa? Le ho detto un mucchio di volte di chiudere a chiave la porta. Quella zona peggiora a vista d'occhio».

«Su questo stiamo ancora indagando», rispose Erika. Si guardò intorno. Il monolocale era immerso in una bolgia di vestiti e fogli di carta. Sul lavandino erano impilati dei piatti sporchi, in un angolo c'erano una chitarra sul suo stand e una pianola elettrica.

«Può dirci dov'era ieri tra le tre e le sette di sera?», domandò Peterson.

«Credete che sia stato *io?*», ribatté con la voce già accesa dal panico.

«Stiamo ponendo la stessa domanda a tutte le persone che erano vicine a Vicky», spiegò Erika.

«La sera sono andato al lavoro... Qui di fronte, al Golden Lamb», disse indicando la finestra.

«A che ora è iniziato il turno?»

«Alle sei, e sono rimasto fino a chiusura, le undici e mezzo, più o meno. Credo di essere arrivato qualche minuto prima, forse un quarto d'ora... Ci vuole un'ora per tornare qui da Blackheath con i mezzi, perciò non potevo essere lì in quell'arco di tempo», spiegò, stringendo una ciocca di capelli con enfasi drammatica.

«E dov'era tra le tre e le cinque e quarantacinque?»

«A casa. Sono stato qui tutto il giorno. Ho riposato e cazzeggiato un po' in tranquillità fino alle cinque e venti. Poi mi sono fatto una doccia, ho mangiato un panino e alle cinque e quarantacinque sono uscito per andare al lavoro. È proprio in fondo alla strada».

«C'è qualcuno che può confermare che è stato sempre qui?», chiese Peterson.

«Ehm, no, ma ero qui».

«Quando ha visto Vicky per l'ultima volta?», domandò Erika.

«Una settimana fa, più o meno. Noi, ehm, lei registra il podcast di giovedì e di tanto in tanto io mi occupo degli intermezzi musicali... No, un momento. Non ci siamo visti lo scorso giovedì, ma quello prima ancora. L'undici. L'ho vista per l'ultima volta l'undici, a casa sua».

«E come stava Vicky, secondo lei?»

«Bene. O mio Dio. Davvero è morta?»

«Sì».

«Non posso crederci. Pensavo che sua sorella mi avrebbe almeno chiamato per dirmelo. Tess lo sa?»

«Sì. È stata lei a trovare Vicky».

«Ah, è vero. Certo. Merda».

«È in buoni rapporti con Tess?»

«Ci conosciamo un po'. Ma lei e Vicky non vanno molto d'accordo».

«Perché?»

«Perché Tess non ha mai approvato la sua scelta di diventare attrice. Anche io sono un attore. Abbiamo studiato insieme. E il suo podcast... Cominciava a ingranare sul serio, con il podcast true crime... Stava cercando degli sponsor, ma per ora ha fatto solo qualche centinaio di sterline con dei link affiliati». Sembrava ancora sconvolto e disorientato dallo shock.

«Sa dirmi se si era immischiata in qualcosa che potrebbe averla messa in pericolo?», chiese Erika, sperando di ottenere più informazioni sugli episodi del podcast.

Shawn sembrò assente per qualche attimo, poi rispose.

«No. Credo che parlasse perlopiù con le vittime dei vari crimini. Da quanto ne so, non è mai entrata in contatto con gente pericolosa».

«Le ha mai raccontato di aver visto qualcuno di sospetto nei dintorni di casa?», chiese Moss.

«Siamo a Londra. Bisogna accettare il bello e il brutto, soprattutto se parliamo di gente strana».

«Che significa?», domandò Erika.

«No, non mi ha mai detto di aver visto qualcuno di sospetto. Io sono nato a Burnley e là tutti sono gentili e amichevoli. È stato uno shock quando sono arrivato a Londra la prima volta. So di una coppia di ragazze che vivevano al suo piano, infermiere tirocinanti... Simpatiche». Blaterava senza riuscire a soffermarsi su un solo argomento.

«Intende le sorelle che abitano di fronte all'appartamento di Vicky? Sono medici tirocinanti», spiegò Erika.

«Sì, loro. Le ho incontrate solo un paio di volte. Poi c'è la proprietaria del palazzo, che è una vecchia strega, almeno a volte, e quel tipo strambo. Charles. Un ficcanaso».

«In che senso ficcanaso?»

«È sempre lì a spiare quando qualcuno entra o esce. Ha creato un bel po' di casino quando vivevo lì. Diceva che violavamo i termini del contratto. Ci ha pensato Tess a sistemare la questione. Io pagavo l'affitto, e poi l'appartamento è suo. Non ci credo che non mi abbia chiamato per dirmi che ha... Ha trovato lei il corpo di Vicky?»

«Sì», disse Erika.

«Non posso crederci», ribadì, accorato. «Non posso credere che sia morta».

«Che ne pensi?», chiese a Moss, mentre tornavano all'auto parcheggiata lungo il viale di Forest Hill.

«Mi sembrava fin troppo devastato», rispose lei.

«Be', gli abbiamo appena detto di Vicky».

«Lo so, ma non ti è parso strano che continuasse a chiedere conferma? Non faceva che dire: "Vicky? Davvero?" A ripetizione».

«Vero, ma ognuno reagisce a modo suo».

«Andiamo. È da un po' che facciamo questo lavoro. C'era qualcosa di strano, non pensi?»

«Sì», concordò Erika. Moss aveva ragione, qualcosa non quadrava, ma non sapeva ancora dire cosa. «È un attore. Secondo te stava recitando?»

«In tal caso gli consiglierei di chiedere un rimborso alla scuola d'arte drammatica, perché non mi sembrava tanto convincente», disse Moss.

In quel momento Peterson uscì dalla porta del Golden Lamb e, approfittando di un varco nel traffico, attraversò la strada di corsa e salì in macchina.

«Okay. L'alibi regge. Il proprietario del locale dice che Shawn si è presentato alle sei meno dieci per iniziare il turno. Ed è rimasto fino a chiusura».

Erika rifletté per qualche istante.

«Avrebbe potuto ucciderla e comunque presentarsi puntuale al lavoro. Aveva un mucchio di tempo. E non ha la macchina. Quindi, se è stato lui, deve essere tornato a Forest Hill con i mezzi. Controlliamo i video di sorveglianza del sistema di trasporto pubblico».

Capitolo 15

Nel tragitto di ritorno, Moss era sul sedile del passeggero accanto a Erika, mentre Peterson era dietro. Al telefono con la sala operativa, l'agente stava chiedendo a Crane di recuperare i video di sorveglianza della stazione di Blackheath per verificare l'alibi di Charles Wakefield.

«Se Shawn è andato a casa di Vicky nel lasso di tempo in cui è stata uccisa, deve essere passato di fronte a quella fermata dell'autobus», diceva Moss. «Non ha la macchina. In quel caso, quindi, deve essersi mosso a piedi, in bici o con i mezzi pubblici».

«O con Uber», aggiunse Erika. «Chiedi a Crane di controllare anche i viaggi richiesti al servizio taxi e a Uber», ordinò rivolta a Peterson. Il detective rispose con un cenno del capo.

«Ancora niente da Isaac», disse la detective, dando un'occhiata al cellulare.

«È ancora presto», rispose Moss.

«Ieri sera mi ha detto che avrebbe fatto l'autopsia seduta stante, non appena fosse arrivato all'obitorio».

«Sì, ma è passata solo mezza giornata», ripeté Moss. Erika annuì, sforzandosi di impedire che l'impazienza si trasformasse in irritazione. Isaac era un brillante anatomopatologo, oltre che un buon amico. Sapeva che, se fosse incorso in qualche imprevisto, le avrebbe quantomeno inoltrato dei risultati preliminari. Al primo semaforo, compose il suo numero. Rispose subito la segreteria, così gli lasciò un messaggio per chiedergli se fosse tutto a posto e se potesse chiamarla quanto prima.

Al loro ritorno, trovarono un gran fermento nella sala operativa.

«Capo, c'è Fiona Watson al telefono per te», riferì Crane, passandole la cornetta.

«Chi?»

«L'agente di collegamento assegnato a Tess Clarke».

Erika annuì e prese subito la chiamata.

«Sapete già quando dovrà venire a fare il riconoscimento ufficiale del corpo di sua sorella?», domandò Fiona. Aveva un modo di fare diretto e un po' brusco.

«In genere il nostro medico legale è molto veloce, ma non ho ancora avuto nessun risultato da parte sua», rispose Erika dando un'altra occhiata al telefono. Ancora nessuna notizia da Isaac.

«Tess vuole sapere se può uscire».

«Certo che può. Dove vuole andare?»

«Al lavoro...». Fiona prese a bisbigliare. «Suo marito Jasper la sta chiamando da stamattina. Dice che non riesce a gestire il ristorante da solo».

«Hanno aperto oggi?»

«Sì. A quanto pare avevano diverse prenotazioni a pranzo», spiegò con una punta di sdegno. «È proprio dietro l'angolo rispetto a casa loro».

«Sei riuscita a parlare con lui, con Jasper?», domandò Erika.

«Sì. L'ho visto stamattina. Ci ha preparato una bella colazione all'inglese. C'era pure il sanguinaccio, pacchetto completo».

Erika spostò lo sguardo sulle foto della scena del crimine appese alle pareti. La violenza delle ferite inflitte a Vicky, il volto e i capelli ricoperti di sangue rappreso.

«Se anche arrivassero i risultati dell'autopsia, non riusciremmo a organizzare l'identificazione prima di stasera», disse Erika.

«Va bene», rispose Fiona. «Vado con loro al ristorante, in caso avessi bisogno di contattarli alla svelta. Aggiornatemi».

«Tutto bene?», chiese Crane quando Erika riagganciò. Era seduto alla scrivania davanti allo schermo pieno di file video. Erika si passò una mano tra i capelli.

«Se tua sorella morisse in maniera atroce, non ti prenderesti un giorno libero?»

«Dipende dal lavoro. Se fossi un neurochirurgo e avessi un'operazione importante, probabilmente andrei lo stesso», rispose. «Se si trattasse di mia suocera, stapperei lo champagne». Erika rise.

«Parlo della sorella di Vicky e di suo marito. Hanno un ristorante a Blackheath. Pensavo che avrebbero chiuso oggi, per rispetto. In fondo è solo martedì».

Crane annuì.

«Mi sembra ragionevole aspettarsi una cosa del genere», disse.

Erika continuò: «La lavanderia di Forest Hill, dove vivevo io, chiudeva sempre se veniva a mancare una delle signore anziane che la gestivano».

«Forse le vecchie generazioni danno più valore e rispetto alla vita. O forse non possono chiudere il ristorante perché hanno bisogno di soldi?».

Erika annuì con la fronte corrugata.

«Fiona, l'agente di collegamento, mi ha appena detto che il cognato ha preparato una bella colazione all'inglese stamattina. Sanguinaccio e tutto il resto. Non ti pare strano?»

«Il sanguinaccio, dici?»

«La sorella viene uccisa a coltellate la sera prima. Tess trova il cadavere, e il giorno dopo fanno una bella colazione unta e bisunta come se niente fosse. È strano, no?»

«La gente è strana, capo. Non te lo dimenticare. Ed essere strani non significa per forza essere dei criminali», osservò Crane.

«Vero, hai ragione», rispose Erika. «Perdona l'assillo».

«Quando vuoi», rispose Crane. Tornò a concentrarsi al computer e selezionò un video che riprendeva l'atrio e la biglietteria della stazione di Blackheath. Erika andò a sedersi di fronte al suo PC e fissò lo schermo a lungo prima di googlare: *i ristoranti chiudono per lutto?* Poi cancellò la frase, sentendosi un'idiota.

Il pomeriggio volò via in un baleno. La sala operativa era inondata di informazioni che andavano verificate e collegate. La detective lasciò altri due messaggi in segreteria a Isaac. Alle otto di sera, quando ormai gli altri erano già andati a casa, Erika decise che anche la sua giornata poteva dirsi conclusa.

Uscì dal parcheggio e, proprio mentre imboccava il bivio per la strada principale, le tornò in mente la dritta di Peterson sulla grande svendita di materassi nel negozio accanto. Lo shopping era l'ultima cosa che aveva voglia di fare, ma il pensiero di dover dormire di nuovo sul pavimento bastò a spronarla.

Quando arrivò da Bed World, trovò il parcheggio gremito malgrado l'ora. Sulla vetrina campeggiava un'enorme scritta tonda, nera e rossa che diceva: PREZZI PAZZI SU MATERASSI E LETTI!

Erika scese dall'auto e marciò all'interno del locale, decisa a comprare il primo letto decente che vedeva e poi filare dritta a casa. C'erano un paio di persone sparse per il negozio e, mentre si avvicinava a un modello con una bella testiera moderna, notò Peterson e Fran qualche letto più in là. Lui era sdraiato sul materasso e lei stava seduta sul bordo per testarne la "consistenza".

Fece per girare i tacchi e andarsene, ma poi la videro entrambi. Peterson si bloccò dov'era, e un attimo dopo si tirò su. Un'espressione strana gli attraversò il volto, come se fosse stato sorpreso a letto con la persona sbagliata. Fran si mise in piedi e si lisciò la gonna.

«Sei alla ricerca di un letto?», le chiese la ragazza. Erika esitò e si guardò intorno.

«Mi faresti comodo nella squadra con queste capacità deduttive», rispose. Voleva suonare scherzosa, ma si rese conto che la sua voce aveva un tono pungente.

«Erika mi ha detto che non aveva ancora un letto nella casa nuova, così le ho parlato della svendita», spiegò Peterson, che adesso era in piedi e si aggiustava la cravatta.

«Già, i materassi gonfiabili non sono tutto questo spasso», rispose la detective. *Potevi dirmi che pensavate di venire qui insieme stasera,* pensò. Calò un silenzio imbarazzato.

«Be', è stato un piacere rivederti. Ti lasciamo alle tue cose, allora», la salutò Fran. Le voltò subito le spalle e cominciò a parlare con Peterson dell'ampiezza del letto, chiedendosi se sarebbe entrato in camera.

L'ispettore lanciò a Erika un'occhiata desolata e se ne andò. Erika si spostò verso l'altro lato del negozio. Il cuore le batteva all'impazzata e si sentiva morire per l'imbarazzo. Guardandosi intorno, si accorse che era finita nella zona bambini, piena di letti a forma di macchine da corsa e dinosauri. Ce n'era persino uno che sembrava una gigantesca lucciola. Una bimba saltellava su quella a forma di auto da corsa, aggrappata al volante.

Erika tornò dall'altra parte del negozio, ma anche lì c'erano solo coppie e famiglie. Nel giro di un attimo, si sentì sotto i riflettori. Lei non aveva né un figlio, né tantomeno un marito. Era sola. A un certo, spuntò un ragazzino alto e vestito con un completo nero che le ricordava quello di Lurch de *La famiglia Addams*.

«Posso aiutarla, signora?», cantilenò. Con il metro da sarto intorno al collo, somigliava più a un becchino che a uno che vendeva materassi.

«Sì. Voglio prendere quel letto. Adesso», rispose indicandogliene uno.

«Ottimo. *Davvero* un'ottima scelta, signora. Vede, quel modello in particolare è internamente dotato di un sistema di molle a quattro livelli brevettato e di un'imbottitura di cotone antibatterico e biologico. E, se posso permettermi, vedo che è una donna alta e...».

«Lo compro», tagliò corto Erika, interrompendo la litania. Nel frattempo, Fran e Peterson si erano sdraiati fianco a fianco su un letto a baldacchino dall'aspetto esotico, con una tendina di chiffon. Fran rideva forte, tenendolo per mano.

«Certamente, signora».

«Vado di fretta».

«D'accordo. Posso solo chiederle se è interessata alla nostra linea di coprimaterassi e copricuscini anti-acaro agli ioni d'argento? Hanno un'efficacia del cento percento contro i batteri e l'MRSA», disse Lurch.

«Fammi comprare quel cazzo di letto e basta», sbottò Erika, perdendo la pazienza. Il ragazzo sgranò così tanto gli occhi che le sopracciglia scomparvero tra i capelli.

«*Signora*. Qui a Bed World non tolleriamo certi comportamenti offensivi...», si mise a dire. Ma il telefono di Erika prese a squillare nella borsa e, quando lo prese, vide con sollievo che si trattava di Isaac. Si allontanò da Lurch per rispondere alla chiamata.

«Ciao, è tutto il giorno che provo a chiamarti. Che succede?», domandò Erika.

«Scusami, ma ci sono stati degli sviluppi assurdi e dovevo accertarmi della scoperta prima di richiamarti», rispose con voce sfinita.

«Quali sviluppi?»

«Il corpo della giovane donna che hai trovato ieri sera. Non è Victoria Clarke».

Capitolo 16

L'ingresso dell'obitorio si trovava proprio di fianco alla canna fumaria dell'inceneritore ospedaliero. Quando Erika scese dall'auto, si ritrovò immersa in una stucchevole puzza di bruciato che aveva invaso l'aria fredda. Si alzò il collo del maglione fin sopra il naso e corse verso l'atrio dove già l'attendeva Isaac, seduto al buio al bancone della reception e illuminato solo dalla luce del computer.

«Ehi», la salutò con voce stanca. «Forse era meglio aspettare domani per dirtelo?»

«No. Meglio sapere», rispose Erika. Controllò l'orologio: erano quasi le dieci.

«Mi serviva qualche minuto di buio totale», disse Isaac. «Lavoro sotto quelle luci accecanti da sedici ore filate. Vogliamo scendere?»

«Sì», rispose Erika. «Proprio non capisco. È stata la sorella a trovare il corpo. Tutte le informazioni che abbiamo raccolto vengono da lei».

Camminavano per un lungo corridoio in pendenza e dai soffitti bassi, con le mura in calcestruzzo che facevano riecheggiare il suono dei loro passi.

«Ho scaricato la cartella clinica di Victoria Clarke prima di procedere con l'autopsia», disse Isaac. «Il quadro parlava di una donna sana e giovane. Mai ricoverata in ospedale, mai sottoposta a un'operazione, mai subito una frattura. Non ha nemmeno mai fatto un ritocco con il filler, il che è sorprendente per una ventisettenne».

Arrivarono a un'alta porta di metallo, che Isaac aprì con il suo tesserino magnetico. Erika fu accolta da una ventata di aria gelida. Varcarono insieme la soglia dell'obitorio. La stanza era illuminata da una luce fioca, con una lunga fila di frigoriferi che ronzavano da un lato e una serie di tavoli d'acciaio per l'autopsia dall'altro. Sull'ultimo, era esposto l'esile corpo di una giovane donna.

La detective attraversò la zona in ombra per raggiungere il cadavere sotto una luce fredda e brillante. Si sforzò di ripescare i ricordi della sera prima, quando aveva visto quel corpo steso sul divano letto. Ora aveva di fronte una ragazza completamente diversa. La pelle era grigiastra. I capelli scuri e pettinati all'indietro le lasciavano scoperto il viso, su cui non c'era più traccia di sangue. Il volto era cadente e la bocca aperta, con il mento abbassato che le allungava la faccia. Le guance erano scavate e il viso talmente pallido che si faceva fatica a distinguere la pelle delle labbra, degli zigomi e delle palpebre. L'enorme ferita sulla fronte alterava la simmetria del volto. Erika notò che sul lato sinistro dell'attaccatura le mancava un ciuffo di capelli della grandezza di una moneta.

Per praticità, i cadaveri venivano sempre privati di tutti quegli accessori che sono una spia del loro stile di vita e della loro personalità: vestiti, gioielli, trucco. La morte disidrata la pelle e come conseguenza il volto si affossa e si contrae. A volte, una persona morta sembra semplicemente addormentata. Ma, nella maggior parte dei casi, appare del tutto diversa da com'era in vita.

«Questa ragazza si è fatta estrarre il dente del giudizio», spiegò Isaac rompendo il silenzio. «E lungo la schiena correva una sottile cicatrice sbiadita. Ho sezionato l'area e ho scoperto che da bambina si era sottoposta a un intervento di fusione spinale. C'era un elemento in titanio che connetteva tre vertebre. È un'operazione a cui si ricorre durante l'adolescenza per correggere i problemi alla schiena».

Erika fissava la sutura a forma di Y sul petto della ragazza.

«Ti illustro i risultati del post-mortem, se vuoi», aggiunse.

Erika annuì.

«La morte è avvenuta tra le cinque e le sette del pomeriggio.

Questa è la stima ufficiale, che restringe la finestra temporale. Hai detto che hai trovato il corpo alle otto e un quarto, tu?»

«Più otto in punto... È stato quando ho sentito urlare Tess, sua sorella, passando di fronte al palazzo. Be', non *sua* sorella. Come ha fatto a non accorgersi che non si trattava di Vicky?»

«Hanno una corporatura simile, occhi e capelli dello stesso colore. Persino la forma del viso si somiglia. In più, riportava ferite e segni di percosse non da poco. Lo zigomo sinistro è rotto a causa di un violento colpo alla testa. Nello stesso lato ha riportato anche una ferita che le ha alterato la forma del viso. E l'incisivo superiore sinistro è spezzato».

Isaac le passò una busta sigillata con dentro un lungo cavo intrecciato.

«I polsi erano legati con questo. Cavo elettrico di rame».

«Gesù, un cavo elettrico», disse Erika, prendo la busta tra le mani.

«Le ha segnato i polsi. Ecco, si vedono i tagli», disse Isaac, mentre sollevava con cura il braccio sinistro e poi destro della vittima per mostrarle le profonde lacerazioni che correvano lungo la pelle. Riabbassò le braccia e, con rispetto, mise a posto il lenzuolo che la copriva.

«È stata accoltellata ventisei volte in tutto il corpo, come puoi vedere anche tu. Ha riportato ferite minori sugli avambracci e sul lato destro del costato. Sulla tempia sinistra manca un ciuffo di capelli. Non ci sono segni di violenza sessuale, nel sangue nessuna traccia di alcol o droga».

«Un omicidio violento e non pianificato», commentò Erika, scioccata dal numero di coltellate che le correvano lungo braccia e gambe, torso, petto e collo.

«Due coltellate hanno perforato il polmone sinistro, un'altra – come sospettavo – ha colpito l'arteria succlavia, un'arteria maggiore che attraversa il torace». Isaac le indicò l'area intorno al petto. «È quella che trasporta il sangue ossigenato dal cuore alle parti superiori del corpo, inclusi braccia, testa e collo. Le arterie succlavie si trovano su entrambi i lati del corpo», spiegò facendo correre un dito lungo il lato sinistro e destro del collo, fino al busto. «C'erano altre due ferite da lama sul lato destro del petto, una delle quali ha inciso la vena cava superiore, una vena principale collegata al cuore. La lacerazione di questa arteria e dell'arteria succlavia è la causa della catastrofica perdita di sangue».

«Dopo quanto tempo è morta?»

«Anche se l'aggressore ha colpito due arterie principali, il cuore ha continuato a pompare sangue. Se la vittima ha cercato di lottare o scappare dalla stanza, il ritmo dell'emorragia è incrementato insieme al battito. Nonostante ciò, avrà impiegato comunque diversi minuti a morire».

Erika osservò la ragazza. Quei minuti dovevano esserle sembrate ore, terrorizzate e ferita com'era.

«Pensi ancora che sia stata intrappolata nel materasso del divano letto?»

«Sì. La vittima presenta la lussazione di entrambe le spalle, il collo è spezzato. La mia idea è che l'aggressore le abbia legato i polsi mentre il letto era aperto, poi l'abbia richiuso con lei all'interno e abbia usato il suo peso per intrappolarla. Penso che fosse in ginocchio sopra di lei quando l'ha presa a coltellate attraverso il materasso. Il peso sul corpo incastrato deve averle causato lussazione e frattura».

Erika dovette respirare a fondo per concentrarsi. Quella povera donna era morta in maniera orribile. Prese il telefono dalla tasca e scrollò la galleria fino a trovare la foto di Vicky, quella che aveva scaricato dal sito per attori. Isaac si mise al suo fianco, e la detective avvicinò l'immagine al volto della donna sul tavolo dell'autopsia.

«Il naso è simile. E anche l'attaccatura dei capelli, ma le sue labbra sono più sottili e gli occhi sono molto più a mandorla, quasi da gatto», osservò l'anatomopatologo.

«Hai idea di chi possa essere?», domandò Erika.

«No».

Erika si lasciò scappare un sospiro profondo. «Quindi adesso ho un cadavere non identificato e una persona scomparsa».

Capitolo 17

«Ti va di prendere un caffè?», chiese Isaac, una volta sbucati nel parcheggio dell'obitorio.

Ah, ci starebbe proprio bene, ma devo andare a informare Tess Clarke che il corpo non è di sua sorella. Non voglio aspettare domattina per farlo».

«Capisco», disse Isaac. Erika prese il telefono e la fotocamera si attivò per il riconoscimento facciale.

«Oh, mio Dio, non si fa così», disse la detective, dopo aver visto quanto la invecchiasse la luce arancione dei lampioni nel parcheggio.

«Non sei vecchia, è solo la luce sbagliata», disse Isaac.

«So che menti, ma grazie lo stesso».

«Io ho disattivato il riconoscimento facciale sul mio».

«Ti preoccupa la privacy?»

«No. Ma non mi piace vedere la mia faccia così da vicino!».

Malgrado la desolazione di poco prima nell'obitorio, Erika scoppiò a ridere.

«Senti, lasciamo in sospeso quel caffè. Passa da me una di queste sere, così vedi anche la casa nuova. Tanto sei dietro l'angolo», disse Erika. Isaac sorrise e la salutò con un abbraccio.

«Va bene, sarà fatto. Non lavorare troppo. A presto».

Dopo aver augurato la buonanotte a Isaac nel parcheggio dell'obitorio, Erika salì in macchina e rimase a fissare il vuoto per qualche momento, pensando a quella giovane donna e alla violenza che aveva dovuto subire. Pianse avvolta nel silenzio dell'abitacolo. Uno schiocco improvviso la spaventò, seguito subito da un altro: due enormi gocce di pioggia si erano infrante sul parabrezza. Ci fu un istante di pausa, poi uno scroscio d'acqua si abbatté sull'auto parcheggiata. Attraverso il parabrezza inondato, la detective guardò un'ultima volta la gigantesca canna fumaria che sputava fumo nero contro il cielo arancione.

Cenere alla cenere, polvere alla polvere.

Si sforzò di riorganizzare i pensieri nella sua mente stremata. Doveva dare la notizia a Tess Clarke, quella era la priorità. E poi, avrebbero dovuto identificare quella povera donna e scoprire come mai era finita nel letto di Victoria Clarke. Adesso, Vicky risultava scomparsa, e chiunque avesse ucciso la sconosciuta aveva guadagnato un enorme vantaggio su di loro. E, ovviamente, la finestra temporale ristretta da Isaac riduceva la possibilità che Charles Wakefield o Shaw Macavity fossero sulla scena del crimine. Ma dov'erano, esattamente, durante l'ora del decesso? Quell'indagine era un caos. Ed Erika odiava il caos.

La detective guidò fino a Blackheath e, con il cuore pesante, bussò alla porta di Tess Clark. Tess e suo marito vivevano in una bassa villetta a schiera che si affacciava sulla brughiera.

Dall'altro lato sferragliò una chiave e sull'uscio comparve Fiona, l'agente di collegamento con la famiglia. Indossava una vestaglia grigia di spugna e un pigiama blu elettrico.

«Che ci fai qui a quest'ora?», disse. Fiona aveva sempre quell'espressione di disappunto in faccia, la bocca contratta e il viso schiacciato sul doppio mento, come se l'avessero costretta a condurre una dieta a base di limone.

«Tess e il marito sono in casa?»

«Sì. Puoi dirmi che succede? Mi piacerebbe proprio saperlo».

«Falli venire di sotto, per favore», disse Erika. Superò Fiona ed entrò, richiudendosi la porta alle spalle.

«Penso che stiano dormendo», rispose Fiona inumidendosi le labbra. Cucina e salotto erano un'unica stanza al piano terra e il soffitto basso rendeva lo spazio molto angusto, malgrado le dimensioni. Fiona aveva sistemato un sacco a pelo sul divano, mentre sul tavolino c'era una tazza fumante di cioccolata calda e un episodio di *NCIS: Miami* a basso volume in TV.

«Ho bisogno che tu vada a svegliarli, per favore».

Fiona annuì e corse su per le scale. Erika sentì cigolare le assi del pavimento al piano di sopra e andò ad accomodarsi in cucina. Era quella che lei avrebbe definito una cucina "da snob", con una stufa in ghisa, un mucchio di mobili rustici in legno e padelle di rame appese al soffitto. La finestra si affacciava su un cortiletto pavimentato con un albero secolare dai rami spogli che oscillavano al vento. Erika notò che sopra la stufa c'era una striscia di metallo magnetica su cui era allineata una fila di coltelli dall'aria letale.

Il primo a scendere al piano di sotto fu un uomo alto e snello, seguito da Tess e Fiona. Indossava una T-shirt blu leggera e un paio di pantaloncini da calcio che mettevano in risalto il fisico atletico e muscoloso. Aveva i capelli neri e quasi rasati, un braccio coperto di tatuaggi colorati e i polsi e le dita pieni zeppi di braccialetti e anelli d'argento. Tess era spettinata e indossava una vestaglia simile a quella di Fiona.

«Salve, scusate l'ora. Lei dev'essere Jasper, giusto?», chiese Erika.

«Sì», rispose lui, strofinandosi gli occhi arrossati. Tess si stringeva la vestaglia al collo.

«È successo qualcosa?», chiese. «È venuta a chiedermi di identificare formalmente il corpo di Vicky?»

«No», rispose Erika. Calò un silenzio imbarazzante. Tess si voltò a guardare Fiona.

«Neanche io so perché è qui», rispose l'agente, incrociando le braccia.

«Forse è meglio che vi sediate...», tentò Erika.

«Lo dica e basta, non sopporto l'attesa», rispose Tess, mentre si accomodavano sopra il sacco a pelo steso sul divano. Fiona li guardò male per un istante, poi andò ad appollaiarsi sul bordo della poltrona.

«Mi dispiace davvero informarvi che il corpo che Tess ha

trovato nell'appartamento di Honeycomb Court non appartiene a Vicky», disse Erika.

«Cosa? Che vuol dire?», ribatté Tess. «Certo che era Vicky».

«No, in realtà no».

«Ma l'ho vista, era stesa lì».

Jasper la fissava con la bocca semiaperta e la detective continuò spiegando quanto aveva scoperto Isaac durante l'autopsia.

«Ci state prendendo in giro», disse Jasper. «Non è il vostro lavoro non commettere errori simili? Siete la polizia, maledizione», gridò.

«Sono davvero desolata. Sua moglie ha identificato subito il corpo e...».

«No, no, no», disse alzandosi in piedi e sventolando un dito di fronte a Erika. «Non dia la colpa a mia moglie. Questo è tipico delle autorità, maledizione...».

Erika rimase a guardarlo, chiedendosi in che modo una situazione del genere potesse definirsi tipica. *Quanti altri familiari di Tess sono stati erroneamente identificati come vittime di omicidio?* Ma si morse la lingua e non disse niente.

«Non posso fare altro che chiedervi scusa. In nostra difesa, la donna ha diverse caratteristiche fisionomiche simili a quelle di Vicky», spiegò. Seguì una lunga pausa.

«Se non si tratta di Vicky... allora chi era quella povera donna?», domandò Tess, stringendosi il viso tra le mani mentre tornava con la mente alla scena a cui aveva assistito.

«Non posso dirvi nulla di più al momento», rispose Erika dopo qualche istante. «Sono venuta qui appena ho avuto i risultati dell'autopsia».

Erika fissava i loro volti increduli.

«Quindi Vicky non è morta? È viva?», chiese Tess.

«Al momento il suo è considerato un caso di persona scomparsa».

«Scomparsa. Avete provato a rintracciare il suo telefono? E le carte di credito?», domandò Tess scattando in piedi. Andò dritta al bancone della cucina e staccò il cordless dal caricatore, digitando un numero. Restarono tutti a guardarla in silenzio mentre se lo portava all'orecchio. «Risponde subito la segreteria... Vicky, sono Tess. Dove sei? Per favore chiamami non appena senti il messaggio!». Riagganciò, e per un attimo sembrò incerta sul da farsi. Rimise il cordless al suo posto. «State indagando? Perché è ancora qui a fissarmi così?!».

«La mia squadra sta reagendo alla notizia il più in fretta possibile...», fece Erika.

«Oh be', allora sì che siamo a posto», ribatté Jasper con la voce carica di sarcasmo.

«Signore. Vicky è una persona scomparsa e dovremo aprire un'indagine in merito».

«E quando pensate di farlo?»

«Sta accadendo proprio ora, mentre parliamo», rispose Erika. Jasper scosse la testa, ma poi si accorse che Tess era scoppiata a piangere. Si alzò dal divano e andò ad abbracciarla, ma lei lo evitò e andò in cucina a prendere un fazzoletto per asciugarsi le lacrime.

«Sarebbe molto utile se poteste fornirci una lista di persone con cui Vicky era in contatto – *è* in contatto», disse Erika. «Amici, colleghi di lavoro, chiunque vi venga in mente. Aveva fatto amicizia con qualcuno al ristorante?»

«No. Al lavoro non era molto ben vista, dato che spesso e volentieri non si presentava per il suo turno», spiegò Jasper.

«Non iniziare...», lo richiamò Tess, fissandolo con sguardo severo.

«Non iniziare. Non iniziare a fare cosa? A parlare male dei morti? Non è morta, mi pare, no?». Di colpo Jasper parve rendersi conto che non erano da soli nella stanza, e fece un respiro profondo. «Ho sempre cercato di aiutare Vicky con la vita da attricetta che si è scelta».

«Attrice», lo corresse Tess. Lui le lanciò un'altra occhiata esasperata.

«È mai successo in passato che Vicky se ne andasse senza dirvi niente?», chiese Erika.

«E dove dovrebbe andare? Non ha un soldo», rispose Jasper. «Tess è diventata una specie di gruppo di supporto per lei: la sostiene, la sfama, le presta i soldi. Spesso non facciamo niente perché se Vicky è con noi non può pagare. E quindi dobbiamo rinunciare tutti a fare qualcosa!». Si fermò di colpo.

«È già passato un giorno e lei è là fuori, chissà dove», disse Tess, guardando Erika con un'espressione disperata. «Vi prego, fate di tutto per trovarla... Pensavo di averla persa una volta, non posso sopportare di perderla ancora».

Capitolo 18

Vicky Clarke si accucciò sul materasso e strinse le gambe al petto. Il temporale l'aveva svegliata e ora si sentiva impaurita e disorientata. Ci mise un po' a capire dove si trovava. Il vento fischiava e sferzava, sembrava che volesse buttare giù la casa. Il rombo di un tuono squarciò il cielo, seguito da un lampo. La stanza era piccola e senza tende. Un altro lampo illuminò le nuvole che si stagliavano dietro le sbarre alla finestra. *Una finestra con le sbarre,* pensò Vicky rabbrividendo. Ai piedi del letto c'era un armadio di legno massiccio e, guardando il suo riflesso allo specchio, le parve di vedere un animale impaurito rannicchiato sul materasso.

Il soffitto cigolò e qualcosa si mosse dietro la sua porta. Ebbe un brivido e si sistemò l'orlo della vestaglia sulle gambe gelide.

All'ennesimo lampo di luce, Vicky vide che la poltrona accanto al letto era vuota. Sobbalzò violentemente, in preda al panico. Adesso sudava freddo: aveva lasciato lo zaino lì sopra, quando era andata a dormire. Dov'era finito? Era solo scivolato dal bracciolo e si era incastrato tra la poltrona e il muro. Si tranquillizzò. Un altro lungo tuono squarciò la notte, seguito da una scarica di fulmini. Vicky scattò in piedi e andò a recuperare lo zaino, muovendo le mani al buio per aprirlo. Rovistò all'interno, spostando i vestiti che aveva buttato dentro all'ultimo minuto, il beauty case, il portafoglio con passaporto e soldi. Lì, sotto a tutto il resto, trovò il piccolo hard disk del computer, della stessa dimensione di una custodia per occhiali. Lo prese in mano, era gelato. Solo a guardarlo, si sentiva sopraffatta da una paura cieca.

Sentì bussare alla porta e trasalì per lo spavento. Ricacciò al volo l'hard disk in fondo allo zaino e lo chiuse.

«Victoria?», chiamò una donna, il tono di voce più alto per farsi sentire sopra la tempesta. Bussò di nuovo. «Tutto bene, cara?». Il rombo fragoroso di un altro tuono fece tremare i vetri della finestra.

«Sì», rispose lei con voce gracchiante. Si schiarì la gola. «Sì, sto bene». Attraversò la stanza, il pavimento di pietra gelido sotto i suoi piedi, e fece scattare la serratura per aprire la porta.

In corridoio c'era la sua amica ed ex insegnante, Cilla Stone. Cilla aveva da poco superato i sessanta e vestiva in modo eccentrico, con una lunga pelliccia di visone e un curioso turbante nero in testa. Reggeva davanti a sé una lampada a olio vintage, che la immergeva in un alone di luce calda e faceva risplendere il pelo della sua giacca.

«Non riesco a dormire con questo tempo da lupi. Tu?», le disse. La voce rimbombò nel corridoio, facendo risuonare la morbida parlata scozzese che per Vicky era sempre tanto rassicurante.

«No», rispose con un sorriso debole.

«Allora andiamo, cara, mangiamo qualcosa davanti al camino. Navigheremo insieme attraverso questa tempesta!».

Cilla le rivolse un sorriso da copertina e Vicky notò che, malgrado fosse notte inoltrata, un velo ancora fresco di rossetto rosso spuntava sulle labbra. Seguì la padrona di casa e la sua lampada a olio lungo un corridoio foderato di libri, mentre la tempesta all'esterno infuriava contro la villetta. Vicky cominciò a battere i denti e, quando se ne accorse, Cilla si arrestò davanti a un enorme armadio di legno massiccio. Aprì un'anta e puntò la luce della lampada sulla fila di pellicce appese al suo interno.

«Stai congelando! Prendi una di queste pellicce… Ormai sono andate, aiutale a morire con gloria e fatti scaldare!».

Vicky si era presentata alla porta di Cilla senza alcun preavviso martedì mattina. Era un'ospite inattesa, non le sembrava il momento per mettersi a protestare. La donna prese una lunga pelliccia di visone marrone dalla gruccia. «Ecco qua. Mettila, o ti prenderai un brutto raffreddore».

Sforzandosi di non respirare il lieve odore di pelle animale, Vicky infilò l'enorme pelliccia pesante sulle spalle, immediatamente grata per il conforto che le dava. Seguì Cilla in salotto, una stanza più simile alla grotta dei tesori di Aladdin che a un soggiorno, con i mobili barocchi e i pezzi d'antiquariato che conteneva. Il fuoco nel camino era già acceso.

«Tu aggiungi qualche pezzo di legna, io vado a preparare una cioccolata calda».

La padrona di casa si allontanò con la sua lampada, lasciando Vicky immersa nell'oscurità. Le tende sui due grandi bovindi erano tirate. Al di là delle finestre, la tempesta squarciava la notte con tuoni e lampi che illuminavano a tratti la spiaggia vuota e le onde che si infrangevano sulla costa. Il cappotto la scaldava, il caldo bruciante dei tizzoni le accendeva il viso. Vicky si inginocchiò di fronte al cesto con la legna, prese due ciocchi e si immerse in quella bolla di calore per sistemarli sui tizzoni ardenti. Nel giro di qualche istante, la stanza venne illuminata da un fuocherello scoppiettante, a cui aggiunse un ultimo ceppo.

Andò a sedersi a terra, con la schiena appoggiata a un grosso e soffice divano. La casa di Cilla era stravagante, una parola che Vicky non usava spesso: sembrava un'accogliente villa infestata. Si strinse nella pelliccia. Era grata di avere del tempo lontana da Londra per riprendere fiato e pensare alla prossima mossa. La tempesta stava scemando, il fragore dei tuoni sempre meno intenso. Adesso, fra un boato e l'altro, riusciva a distinguere il ticchettio della pioggia che batteva contro il tetto e le finestre, mentre il fuoco l'abbracciava con il suo calore. Vicky abbandonò la testa sui cuscini, sentendo il richiamo del sonno, ma l'orribile immagine di una ragazza morta sul suo letto impregnato di sangue la riportò subito al presente.

In quel momento, Cilla rientrò nella stanza, stringendo in mano un vassoio con due tazze fumanti e una bottiglia di whisky Glenlivet.

Vicky si tirò su e spostò le gambe per farla passare. Cilla sistemò il vassoio sull'enorme tavolino di fianco al divano, versò un goccio di whisky nelle tazze in assoluto silenzio, e Vicky la osservò per qualche istante. Era una donna molto bella, con la pelle liscia, i capelli di un rosso acceso e gli occhi blu e intensi, su cui ora brillava il riflesso delle fiamme. Cilla diceva di avere degli occhi *curiosi*, ed era fermamente convinta che la sua giovinezza stesse tutta lì: in quelle iridi vivaci, nella sua ricerca costante della conoscenza. Cilla, ormai in pensione, era stata prima l'insegnante di recitazione di Vicky e poi una buona amica per lei, nei sei anni che erano seguiti al diploma.

Le passò una tazza, scrutandola in viso con quei suoi curiosi occhi blu, probabilmente interessata a scoprire come mai una vecchia studentessa si fosse presentata alla sua porta di prima mattina. Vicky distolse lo sguardo, concentrandosi sul ceppo che ora ardeva con vigore.

«Grazie», disse. Bevve un sorso di cioccolata calda, sentendo il bruciore del whisky sovrastare la dolcezza del cacao. Non aveva mangiato molto – sentiva lo stomaco serrato in una morsa – ma prese un pezzo del biscotto di pastafrolla che Cilla aveva sistemato sul piatto e lo masticò. Era secco, fragrante e si scioglieva in bocca in un'esplosione di dolcezza.

«Scusa se ti ho fatto dormire di sotto, nella stanza con le sbarre alla finestra... Domani arrivano Colin e Ray e resteranno per qualche giorno», disse Cilla. Colin e Ray erano altri due insegnanti della Goldsmith's Drama Academy. Con loro due, Vicky non aveva lo stesso rapporto che aveva con Cilla, ma i corsi che tenevano in accademia non erano niente male.

«No, scusami tu. Non volevo rovinarti i piani», disse Vicky.

«Ma no! Assolutamente no. Puoi restare quanto vuoi. Ti stavo solo spiegando perché ti è toccata la stanza più brutta della casa».

«Grazie dell'ospitalità. Te ne sono davvero grata».

Vicky guardò fuori dalla finestra, mentre un lampo illuminava le dune di sabbia e l'ammofila appiattita dal vento. Sebbene Cilla vivesse in un angolo impervio della costa occidentale scozzese, prima o poi qualcuno avrebbe capito che era lì. L'avrebbero trovata. La sua insegnante bevve un sorso di cioccolata.

«Vicky, cara. Non voglio immischiarmi nei fatti tuoi, ma la faccenda sembra seria. Hai portato solo uno zainetto con poche cose con te... Dov'è il tuo telefono? Sei sempre incollata a quel dannato aggeggio. È successo qualcosa? Sei finita nei guai?».

Vicky si asciugò una lacrima e fece un respiro profondo. «Ho scoperto...». Ma si tappò la bocca con una mano, nauseata al solo pensiero.

Cilla sembrava allarmata.

«Sei in pericolo?»

«No. Qui no. Mi sento al sicuro, qui. Ho solo bisogno di dormire», rispose Vicky, mentre le lacrime scendevano lentamente sul suo viso.

«D'accordo. Non piangere. Mi basta sapere questo, per il momento. E sì, hai proprio bisogno di dormire, sembri esausta. Finisci la cioccolata. Il whisky ti tirerà su».

Vicky strinse la tazza tra le mani. Malgrado il calore della pelliccia e del whisky in gola, ricominciò a tremare. Il terrore di ciò che aveva visto non l'avrebbe mai abbandonata.

Capitolo 19

A Londra, poco prima delle sei del mattino seguente, Maria Ivanova tornava a casa a Honeycomb Court dalla stazione del treno. Aveva appena chiuso due lunghi turni da sedici ore in ospedale, dopo appena qualche ora di sonno rubata nella saletta delle infermiere e delle corse fugaci a casa di tanto in tanto.

A Morrison Road era ancora buio, la strada deserta e immersa in un silenzio inquietante. Uno spesso strato di gelo ricopriva le macchine, scintillando sotto la luce dei lampioni man mano che Maria si avvicinava al palazzo.

Era così esausta e concentrata sul suo obiettivo – raggiungere il letto e dormire – che non si accorse dei segni di pneumatici nel cortile d'ingresso di Honeycomb Court, né tantomeno del nastro della polizia davanti all'appartamento di Vicky. Finalmente, quando si chinò a raccogliere la chiave caduta e sollevò lo sguardo, lo vide. Rimase imbambolata per qualche istante e si guardò intorno, ma l'atrio era deserto. Così, tornò a rivolgere l'attenzione alla porta di casa sua.

Dentro l'appartamento faceva un freddo cane e, accendendo la luce, Maria si accorse che il salotto era vuoto. Attraversò la stanza e controllò la camera da letto ma, con sua grande sorpresa, anche lì non c'era nessuno. Era convinta che Sophia, sua sorella, fosse in casa. Rovistò nella borsa e accese il telefono che era rimasto spento nelle ultime dodici ore.

Sophia non aveva mai risposto al messaggio che lei le aveva inviato tredici ore prima. Controllò le altre notifiche con panico crescente: anche sua madre le aveva scritto per sapere se Sophia stesse bene. Non si era fatta sentire quel giorno, cosa davvero insolita. Chiamavano sempre la mamma in Bulgaria, tutte e due. Erano una famiglia molto unita.

Maria provò a chiamare la sorella, ma il telefono squillò a vuoto finché non partì la segreteria. Avevano un anno di differenza, ma erano entrambe al quarto anno di medicina. Nei mesi passati avevano coperto turni di dodici ore in vari ospedali della città. Sophia era stata fortunata a ottenere un posto al St. John's Hospital di Lewisham, poco distante da Blackheath. Dal canto suo, Maria era stata presa a Hammersmith e quindi, oltre alle lunghissime turnazioni da coprire, le toccava attraversare Londra con viaggi di novanta minuti che potevano durare persino due ore, quando i treni erano pieni. Il tirocinio andava avanti da tre settimane. Ormai, sia lei che Sophia erano entrate in perfetta sintonia con i ritmi del reparto di traumatologia, una vita tanto eccitante quanto sfiancante.

Non era affatto strano per loro salutarsi a casa come due navi che si incrociano nella notte, ma in genere le navi in questione si fermavano perlomeno a prendere un tè o a scambiare quattro chiacchiere in cucina.

Forse l'hanno chiamata per una sostituzione, pensò Maria, mentre si avvicinava al frigo per vedere se le avesse lasciato almeno un bigliettino. Niente. Era andata a fare la spesa? No, erano le sei del mattino. Era con un ragazzo? No, glielo avrebbe detto.

Maria rabbrividì e andò a sedersi sul divano. Aprì l'app "Trova il mio dispositivo" e fece il login con i dati di Sophia. Secondo l'app, il cellulare era acceso. Aspettava i risultati della ricerca con un disagio crescente, guardando il compasso ruotare da un lato all'altro della mappa. Quando la posizione saltò fuori, Maria cercò i nomi delle strade familiari intorno all'ospedale di Lewisham o di Blackheath, ma quella che aveva davanti era la cartina di una zona diversa, che per un attimo non riconobbe. Vedeva soltanto un'immensa area gialla e il cellulare di sua sorella sperduto in mezzo al nulla. Rimpicciolì la schermata, spostando il cursore e il focus dell'area, ormai in preda al panico.

L'icona verde che rappresentava la posizione del telefono di Sophia era in un luogo chiamato Excel: Centro di Smistamento

Rifiuti. Rimpicciolì l'area, fino a scoprire che si trovava ben lontano da Londra, oltre Dartford, in un posto chiamato Tilbury. Passò all'immagine satellitare che mostrava la zona nel dettaglio e vide che lì sorgeva un'ampia distesa gialla fatta di sabbia e ghiaia, insieme a un gigantesco edificio industriale.

Svariati scenari, uno più orribile dell'altro, le infestarono la mente. Con mani tremanti, Maria chiamò il numero d'emergenza. Cosa ci faceva il telefono di Sophia a chilometri di distanza da Londra, nel bel mezzo di una discarica?

Capitolo 20

Erika aprì gli occhi alle nove del mattino, congelata e irrigidita sul duro pavimento di legno della stanzetta. Sembrava che la luce bianca e brillante che arrivava dallo squarcio tra le due tendine volesse cavarle gli occhi.

Quando si tirò su, vide che il suo respiro disegnava nuvolette di vapore nell'aria e che dal lato interno della finestra si era formato uno strato di ghiaccio.

Era furiosa con sé stessa. Aveva convocato una riunione del team alle otto in punto, ed era in ritardo di un'ora. Non aveva sentito la sveglia. Una cosa che non le capitava *mai*. Correndo per tutta casa alla ricerca dei suoi vestiti e delle chiavi della macchina in mezzo al caos che governava l'appartamento, si rese conto che doveva sistemare al più presto la situazione e procurarsi un letto vero, il riscaldamento e l'acqua calda.

Anche l'auto era coperta da uno spesso strato di gelo. Ovviamente, la latta di liquido antigelo era finita e lei continuava a dimenticarsi di comprare quella nuova. Stava raschiando il vetro con la tessera del Tesco quando il cellulare suonò. Era Moss.

«Tutto bene, capo?». Erika intercettò una punta di cautela e disagio nella sua voce.

«Sì. Sì. Scusatemi, sto arrivando, ecco», rispose. Le dita erano già intorpidite e aveva raschiato appena un angolino del parabrezza.

«Quanto sei vicina?»

«Sono ancora a casa».

«Maria Ivanova, una delle due sorelle che vivono nell'appartamento di fronte a quello di Vicky Clarke a Honeycomb Court, ha chiamato la polizia alle sei di questa mattina. Non ha notizie di sua sorella, Sophia, da più di ventiquattro ore e dice che l'app di tracking mostra il suo telefono in una discarica a est di Londra». Erika sentì il cuore sprofondare nel petto e per un attimo dimenticò le dita intorpidite. «Non voglio saltare a conclusioni affrettate, ma ho letto il rapporto di ieri, e se il corpo che abbiamo trovato non è di Vicky Clarke...».

«Merda. D'accordo, io abito dietro l'angolo di Honeycomb Court. Possiamo vederci là?», chiese Erika. «E per sicurezza manda anche una pattuglia alla discarica, va bene?»

«Sì, è già per strada. Io arrivo il prima possibile», rispose Moss.

Chiusa la chiamata, Erika girò l'angolo verso Morrison Road. La via era deserta, stranamente silenziosa nel gelo di quella mattinata.

Erika sbirciò attraverso l'immensa porta di vetro del palazzo. L'atrio era buio e vuoto. Suonò il campanello con su scritto: IVANOVA.

«Sì?», rispose una voce incerta con un lieve accento straniero. Erika si identificò e, un attimo dopo, una ragazza magrolina spuntò dalla porta opposta a quella di Vicky. Maria Ivanova doveva avere su per giù venticinque anni, ma ne mostrava appena sedici. Era magra e tonica, con un fisico da ballerina, indossava jeans attillati e una T-shirt larga color vinaccia. Al collo portava una collanina con un piccolo crocifisso d'argento. I capelli biondo cenere erano raccolti in una corta coda di cavallo. Quando si avvicinò alla porta a vetri, Erika le mostrò il distintivo. Vista da vicino, la pelle di Maria sembrava quella di una bambola di porcellana, levigata e del tutto esangue. Aveva un viso pulito che ricordava quello di un uccello, con il naso leggermente a punta e gli occhi grandi e tondi.

«Perché non ha l'uniforme?», domandò la ragazza con un tono un po' brusco, squadrandola dall'alto in basso. Erika si rese conto che doveva avere un aspetto trasandato.

«Sono una detective, non indosso l'uniforme. Sto lavorando a un caso che potrebbe essere connesso alla scomparsa di sua sorella», spiegò. «Posso entrare?».

Maria annuì e le aprì la porta.

«Prego, venga. Sa che cosa è successo all'interno uno?», domandò mentre attraversavano l'atrio, indicando la porta di Vicky.

Cristo, non sa nulla, pensò Erika.

«Mettiamoci sedute, così le spiego tutto», propose la detective, una volta in casa. Stava ancora pensando a come gestire la situazione. Non sapevano se il corpo trovato in casa di Vicky fosse quello di Sophia, ma con un paio di domande giuste avrebbe potuto scoprirlo.

L'appartamento aveva la stessa disposizione di quello di Vicky: cucina e soggiorno open space, più una piccola camera da letto, organizzati in maniera speculare alla sua.

«Prego, si accomodi», disse Maria. Erika prese posto sul divanetto. Di fronte, sulla mensola del bovindo, c'erano una coperta piegata e due cuscini, insieme a una rastrelliera con alcuni vestiti appesi. Maria era rimasta in piedi, appoggiata al bancone della cucina. La detective notò che sulla porta della camera da letto era appeso un crocifisso, mentre su un mobile basso e lungo campeggiavano una piccola TV a schermo piatto, una pila di riviste bulgare, qualche libro e alcuni DVD. Il tavolo nell'angolo era pieno di libri di medicina.

«Quando ha visto sua sorella per l'ultima volta?», domandò Erika.

«Lunedì mattina. Io avevo due turni lunghi attaccati e ho dormito in ospedale».

«Capita spesso che non vi vediate per giorni?»

«Lavoriamo in due ospedali diversi. Il mio si trova dall'altra parte di Londra, a Hammersmith. I turni spesso sono lunghi e anche il viaggio per andare e tornare da qui».

Erika fece per estrarre il taccuino dalla tasca, ma si accorse che doveva averlo lasciato a casa. Maria, nel frattempo, la fissava come un falco. «Posso farle alcune domande sulla cartella clinica di Sophia?»

«Sulla cartella clinica?»

«Ha mai subito un intervento alla schiena con un chiodo di titanio?».

Maria strinse gli occhi.

«Sì... da adolescente. Aveva dei problemi alla colonna vertebrale... All'altezza delle vertebre toraciche. Ma lei come fa a saperlo?».

Erika si sentiva morire.

«Forse è meglio che si sieda, Maria».

«No, no, no. Me lo dica e basta. Che succede?».

La detective fece un respiro profondo. «Lunedì sera è stato rinvenuto il corpo di una ragazza nell'appartamento di fronte al vostro. A trovarlo è stata la sorella di Vicky, Tess, intorno alle otto di sera, e ha erroneamente identificato il cadavere pensando si trattasse di Victoria. Abbiamo scoperto l'errore solo al momento dell'autopsia».

«Non capisco», rispose Maria, mentre si avvicinava alla detective con la fronte aggrottata e lo sguardo intenso.

«Dall'autopsia è emerso che la giovane trovata morta aveva un chiodo di titanio nella schiena e aveva subito l'estrazione di un dente del giudizio. Nella cartella di Vicky Clarke non risultano operazioni chirurgiche né estrazioni dentali. Sua sorella e Victoria si somigliano molto».

«Ma non siete ancora certi che si tratti di mia sorella. Giusto?», domandò, guardandola negli occhi con il viso contorto in una maschera di dolore.

«Dobbiamo avere ancora conferma che si tratti di Sophia, ma i registri medici...».

«Com'è morta?», la interruppe Maria.

«È stata accoltellata», rispose Erika, incerta sui dettagli che poteva rivelare.

«E dov'era? In che zona della casa?»

«È stata trovata in salotto, sul materasso del divano letto».

«No. Non è lei. È impossibile che fosse dentro casa, stesa sul letto poi! Sono l'unica che può confermare la sua identità. Non è lei se non lo dico io!», strillò.

Erika non disse niente, ma dentro di sé pregava che Moss arrivasse presto. Lei sapeva parlare alle persone, capace com'era di camminare su quel filo sottile tra la professionalità e l'empatia.

«Posso chiederle se Sophia conosceva bene Vicky?».

Maria la guardò negli occhi.

«Un momento. Se prima pensavate che il corpo fosse di Vicky e adesso credete che appartenga a mia sorella, allora Vicky dov'è?»

«Non lo sappiamo».

Maria crollò sul divanetto ed Erika andò a riempirle un bicchiere d'acqua fresca. Quando glielo diede, Maria bevve a lungo e poi posò il bicchiere sul tavolino.

«Conosciamo Vicky come vicina, niente di più. Non è che abbiamo mai socializzato. Quando è venuta a trovarci la mamma, ci ha prestato un materasso gonfiabile e qualche coperta calda. È stata gentile. Sapeva che spesso facciamo turni lunghi al lavoro, allora ritirava i pacchi per noi e ci lasciava dei biglietti dicendo che erano nel suo appartamento. La mamma ci manda regolarmente dolci e riviste dalla Bulgaria», spiegò, indicando la pila di fianco alla televisione.

«È possibile che il rapporto tra Sophia e Vicky fosse più stretto di quanto lei sappia?»

«Ancora non sappiamo se si tratta di Sophia...». Erika non rispose. Osservò in silenzio Maria tirare fuori dalla tasca un fazzoletto e asciugarsi gli occhi. «Devo chiamare mia madre e mio padre».

Il cellulare di Erika suonò. La notifica di un messaggio. Moss era arrivata e la aspettava fuori dal palazzo. Dato che Maria era al telefono, impegnata a parlare in bulgaro con i suoi, la detective uscì dall'appartamento senza distrarla. Moss era dall'altra parte della porta a vetri, con addosso un giubbotto imbottito lungo e pesante. Erika si avvicinò e la fece entrare.

«Ciao, hai letto il rapporto dell'autopsia di Isaac?», domandò.

«Sì, ho tenuto il briefing al posto tuo stamattina», rispose Moss. Erika le spiegò al volo che Maria aveva confermato la presenza di un chiodo di titanio nella schiena di Sophia.

«Ci serve un'identificazione formale del corpo», continuò la detective. «Adesso è al telefono con i genitori. Puoi portarla tu all'obitorio?»

«Certo», rispose l'ispettrice. Rientrando in casa, trovarono Maria piegata sul bancone della cucina, sconvolta dai singhiozzi e da un pianto animalesco. Moss si fece subito avanti e si presentò, cingendole le spalle con un braccio.

Erika si accorse che la presenza dell'ispettrice fu subito di conforto alla ragazza.

«Che ne dici se ti preparo una tazza di tè? Ti piace il tè?», chiedeva Moss. Maria annuì. Erika le lasciò fare, defilandosi lentamente verso la camera. Il letto era rifatto e ordinato, sulla coperta in patchwork di lana c'era una fila di peluche allineati contro i cuscini. C'era un'altra rastrelliera carica di vestiti con un paio di scarpe sistemate in fondo e, come in soggiorno, un crocifisso appeso sopra la porta.

La finestra aveva la zanzariera e un paio di tende nere, pesanti. La detective si avvicinò e liberò la visuale. Da lì, vedeva la striscia d'erba che correva dietro il palazzo. Poco più avanti, c'era una recinzione di cemento che arrivava a malapena all'altezza della vita.

Al di là, c'era il vicoletto che divideva il cortile posteriore del palazzo da quello dell'edificio di fronte.

«Che sta facendo?», domandò Maria. Voltandosi, Erika la vide sulla soglia insieme a Moss.

«Perdonami, stavo osservando. Questa è camera tua?», chiese.

«Io e Sophia ci dormiamo a mesi alterni. Una prende la camera e l'altra il divano. Questo mese tocca a me», disse.

«Maria vorrebbe cambiarsi prima di andare in ospedale», disse Moss.

«Certo», rispose Erika. La ragazza mise un lungo vestito nero e un cappotto pesante dello stesso colore. Le due detective l'accompagnarono verso l'auto parcheggiata fuori.

«Io resto qui e do un'altra occhiata all'appartamento di Vicky», disse Erika a Moss, una volta che Maria si fu accomodata sul sedile posteriore. «Ci vediamo in centrale».

«Va bene. Ti chiamo non appena abbiamo novità sull'identificazione», rispose la collega.

Salì in macchina anche lei, ed Erika rimase a guardarle mentre si allontanavano. Il volto pallido di Maria sembrava fluttuare nel finestrino della volante. La uccideva vedere quella piccola scintilla di speranza nei suoi occhi, un minuscolo bagliore che ancora pregava di non trovare il corpo di sua sorella in quell'obitorio.

Capitolo 21

Erika entrò in casa di Vicky con le chiavi che le aveva restituito la scientifica, rompendo il sigillo della polizia. Non appena accese la luce, il sordido ricordo del materasso insanguinato in mezzo al salotto si riaffacciò nella sua mente. Ripeté fra sé e sé le parole di Isaac: *Se la vittima ha cercato di lottare o scappare dalla stanza, il ritmo dell'emorragia è incrementato insieme al battito.*

Erika si chinò sull'impronta parziale rinvenuta accanto al divano. Impressa sul muro c'era la parte di palmo tra pollice e indice e la linea che correva tra le due dita. La detective avvicinò alla parete la mano destra, poi la sinistra. La forma corrispondeva. La lunga curva del palmo era quella che i sensitivi chiamavano la "linea della vita". Erika confrontò la sua mano con l'impronta insanguinata sul muro: erano di grandezza simile, ma lei aveva mani piuttosto grandi per una donna.

Di chi sono queste dita?, si interrogò. Frugò di nuovo nelle tasche per prendere il taccuino, ricordandosi ancora una volta che l'aveva lasciato a casa. Le lenzuola e il materasso erano nei laboratori della scientifica e, attraverso la struttura vuota del divano letto, si vedeva la pozza che il sangue colato aveva formato sulla moquette. Erika testò le doghe e vi si distese a pancia in su, provando a raggiungere la porta da quella posizione. L'ingresso era alla destra del divano e la mano sinistra si trovava nella stessa identica posizione dell'impronta sul muro.

Forse c'è stata una lotta, e la vittima ha provato a scappare verso la porta prima di finire intrappolata? Quella è la sua mano, oppure è di qualcun altro? L'ipotesi dello scontro era plausibile: i portacandele e lo Scarabeo erano caduti a terra dalle mensole. Erika rimase sdraiata sulle doghe del divano letto per un istante, sforzandosi di immaginare il terrore e il dolore provato dalla ragazza. Che cosa stava facendo prima che arrivasse l'aggressore? Era stesa sul divano quando lui l'aveva sorpresa dall'ingresso? Avevano entrambi la chiave? O si era alzata per aprire la porta?

«Ma perché avrebbe dovuto starsene sdraiata sul letto di Vicky?», si chiese Erika, mentre le assi del vecchio divano letto cigolavano sotto il suo peso.

Si tirò in piedi e continuò a guardarsi intorno. I residui grigiastri della polvere per il rilevamento delle impronte erano praticamente ovunque: sugli stipiti delle porte, sulle maniglie, sulla finestra e sul tavolino. Erika si lasciò il salotto alle spalle per spostarsi in cucina. Il blocco di coltelli era stato prelevato e al suo posto c'era un numero di plastica. Era stato l'assassino ad afferrare un coltello, oppure Sophia nel tentativo di difendersi? Erika raggiunse la cameretta che Vicky aveva convertito nello studio di registrazione. Accese la luce.

Scrivania e sedia erano nere. Lì, la polvere spiccava forte e argentata contro le superfici. Il computer di Vicky era stato prelevato dalla scientifica: la detective si appuntò mentalmente di chiedere dettagli sui dati contenuti nell'hard disk. C'era una strana acustica nella stanza, attutita ma in modo bizzarro. Si voltò verso la parete dello "studio" foderata di cartoni delle uova, e poi verso la finestra. Si avvicinò ai blocchi irregolari di polistirolo, messi uno sopra l'altro fino a coprire anche il vetro. Uno dei cartoni era stato spostato da un agente durante le indagini. Erika lo raccolse e lo rimise al suo posto. Poteva escludere che l'assassino fosse scappato dalla finestra: come avrebbe fatto a uscire per poi rimettere insieme l'enorme blocco di polistirolo? Doveva aver attraversato l'ingresso e varcato il portone principale, ma non c'erano residui di sangue sulle superfici. La scientifica aveva controllato con il luminol, giusto? Si maledisse ancora per aver dimenticato il taccuino.

Andò alla libreria e guardò i volumi allineati sulle mensole. C'era un'ampia selezione di testi true crime, lesse i titoli facendo scorrere il dito sui dorsi dei libri. Saggi sugli omicidi della Dalia Nera, su Manson, sullo Squartatore dello Yorkshire, sui *Moors Murders* compiuti dalla coppia di serial killer Myra Hindley e Ian Brady e tre volumi sulla storia di Fred e Rose West e sugli omicidi di Cromwell Street. C'erano libri scritti da famosi profiler dell'FBI, tra cui *Mindhunter*, *Monsters*, *The gates of Janus* – la storia raccontata dall'omicida della brughiera, Ian Brady – e *Non più mio figlio,* scritto dalla madre del cannibale di Nine Elms. A vedere tutti quei titoli insieme le vennero i brividi. Tutte quelle storie orribili, una dopo l'altra.

Abbassò lo sguardo e vide che la moquette vicino allo stand del microfono era segnata in due punti. Gli stessi solchi si trovavano anche sotto la scrivania. Un tempo doveva esserci stato il letto, lì. *Il podcast doveva essere molto importante per lei, se aveva rinunciato addirittura alla sua stanza,* pensò Erika. Si guardò intorno. I residui di polvere per i rilievi coprivano anche le pareti e lo stand del microfono. Quante persone lavoravano alla registrazione? Shawn aveva detto che di tanto in tanto si occupava della musica. Aveva anche un editor, Vicky?

Faceva più caldo lì dentro, grazie all'isolamento prodotto dal polistirolo e dai cartoni delle uova. Erika ripensò alla prima volta che era entrata nella stanza: c'era lo stand per il microfono, ma nessun microfono attaccato. Perché?

Cercò il podcast di Vicky sul telefono. Man mano che scrollava gli episodi, si accorse che erano stati caricati tutti a cadenza settimanale. Ogni giovedì a partire da giugno. L'ultimo era datato undici ottobre, quindi mancava quello del diciotto.

Che fine aveva fatto quell'episodio?

Uscita da Honeycomb Court, la detective risalì Morrison Road verso il piccolo supermercato nella stazione di Blackheath. Quasi alla fine della strada, a meno di un chilometro dal palazzo, c'era una fermata dell'autobus con una moderna pensilina di vetro. Sulla panchina di plastica posizionata all'interno sedevano un vecchietto e una ragazzina. Passando, Erika vide il signore alzare lo sguardo verso lo schermo con le partenze in tempo reale. La detective si fermò sotto il display e si guardò intorno, da una parte all'altra della strada. La scritta arancione sullo schermo cambiò, informando che il prossimo autobus sarebbe arrivato in ritardo di dieci minuti. La fermata era sullo stesso lato del marciapiede di Honeycomb Court. Sbirciando sotto l'orologio che spuntava alla base dello schermo, Erika riconobbe la piccola cupola di plastica che copriva la telecamera di sicurezza. Elettrizzata da una nuova ondata di speranza, prese subito il telefono e chiamò Crane.

«Ciao, sono io. So che sei immerso fino al collo nei video di sicurezza della stazione di Blackheath, ma c'è una fermata su Morrison Road che ha la telecamera. Puoi richiedere le registrazioni di lunedì e scoprire se c'è movimento in direzione di Honeycomb Court?».

Dopo aver chiuso la telefonata, comprò un panino e una bottiglietta di Coca-Cola e ritornò alla macchina parcheggiata davanti casa sua. Fuori faceva ancora freddo, ma il sole splendeva e lo spesso strato di ghiaccio sul parabrezza si era sciolto.

Si sedette in auto e trangugiò il panino con i riscaldamenti al massimo e il taccuino in equilibrio sul volante, sforzandosi di ricordare tutto quello che doveva appuntare. Con l'aria sparata sui piedi e sul viso e il panino a riempirle lo stomaco, riuscì finalmente a scaldarsi. Voltandosi verso la sua nuova casa, Erika vide che il sole non aveva raggiunto le finestre del primo piano e che lo strato di ghiaccio sul vetro era ancora intatto. Il pensiero di passare un'altra notte sul pavimento a battere i denti la deprimeva, tanto quanto l'idea di ripresentarsi da Bed World. Le tornò in mente che tempo prima si era iscritta su Argos, così prese il telefono e fece il login. Stava per cercare un altro materasso gonfiabile, ma alla fine optò per un letto vero e proprio. Un paio di clic e di scrollate dopo, trovò a prezzo decente un bel matrimoniale con tanto di cuscini, lenzuola e coperte e, per coccolarsi un po', comprò anche una lavatrice-asciugatrice. La cosa migliore fu che erano disponibili tutti per la consegna in giornata. Riservò l'ultimo slot orario, alle otto di sera, e pagò con la carta di credito. L'intero processo era durato meno di dieci minuti. *Forse gli smartphone non sono poi così male,* pensò.

Risolta almeno in parte l'emergenza abitativa, Erika riportò la sua attenzione sul caso e partì alla volta della stazione di Lewisham Row.

Capitolo 22

Vicky si risvegliò in un letto caldo e morbido, riaprendo gli occhi in uno stato di dolce amnesia. Vide le lenzuola pastello e il sole fuori dalla finestra che sorgeva sopra i tetti delle case, accendendo la baia con i suoi colori. Pochi istanti dopo, i ricordi le crollarono addosso con tutta la loro violenza. Il volto maciullato di Sophia. Il suo corpo ricoperto di sangue. Un brivido freddo le corse lungo la schiena. Vicky si sentì prendere dal panico, una morsa ferrea le stringeva lo stomaco ancora vuoto. Dal corridoio oltre la porta arrivò il suono leggero dei passi di Cilla e Nutmeg, il suo labrador.

«Victoria?», chiamò la padrona di casa. «Sei sveglia? Andiamo a fare una passeggiata. Si sta bene fuori».

La baia si estendeva a vista d'occhio in un panorama mozzafiato. La villetta di Cilla sorgeva su una scogliera a picco sul mare e, per raggiungere la spiaggia, scesero una serie di gradini in pietra antica. L'aria era tersa, la marea bassa, e il sole scintillava sulle creste delle onde facendole risplendere come migliaia di specchi.

Raggiunta la spiaggia, Nutmeg cominciò a correre per inseguire i gabbiani appollaiati sulle dune di sabbia, che spiccavano il volo scocciati non appena lo vedevano arrivare.

L'aria di mare e il sole in faccia smorzarono leggermente le paure di Vicky.

Passeggiando, superarono una pozzanghera d'acqua che si era formata tra le rocce. Le bolle salivano a galla dalla sabbia liscia del fondale e le alghe sottili ondeggiavano placidamente sulla superficie. Quanto avrebbe voluto trasformarsi in una creatura marina, per potersi nascondere nelle profondità di una pozzanghera e poi fuggire nell'immensità dell'oceano. Gli occhi le si riempirono di lacrime, in parte per l'aria fredda di mare che sferzava attorno a loro. Non voleva piangere, così si morse un labbro. Con forza.

Ogni volta che chiudeva gli occhi, rivedeva il corpo di Sophia steso sul letto... Era stato lasciato lì come avvertimento, quella era la realtà dei fatti. L'atterriva pensare quanto si fosse spinto oltre. Aveva fatto a pezzi una persona innocente, la sua vicina, solo perché... si era confidata con lei, e in qualche modo lui lo *sapeva*. Sì, ma come?

Vicky si rendeva conto che era folle da parte sua pensare di riuscire a scappare. Già ora, dopo soli due giorni, la polizia doveva averla quasi rintracciata. La Gran Bretagna era piccola, in fondo... Anche se si trovava in un angolo desolato del Paese, era sicura che ogni istante del suo viaggio fosse stato ripreso dalle telecamere di sicurezza. Doveva rimanere a Londra, affrontare le sue paure e parlare... Anzi, urlare. Urlarlo da tutti i tetti.

Ma lo sapeva, come andavano a finire quelle cose. Chi è che ascolta mai le donne che urlano? Lui l'aveva minacciata e aveva già dimostrato di poterla passare liscia. Prima, quando ancora non era invischiata in quell'orrore, Vicky vedeva il mondo in maniera semplicistica: alla fine della fiera, i cattivi pagavano per i loro errori e i buoni vincevano. Bastava essere sempre onesti e fare la cosa giusta, perché tutto andasse per il meglio. Era abituata a giudicare le donne che tacevano uno stupro, anche se si vergognava ad ammettere di essere tanto severa nei confronti di chi non denunciava per paura. E poi, era arrivato *lui*. La spaventava a morte. Parlare significava rischiare la vita. Avrebbe dovuto alzare la testa e lottare, ma non aveva la forza per farlo, e proprio questa debolezza la faceva vergognare. La paura era un tutt'uno con la rabbia. Perché toccava proprio a lei parlare e rischiare tutto? *Lui* era il male, lei non aveva fatto niente di sbagliato. Eppure, perché era proprio compito suo aggiustare la situazione? No. No. No. *Lasciatemi vivere la mia vita, lasciatemi in pace*, pensava. Era stato tanto avventato da uccidere Sophia nel suo letto... *la bellissima Sophia*... sapendo che sarebbe stata lei, la prima a trovarla. Che reazione sperava di ottenere? Lei era scappata. Non riusciva più a mangiare. Il terrore era diventato un compagno costante. Di cos'altro era capace quell'uomo?

Vicky smise di camminare e si piegò in due. L'odore salmastro nell'aria e il sole che brillava sulle alghe viscide incollate alla roccia le facevano venire la nausea. Ebbe un conato e vomitò, lo stomaco contratto in spasmi dolorosi. Dalla bocca schizzarono fuori due lunghi fiotti di bile calda, che vennero raccolti dal vento. Nel suo stomaco non c'era nient'altro di cui liberarsi.

«Oh, Victoria, *cara!*», disse Cilla, che si era girata non appena l'aveva sentita vomitare. Corse da lei e tirò fuori un pacchetto di fazzoletti dalla tasca. «Hai mangiato qualcosa andato a male?». Ne tirò fuori uno e Vicky lo prese, asciugandosi la bocca. Quando riuscì a riprendere fiato, si tirò su. Stava piangendo. «Come posso aiutarti?», domandò Cilla, con espressione preoccupata. Vicky ebbe un altro conato e si tappò la bocca con il fazzoletto. *Davvero crede che sia colpa del cibo avariato?* Non le aveva spiegato ancora niente, certo, ma doveva pur essersi fatta un'idea... Aveva dei contatti a Londra che sentiva regolarmente. L'omicidio di Sophia doveva essere sulla bocca di tutti ormai, no?

«Voglio solo camminare ancora», le rispose.

«Allora siamo nel posto giusto», le disse la donna con il sorriso sulle labbra. «Guarda qua. Chilometri di spiaggia. Certe volte mi viene da pensare che, se continuassi a camminare, mi ritroverei dall'altra parte del mondo». Controllò l'orologio. «Tra un po' devo rientrare, però. Colin e Ray arriveranno a momenti».

Vicky fece un respiro profondo e deglutì, ignorando il diaframma che spingeva per vomitare ancora.

«Io vorrei passeggiare un altro po', se per te va bene».

Cilla esitò a rispondere e il vento cambiò direzione, soffiandole i capelli sul viso.

«In fondo conoscono la casa e sanno anche dove nascondo la chiave di riserva».

«No, tranquilla. Va' pure ad accoglierli. Ho solo bisogno di un po' d'aria fresca. Mi farà bene».

«Sicura?»

«Sì», disse Vicky. L'arrivo imminente degli ospiti non faceva che rendere quella situazione ancora più folle. Colin e Ray vivevano a Londra, lavoravano ancora alla Goldsmith's Drama Academy. C'era un'alta possibilità che avessero saputo qualcosa. Come se la sarebbe giocata? Avrebbe dovuto dire la verità a Cilla, ma dove si sarebbe nascosta, poi?

«Porta Nutmeg con te», disse la sua insegnante, mentre si chinava ad accarezzare il muso bagnato del cane. «Gli piacciono le passeggiate lunghe. Va bene?». Sollevò lo sguardo verso Vicky, gli occhi del cane la sfidavano a dire di no.

Così, Vicky continuò a passeggiare con Nutmeg che trotterellava poco più avanti, un po' fermandosi ad annusare le dune di sabbia ai margini della spiaggia, un po' correndo all'inseguimento di uno stormo di gabbiani che si crogiolavano al sole. Si voltò un paio di volte a guardare Cilla che rimpiccioliva in lontananza, di ritorno a casa. Ormai era solo un puntino sulla cima della scogliera nebbiosa.

Perché non mi riempie di domande?, pensò Vicky. *Se qualcuno si presentasse a casa mia così senza preavviso, io sarei più curiosa... O forse già lo sa?* Cercò di scacciare quel pensiero.

Le bretelle dello zaino sfregavano sulle spalle sopra la giacca sottile. Vicky passeggiò sul bagnasciuga e guardò le onde per qualche istante. Il mare si stava agitando e un banco di nuvole scure e metalliche si stava formando all'orizzonte. Guardò un'ultima volta alle sue spalle, ma Cilla non c'era più. Nutmeg le si avvicinò al trotto e le restò pazientemente accanto, mentre lei scrutava le onde. Alla fine, si sfilò lo zaino e aprì la cerniera. Il cane si avvicinò a curiosare, provando a infilare il muso all'interno.

«Mi dispiace, niente biscottini», si scusò, allontanandogli dolcemente la testa. Rovistò tra i vestiti finché le dita non si chiusero intorno alla gelida superficie dell'hard disk. *L'acqua salata cancellerà tutto alla svelta.* Vicky richiuse lo zaino e lo rimise in spalla. Controllò che non ci fosse nessuno da un lato e dall'altro dell'immensa distesa di sabbia. Presto si sarebbe alzata la marea. La casa di Cilla era l'unico edificio nel raggio di chilometri. Senza darsi il tempo di ripensarci, Vicky affondò un tallone nella sabbia e caricò il braccio con tutta la forza che aveva. L'hard disk disegnò un ampio arco nel cielo e atterrò nell'acqua agitata con uno schizzo.

Capitolo 23

McGorry era di fronte alle fotocopiatrici quando Erika entrò nella sala operativa.

«Hai trovato il frame di Charles Wakefield alla stazione di Blackheath?», gli domandò.

«Sì e no», rispose l'agente con una smorfia.

«Che significa sì e no? O c'è o non c'è», fece Erika.

«Porta un cappello del cavolo», spiegò Crane dalla scrivania dov'era seduto, circondato da tazze di caffè e pacchetti di patatine vuoti. La detective lo raggiunse. «Le telecamere di sicurezza della stazione di Blackheath l'hanno ripreso mentre compra un biglietto all'una e cinquantacinque del pomeriggio di lunedì scorso, il ventidue, e sale sul treno delle due diretto a London Bridge. Ce l'ho anche mentre torna alla stazione alle cinque e dodici. L'unico problema è che indossa uno di quei cappelli di feltro a falda larga che gli copre il viso in tutte le immagini».

Le mostrò delle stampe: nella prima, un omone corpulento in trench e cappello comprava un biglietto in stazione; nella seconda, lo stesso uomo si muoveva lungo il binario per salire sul treno. S'intravedeva il doppio mento, ma la falda del cappello copriva la metà superiore del viso. Crane aveva girato lo schermo del computer per mostrarle il video di Charles che si dirigeva verso il vagone a testa bassa e spalle curve. Il trench e il cappello erano gli stessi che la detective aveva visto a casa sua.

«Uffa. Nessun risultato dalla videocamera sul treno?», domandò.

«Ho richiesto le registrazioni», rispose Crane. Erika guardò il video, che intanto era ripartito dall'inizio.

«Quando io e Moss siamo entrate in casa sua, ho visto sia il soprabito che il cappello ma… ci serve un volto!».

«Continuo a cercare. Siamo ancora in attesa dei video della stazione di London Bridge», disse Crane.

«Non è l'unico risultato delle telecamere!», annunciò McGorry, tornando dalla fotocopiatrice e passandole una serie di stampe. Le immagini provenivano da una telecamera posta sulla pensilina di una fermata dell'autobus. La prima aveva immortalato Vicky mentre correva sul marciapiede dietro la parete di vetro della pensilina.

«Che fermata è?», domandò Erika, con il cuore che palpitava nel petto.

«Quella che mi hai chiesto tu, dal capo nord di Morrison Road, a poco meno di duecento metri da Honeycomb Court», spiegò McGorry. La detective studiò di nuovo le immagini. La prima era nitida. Vicky guardava la telecamera con addosso un cappellino sportivo. Le altre due erano state scattate nel giro di poco. Nella seconda guardava a terra, con il volto oscurato dalla visiera del cappellino su cui spiccava chiaramente il logo dell'Adidas. Nella terza, ancora a testa bassa, Vicky si stava spostando verso destra. Era vestita con un paio di jeans blu e una giacca leggera e portava uno zaino nero in spalla.

«A quando risalgono?», domandò Erika, mentre strizzava gli occhi sulla data e l'orario scritti in caratteri minuscoli sopra le immagini. «La mia vista fa schifo».

«La telecamera della fermata dell'autobus cattura un'immagine ogni due secondi», spiegò McGorry. «Questa risale alle quattro e zero sei di lunedì. Lo stesso giorno in cui hai trovato il corpo di Sophia nel suo appartamento».

«Come avete fatto a ottenere i video così in fretta?», chiese Erika.

«Conosco una dipendente dei trasporti pubblici, una tipa che lavora alla sala di controllo, e McGorry ci ha flirtato un po' per telefono», spiegò Crane. «In più, ha giovato il fatto di avere un giorno e un orario specifici».

«Ottimo lavoro!». Erika guardò di nuovo le foto di Vicky.

«Secondo voi perché guarda dritto nella telecamera? Visto il cappello, presumo che volesse nascondersi, no?»

«Con queste pensiline nuove, spesso la gente non si accorge della telecamera sotto il tabellone delle partenze», ipotizzò McGorry.

«Okay, quindi forse stava guardando gli orari degli autobus», disse Erika. «Potremmo dedurre che ha trovato il corpo in casa sua ed è scappata senza avere un piano preciso... Magari stava capendo se poteva andare da qualche parte con l'autobus?»

«A meno che non sia stata *lei* a uccidere Sophia», obiettò McGorry.

«Dici sul serio?», ribatté Erika, guardandolo dritto in faccia.

McGorry fece per rispondere, ma poi richiuse subito la bocca.

«Non dovremmo escluderlo».

I tre agenti rimuginarono sulla questione per qualche secondo, nel silenzio generale. Ad accompagnare l'ipotesi, c'erano le foto inutili di Charles Wakefield alla stazione.

«Chissà se Vicky si è resa conto della telecamera sulla pensilina», si chiese Erika, studiando la foto. «Avete trovato altro?»

«Non ha preso l'autobus, quantomeno non a quella fermata», disse Crane. «Stiamo vagliando l'ipotesi che si sia servita di un mezzo di trasporto ad ampio raggio, quindi abbiamo richiesto i video della stazione di Blackheath per quello stesso arco temporale. Per quanto ne sappiamo dal tragitto che *forse* Charles ha compiuto, la stazione si trova a cinque minuti dalla fermata. E da lì partono treni diretti a sud verso Gravesend e il Kent, così come per il centro di Londra».

«Sì», confermò Erika. «Se ha attraversato Morrison Road poco dopo le quattro, significa che era in zona nell'arco di tempo in cui è stata uccisa Sophia».

«McGorry ha trovato anche altro», disse Crane.

«C'è dell'altro?», ripeté Erika.

«Oh sì», fece l'agente. «La telecamera della fermata ha ripreso anche Shawn Macavity».

«A che ora?».

McGorry le passò un'altra stampa del circuito di sicurezza,

che stavolta riprendeva Shawn. Era in piedi nello stesso punto di Vicky e guardava la telecamera.

«Sembra che abbia visto un fantasma», commentò Erika, scrutando lo sguardo tormentato sul volto grigio del ragazzo. I capelli lunghi gli ricadevano mollemente sulle spalle e indossava pantaloni e giacca di jeans. «A che ora è stata scattata?»

«Alle quattro e venticinque del pomeriggio», disse McGorry. Erika si concentrò sulle altre foto.

«Quindi mezz'ora dopo che Vicky ha attraversato quello stesso punto», disse. «Se tutti e due andavano verso la stazione, devono essersi incrociati. Lui sale sull'autobus?»

«No, ma con un po' di fortuna i video di sorveglianza della stazione ci diranno qualcosa, quando arriveranno», rispose Crane.

«Dove vanno i treni che partono da Blackheath? A parte London Bridge?»

«Un po' ovunque: Beckenham, Crystal Palace, Bexleyheath, Stratford, Trafalgar Square, Erith in Kent».

«Se è andata nel Kent, Vicky avrà attraversato la Manica. Avete controllato i dati del passaporto?», chiese Erika.

«Sì, non l'ha usato per lasciare il Paese», disse McGorry.

«Se non troviamo lei o Shawn alla stazione di Blackheath, mi servirà una mano per espandere la ricerca e analizzare altri video», disse Crane.

La detective annuì. «Certo. Ottimo lavoro, ragazzi. Siete stati rapidissimi. Complimenti».

«Erika, ho notizie dal reparto informatico a proposito del disco rigido di Vicky», intervenne Peterson, al lavoro in un angolo della sala. La detective passò in mezzo alle scrivanie affollate e lo raggiunse in fondo alla stanza. Si rese conto che la sera prima era corsa via da Bed World senza dargli spiegazioni. In passato, era abituata ad aggiornare il suo team su ogni minimo sviluppo. In quel momento, cercò di non pensarci.

«Cosa hanno trovato?», chiese.

«Niente. Aveva cancellato tutto».

«Niente di niente?»

Peterson scosse la testa.
«Credevo che in qualche modo si potessero recuperare i file cancellati, no?», domandò con una fitta al cuore.
«Vicky aveva un Mac e, a quanto pare, il sistema operativo iOS permette di fare una pulizia profonda».
«In parole povere?», chiese Erika.
«Quando cancelli un file da un normale disco rigido, in realtà non lo elimini del tutto: lo rendi solo invisibile, e recuperabile. Quello che ha fatto Vicky è stato cancellare i dati e sovrascriverli ripetutamente con lettere e numeri casuali».
«Ed è una cosa che può fare chiunque?»
«Chiunque abbia un iMac o un MacBook, sì».
«Non hanno trovato altro? Nel suo cloud, per esempio?»
«Nell'appartamento non c'era altro: nessuna chiavetta USB, nessun disco esterno. Stanno provando a entrare nell'account del cloud, ma senza la password è un problema».
«Merda. Quanto tempo ci vorrà per accedere al contenuto del cloud? Direi molto, a giudicare dal tuo sguardo», continuò Erika.
«Bisognerebbe ottenere un'ordinanza del tribunale. È un processo lungo e nemmeno troppo semplice. In fondo non si tratta di un caso internazionale di terrorismo».
Erika fissò l'e-mail dell'unità informatica sullo schermo di Peterson.
«Che cosa voleva tenere nascosto? Immagino che sul computer avesse salvato i dati bancari e qualche foto. Di sicuro lo usava anche per produrre il podcast. Perché mai cancellare tutto?»
«Che si fa, quindi?», chiese Peterson.
«Shawn Macavity ci ha mentito: era nei pressi dell'appartamento di Vicky lunedì pomeriggio. E a noi ha detto di essere stato a casa tutto il giorno, prima di andare al lavoro. Portiamolo qui e facciamo una bella chiacchierata con lui».

Capitolo 24

Shawn Macavity acconsentì a una chiacchierata informale con Erika e Peterson e si presentò in stazione poco prima di pranzo. Sembrava stupito, quando gli agenti lo accompagnarono nella sala interrogatori.

«Sono in arresto?», domandò. Il suo aspetto era lo specchio dell'umore di Erika: Shawn era esausto, con grosse occhiaie sotto gli occhi. I capelli lunghi erano unti e ricadevano disordinati intorno al viso.

«È libero di andare quando vuole», disse Peterson. «Ma è nel suo interesse dirci tutta la verità».

«Sì, certo», rispose Shawn. Aveva l'aria di essere su di giri. Le pupille erano dilatate e non faceva che tamburellare le dita sul tavolo. Si accorse che Erika lo aveva notato, e si mise seduto contro lo schienale della sedia.

«Torniamo a lunedì», disse la detective. «Ci ha detto di essere rimasto a Forest Hill, a casa sua, tutto il pomeriggio e di essere uscito soltanto alle sei per andare al lavoro al Golden Lamb, giusto?»

«Sì. Il mio capo l'ha confermato?»

«Ha confermato che è arrivato al locale alle sei meno dieci, più o meno».

«Bene, bene», disse, gonfiando le guance. «Sì, ecco, questo è quanto».

«Quindi è rimasto a casa tutto il giorno? A Forest Hill, nel suo appartamento».

«Sì».

«Quanto è costata la scuola di recitazione?», domandò Erika.

«Come, scusi?», disse Shawn lanciando un'occhiata a Peterson, che restò impassibile.

«Pensavo solo che forse dovrebbe farsi risarcire». Erika prese le foto di Shawn di fronte alla fermata dell'autobus e gliele fece scivolare sotto gli occhi attraverso il tavolo. «Questo è lei alla fermata di Morrison Road alle quattro e venticinque di lunedì ventidue. A meno di duecento metri dall'appartamento di Vicky. E decisamente lontano da Forest Hill».

Shawn chiuse gli occhi. Abbandonò la testa sul petto, lasciando ricadere i capelli davanti al viso.

«No, no, no, no», disse. Erika prese un altro fotogramma e glielo fece scivolare davanti.

«Può guardare quest'altra foto, per favore, Shawn? È Vicky, venti minuti prima di lei. Proprio nello stesso punto».

Lui osservò la foto e scosse la testa.

«Giuro che non ne avevo idea», disse.

«Di cosa non aveva idea?»

«Non avevo idea che Vicky fosse tornata a casa, non so chi abbia ucciso Sophia. Ma non sono stato io, lo giuro».

«È andato a casa di Vicky lunedì?», chiese Erika.

Il ragazzo aggrottò la fronte incerto.

«Sì. Ma non ho fatto niente, lo giuro su Dio».

«A che ora è arrivato?»

«Intorno alle tre e mezzo».

Erika e Peterson si scambiarono un'occhiata.

«Perché è andato da Vicky?».

Shawn fece un sospiro profondo.

«Per... fare sesso».

«Con Vicky o con Sophia?», domandò Peterson.

«Sophia», rispose il ragazzo con un filo di voce.

«E Vicky lo sapeva?».

Alzò le spalle.

«Non lo so, forse sì. Ve l'ho già detto. Non stavamo più insieme, eravamo solo amici, io e Vicky».

«E come conosceva Sophia?», domandò Erika.

«Me l'aveva presentata Vicky. Erano amiche, a volte...». Sospirò e chiuse gli occhi.

«A volte cosa?»

«A volte anche più che amiche», continuò, con gli occhi fissi sul tavolo.

Peterson si sporse verso di lui.

«Si spieghi meglio, per favore», gli disse. Shawn sollevò lo sguardo, palesemente in imbarazzo.

«Capitava che facessero sesso... La relazione tra Sophia e sua sorella era strana. Non strana in senso sessuale», si sbrigò ad aggiungere. «Ma Maria è molto conservatrice. E l'appartamento che dividono – *dividevano* – è minuscolo. Facevano a turno per dormire sul letto e sul divano, così Vicky permetteva a Sophia di stare da lei per vedersi con qualche ragazzo, quando non aveva casa libera».

Erika si appoggiò allo schienale della sedia. Era sorpresa, anche se non sapeva bene perché. Forse aveva proiettato su Sophia l'educazione cattolica ed etero-normativa tipica dell'Europa dell'Est, la stessa che aveva ricevuto lei, aspettandosi tutt'altro tipo di comportamento.

«Succedeva spesso? Che Vicky lasciasse usare a Sophia il suo letto?», domandò Peterson.

«Non lo so. Qualche volta. Non è che Vicky me ne abbia mai parlato. Ho scoperto per caso che erano intime».

«Che significa che l'ha scoperto per caso? Non la seguo», domandò Erika.

Shawn cambiò posizione sulla sedia, chiaramente a disagio.

«Vicky non me l'ha *detto* chiaro e tondo. Io, ecco, noi, siamo finiti a letto insieme a Sophia. Una volta sola. Una sera, dopo aver finito di registrare il podcast. Abbiamo aperto una bottiglia di vino e Sophia ci ha raggiunti. Aveva litigato con Maria per qualche sciocchezza e voleva un po' di compagnia. Abbiamo iniziato a bere... Poi una cosa tira l'altra... E siamo finiti a letto insieme». La voce scemò e lui guardò Erika dritto negli occhi. «Sono nei guai?»

«Per del sesso consenziente? No. Era consenziente da parte di tutti e tre, mi auguro».

«Sì! Sì, certo».

«Quando è successo?»

«Un bel po' di tempo fa, verso la fine di agosto. Non ricordo la data precisa».

«Quindi, cosa è successo lunedì? Perché è andato a casa di Vicky? Per vedere Sophia?», domandò Peterson.

«Ho scritto a Sophia quella mattina, le ho chiesto che combinava e lei ha risposto che aveva il turno di notte e che durante il giorno era libera. Mi ha proposto di andare da lei per…».

«Per fare sesso?», finì per lui Erika.

«Sì».

«E dove dovevate farlo? A casa di Vicky o di Sophia?»

«Di Sophia. Ma quando sono arrivato non ha risposto al campanello, così ho dato per scontato che fosse da Vicky. Sono andato a bussare alla sua porta, ma non rispondeva nessuno neanche lì. Ho ancora la chiave di casa, così sono entrato».

«Perché è entrato?», domandò Erika.

«Ho pensato che magari Sophia si fosse addormentata. Ci eravamo dati appuntamento. E Vicky le lasciava usare il suo letto», spiegò Shawn in preda all'angoscia.

«E nell'appartamento cosa c'era?», domandò Erika. Le labbra di Shawn presero a tremare.

«Lei era stesa sul letto… Ma sembrava… rotta. E poi c'era così tanto sangue».

«Sapeva che si trattava di Sophia, vero?»

«Sì».

«Per questo era sorpreso quando siamo venuti a dirle che avevamo trovato il corpo di Vicky».

«Si somigliano molto, ho pensato di essermi sbagliato. Era tutto così confuso. Sono rimasto in casa per un paio di minuti, poi mi è preso il panico e sono scappato via».

«Ha toccato qualcosa?», domandò Peterson.

«No. Ho chiuso la porta e me ne sono andato».

«Che ora era?».

Shawn si passò una mano tra i capelli.

«Non lo so con certezza».

«Questo non basta, Shawn», disse Erika. «Stiamo cercando di ricostruire la tempistica di tutte le entrate e le uscite di lunedì pomeriggio a Honeycomb Court. Se non riesce a datare con certezza i suoi spostamenti...».

«Ho la conversazione con Sophia!», disse tutto d'un fiato, infilando subito una mano nelle tasche dei jeans. Prese il telefono, sbloccò lo schermo con dita tremanti e scorse i messaggi. Fece scivolare il cellulare sul tavolo verso Erika e Peterson.

I due agenti lessero la conversazione.

09:31 SHAWN M:
'Giorno, che fai?
09:33 SOPHIA (amica Vick)
Niente di che, tu?
09:34 SHAWN M:
Sono a letto a massaggiarmi...
09:34 SHAWN M:
le mani... 😂😂
09:55 SOPHIA (amica Vick)
Tu sì che sai come usarle 😉 che fai nel pome?
09:56 SHAWN M:
Sono libero di massaggiarmi le mani e tutto quello che vuoi 😉 ma alle 6 lavoro. Se vuoi faccio un salto da te alle 2:30?
10:58 SOPHIA (amica Vick)
A dopo allora
10:59 SHAWN M:
👍💗
14:42 SHAWN M:
Il treno è fermo fuori dalla stazione. Ci sono quasi. Ritardo grrrrrr. Non mi sto più massaggiando le mani, mi sto conservando tutto per te
14:50 SHAWN M:
Hai letto il mex???
14:55 SHAWN M:
Ripartiti. Arrivo, scusa non è colpa mia. STUPIDI TRENI!
15:00 SHAWN M:
Sceso a Blackheath, volo.

«Come vedete, stavamo messaggiando e Sophia mi ha chiesto di fare un salto da lei», disse Shawn.

Erika rilesse un'ultima volta la conversazione.

«Le ha scritto l'ultima volta alle 10:58, poi non l'ha più sentita?», gli chiese.

«No, ma Sophia è così. Fa sempre la sostenuta», disse Shawn.

«Okay, è arrivato alla stazione di Blackheath alle tre del pomeriggio. Poi?»

«Sono andato a casa sua. Anzi, no, prima ho fatto un salto al supermercato...».

«Perché?», domandò Peterson.

Shawn si dimenò sulla sedia e guardò Erika. «Ehm, per comprare un guanto. Cioè, i preservativi», disse.

«Ha lo scontrino?», domandò Erika.

«Non lo so, forse da qualche parte sì. Il pacco è ancora nuovo, perché poi sono entrato nell'appartamento e ho trovato Sophia».

«Come ha fatto a entrare dal portone?», domandò Peterson.

«Nel mazzo di chiavi che mi ha dato Vick c'era anche la tessera magnetica per l'ingresso principale», spiegò.

«Quindi che ore erano, secondo lei, quando ha trovato il corpo di Sophia nell'appartamento di Vicky?», domandò Erika.

«Non saprei, le tre e un quarto, più o meno... Come avete visto, ero in ritardo e le stavo scrivendo dal treno... Vi prego, non sono stato io!».

«Abbiamo comunque un problema. Ha detto di essere arrivato a Honeycomb Court intorno alle tre e dieci, tre e un quarto. Ci serve una conferma. Possiamo guardare i video di sorveglianza della stazione per verificare l'orario, e dovrà recuperare anche lo scontrino del supermercato».

«Sì, certo, lo troverò e sì, ovvio, le telecamere! Di sicuro sarò nei video di sorveglianza della stazione!».

«Dove è stato nell'arco di tempo tra la scoperta del corpo, alle tre e un quarto, e il passaggio di fronte alla fermata dell'autobus di Morrison Road, alle quattro e venticinque?»

«Io...». La voce del ragazzo si spense e per un attimo fissò un punto imprecisato davanti a lui. «Ero nel panico e sono andato a fare una passeggiata nella brughiera».

«Ha visto Vicky?»

«No».
«Perché Vicky è passata di fronte alla stessa fermata quasi venti minuti prima di lei. Eravate nella stessa area».
«Non l'ho vista. Io ero in mezzo alla brughiera… Non potete confermarlo tramite i tabulati telefonici?»
«Perché, ha chiamato qualcuno? Ha chiamato Vicky dopo aver scoperto il corpo di Sophia?»
«No, ero sconvolto e avevo il terrore che incolpassero me. Sono andato a fare una passeggiata per schiarirmi le idee».
«L'ha vista qualcuno?»
«Non lo so, era piuttosto deserto».
Bussarono alla porta, e il volto di McGorry spuntò sulla soglia.
«Scusate. Capo, permetti una parola?», disse. «È importante».

Capitolo 25

«Meglio che siano buone notizie», lo ammonì Erika una volta in corridoio. Peterson era proprio dietro di lei. L'agente annuì, con un luccichio eccitato negli occhi.

«Ottime. Dopo essere stata ripresa dalla telecamera alla fermata dell'autobus di Morrison Road, Vicky si è diretta alla stazione ferroviaria di Blackheath e ha preso un treno per London Victoria. Da lì è andata all'autostazione ed è salita su un pullman diretto a nord. Si tratta di una rotta notturna che arriva a Glasgow...». Le consegnò una serie di fotografie che ritraevano Vicky prima alla stazione di Blackheath, poi mentre attraversava il gigantesco atrio della stazione e la stradina affollata e confusa della piazzola dei pullman. In tutte le foto aveva la testa bassa, ma erano riusciti a identificarla grazie al cappellino nero dell'Adidas.

«Se non avesse guardato il tabellone dell'autobus sulla sua strada, non avremmo potuto confermare che è lei. Bel lavoro», disse Erika.

«Per fortuna avevamo un preciso arco temporale e abbiamo potuto richiedere dei video specifici agli addetti alla sicurezza del trasporto pubblico», commentò McGorry. «Non finisce qua. Il pullman diretto a nord, su cui è salita alla stazione, fa tre fermate di notte. La terza è all'autogrill di Cairn Lodge. Alle due e trenta di martedì mattina, Vicky è scesa lì e ha fatto una telefonata dalla cabina». Le passò un'altra foto sgranata in cui si vedeva la ragazza dentro la cabina telefonica che si trovava nello spiazzo di fronte all'autogrill.

«Potete rintracciare la chiamata, se avete orario e luogo precisi?», domandò Erika, sempre più eccitata all'idea di essere vicini a Vicky.

«Qui entra di nuovo in gioco il fascino McGorry. Ho chiamato l'autogrill di Cairn Lodge e flirtato con la donzella attempata all'altro capo del telefono, che si è mostrata subito molto disponibile. Ha detto che la cabina telefonica viene usata di rado e che tutte le chiamate passano per il sistema informatico centrale. È riuscita a darmi il numero chiamato da Vicky e ho scoperto che appartiene a una certa Cilla Stone, che vive a Whithorn, nella contea di Dumfries e Galloway, in Scozia. È un luogo abbastanza desolato, a due ore e mezzo da Glasgow».

«Be', evviva il fascino McGorry. Peccato che con me non funzioni mai, eh?», scherzò Erika.

L'agente sorrise.

«Sappiamo già chi è Cilla Stone?», chiese Peterson.

«Non ancora, ma ci stiamo lavorando nella sala operativa. Sono venuto a dirvelo perché ho pensato che potreste scoprirlo tramite Shawn».

«D'accordo, buona idea», disse Erika. «Dov'è andata Vicky dopo l'autogrill?»

«È risalita sull'autobus ed è andata a Glasgow. Le telecamere l'hanno ripresa mentre scende alla fermata, ma da lì in poi non abbiamo più sue tracce».

«Ottimo lavoro. Ho bisogno che riguardi i video delle telecamere della stazione di Blackheath e della fermata bus di Morrison Road. L'orario che mi interessa sono le tre del pomeriggio, quando Shawn Macavity afferma di essere sceso dal treno per dirigersi a Honeycomb Court», disse Erika.

«D'accordo, lo faccio subito», rispose McGorry.

Erika e Peterson tornarono nella stanza degli interrogatori e la detective si accorse subito che l'incantesimo si era spezzato. Shawn aveva ripreso il controllo di sé. Ecco il rischio che si correva con i colloqui informali, pensò. *Nei pochi minuti che siamo stati fuori, ha visto la situazione in modo più lucido e adesso non vuole più parlare.*

«Grazie per la pazienza, Shawn», disse Erika, riprendendo posto di fronte al ragazzo.

«Credo che dovrei chiamare un avvocato», rispose lui a disagio. «Ho trovato il corpo di Sophia e sono andato nel panico. Ma non ho fatto niente di male. Non ho toccato niente. E mi dispiace tanto».

Erika lanciò un'occhiata a Peterson. C'era un buco di un'ora e dieci minuti tra la scoperta del cadavere e la ripresa della telecamera di sicurezza, ed era un problema. Ma, se avessero provato a estorcergli una confessione, in tribunale avrebbero potuto dichiararla inutilizzabile per l'assenza di un avvocato. Avevano già ottenuto un bel po' di informazioni da lui. E poi, essere riusciti a localizzare Vicky in Scozia era un passo importante. A giudicare dalla sua espressione, sembrava che Peterson stesse pensando la stessa identica cosa. Le fece un cenno d'assenso.

«Va bene. Vorremmo che tornasse in compagnia di un avvocato, allora. Che ne dice di domattina alle nove?».

Shawn li guardò per un istante, sorpreso dalla risposta. Ignorò la domanda della detective.

«Davvero? Mi lasciate andare?»

«Sì, ma ci aspettiamo che ritorni domani per parlare e che lo faccia con un avvocato a rappresentarla. Inoltre, le chiediamo il consenso per prelevare un campione di DNA».

Shawn esitò per un attimo.

«Sì, okay», disse.

«Ottimo. Possiamo farlo domani con l'avvocato presente. Può chiedere in segreteria la lista dei legali approvati», concluse Erika, alzandosi in piedi. «Ha bisogno di un passaggio per tornare a casa?»

«Ehm, sì».

Peterson si alzò in piedi.

«Venga, ci penso io», disse. «E troviamo qualcuno che le mostri la lista».

«Oh, Shawn, prima che se ne vada e torni alle sue cose, posso chiederle se conosce una donna di nome Cilla Stone?», chiese Erika.

«Sì. Era la nostra insegnante alla Goldsmith's Drama Academy», disse. «Ora è in pensione, credo. Perché?»

«Sa dove vive?»

«Da qualche parte in Scozia. Vicky ci è rimasta in contatto più di me», rispose. «Credete sia andata lì?»

«Grazie, ci è stato molto d'aiuto. Ci vediamo domattina, puntuali e carichi», disse Erika. Accompagnarono Shawn in corridoio, dove c'era un agente ad aspettarlo. «Puoi scortare il signor Macavity all'uscita?».

Erika e Peterson lo guardarono allontanarsi e sparire in un ascensore in fondo al corridoio.

«È assurdo che quel topo dall'aspetto così viscido abbia avuto un rapporto a tre con due ragazze così carine», commentò Peterson, scuotendo la testa.

«Ti ringrazio del commento, molto elegante come al solito. Ma, cosa più importante, credi che sia un assassino?»

«E quale sarebbe il suo movente?»

«Droga? Rabbia? Gelosia? Non ti sembrava un po' nervoso durante il colloquio?».

Peterson strinse le spalle.

«A me sembrava spaventato, più che altro. Dici che stiamo correndo un rischio, a lasciarlo andare?»

«Sì, ma per poterlo trattenere e incriminarlo mi servono prove più consistenti. Voglio fare le cose come si deve», rispose Erika.

Nella sala operativa, McGorry la aspettava con un foglio in mano.

«Oggi faccio magie». Sorrise. «Cilla Stone, o meglio, *Priscilla* Stone, vive a Whithorn, nella contea di Dumfries e Galloway, in Scozia. È l'unica "Cilla" registrata nella zona».

Crane alzò lo sguardo dal computer.

«L'unica Cilla registrata in zona!», esclamò. «Fortuna che Vicky non ha chiamato un numero di Liverpool da quella cabina telefonica, o McGorry avrebbe già mandato una pattuglia a casa di Cilla Black per interrogarla!».

Erika e Peterson risero.

«Scherzo, amico», disse a McGorry. «Bel lavoro».

«Ho trovato la sua casa su Google Maps», continuò l'agente. Sullo schermo aveva caricato l'immagine satellitare di una vasta penisola sul mare. «Ha una villetta sulla costa con sei acri di terreno».

«Ottimo posto in cui nascondersi», commentò Erika, massaggiandosi gli occhi stanchi. Quel caso si faceva sempre più complicato. Controllò l'orologio. Era quasi l'una, e cominciava a sentirsi affamata. Era il momento di un altro panino. «D'accordo, chiediamo alla polizia locale di fare un salto a casa di Cilla il prima possibile e vediamo che succede».

Capitolo 26

Sembrava che il tempo avesse premuto il tasto avanti veloce. Un attimo prima Vicky era sulla spiaggia, con lo sguardo rivolto verso il mare aperto, e quello dopo era imbambolata di fronte a delle bottigliette di plastica vuote, abbandonate ai piedi di un alto recinto protetto con il filo spinato.

Il vento fischiava tra i cavi, e lei sentiva le dita intorpidite dal freddo. Dall'altro lato del recinto si stagliava una striscia di sabbia e, poco più in là, un edificio basso e lungo. Diversi cartelli dicevano: PROPRIETÀ DEL MINISTERO DELLA DIFESA – ACCESSO VIETATO.

Sentì Nutmeg abbaiare dietro di lei e si voltò, per vederlo correre nella direzione opposta. Il cane girò il muso verso di lei e abbaiò di nuovo. Quanto avevano camminato? Erano andati avanti per diversi chilometri, tanto che non riusciva più a vedere la villetta di Cilla. Si era formato un sottile strato di nebbia nella direzione da cui erano venuti.

Nutmeg riprese ad abbaiare. Vicky si guardò le mani: le unghie erano diventate blu. Le immerse nelle tasche e fece dietrofront, con il cane al suo fianco.

Ci misero un'ora buona per tornare e, più che passeggiare, la fame e il freddo l'avevano fatta arrancare. Un passo alla volta, la villetta di Cilla era spuntata tra la nebbia.

Il silenzio tormentava Vicky. Avrebbe dovuto godersi quel paradiso circondato dal mare e da scorci mozzafiato, ma quella stessa quiete non faceva che amplificare le paure e le voci che rimbombavano nella sua testa, permettendo a incubi e immagini spaventose di divorarla dall'interno.

Era consapevole di trovarsi in una posizione pericolosa, di essere in fuga da un grave crimine. Aveva paura di fare qualsiasi mossa, ma più si nascondeva e più le cose sarebbero peggiorate per lei. Aveva cominciato a fare dei ragionamenti assurdi. Poteva farsi accusare. Se l'avessero condannata per l'omicidio di Sophia, l'avrebbero rinchiusa. E lui non avrebbe potuto toccarla, in prigione. La cella sarebbe stata un posto sicuro.

Per fortuna, Cilla non le aveva fatto troppe domande, anche se sapeva che Vicky si era cacciata in un brutto guaio. Come avrebbe reagito, sapendo che c'era di mezzo una giovane donna uccisa?

La sua amica non aveva la TV, ma aveva un computer. E Vicky, dal canto suo, si era guardata bene dal controllare le notizie.

La villetta spuntò all'orizzonte e Nutmeg cominciò a correre, lasciandola arrancare dietro di lui. Probabilmente era stanco e affamato quanto lei. La passeggiata di ritorno era durata una vita e, quando Vicky arrivò finalmente ai piedi della scalinata collegata all'ingresso, si sentiva sfinita. In cima ai gradini di pietra, sul selciato di fianco alla villetta, era parcheggiata una BMW nera ed elegante.

Vicky fece un respiro profondo ed entrò dalla porta di servizio della cucina.

Colin e Ray erano seduti a tavola e Cilla stava aprendo quella che sembrava proprio la loro seconda bottiglia di vino.

«Vicky! Cara! Stavo per mandare i soccorsi a cercarti», disse. «Ricordi Colin e Ray, vero?»

«Salve», salutò lei. Nutmeg si fiondò sulla ciotola d'acqua e cominciò a bere rumorosamente.

«Victoria Clarke, come potrei scordare quegli occhi così espressivi?», esordì Colin, mentre si alzava per tenderle la mano. Era un uomo alto, magro e affascinante con una folta criniera di capelli malgrado gli anni – doveva aver superato i cinquanta. Sfoggiava un completo tre pezzi blu con un elegante foulard bordeaux. Aveva i palmi morbidi e intorno a lui aleggiava un buon profumo di dopobarba. Vicky gli strinse la mano. «Santo cielo, sei congelata».

Ray era l'esatto contrario di Colin. Basso e calvo, con un pizzetto brizzolato. All'epoca, in accademia, insegnava danza. Indossava un paio di jeans larghi e una felpa dell'Adidas e, quando sorrideva, scopriva tutta una serie di denti storti. Eppure, riusciva a mantenere un certo sex appeal. Vicky non era certa di sentirsi del tutto a suo agio con lui.

«Ciao. Noi non ci conosciamo bene, ma mi ricordo di te», la salutò Ray.

«Non ho frequentato molte lezioni di danza», rispose Vicky.

Ray imbronciò le labbra ma poi sorrise di nuovo.

«Be', vergognati allora», ribatté, facendole l'occhiolino.

«Abbiamo cominciato presto», disse Cilla, alzando la bottiglia di vino appena aperta. «Che ne dici di un bicchiere? Magari ti scalderà un po'».

«Non voglio essere di troppo».

«Oh, non dire sciocchezze. Ecco, tieni», rispose la padrona di casa, versandogliene una quantità generosa. Fuori, il rombo smorzato di una macchina crebbe d'intensità.

«Aspetti qualcun altro? Hai organizzato una cosa a cinque?», disse Ray, strizzando di nuovo l'occhio a Vicky.

«Raymond, fa' il bravo, per favore», lo ammonì Cilla. Mentre parlava, però, gli occhi brillavano divertiti. Dal rumore, capirono che l'auto aveva appena imboccato il vialetto. Colin bevve un sorso di vino senza staccare gli occhi da Vicky. La stava studiando attentamente. Sentendo sbattere le portiere, Cilla si avvicinò alla finestra.

«Oh, cielo, sono due poliziotti», disse. Il campanello suonò. Prima di andare a rispondere, la padrona di casa si strinse nel suo lungo cardigan.

«Chissà che vogliono», mormorò lasciando la stanza. Vicky immaginò un possibile scenario in cui fuggiva a perdifiato sulla spiaggia, finché i due agenti non la placcavano a terra. Era un'immagine così vivida. Sentiva addirittura il vento che soffiava sulla fronte sudata, i polmoni che bruciavano per lo sforzo di continuare a correre.

Colin e Ray la studiavano intensamente, quasi sentissero l'odore della sua paura. Colin bevve un altro sorso di vino e Ray si accese una sigaretta, soffiando fuori tutto il fumo con la schiena appoggiata alla sedia.

Ecco il problema: quando scappi fino ai margini della terra, poi non puoi fare altro che buttarti dal bordo, pensò Vicky, mentre i poliziotti entravano nel soggiorno di Cilla chiedendo di lei.

Più tardi, quel pomeriggio, Erika fu informata che la polizia di Whithorn aveva trovato Vicky a casa di Cilla e che l'avrebbero scortata in aereo per tornare a Londra in serata. La detective pensò di andare da Tess e aggiornarla di persona sull'esito della ricerca. Chiese notizie di lei all'agente di collegamento: Tess era al ristorante insieme a Jasper. Così, a pomeriggio ormai inoltrato, salì in macchina e li raggiunse.

Il Goose era una villetta convertita a ristorante in fondo a una strada chiusa di Blackheath. Al suo arrivo, il locale sembrava tranquillo. C'erano un mucchio di parcheggi vuoti, così fermò l'auto, la chiuse a chiave ed entrò.

La sala era ampia e luminosa, arredata con gusto secondo uno stile rustico – tavoli e panche di legno. Era molto più elegante di quanto avesse immaginato, ma vuoto. Si aspettava di trovarci almeno qualche cliente rimasto dal pranzo. La detective mostrò il distintivo al giovane dietro al bancone, impegnato a guardare il telefono, e lui le indicò la cucina.

Sentendo delle urla venire dalla sala, Erika esitò prima di entrare.

«Sei coperti! È patetico!», urlava Jasper. «Ce ne servono diciotto a pranzo solo per pagare le spese».

«Mia sorella è scomparsa! Sono venuta qui per vederti e tu mi scarichi addosso questa merda!», piangeva Tess.

«Non ti sto scaricando addosso un bel niente, ma ho bisogno che te ne renda conto anche tu: siamo in guai seri. Abbiamo i debiti fino al collo, sorella o non sorella».

Calò un silenzio di piombo. Erika prese coraggio ed entrò in cucina. Il piccolo spazio si sviluppava in lunghezza, con una fila di piani di lavoro in acciaio e diversi barattoli di spezie allineati sul davanzale per dare un tocco di colore. Jasper indossava una divisa da chef immacolata ed era appoggiato a un piano cottura con le braccia conserte. Tess era in piedi a un metro da lui e sembrava sul punto di andarsene. Portava dei jeans larghi e un'altra camicia di flanella rovinata, era spettinata e nel complesso appariva un po' trasandata.

«Chi l'ha fatta entrare?», chiese Jasper quando la vide sulla porta. «È venuta a darmi notizie dei coltelli?»

«Salve, scusate l'intrusione», disse Erika. Sentendo nominare i coltelli, guardò d'istinto la lunga striscia magnetica sopra gli scaffali d'acciaio. Tra i vari mestoli e le pinze c'erano dei grossi spazi vuoti. Erika ricordò che la scientifica aveva prelevato tutti i coltelli della cucina per esaminarli. L'arma del delitto non era ancora stata trovata.

«Avete notizie di Vicky?», domandò Tess con espressione speranzosa, malgrado il viso rigato di lacrime.

«Sì, l'abbiamo trovata. È sana e salva. Era andata a stare da una sua vecchia insegnante dell'accademia di recitazione, in Scozia».

«Oh! Sta bene davvero?». Erika annuì. «Quando posso vederla?»

«La riporteremo a Londra in aereo in serata. Prima voglio parlarle in stazione, poi potrete portarla a casa con voi».

«Oh. Grazie. È stupendo. Meraviglioso, vero, Jasper?», chiese, voltandosi verso di lui. Per un attimo esitò, ma poi corse ad abbracciarlo. Il marito annuì con un'espressione genuinamente sollevata.

«Sì, è una notizia bellissima. Grazie, agente...». Si guardò intorno mentre Tess lo stringeva forte, con il viso sprofondato nel suo petto.

«Se avete bisogno di qualcosa o avete delle domande, potete chiamare Fiona. Mi assicurerò che sia sempre aggiornata sul viaggio di Vicky», disse Erika. La detective fece per andare via e lasciare ai due un po' di intimità, ma l'occhio le cadde una seconda volta sulla striscia magnetica. «Non so quando potremo restituirle i suoi coltelli, ma mi informerò. Capisco che sono importanti per il vostro lavoro».

«Va bene», rispose Jasper con un tono che sembrava rassegnato. «Grazie». Poi baciò Tess tra i capelli. Quando Erika uscì della cucina, il barman se n'era andato e la sala era così silenziosa che si sentiva il ronzio dei frigoriferi. Una volta fuori, notò che gli altri bar e ristoranti nel quartiere erano gremiti di gente.

Sentì vibrare il telefono: un messaggio l'avvertiva che la polizia locale aveva appena scortato Vicky all'aeroporto di Glasgow. Era pronta a tornare a Londra.

Capitolo 27

Erika abbassò lo sguardo sulla sigaretta che stringeva tra le dita con la punta rossa che scintillava nell'ombra. Aspirò piano e soffiò il fumo contro il cielo arancione pallido. Era buio, ormai. In piedi sulle scale d'ingresso della stazione di polizia, Erika aspettava il ritorno della volante partita per prelevare Vicky al London City Airport. Moss sbucò dall'edificio e si unì a lei nell'attesa.

«Ma dai, hai ricominciato a fumare?», disse, mentre incrociava le braccia al petto per ripararsi dal freddo.

«Non ti ci mettere anche tu. Mi faccio schifo già da sola. È per via di questo caso», spiegò Erika. «E poi, sai come si dice, cambiare casa è come affrontare un lutto in famiglia».

«Vallo a dire a Maria Ivanova… È stato devastante all'obitorio. Era così *furiosa* di dover riconoscere il corpo della sorella. Non ho mai visto niente del genere. Si è messa a imprecare, ci credi?»

«Contro di te?»

«No. Contro il corpo di Sophia».

«Che diceva?»

«Non lo so. Parlava in bulgaro, magari era solo un flusso di coscienza. Ripeteva spesso questa parola: *putka*. Poi, all'improvviso, la rabbia si è come volatilizzata, è scoppiata a piangere e si è messa ad accarezzare i capelli della sorella…».

«In bulgaro, *putka* è quell'offesa con la T», le spiegò Erika.

«Dopo tutto questo tempo, credevo di essermi abituata a certi aspetti di questo lavoro, ma spunta sempre qualcosa che non ti aspetti», continuò Moss. Si asciugò una lacrima. Erika la confortò con una stretta veloce al braccio, mentre la collega continuava ad asciugarsi il viso. «Sono patetica. Dammi una sigaretta, va'».

«Sicura?».

Moss annuì ed Erika le porse il pacchetto. L'agente ne prese una e la detective tirò fuori l'accendino, alzando la fiamma verso di lei.

«Più in basso. Non siamo tutte gigantesse come te», disse Moss. Erika sorrise e abbassò la mano per permettere alla collega di avvicinare la punta della sigaretta, che si accese incandescente. Inspirò a fondo e tossì. «A che ora è atterrato l'aereo di Vicky?».

Erika controllò l'orologio e vide che erano quasi le otto di sera.

«Un'ora fa. Il City Airport non è lontano. Hanno detto che avrebbero acceso i lampeggianti…». Il telefono di Erika squillò. Quando lo tirò fuori, vide che sullo schermo campeggiava un numero che non conosceva. «Forse sono loro… Pronto?». Dopo una breve pausa, parlò un uomo con un forte accento slovacco.

«Sono fuori casa sua. Il civico ventisette, no? Con la porta rossa?», chiese.

«Come?»

«La consegna da Argos… Dovrebbe esserle arrivato un messaggio».

Erika controllò lo schermo. Nessun messaggio.

«No, non mi è arrivato niente», disse riavvicinando il telefono all'orecchio.

«Ha prenotato la consegna alle otto. Sono qui fuori», disse. Erika sentì il cuore sprofondare: si era totalmente dimenticata del letto e della lavatrice che doveva ritirare quella sera.

«Mi dispiace. Non sono a casa».

«Perché ha prenotato la consegna, se non è a casa?», ribatté il corriere, adirato. Nel frattempo, le arrivò un messaggio dalla poliziotta che stava scortando Vicky. Erano a un minuto dalla stazione. La detective appoggiò il cellulare contro il cappotto.

«Vicky sta arrivando», disse a Moss. Quando riavvicinò il telefono all'orecchio, il corriere era palesemente infastidito.

«Pronto? Mi sente?»

«Sì, salve. Mi dispiace, ma non riesco a tornare in tempo. Posso riprogrammare la consegna?»

«Sono fuori casa sua con il furgone pieno... *Do pici...*», aggiunse a mezza bocca.

«Ehi! Sono slovacca, lo so cosa significa. Qual è il suo nome?»

«La faccio contattare da qualcuno per riorganizzare la consegna», tagliò corto lui, riagganciando di colpo.

Erika non ebbe modo di dire nulla, perché dalla strada principale spuntò un'auto che si fermò di fronte alla sbarra d'ingresso. Mentre l'asta veniva sollevata, sentì un brusio di voci chiassose provenire dall'ingresso alle sue spalle. Voltandosi, le due agenti videro Melanie che si avvicinava alla stazione, insieme al commissario aggiunto Julian Wakefield e a suo fratello Charles Wakefield.

«Ma che cavolo?», esclamò la detective con un filo di voce. Il commissario aggiunto indossava la divisa d'ordinanza, con il cappello stretto sotto il braccio. Charles, invece, indossava un completo di taglia sbagliata, con tanto di trench nero e cappello di feltro. Erika ripensò al video della sicurezza, alla falda che gli nascondeva il viso. Charles si muoveva esattamente come nella registrazione, con le spalle leggermente ingobbite. Con loro c'era un terzo uomo, che portava appesa al collo una macchina fotografica professionale. Erika tornò a voltarsi verso la strada, mentre l'auto accostava di fronte alle scale d'ingresso. Sui sedili posteriori erano sedute Vicky e un'agente in borghese.

Il tipo con la macchina fotografica rimase nell'atrio. Julian e Charles si scambiarono una stretta di mano con Melanie, di fronte al banco, e uscirono proprio mentre le portiere dell'auto si aprivano.

Per Vicky, il tempo rallentò solo quando scese dall'auto. Il parcheggio era gelido e illuminato a giorno, la puzza di smog infestava l'aria. La stazione di polizia era un edificio di cemento basso e largo. Ai piedi della scalinata d'ingresso, la aspettavano due donne, una alta, magra e bionda, l'altra bassa, robusta e con i capelli rossi. Il viaggio di ritorno a Londra era stato velocissimo. Le due ore di macchina verso l'aeroporto di Glasgow erano sparite in un attimo, aveva avuto persino l'impressione che il volo fosse durato giusto il tempo di trovare il posto a sedere. Adesso era venuto il momento di guardare in faccia la realtà. L'agente che l'aveva scortata sul treno era una giovane scozzese serissima, impenetrabile e per niente adatta ai convenevoli.

Non appena mise piede fuori dall'auto, Vicky rimase pietrificata. Dalle scale stavano scendendo Charles Wakefield e suo fratello, l'ufficiale di polizia, entrambi in tiro. Salutarono le due donne in fondo.

«'Sera», disse Julian, rimettendosi il cappello.

«Buonasera, signore», risposero le due in coro. Vicky notò la tensione sui loro volti. La bionda sembrava presa dal panico, mentre quella bassa aveva la fronte corrugata e preoccupata. *Devono avere padri diversi,* pensò. *Non sembrano fratelli.* Charles si vantava spesso di avere un pezzo grosso in famiglia, uno degli ufficiali più importanti della polizia metropolitana. Per molto tempo non era riuscita a capire se si trattasse di un goffo tentativo d'approccio, magari con l'obiettivo di impressionarla attraverso i suoi agganci con le forze dell'ordine, o di un avvertimento della serie: *non metterti contro di me, conosco gente importante.* Si trattava a tutti gli effetti della seconda opzione, adesso non aveva più dubbi.

Venivano verso di lei, camminando come a rallentatore. Julian la guardò attentamente con i suoi occhi castani, prestandole attenzione solo per qualche secondo... Charles, invece, si voltò nella sua direzione mentre la superava. Si tolse il cappello di feltro, facendo rimbalzare la luce dei fari sulla testa pelata. La fissò con uno sguardo feroce, minatorio. I suoi occhi si inchiodarono in quelli di Vicky, sul volto un ghigno appena accennato. Visibile soltanto a lei. Le ricordò un personaggio di *Indiana Jones e i predatori dell'arca perduta.* Il nazista pelato con le labbra di gomma. Charles si poneva allo stesso modo, come uno sgherro con una vena malvagia. Un attimo dopo, i due fratelli se n'erano andati, attraversando il parcheggio verso un'auto parcheggiata al buio.

Solo allora Vicky si ricordò di respirare, e si riempì le narici di quell'aria fredda e sporca.

Erika osservò attentamente l'istante in cui le strade di Vicky e Charles si incrociarono. Era stata questione di secondi, appena prima che lui le desse le spalle, ma lo sguardo sul volto della ragazza parlava da solo. Era terrorizzata. Da Charles.

Era stato tutto così bizzarro. Con il senno di poi, la detective pensò che avrebbe dovuto dire qualcosa, ma non si aspettava di trovare Julian e Charles Wakefield all'ingresso della stazione di polizia nello stesso istante in cui arrivava Vicky.

La ragazza non era vestita in modo adatto al clima tardo-autunnale di Londra, figuriamoci per quello del nord della Scozia. Aveva addosso solo delle scarpe da tennis, una gonna a quadri, collant neri e spessi e un maglione di lana blu con il collo morbido. I capelli scuri e lunghi erano sciolti, mentre sulle spalle portava uno zainetto da trekking. La luce della stazione le illuminava il volto livido e, quando Charles e Julian Wakefield si allontanarono a bordo di un Range Rover nero, Erika si accorse che la giovane stava tremando. La somiglianza con Sophia era lampante: stessa forma del viso, stesso taglio di capelli.

«Salve, sono l'ispettore McGroarty», si presentò l'agente in borghese appena scesa dall'auto. Sembrava poco più grande di Vicky. «La prendete voi?».

Lo disse come se si stesse riferendo a un cane che aveva portato a passeggio, e non a una giovane testimone che aveva dovuto scortare fino a Londra.

«Ciao, Vicky. Io sono Erika e questa è Kate», disse lei, tendendole la mano. Vicky la strinse con circospezione. Aveva il palmo gelato e non la smetteva di tremare. «Stiamo indagando sull'omicidio di Sophia Ivanova. E voglio dirti per prima cosa che non sei nei guai e che puoi andartene quando vuoi… Ti faremo riaccompagnare a casa da un'auto. Ma abbiamo bisogno che ci racconti cosa è successo. Va bene?».

Vicky annuì. Sembrava sotto shock.

«Andiamo dentro, al caldo. Ti va un tè?», propose Moss.

«Mia sorella lo sa che sto bene?», chiese Vicky, pronunciando le sue prime parole.

«Sì, lo sa», disse Erika. «Presto ti accompagneremo a casa sua».

«E non è arrabbiata con me, vero?»

«No».

Vicky annuì e seguì le agenti dentro il cuore pulsante della stazione.

Capitolo 28

«Avanti, andiamo nella sala mensa», disse Erika a Vicky mentre camminavano per il lungo corridoio vuoto che attraversava la stazione. Si fermarono di fronte a una porta che la detective aprì accendendo la luce. Indicò un divanetto con due sedie imbottite all'angolo.

«Volete parlare qui?», chiese Vicky guardandosi intorno, mentre i neon si accendevano uno dopo l'altro.

«Preferiresti da un'altra parte?»

«No. Pensavo solo che saremmo andate in una sala interrogatori».

«Come ti ho già spiegato, Vicky, questo è solo un colloquio informale. Non sei in arresto. E sei libera di andare quando vuoi, ma ci serve il tuo aiuto», disse Erika. Le indicò il divano e la ragazza si sedette con circospezione. Moss entrò in sala con un vassoio carico di biscottini e tazze fumanti. Ne posò una davanti a ognuna di loro e Vicky cullò la sua tra le mani.

«Bene. Partiamo dall'inizio», disse Erika. «Hai trovato il corpo di Sophia Ivanova nel tuo appartamento?».

Vicky ebbe un sussulto e si portò la mano sulla bocca.

«Sì», confermò, mentre una lacrima le scivolava sulla guancia sinistra.

«Quando?»

«Lunedì pomeriggio, poco prima delle quattro. Sono entrata e... all'inizio non ho capito cosa fosse. Il divano letto era alzato, mezzo chiuso, e sembrava che qualcosa...». Fece un respiro profondo e chiuse gli occhi.

«Prenditi tutto il tempo che ti serve».

«Sembrava che qualcosa fosse... incastrato nel letto. Poi ho visto tutto il sangue, le chiazze sul materasso… L'ho aperto e l'ho trovata stesa così, come una bambola rotta».

«Hai toccato il corpo di Sophia?»

«No».

«Dovevi andare a lavorare al ristorante di tua sorella quel pomeriggio. Perché non sei andata?».

Vicky incurvò la schiena e chiuse gli occhi.

«Quella mattina ero andata a West End per… vendere un microfono. Per impegnarlo».

«A che ora?»

«Sono uscita di casa verso le dieci e mezzo».

Erika e Moss si scambiarono un'occhiata.

«Perché hai venduto il microfono? Hai un podcast», disse Erika.

Vicky esitò un attimo prima di rispondere, con gli occhi ancora fissi sul pavimento.

«Era *uno* dei microfoni, non l'unico. Pensavo di tirarci su un centone. Valeva molto di più, ma dovevo pagare l'affitto a Tess… E vendere un microfono che non volevo era molto più allettante che lavorare al Goose».

«Non ti piace lavorare al ristorante?», domandò Moss.

«No».

«Perché?»

«Jasper, mio cognato, non è esattamente un mio fan. Mi ha dato il lavoro per pietà. Tess lo ha costretto a prendermi».

«Anche io odiavo fare la cameriera», disse Moss.

«È pure peggio quando la tua famiglia possiede il ristorante e hanno problemi economici per conto loro. Il locale non va», spiegò Vicky a disagio, cambiando posizione.

«E sei riuscita a vendere il microfono?», chiese Erika.

«Mi hanno dato ottanta sterline».

«Quando sei tornata a casa e hai trovato Sophia, cosa hai fatto?», domandò Erika.

«Sono rimasta imbambolata lì per non so quanto tempo, poi sono scappata».

«Perché sei scappata? Perché non hai chiamato la polizia?».

Vicky scosse la testa, con lo sguardo fisso davanti a sé. Poi sollevò le spalle.

«Cosa hai portato con te?»

«Uno zaino. Questo, con poca roba dentro», disse, indicando la borsa ai suoi piedi. «E i soldi che ho ottenuto dal banco dei pegni».

«Il piano era di andare in Scozia?»

«Non c'era un piano. Sono scappata e basta».

«Tu e Cilla Stone siete molto amiche?», domandò Erika.

«Sì». Un piccolo accenno di sollievo comparve sul suo volto, sentendo quel nome.

«Sei più legata a lei anziché a tua sorella, Shawn o qualunque altro amico?»

«Cilla è... una persona del tutto diversa. Uno spirito libero. Sempre gentile e positiva. Non giudica mai. Mi fa sentire come se potessi fare qualunque cosa. È stata lei a incoraggiarmi a mettere su il mio studio di registrazione, a inseguire l'idea del podcast. Come si dice? È la mia persona», disse Vicky.

«Cilla era la tua insegnante all'accademia di recitazione e ha da poco superato i sessanta. È un bel divario d'età», rispose Erika.

«Cosa c'entra con questa storia?»

«È sposata?»

«No».

«Ha figli?».

Vicky si fermò a riflettere prima di rispondere.

«Sì, ha un figlio che vive in America».

«E chi è il padre, se Cilla non è sposata?»

«Non lo so».

«Suo figlio è sposato? Ha figli?».

Vicky si lasciò scappare un sospiro impaziente.

«Penso di sì... Un paio. Sì, due bambine».

«Come si chiamano?».

Ci fu una lunga pausa. Vicky cominciava ad agitarsi.

«Non lo so», rispose. «Ma che c'entra con tutto questo?»

«Sto solo cercando di capire, Vicky. Reputi Cilla un'amica

stretta. La tua persona. Sei scappata da lei in un angolo sperduto della Scozia. Eppure, non sembra che tu la *conosca* poi tanto», disse Erika.

«Certo che la conosco!», ribatté lei, alzando la voce. «E non devo giustificare a *voi* la nostra amicizia. Forse è proprio perché siamo così diverse che riusciamo a essere amiche. Sento di poter respirare, quando siamo insieme. A lei non interessano la classe sociale, i soldi o quello che pensa la gente, mentre mia sorella e tutta la mia vita del cazzo girano intorno a queste cose!», sbraitò mentre raddrizzava la schiena, fremente di rabbia.

«È per questo che eri attratta da Sophia? Perché anche lei aveva un modo diverso di pensare?», domandò Erika.

«Sì. E aveva anche una sorella opprimente che esigeva molto da lei…». Vicky scoppiò di nuovo a piangere a testa bassa, le spalle scosse dai singhiozzi. Moss le si avvicinò e le porse un fazzolettino di carta. Nel frattempo, la porta della mensa si aprì con un cigolio. Melanie si affacciò nella stanza.

«Scusate, non sapevo che ci foste voi qui», si scusò, e fece per andarsene. Voltandosi verso Vicky, Erika vide che la ragazza era in preda a un pianto irrefrenabile e che Moss le aveva stretto le dita con una mano, circondandole le spalle con l'altra. La detective le fece segno di andare.

«Melanie. Permetti una parola?», domandò Erika, scattando verso la porta.

La detective raggiunse la sovrintendente nello stretto corridoio di passaggio, chiudendo la porta dietro di sé e lasciandosi i singhiozzi di Vicky alle spalle.

«Che ci faceva Charles Wakefield qui?», domandò a bruciapelo.

Melanie incrociò le braccia. «È venuto a lasciare un assegno per il fondo di beneficenza della polizia metropolitana», rispose. Erika notò che era molto più elegante del solito. Indossava un tailleur di Chanel tirato a lucido.

«Alle otto di mercoledì sera?».

La sovrintendente alzò di scatto la testa e le lanciò un'occhiata accigliata, prima di sciogliersi in un sorriso disarmante.

«Sì. Si trattava di una donazione importante, quindi è stato chiamato un fotografo. L'unico orario in cui fossero liberi tutti i presenti erano le sei e trenta», le spiegò.

«La donazione è a nome di Charles?», domandò ancora Erika, ripensando allo strano bugigattolo in cui abitava con i suoi scarsi averi.

«No. Fa parte del direttivo del Boulderstone Trust, un'associazione benefica locale che elargisce spesso cospicui sostegni alla polizia».

«Henrietta Boulderstone», sospirò Erika. Charles Wakefield era spalleggiato da persone potenti. «Di quanto è l'assegno?»

«Centomila».

La cifra le fece sgranare gli occhi.

«Melanie. Il tempismo è…».

«Sì», la interruppe la sovrintendente con tono perentorio.

«Lo sapevano, Charles Wakefield e suo fratello, che Vicky Clarke sarebbe venuta in stazione stasera per parlare dell'omicidio di Sophia Ivanova?»

«No, Erika. Non lo sapevo nemmeno io. Ho dovuto scoprirlo da un agente del tuo team».

«Sì, be', le cose si sono mosse in fretta, oggi».

«Ed è un bene. Ma vorrei comunque che mi tenessi sempre aggiornata».

Erika fiutava la rabbia di Melanie, ma anche lei era arrabbiata. Aveva come l'impressione di essere tenuta a sua volta all'oscuro di qualcosa – che la sua indagine fosse stata messa da parte a favore di stupidi giochetti politici e false diplomazie.

«Da quanto tempo era stata programmata questa pantomima di beneficenza, se posso chiedere?»

«Ieri. Mi hanno informata soltanto ieri».

«Non ti sembra strano? Non siamo ancora sicuri su Charles Wakefield. Potrebbe essere benissimo un sospettato».

«Pensavo che i video di sorveglianza avessero verificato il suo alibi, no?»

«A supporto dell'alibi abbiamo soltanto dei video in cui compare un uomo che crediamo sia lui, ma il volto è sempre oscurato dal cappello. E all'improvviso, in mezzo a questo mare di incertezza, spunta una rassegna stampa con tanto di foto, mentre consegna alla polizia un assegno da far strabuzzare gli occhi. Il tutto in compagnia di Julian Wakefield».

«Ascolta, Erika. L'assegno, la presenza di Charles nel direttivo: è tutto legale. La tempistica è infelice? Sì. Voglio dirti come fare il tuo lavoro? No».

«Vicky Clarke era terrorizzata, quando l'ha visto», disse Erika.

«E questo cosa prova, esattamente?», disse Melanie.

«Ha trovato un corpo brutalmente assassinato in casa sua e, guarda caso, nell'appartamento di fianco abita proprio Charles. La ragazza aveva così tanta paura quando ha trovato Sophia che se l'è data subito a gambe, anche se devo scoprire ancora il perché. È molto sospetto».

«Che vuoi che ti dica, Erika. Ho bisogno che tu mi dia qualcosa che non sia solo "sospetto". Tu rispondi a me, ma non dimenticare che noi tutti rispondiamo al commissario aggiunto. Ora, ti lascio tornare al tuo colloquio».

Melanie girò i tacchi e marciò lungo il corridoio, sotto lo sguardo attento di Erika. Non si comportava mai così, in genere era sempre pacata e composta. Qualcosa l'aveva turbata.

Capitolo 29

Quando Erika rientrò nella sala, Moss era riuscita a calmare Vicky, che aveva ripreso a parlare.

«Spesso lasciavo che Sophia usasse casa mia, se doveva vedersi con un ragazzo», stava dicendo con un filo di voce. La detective si avvicinò in punta di piedi e riprese il suo posto. Il frigorifero ronzava in sottofondo e le due agenti lasciarono che il silenzio le avvolgesse, in modo che Vicky si sentisse obbligata a continuare. «Non era felice».

«Perché dici che Sophia non era felice?», domandò Moss.

«Sia lei che Maria avevano molta pressione addosso. Dovevano studiare sodo ed essere le migliori a scuola. I genitori volevano che diventassero medici e che seguissero l'università in inglese. Maria è più tradizionalista: lei vuole solo laurearsi, sposare un bel medico, fare tanti figli e stare a casa. Sophia voleva divertirsi. Voleva liberarsi di quelle catene che la imprigionavano. E cito testuali parole».

«Conoscevi bene le due sorelle?», domandò Erika.

«Conoscevo bene Sophia. Lei era più aperta, come persona. Io sono quasi sempre a casa, così ho iniziato a ritirare i loro pacchi. Spesso, quando Maria non c'era, andavo a casa loro per bere un bicchiere di vino con lei».

«Ancora non capisco come sia passata da questo a lasciarle usare il tuo letto, però», disse Moss. Vicky si piegò sulla sua tazza, guardando con la coda dell'occhio Moss ed Erika prima di incollare gli occhi al pavimento.

«Non faceva sesso solo con i ragazzi», rivelò con un filo di voce.

«Intrattenevi una relazione sessuale con Sophia?».

Vicky annuì con un sospiro.
«È successo solo un paio di volte, la prima in una sera tranquilla, un giorno qualunque della settimana. È venuta a prendere il suo pacco ed è rimasta a bere un caffè, poi siamo passate al vino. Eravamo piuttosto ubriache. Una cosa tira l'altra e... Non era mai stata con una ragazza, prima...».
«Avevate una relazione, tu e Sophia?», chiese Erika.
«No. È stata solo una cosa da niente che è capitata un paio di volte. Poi, una sera, è venuta a prendere un pacco insieme a un ragazzo che lavorava con lei in ospedale... Maria era al lavoro. Li ho invitati a bere qualcosa. Sapevo che sarebbe successo. Che saremmo finiti tutti e tre a letto insieme».
«Come si chiama questo collega di Sophia?».
Vicky abbassò lo sguardo e si strofinò gli occhi.
«Reece. Non so il cognome... Ecco come sono arrivata a lasciarle il mio letto. A dire il vero, è successo solo due volte ed è stata sempre molto rispettosa. Cambiava sempre le lenzuola, dopo. Mi lasciava dei regalini: una bottiglia di vino, della cioccolata. Era una buona amica». Vicky fece un sospiro profondo e posò la tazza sul tavolino. Le tremavano le mani.
«Quand'è stata l'ultima volta che Sophia ha usato il tuo letto?»
«Un paio di settimana fa. Le avevo dato una copia delle chiavi di casa. La prima volta me le aveva ridate subito, ma la seconda non l'ho pressata per riaverle. Mi fidavo di lei».
«Sapevi che lunedì aveva intenzione di usare il tuo letto?»
«No».
Erika doveva dirle che Sophia aveva appuntamento con Shawn, quel pomeriggio, ma non voleva distrarla dal quadro complessivo.
«Torniamo un attimo indietro. Lunedì sei tornata a casa poco prima delle quattro. Non appena hai aperto la porta, ti sei accorta che qualcosa non andava. Sophia era incastrata nel divano letto, morta. Capisco che fossi impaurita, ma perché lo eri tanto da scegliere la fuga?».
Vicky scosse la testa, asciugandosi le lacrime.
Erika insistette. «Perché scappare? Sophia aveva le chiavi di

casa tua, tu avevi un alibi di ferro. Sei stata fuori tutto il pomeriggio. Sarai stata ripresa da un centinaio di telecamere in giro per la città, sarà facile confermarlo. Hai un mucchio di libri true crime in casa. Fai ricerche approfondite per il tuo podcast. Sono certa che sai anche tu che, statisticamente parlando, la percentuale di donne che commette un crimine violento è molto bassa. Non saresti mai stata la prima sospettata. Infatti, non penso che tu sia scappata per un motivo simile. Non ci credo».

Erika si appoggiò allo schienale, conscia del suo brusco cambio di atteggiamento. Forse stava calcando troppo la mano?

Vicky aprì la bocca e la richiuse subito.

«Avete mai trovato un'amica ammazzata in quel modo nel vostro letto?», chiese, guardando Erika e Moss con uno sguardo di pietra. Le detective risposero di no.

«Allora non potete avere la minima *idea* di come mi sentissi, di come mi sento ora e di quanto fossi terrorizzata!».

Sprofondò nel divano con le braccia conserte. Era palese che si stesse chiudendo e che fosse sempre più arrabbiata, così Erika decise di rischiare e azzardare un'ultima mossa.

«Sai chi ha ucciso Sophia?», domandò.

«*No!* No, non lo so. Davvero».

«E sai che tua sorella ha scoperto il corpo e l'ha scambiata per te?», aggiunse Moss.

«Cosa?», sbottò Vicky, alzando di scatto la testa per guardarle negli occhi.

«Tess ha creduto che fossi tu. È andata nel panico, e per le prime ventiquattro ore il corpo di Sophia è stato erroneamente confuso con il tuo».

Vicky continuò a fissarle a bocca aperta. Poi, lentamente, scosse la testa.

«Non so cos'altro dire».

«Vuoi farci qualche domanda?»

«No».

Quella mancanza di curiosità era disturbante. C'era qualcosa che non andava, se lo sentiva. Vicky era appassionata di true crime, eppure non aveva nessuna domanda sulla scena del crimine né sugli eventuali sospetti. Era terrorizzata a morte all'idea di essere incolpata per l'omicidio. E sosteneva di non sapere chi avesse ucciso Sophia. Non aveva senso.

«Conosci qualcuno degli uomini che Sophia ha portato nel tuo appartamento?», domandò Erika.

«So soltanto di un Dexter».

«E di Shawn?», chiese Moss.

«Che c'entra Shawn?»

«Ci ha detto che facevate sesso, tutti e tre insieme».

Vicky la raggelò con lo sguardo.

«Sapete, non sono tenuta a rimanere. Posso andarmene quando voglio».

Oltre l'apparente spavalderia, Erika vide che stava tremando.

«È possibile che Sophia sapesse che eri fuori e ne abbia approfittato per portare un uomo a casa tua senza permesso?»

«È possibile».

«Che ne pensavano i vostri vicini, di tutto questo? In fondo, vivi in un piccolo condominio, immagino che sappiano tutti chi va e chi viene».

«Non mi interessa cosa pensano».

«Nemmeno cosa pensa Charles Wakefield, il tuo vicino? L'hai appena visto e non ci hai chiesto nemmeno cosa ci facesse qui, come mai?».

Moss guardò Erika con la coda dell'occhio. L'espressione di Vicky era imperscrutabile. Sembrava combattuta tra un vortice di emozioni: paura, disgusto, esasperazione per tutte quelle domande. Aprì la bocca per parlare, ma non disse niente.

«Cosa c'è, Vicky? Pensi che abbia ucciso lui Sophia? Per questo eri così terrorizzata? Avanti. Possiamo aiutarti soltanto se parli».

«*No!*», urlò scattando in piedi. L'impeto fu tale che finì per sbattere contro il tavolino e rovesciò la tazza ancora mezza piena di tè. Nei secondi di silenzio che seguirono, risuonò soltanto il tamburellare delle gocce sul pavimento. «No... No. È tardi. E sono stanchissima. No. Voglio andare. Avete detto che posso andarmene quando voglio. E quindi voglio andarmene, ora! Vi prego… Agenti… Non dormo bene da un po'. Ho bisogno di riposare. Io posso andare e voi dovete lasciarmi andare. *Ora!*».

Erika controllò l'orologio. Era le undici e mezzo. Sentiva di aver a malapena scalfito la superficie di quella storia, e c'erano così tante cose che la disturbavano. Ma doveva dimostrarsi paziente. Dovevano convincere Vicky a parlare, dimostrandole che poteva fidarsi di loro.

«Va bene. Grazie, Vicky. Ti accompagneremo a casa di tua sorella».

«Sì. Grazie».

«Ti chiediamo di essere paziente, perché ci vorrà ancora un po' prima che tu possa tornare a casa tua».

«Non voglio tornarci mai più», disse Vicky. «Ora andiamo, per favore. Ho bisogno di andare».

Capitolo 30

Erika e Vicky lasciarono la stazione di Lewisham Row e tornarono insieme a Blackheath. Era ormai mezzanotte quando la macchina accostò di fronte casa di Tess e Jasper.

«Vicky, so che non ti va di parlare ancora stasera ma...».

«Non voglio, ho detto!», disse a denti stretti. Si mosse per slacciare la cintura.

«Posso chiederti di ascoltare e basta per un minuto? Credo che potresti sentirti meglio».

Vicky sbuffò, sprofondando nel sedile. Per un attimo, sembrò molto più piccola dei suoi ventisette anni. Ricordava più un'adolescente ribelle.

«Se sai chi è stato, ti assicuro – e te lo *giuro* – che potrai dirmelo e restare al sicuro. Ti proteggerò con tutte le mie forze... Ho passato tutta la carriera a combattere contro i cattivi e i corrotti, spesso all'interno delle stesse forze di polizia. Ufficiali con gradi più alti del mio...».

Vicky le restituì lo sguardo nel buio.

«E come potrebbe proteggermi?», le chiese con un filo di voce.

«Posso farmi concedere altre risorse e mandare una squadra di poliziotti a vigilare su di te, se solo mi dicessi qualcosa».

«E come potrebbe essere sicura che non siano corrotti anche loro?».

Erika capì che era stato un errore parlare di agenti corrotti. Vicky esitò per un attimo e aprì la bocca per rispondere, ma poi ci ripensò e si slacciò la cintura.

«La prego. Voglio solo dormire. E stare con mia sorella».

«Mi prometti che domattina verrai subito in stazione e continueremo a parlare? Sempre in maniera informale, ovviamente».

«Va bene».

«Ti passo a prendere qui. Facciamo alle nove e mezzo?»

«Va bene».

Scesero dall'auto e andarono alla porta. Le luci erano spente quando Erika suonò il campanello, ma un attimo dopo una finestra al piano di sopra si illuminò e Tess corse ad aprire. Portava una camicia da notte trasandata sotto uno spesso cardigan di lana.

«O mio Dio. Vicky. Perché non mi hai chiamato?», disse Tess, stringendo la sorella in un forte abbraccio. Vicky disse qualcosa con la voce spezzata dai singhiozzi.

Erika intravide Jasper in cucina, in piedi vicino alla stufa.

«Torno domattina», disse Erika. Vicky staccò il viso gonfio e arrossato dal petto della sorella e annuì.

«Buonanotte», la salutò Tess con un tono secco, sbattendole la porta in faccia. Erika rimase sull'uscio per qualche istante ma, non riuscendo a captare nessun rumore dall'interno, decise di tornare in auto.

Era in preda alla frustrazione. Aveva ancora pochissime informazioni in mano e la situazione era molto delicata. Tecnicamente, scappare dalla scena del crimine come aveva fatto Vicky era un reato, ma non se la sentiva di imboccare quella strada. Per il momento, poteva soltanto sperare che la ragazza si decidesse a parlare di sua spontanea volontà.

Erika scrisse a Peterson di raggiungerla alle nove davanti all'appartamento di Vicky, poi mise in moto e percorse il breve tragitto verso casa sua.

«Ti credevo morta!», strillò Tess, mentre fissava la sorella con un misto di rabbia e sollievo. Vicky si sentiva bruciare, sotto lo sguardo accusatore della sorella.

«Perché non hai chiamato?», la interrogò Jasper da dietro il bancone. Era come una barriera che lo teneva distante.

«Non avreste potuto capire», rispose Vicky. Tess scattò in

avanti e per un attimo lei pensò che le avrebbe tirato uno schiaffo. Si preparò all'urto, ma la sorella si limitò ad abbracciarla. Era più alta e Vicky si sentì schiacciare contro la stoffa del cardigan, mentre le braccia la stringevano sempre più forte.

«Non farmi mai più una cosa simile, hai capito? Sei tutto quello che ho», disse Tess. La stava schiacciando contro il cardigan, tanto che le costole le premevano sotto il collo.

«Ehi! Mi stai soffocando», protestò, divincolandosi. «Che fai? Vuoi stringermi a morte?»

«Che faccio? Ti abbraccio. Stavo impazzendo per la preoccupazione e per il dolore!», strillò Tess, puntandole un dito contro. «Pensavo che fossi morta! Hai idea di come mi sentivo? Ho passato un giorno intero a credere di doverti seppellire! E poi veniamo a sapere che sei scappata! Cristo santo, Vicky! Hai fatto qualche cazzata in passato, ma questo!».

Vicky provò una rabbia improvvisa contro la sorella.

«Sul serio questo è tutto quello che hai da dirmi? Sophia è morta e tu fai la stronza e mi urli addosso?!».

Lo schiaffo fu violento e improvviso. Vicky barcollò all'indietro, con una mano sulla guancia in fiamme.

«Come osi parlare così in casa mia!», urlò Tess.

«Non è casa tua. È della banca, come tutto il resto!», strillò Vicky, un attimo prima di scagliarsi su di lei e provare a cavarle gli occhi. Tess la schivò, ma non del tutto, e Vicky le lasciò un graffio profondo sulla guancia. Sua sorella reagì e le tirò un'altra sberla in faccia, costringendola a barcollare verso il camino con l'orecchio che rimbombava. Vicky andò a sbattere contro la mensola, rovesciando una cornice sulla moquette.

«*Finitela!*», urlò Jasper, sbattendo una padella sul bancone. Il frastuono fu assordante. «Adesso basta, tutte e due!». Le raggiunse e si mise tra di loro. Vicky era appoggiata al muro di fianco il camino, impegnata a reggersi la testa con una mano. Tess si stava tamponando il graffio sulla guancia, che nel frattempo aveva preso a sanguinare.

Vicky non si aspettava di vedere Jasper tanto ostile a entrambe. Non si era precipitato ad aiutare Tess, non le aveva nemmeno portato un fazzolettino per il sangue.

«Sono felice che tu stia bene, Vicky. Ma domani dovremo chiarire alcune cose», disse. Poi si girò verso Tess e, senza aggiungere una parola, andò alla porta, prese il cappotto e uscì.

Le due sorelle restarono in silenzio mentre Jasper si sbatteva il portone alle spalle. Vicky raccolse la foto caduta: era del matrimonio di Tess. La guardò per un attimo e ripensò a quanto erano stati felici quel giorno. Tess sorrideva raggiante nel suo abito da sposa mentre firmava il registro del comune insieme a Jasper, sexy come non mai con lo smoking nero addosso. Accarezzò la cornice e scacciò quel pensiero inappropriato con una punta di senso di colpa. Per fortuna il vetro era rimasto indenne dalla caduta. Piazzò la foto al suo posto e si girò verso Tess. La sorella era ancora lì, in piedi, con una mano sulla guancia insanguinata e gli occhi bassi.

«Mi dispiace», disse Vicky. Seguì un altro lungo silenzio.

«Perché non sei venuta da me?», chiese Tess con un filo di voce. «Perché sei andata da Cilla?»

«È complicato».

«No, niente affatto», ribatté Tess, lanciandole un'occhiata ostile. «È solo che non vuoi dirmelo. Cos'ha Cilla che io non ho?»

«Lei non mi giudica».

«Secondo te è questo che avrei fatto? Pensavi che ti avrei giudicato? Sai chi è stato a uccidere Sophia?».

Vicky la guardò negli occhi senza dire niente.

«Che ci faceva in casa tua?»

«Voglio solo andare a letto», rispose Vicky, schiacciata dalla stanchezza.

«Quindi la chiudiamo qui? Conversazione finita? Prima scateni il putiferio, poi non vuoi dare spiegazioni. Vicky è stanca, vuole andare a letto. Vicky fa sempre come le pare. Vicky ottiene sempre quello che vuole».

«Non hai idea di quello che ho passato, Tess», rispose.

«No, infatti… Dovrai dormire sul divano», disse Tess, ripulendosi la guancia con il dorso della mano. Poi andò in cucina a recuperare dei fazzoletti.

«Perché non posso dormire nella camera degli ospiti?»

«Perché Jasper dorme nella camera degli ospiti», rispose la sorella, guardandola con aria di sfida.

«Oh».

«Ci siamo presi una pausa».

«Una pausa da cosa?».

Tess le rifilò un'occhiataccia.

«Non fare la stupida. Hai capito».

«A causa mia?», provò a dire Vicky.

«No! Non gira tutto intorno a *te!*», esplose Tess con una nuova ondata di rabbia. «Non sei il centro dell'universo! Mentre tu andavi a zonzo a vivere la vita che volevi e fare quello che più ti pareva, io stavo qui a scervellarmi per fare soldi e tenere tutto sotto controllo...». Tamponò il fazzolettino sulla guancia. «Vado a prendere il disinfettante. Dio solo sa cosa avrai sotto quelle unghie. Buonanotte. Coperte e cuscini sono nell'armadio all'ingresso».

Vicky la guardò salire al piano di sopra. In quel salotto vuoto, si sentiva sola come non mai.

Capitolo 31

Quando Erika tornò a casa, George il gatto la aspettava all'ingresso. Non si risparmiò in fusa e strusciate per accoglierla. Nell'appartamento c'era un gelo artico. Per terra trovò un biglietto intestato con il logo di Argos Delivery. Sul lato posteriore c'era scritto: *Per cambiare data di consegna, contattare questo numero.* Qualcuno, presumibilmente il corriere, l'aveva sottolineato con una penna blu e aveva aggiunto: *perché la destinataria non era in casa!!!* I tre punti esclamativi non le passarono di certo inosservati.

«Guarda qua, George. La prima lettera nella mia nuova casa, ed è pure da parte di un corriere arrabbiato», disse Erika chinandosi a mostrargli il messaggio. George annusò il biglietto, poi la guardò con i suoi occhi di smeraldo e miagolò a gran voce. «Lo pensi anche tu, vero?».

Un altro miagolio.

«O forse mi stai dicendo che hai fame?».

Miao.

«Devo imparare il gattese. Chissà se quelli di Rosetta Stone fanno anche audiocassette», disse mentre andava ad accendere la luce in cucina. «Oh, porca vacca», esclamò di fronte al caos di scatoloni sul pavimento di legno.

Dopo aver riaccompagnato Vicky, Erika si era fermata alla stazione di benzina per comprare cibo, legna e accendini. Il pensiero di un'altra notte per terra la terrorizzava. Sistemò tutto in un angolo della cucina, poi aprì un altro barattolo del suo preziosissimo *májka pâté* per George, si preparò un toast e scaldò i fagioli al microonde. Lo guardò trangugiare la poltiglia con voracità, sperando che poi rimanesse con lei e le facesse compagnia, dormendo ai piedi del letto. Guardò l'orologio. Era da tempo passata la mezzanotte e stava per cenare soltanto adesso. Adorava il suo lavoro, ma ogni tanto sperava di riuscire a tenere almeno un piede nella vita reale. Ormai si era rassegnata a non avere un uomo da cui tornare a fine giornata, ma al momento si sarebbe accontentata anche di un letto comodo e una casa ordinata. Avrebbe ucciso per un bagno caldo, i riscaldamenti accesi e soprattutto la *moquette*.

Si mise a mangiare e rovistò negli scatoloni finché non trovò un paio di coperte. Fu contenta quando vide George che la seguiva al piano di sopra. Accese il fuoco nel caminetto della piccola camera da letto e impilò le coperte sopra il piumone. George saltò sul letto improvvisato e girò in tondo un paio di volte prima di prendere posizione. Si accucciò soddisfatto e si mise a guardarla.

Osservando la stanzetta, Erika si rese conto di quanto in realtà fosse fortunata. E ripensò subito a Vicky, ai segreti che sembravano schiacciarla. All'incontro con i fratelli Wakefield, e al fatto che non fossero riusciti a identificare con certezza Charles tramite i video di sorveglianza.

Controllò l'orario. Si era fatto tardissimo. Prese un respiro profondo e chiamò Marsh al cellulare, ma rispose subito la segreteria. Lo rivide nella sua testa mentre le puntava addosso il dito nell'ufficio di Melanie, esigendo di essere informato su ogni minimo dettaglio del caso. Così, compose il numero di casa sua e lo chiamò.

«Pronto?», rispose una donna con la voce impastata dal sonno. Era Marcie, la moglie di Marsh.

«Sono Erika, scusa se chiamo così tardi».

Calò un lungo silenzio dall'altro capo del telefono.

«Santo cielo, Erika, non è solo tardi: è il cuore della notte».

«Lo so, ma è urgente. Paul c'è?»

«Sta dormendo!».

«Potresti svegliarlo?».

Marcie sospirò a fondo, bofonchiò qualche altra imprecazione e lanciò la cornetta sul comodino. Dal telefono arrivò un cigolio di molle e poi il suono di una porta che si apriva. Sembrava che Marcie fosse uscita in corridoio per andare a bussare a un'altra stanza. Dormivano in letti separati, lei e Marsh? Una porta si aprì.

«Che succede?», chiese Marsh con voce assonnata.

«C'è Erika al telefono», disse Marcie.

La detective si sentiva a disagio a origliare in quel modo i segreti del suo matrimonio disfunzionale. Un attimo dopo, Marsh afferrò la cornetta.

«Che c'è, Erika?», disse.

Gli spiegò per sommi capi cos'era successo quando Vicky aveva incrociato Charles Wakefield alla stazione, menzionando il problema con i video di sorveglianza.

«Cristo santo, mi hai svegliato per questo?»

«Paul, non posso verificare l'alibi di Charles Wakefield per l'omicidio di Sophia».

«Sophia?»

«Sì, il corpo appartiene a Sophia Ivanova: era stato erroneamente identificato come quello di Vicky Clarke!», sbottò.

«Okay, va bene, non serve che mi urli nell'orecchio. Ti ricordo che mi hai appena svegliato nel cuore della notte», si scusò Marsh.

«Ho bisogno di provare che Charles Wakefield sta dicendo la verità sul fatto che si trovava a Londra durante l'omicidio di Sophia».

«Su, Erika, fatti furba. Va' in stazione e chiedi allo staff della biglietteria di confermare se l'hanno visto».

«E se non lo fanno? Devo interrogarlo, ma Melanie mi ha consigliato tra le righe di non provarci nemmeno. E la scenetta benefica che ha organizzato il commissario aggiunto parla da sola, anche se tutti insistono a dire che si tratta di una semplice coincidenza!».

Marsh sospirò all'altro capo del telefono.

«Non hai prelevato il DNA di Charles Wakefield durante l'arresto?»

«Sì, certo».

«Allora cercane una traccia sulla scena del crimine. Se la trovi, sei libera di arrestarlo. Fino ad allora, devi muoverti con attenzione. Non so cos'altro dirti».

Erika si rese conto che effettivamente quella telefonata avrebbe potuto aspettare fino al mattino seguente. Si era fatta trasportare dalla rabbia e dalla frustrazione.

«Non lo so neanche io. Forse vorrei che qualcuno mi dicesse che non è solo la mia immaginazione. Che il mio istinto ha ragione».

«Il mio istinto da poliziotto non è mai stato un granché», rispose Marsh in un raro momento di autocritica. «Mi riesce meglio ingraziarmi la gente ai piani alti».

Erika scoppiò a ridere.

«Scusa se ti ho chiamato così tardi».

«Ci sono altri sospettati?»

«Il fidanzato, Shawn Macavity. Dal momento in cui ha trovato il corpo di Sophia, non sappiamo più cosa ha fatto per un'intera ora. Dobbiamo prelevare un campione di DNA anche da lui. Non saprei, però, non credo sia il colpevole».

«Questo non basta».

«Lo so, ma me lo dice l'istinto. E raramente si sbaglia».

«Bada bene al tuo istinto o finirà per cacciarti nei guai».

«Be', come al solito», disse Erika.

«Buonanotte e buona fortuna. Sono certo che risolverai tutto in pochissimo tempo», disse Marsh. «E chiamami se hai bisogno di qualcosa, magari in orari più umani».

Erika riagganciò. Sapeva che quelle di Marsh erano soltanto frasi di circostanza nel tentativo di farla sentire più sicura di sé, ma apprezzò comunque lo sforzo.

Capitolo 32

Poco più in là, Vicky fissava il buio nel salotto di sua sorella. La casa era vecchia e con i soffitti bassi, come i cottage di campagna, e produceva suoni e scricchiolii di ogni sorta. Cucina e salotto erano fusi in un'unica lunga stanza che affacciava su due lati diversi del quartiere. La finestra del soggiorno dava sulla strada di fronte, mentre quella della cucina si affacciava su un cortiletto sovrastato da un'enorme quercia secolare. Un treno sferragliò sui binari dalle parti del giardino sul retro, facendo scricchiolare di nuovo il soffitto. Vicky rabbrividì e cercò una posizione comoda sul piccolo divano sormontato di coperte.

La lite con Tess era stata orribile, ma poteva forse biasimarla? *Come si sarebbe sentita lei, al mio posto? Se fosse stata sua sorella a scomparire senza lasciare traccia?*, si chiese Vicky. Come se Tess non avesse già altri casini da risolvere. Sapeva che il ristorante stava andando male, ultimamente. Pagavano un affitto da capogiro, sommato alla rata del mutuo per i lavori di ristrutturazione, il che li portava ad avere seri problemi economici. E poi, Jasper. Cosa aveva provato, dopo averla vista risorgere dal regno dei morti? Niente, sembrava. Non aveva mai compreso le dinamiche del loro matrimonio. Era lui quello che era cresciuto tra i soldi, eppure sembrava non avere la minima concezione a riguardo. Toccava sempre a Tess far quadrare i conti e, se mai l'argomento saltava fuori, Jasper non faceva che svilirla per aver "parlato di soldi", una cosa che trovava rozza e plebea. Poco ma sicuro era un lascito del suo passato.

Vicky chiuse gli occhi senza smettere di tremare. Era ancora vestita e, malgrado le tre coperte e il piumone a coprirla, non riusciva a scaldarsi. Sapeva che dentro di sé stava evitando la questione principale: Sophia.

Un'auto sfrecciò sulla strada lasciandosi alle spalle una coltre di silenzio, profonda e sinistra. Sentì un fruscio di foglie nel cortile sul retro e poi un leggero bussare alla porta. Trattenne il fiato. *No. Deve essere stato un altro suono della casa. Forse una trave o un'asse del pavimento.* Il rumore si fece più distinto, leggermente più forte.

Vicky si tirò su, stringendosi nelle coperte. Le tende di entrambe le finestre, quella davanti e quella sul retro, erano chiuse. Dalla prima filtrava soltanto il sottile fascio di luce di un lampione, che gettava un tenue alone aranciato nella stanza.

Il bussare alla porta di servizio divenne inconfondibile. *Toc toc toc.* Il cuore le schizzò in gola, quando un'ombra attraversò la tenda sulla finestra della cucina.

«*Vicky, ci sei?*», bisbigliò qualcuno. Un uomo. Jasper. Era uscito in fretta e furia e doveva aver dimenticato le chiavi. Vicky si alzò e raggiunse la finestra in punta di piedi, scostando la tenda. Fuori non vedeva altro che il giardino in ombra e i rami massicci della quercia, che si stagliavano contro l'inquinamento luminoso in cielo.

«*Vicky, ci sei?*». Di nuovo quella voce. Sì, doveva essere Jasper, pensò. Bussò per la terza volta, il tocco leggero e inoffensivo. Vicky andò alla porta, sfilò il catenaccio e girò la chiave nella toppa. La porta si aprì con un piccolo scossone. Non era Jasper, ma un volto familiare e inatteso. Le sorrise.

«Ciao», le disse.

«Ciao», rispose lei, sconcertata di vederlo lì, a casa di sua sorella. «Che ci fai qui?», domandò, più confusa che altro.

«Potrà sembrarti strano, ma posso entrare un secondo?», domandò. «Giusto per stare al caldo. Dobbiamo parlare. Chiarire tutto». Vicky fece un passo indietro, stringendosi la coperta sulle spalle. Fece per accendere la luce, ma lui le fermò il braccio.

«No, lasciala spenta».

«Perché?», ribatté lei, mentre il disagio aveva la meglio sulla confusione. Lui si fece avanti e le posò una mano sulla spalla.

Vicky si divincolò. Voleva accendere la luce e guardarlo per bene in faccia. Allungò di nuovo le dita verso l'interruttore, ma lui le afferrò il polso con forza.

«*No*», ripeté. La tirò a sé mentre lei cercava di opporre resistenza. Il suo corpo era caldo, la presa salda. Vicky tentò di urlare, ma lui le tappò la bocca. Si mosse con una velocità assurda, trascinandola in cucina mentre qualcosa la colpiva tra le scapole con un rumore sordo. La strinse in una morsa con il suo braccio sinistro, schiacciandola contro di lui. Le premeva ancora una mano sulla bocca, ma Vicky non riusciva a riprendere fiato neanche dal naso. Poi, un dolore accecante partì dalla spalla sinistra irradiandosi in tutto il corpo, mentre qualcosa di duro le scavava la pelle.

«*Shh,* tranquilla, finirà presto», le disse con voce melensa, il fiato caldo ad accarezzarle un orecchio. Vicky ansimava e sentiva il petto gorgogliare e tremare. Le sfilò la mano dalla bocca, ma l'unico suono che riusciva a emettere era una specie di gemito smorzato. Il dolore dalla spalla le intorpidiva tutto il corpo. Quando la strinse di nuovo, Vicky si accorse che era eccitato. Qualcosa di umido le colava dalla base del collo fino alle gambe. Provò a portare un braccio sulla schiena, ma sentì un dolore insopportabile all'articolazione della spalla. Nel frattempo, lui la osservava con una strana posa, sembrava il protagonista di un musical. Se qualcuno fosse passato di lì per caso, avrebbe pensato che la stesse cullando tra le braccia. Ma la mano di Vicky toccò il manico freddo di un coltello. In preda a un improvviso terrore, provò a divincolarsi.

«Non opporti!», sibilò lui, sfiorandole un orecchio con le labbra. La strinse più forte con il braccio libero e con l'altro le ruotò il coltello nella schiena, affondandolo nella carne fino al manico. Era come una roccia contro di lei, schiacciava il corpo al suo, spremendola. Stritolandola. Un'esplosione di scintille le invase la visuale, tante stelle vicine e seducenti. Tess era di sopra, che dormiva. Vicky aprì la bocca per chiamarla, ma un fiotto di sangue, caldo e pastoso, le gorgogliò nella gola e sul mento, schizzando a terra con un suono nauseante.

«Ci siamo, ancora un minuto e sarà tutto finito», la consolava la voce di lui, che le bisbigliava morbida e melensa nell'orecchio. Mentre la stringeva, Vicky sentiva il proprio cuore scandire ogni battito e il sangue lasciare il corpo per riversarsi sulle gambe. Stava impregnando la coperta avvolta ancora un po' intorno alle spalle. Quando il mondo cominciò a spegnersi, capì che la stava spostando per farla stendere sulle fredde mattonelle del pavimento.

«*Mi sono sbagliata: sei stato tu*», provò a dire, ma le uscì solo un altro fiotto di sangue.

Il coltello tintinnò quando toccò il pavimento di pietra, conficcandosi nella schiena di Vicky con tutto il suo peso nell'ennesima esplosione di dolore.

L'ultima cosa che vide furono i suoi occhi che la fissavano con avidità. Si stava godendo la vista: i brevi istanti finali, prima che Vicky esalasse l'ultimo respiro.

Capitolo 33

Erika suonò il campanello di Tess alle nove in punto, ma non le aprì nessuno. Si affacciò alla finestra del piano terra, ma le tende erano tirate e così anche quelle di sopra. Riprese a suonare, ancora scombussolata dalla doccia gelata che aveva fatto dopo essersi trascinata fuori dal suo nido di coperte. Passò un minuto, poi un altro. Suonò per la terza volta, schiacciando il dito un po' più a lungo. Alla fine, sentì il rumore del chiavistello che scattava e sulla soglia comparve Tess, spettinata, con l'aria sfatta.

«Buongiorno... Ho detto a Vicky che sarei venuta alle nove per parlare», disse Erika.

«Scusi», disse Tess stropicciandosi gli occhi. Sbadigliò a bocca aperta. «Dev'essere andata via la luce. La sveglia non è suonata... Credo che Vicky stia ancora dormendo».

Attraverso la porta, Erika vide che in salotto le luci erano ancora spente. Tess rimase sulla soglia.

«Potrebbe svegliarla? È importante».

La donna sospirò, fece un passo indietro e la invitò a entrare. La stanza sapeva di chiuso e umidità, ma nell'aria c'era un odore metallico che mise Erika sull'attenti. Tess si avvicinò alla finestra e aprì le tende. Non appena la stanza fu illuminata, la detective vide che sul divano c'erano solo un paio di cuscini e una coperta.

«Forse è andata di sopra, in bagno», disse Tess.

«Non fa niente, posso aspettare», rispose la detective mentre lanciava un'occhiata verso la cucina. Tess andò ad aprire le tende dell'altra finestra. Si zittì di colpo. Erika si voltò a osservarla. La donna era rimasta pietrificata lì dov'era, con lo sguardo incollato al pavimento. Gli unici suoni nella casa erano il ticchettio dell'orologio e il rombo di una macchina in strada. Quell'odore ferroso sembrò di colpo invadere la stanza e, seguendo la direzione del suo sguardo, Erika vide due piedi spuntare appena dietro l'isola della cucina.

Le urla di Tess squarciarono il silenzio e la detective si precipitò a raggiungerla. La luce spietata del mattino illuminava il corpo senza vita di Vicky, stesa sul pavimento, con gli occhi sgranati e rivolti al soffitto. Sotto di lei, un'immensa pozza di sangue.

Erika sentì la terra mancarle sotto i piedi. Tess fissava la sorella con gli occhi spalancati e la bocca contorta in un urlo senza voce. Erika si chinò a sentirle il battito, ma fu un gesto superfluo. Sul pavimento di pietra c'era un'enorme quantità di sangue e il cadavere era in quello stato chiaramente da qualche ora. La pozza scura scintillava come uno specchio. C'erano tracce di sangue sul viso e sul davanti della maglietta blu, ma non si vedevano segni di ferite o lesioni. Qualcuno bussò improvvisamente alla porta, facendole trasalire.

«No, no, no, no, no...», mormorava Tess, scuotendo la testa.

«Chi è?», gridò Erika, mentre le prendeva con dolcezza la mano e la allontanava dal corpo, guidandola verso il divano.

«Peterson!», strillò l'agente da fuori.

«Entra, è aperto», disse Erika, rincuorata di avergli chiesto di raggiungerla lì. Quando entrò, l'agente trovò Erika insieme a Tess sul divano. La detective gli indicò con un cenno la cucina e Peterson avanzò, fermandosi ai piedi di Vicky.

«Puoi chiamare la centrale?», gli chiese la detective a bassa voce senza perdere d'occhio Tess, che si guardava intorno in preda al panico e senza sapere cosa fare. Peterson prese il telefono con lo sguardo fisso sul cadavere di Vicky.

«Tess, dov'è Jasper?», le chiese Erika il più gentilmente possibile. La donna fissava Peterson con la fronte aggrottata, mentre lui parlava al telefono di fronte al corpo di sua sorella.

«Ieri sera abbiamo litigato. L'ultima cosa che le ho detto era che doveva arrangiarsi a dormire sul divano... Sapevo che avrebbe sentito freddo, ma ero arrabbiata».

«Tess, dov'è Jasper? Sta ancora dormendo?»

«Cosa? Perché vuole saperlo? Non lo so».

«Dobbiamo svegliarlo e dobbiamo uscire di casa».

«Jasper? Non c'è», rispose Tess, registrando la domanda soltanto in quel momento. Peterson era di fronte al camino, stava parlando al telefono con Lewisham Row per chiedere di mandare i rinforzi e un team della scientifica.

«È al ristorante?», domandò Erika.

«No... Non lo so. Non so dov'è. Non è tornato a casa ieri sera».

La stanza era diventata di colpo stretta e appiccicosa. Erika aveva l'impressione che l'odore del sangue e del sudore avesse lasciato una traccia indelebile nella sua bocca e nelle narici.

«Tess, ho bisogno che vada di sopra a vestirsi. Può farlo, per favore?»

«Perché?»

«Dobbiamo andare via di casa e lasciare che la mia squadra si occupi di Vicky».

«Vicky. È morta, non è vero?»

«Sì. Mi dispiace tanto. Pensa di riuscire a cambiarsi, Tess?».

La donna sembrò sul punto di dare di matto. La guardò a lungo con le labbra che tremavano, ma poi annuì. Erika la aiutò ad alzarsi e a raggiungere le scale.

Quando Peterson chiuse la chiamata, in casa scese un silenzio spettrale, interrotto solo dall'eco dei passi di Tess al piano di sopra. Erika si guardò intorno – avevano compromesso qualche prova? C'era un'impronta insanguinata sulla porta di servizio. Si avvicinò a studiarla. Uno stivale pesante.

Vicky era stesa sulla schiena, lo sguardo vuoto rivolto al soffitto. Le labbra erano leggermente dischiuse, i capelli scuri e sciolti impregnati dal sangue rappreso. I due detective infilarono i guanti in lattice.

«Attenta al sangue», la avvertì Peterson, mentre Erika girava intorno alla testa di Vicky. La detective le sollevò con cura una spalla e il collega si abbassò per guardare al di sotto.

«Coltello o proiettile? Non c'è traccia dell'arma del delitto», disse. Erika provò a sbirciare.

«Sembrerebbe una coltellata». Riappoggiò il corpo a terra con delicatezza e si avvicinò alla porta di servizio, studiandola attentamente.

«Non ci sono segni di effrazione. La serratura è intatta».

«Anche la finestra è a posto», aggiunse Peterson, girando intorno allo specchio di sangue a terra per controllare il vetro che affacciava sul cortile posteriore.

«Avrei dovuto portarla in un luogo sicuro. Avrei dovuto chiamare l'agente di collegamento e farla restare con loro», si rimproverò Erika, sopraffatta dall'orrore di quanto era appena successo. «Credevo che non corresse rischi stando con la sua famiglia».

«Non ha senso partire per la tangente, Erika», rispose Peterson stringendole un braccio. «Stavi facendo il tuo lavoro. Hai valutato i rischi. Non puoi predire il futuro».

Il telefono dell'agente prese a squillare e lui prese la chiamata. Erika osservò la cucina. Sul lavandino c'erano la confezione vuota di un pasto precotto e un piatto sporco.

«Il civico otto, l'ultima villetta a schiera. In fondo alla strada, sì», confermò Peterson. Poi riagganciò. «Sta arrivando una pattuglia».

«Non c'è troppo silenzio di sopra?», disse Erika, quando notò che gli scricchiolii erano cessati.

Girò i tacchi e si precipitò per le scale. Sul pianerottolo c'erano due camere e un bagno. Tess era nella stanza con la finestra che dava sul cortile posteriore. Il letto era disfatto e lei era in ginocchio di fronte all'armadio aperto. Erika vide che c'era una piccola cassaforte incassata nel guardaroba, come quelle che si trovano negli hotel.

Tess era ancora in camicia da notte. Si girò verso Erika con uno sguardo spento, vuoto.

«È sparito tutto», disse.

«Cosa è sparito?», domandò la detective, raggiungendola di fianco al letto. Sulla moquette blu e rovinata accanto al materasso c'era una pila di piatti e tazze sporche. L'armadio era in un disordine pazzesco, i vestiti ammassati sugli appendiabiti.

«I soldi. C'erano tremila sterline qui dentro. E qualche gioiello d'oro di Jasper. Volevo prendere dei contanti, ma è tutto sparito…». Erika sentì la sirena di una volante accostare di fronte all'appartamento. «È stato lui. Dev'essere stato lui. Jasper è l'unico che conosce la combinazione».

La detective non capiva. Tess aveva appena scoperto il cadavere di sua sorella e si preoccupava del contenuto della cassaforte?

«Tess, dobbiamo uscire di casa: questa è ufficialmente la scena di un crimine», le spiegò nel modo più delicato possibile. Si avvicinò alla sedia sommersa di vestiti nell'angolo della stanza: non capiva se fossero puliti o sporchi. Sulla spalliera c'era una borsa. «È sua, questa?».

Tess era ancora accucciata davanti alla cassaforte vuota.

«Sì».

Erika vide un cellulare attaccato al caricatore di fianco al letto. Lo prese e lo infilò nella borsa. «Tess, per favore. So che è terribile per lei, ma deve vestirsi. Dobbiamo andare».

Capitolo 34

Due poliziotti arrivarono all'abitazione proprio mentre Erika e Peterson scortavano Tess fuori casa, vestita ma frastornata e sotto shock. Erano ancora sul marciapiede quando una Ford Focus argentata svoltò l'angolo, rallentando nella loro direzione. Alla guida c'era Jasper.

Appena vide gli agenti e la pattuglia di fronte casa sua, pestò l'acceleratore e li superò di colpo.

«Dove va? Non può non aver notato il trambusto qua fuori», disse Erika. I due agenti lo videro inchiodare alla fine della via, invertire il senso di marcia e filare dritto verso l'incrocio che portava alla strada principale. Lo imboccò con una sgommata, scomparendo in lontananza. Erika e Peterson si scambiarono un'occhiata.

«La situazione non mi piace», disse.

«Neanche a me. Andiamo», ordinò Erika. Affidarono Tess ai due agenti e saltarono in macchina.

«È diretto verso la South Circular», disse Peterson mentre Erika metteva in moto. Partirono all'inseguimento di Jasper e Peterson si aggrappò alla maniglia sopra la portiera, mentre la detective accendeva le sirene e la luce blu. Svoltò a sinistra sgommando e davanti a lei si aprì Blackheath Common. Il prato era più che altro una distesa di erba terrosa e marroncina.

«Laggiù», disse Peterson. La Ford Focus di Jasper era già alla fine del parco, ferma a un semaforo.

«Che sta facendo? Scappa?», continuava a chiedersi Erika, quasi tra sé e sé.

Di fronte a loro, una vecchietta fece per attraversare la strada con un mucchio di borse della spesa, ma Erika strombazzò il clacson e la donna indietreggiò di colpo, inciampando in una siepe fitta.

Peterson osservò la scena dalla macchina: l'anziana era rimasta mezzo seduta nella siepe, a terra intorno a lei c'erano i sacchetti della spesa e diverse arance stavano rotolando per strada. Il semaforo diventò verde e Jasper ripartì a tutta velocità, aumentando la distanza tra loro. Erika staccò la radiolina dal cruscotto.

«Qui detective Erika Foster 34568, stiamo inseguendo una Ford Focus argentata vicino a Blackheath Common. L'auto è diretta a sud verso la A20. Il sospetto è Jasper Clark, senza "e", maschio bianco, trentacinque anni circa...».

Attraversarono l'incrocio e proseguirono a tutta velocità verso un altro semaforo. L'auto di Jasper sfrecciò mentre scattava il rosso. Il parco si estendeva su entrambi i lati della strada, ma in alcuni punti erano stati costruiti degli edifici e l'erba era irregolare.

Erika non aveva alcuna intenzione di aspettare i rinforzi. Sterzò bruscamente a destra e superò la coda di macchine di fronte al semaforo procedendo a metà tra l'asfalto e il marciapiede, facendo sobbalzare l'auto e mandando il motore su di giri. Un furgoncino che viaggiava perpendicolarmente al loro senso di marcia inchiodò nel bel mezzo dell'incrocio e i due agenti evitarono per un pelo un frontale con un altro veicolo. Continuarono a inseguire a tutta velocità la macchina di Jasper che, nel frattempo, aveva superato il terzo semaforo verde.

«Abbiamo una pattuglia a Greenwich, sta venendo verso di voi», risposero dalla sala operativa.

«Se volessi sfuggire a un arresto, dove andresti?», domandò Erika. Il semaforo più avanti era diventato arancione. Si accorse che Peterson teneva d'occhio il contachilometri. Mentre attraversavano l'ennesimo incrocio, aveva sfiorato i centosessanta. L'asfalto più avanti si era fatto dissestato e irregolare. Le ruote rimbalzarono su una buca, lasciando la strada per qualche istante. Lo stomaco di Erika fece una capriola. Peterson piantò i piedi sul pianale dell'abitacolo, aggrappandosi allo sportello, mentre riatterravano con un tonfo brusco. Stavano chiudendo la distanza che li separava da Jasper: mancavano al massimo una ventina di metri.

«Prenderei l'M20 verso la costa meridionale. Ma secondo te ha un piano?», le chiese Peterson, che sembrava parecchio intimorito dalla guida di Erika. La radio gracchiò sul cruscotto e l'agente la afferrò.

«Sala di controllo per la volante 34568. Riuscite a leggere la targa della Ford Focus?»

«No, è sporca di terra. Vedo solo le prime due lettere: B di bravo, D di David...», disse.

Stavano ancora viaggiando sui centocinquanta chilometri orari. Qualcosa nell'espressione di Erika, forse la tensione che le serrava la mascella, suggeriva a Peterson che avrebbe fatto di tutto pur di prendere quell'auto.

«Sta rallentando, occhio!», strillò Peterson. All'improvviso sembrò che il retro della Ford stesse per piombargli addosso. Erika frenò all'istante. Jasper svoltò in un vicoletto sulla sinistra e loro lo persero. Alla loro destra sfilava tutta una serie di negozietti. Un'altra vecchietta balzò indietro quando Erika le inchiodò di fronte. Procedevano a sirene spiegate, attirando lo sguardo di tutti i pedoni sul marciapiede. Erika fece retromarcia e si buttò nel vicoletto che correva dietro due file di case.

La Ford era arrivata alla fine della via. La detective schiacciò il piede sull'acceleratore e partì all'inseguimento, imprecando. I muretti alti sfrecciavano confusi di fianco a loro.

«Rallenta, va' piano», disse Peterson, mentre si reggeva con una mano al finestrino e con l'altra al sedile. Erika sentiva il sudore scivolarle tra le scapole. Gli inseguimenti erano molto più divertenti quando li guardavi in TV, comodamente seduto sul divano, ma lei era determinata a non lasciarsi scappare Jasper.

Perché sta scappando? Cos'ha fatto?, si chiese, mentre lo specchietto retrovisore sul lato di Peterson urtava un bidone della spazzatura che spuntava da un cancello aperto. Sterzò per evitare un impatto più serio, ma finì per colpire un muro di mattoni con il suo specchietto, facendolo frantumare in una pioggia di vetri.

Sbucati dal vicolo, si ritrovarono su un ampio marciapiede tra due blocchi di case popolari.

Peterson prese la radio e aggiornò la centrale sulla loro posizione: stavano attraversando il Forbes Housing Estate. La Ford di Jasper era alla fine della via, dove la strada pareva procedere in discesa. Al di sotto, c'era un parco giochi per bambini oltre cui si vedeva la strada principale a due corsie.

Jasper Clark sporse la testa fuori dal finestrino, permettendo a Erika di vederlo chiaramente per la prima volta dall'inizio dell'inseguimento. Fu solo quando furono più vicini che capirono cosa stesse guardando. Alla fine della via pedonale c'era una ripida scalinata che scendeva verso il parco giochi. Il sentiero continuava attraverso il prato e le altalene, raggiungendo la strada principale che si trovava dall'altro lato.

Jasper aveva il volto contratto, imprigionato in un'espressione da animale in trappola: gli occhi erano spalancati dalla paura, i denti serrati. Quando si accorse di avere gli sbirri alle calcagna, ritirò subito la testa dentro la macchina.

«No, non vorrà mica...», fece Peterson, ormai a una decina di metri dalla Ford. Jasper accelerò di colpo e si lanciò oltre il bordo della scalinata.

Per un momento, Erika pensò che ce l'avrebbe fatta. L'auto di Jasper si sporse in avanti e cominciò a scendere i gradini lentamente ma, arrivata in fondo, non sopportò più l'inclinazione: non appena toccò il sentiero alla base delle scale, si ribaltò fra i ruggiti del motore. Rotolò due volte sull'erba, fermandosi al limite del parco giochi.

«No!», urlò Peterson, afferrando la portiera mentre l'auto raggiungeva il bordo dei gradini. Erika inchiodò di colpo e vide che la caduta era di quindici scalini.

«Non volevo scendere con la macchina!», urlò Erika, tirando il freno a mano e slacciando subito la cintura.

«Per un attimo sembrava proprio di sì», rispose Peterson. La detective aprì lo sportello e si fiondò per le scale, mentre il collega slacciava la cintura per seguirla.

L'auto di Jasper era sottosopra, in equilibrio sul tettuccio con le ruote che ancora giravano a vuoto e una riga di fumo nero che fuoriusciva dallo scarico. Era andato a schiantarsi contro un albero della fila che separava il passaggio pedonale dal parco giochi. Il tronco, piegato ma intatto, reggeva il cofano della macchina.

Mentre correvano verso l'auto capovolta, Erika vide che la gente cominciava ad affacciarsi dai balconi dei due palazzi. Sentì che Peterson alle sue spalle aggiornava la sala di controllo sull'esito dell'inseguimento mentre Jasper si divincolava per uscire dal sedile del guidatore con la fronte sporca di sangue. Una volta in piedi, cercò di scappare via zoppicando sempre più veloce. Erika gli corse dietro e lo afferrò per la maglietta, ma lui se la sfilò di dosso e continuò a scappare verso il parco. Ritrovandosi con nient'altro che la sua maglia in mano, per una frazione di secondo Erika pensò che forse, alla fine, sarebbe riuscito a sfuggirle. Mentre correva fra le altalene, però, un braccio gli si impigliò in una delle catene e lui cadde dritto a terra. La detective gli fu addosso in un istante e Peterson, al suo fianco, tirò fuori un paio di manette.

«No! Non potete farlo!», gridò Jasper. Il taglio sulla fronte era messo male e il sangue gli colava nell'occhio destro.

«Che diavolo combina? Perché scappa?», gli chiese Erika con il fiatone.

«Volevo solo andarmene. Io... voglio solo lasciarmi alle spalle questo posto, e tutto il resto».

«Almeno sa perché eravamo a casa sua?».

Lui smise di resistere e ricadde sul prato.

«Tess sta bene, l'ho vista vicino a lei sul marciapiede...».

«Questa mattina abbiamo trovato il corpo senza vita di Vicky, in casa vostra».

Jasper rimase a bocca aperta, senza fiato.

«Cosa?».

Erika e Peterson si scambiarono un'occhiata.

«Dov'è stato ieri notte? Tess ha detto che se n'è andato di casa con i soldi e i gioielli della cassaforte».

«Al ristorante. Ho dormito al ristorante», disse. «O Cristo. Vicky è morta?»

«Sì», rispose Erika. «È morta».

Capitolo 35

L'auto capovolta stava attirando una folla di curiosi di fronte al palazzo e la gente affacciata al balcone non faceva che ficcanasare e scattare fotografie.

L'ambulanza arrivò prontamente sul luogo dell'incidente e Jasper fu trasportato in ospedale per escludere eventuali traumi cranici e mettere dei punti sul taglio che aveva in testa. C'era una volante parcheggiata in fondo alle scale, accanto all'auto di Erika. Tre agenti avevano cordonato l'area intorno alla macchina di Jasper e controllavano che nessuno si avvicinasse, lanciando occhiatacce ai curiosi che spiavano dai balconi. Erika non era certa che il gioco valesse la candela: la faccenda stava dando più problemi che soluzioni. Erano di fronte al condominio diroccato di un quartiere malfamato e la presenza della polizia spingeva sempre allo scoperto i soliti pagliacci.

«Ehi, faticatori», chiamò una voce dall'alto. Erika e Peterson alzarono lo sguardo verso un ragazzo brufoloso con una barbetta da topo che li fissava dal balcone del quinto piano. Sotto di lui, un bambinetto con l'aria da elfo e una vestaglia di spugna blu curiosava attraverso le ringhiere. Lo ignorarono, ed Erika si voltò verso l'auto. Non voleva aspettare l'arrivo del carro attrezzi. Il bagagliaio era pieno di buste della spesa che nell'urto si erano ribaltate, spargendo sui sedili arance, mele, barattoli di fagioli, frutta e riso. Oltre al cibo, sul sedile posteriore c'erano anche tre grosse borse di vestiti. Erika sentì un fischio provenire dall'alto e un liquido volò nella loro direzione, schizzando ovunque sull'erba. Peterson fece appena in tempo a schivarlo.

«Scusate, mi è caduto il tè», disse il ragazzo di prima. Il bambinetto che era insieme lui strillava, contorcendosi dalle risate.

«Volete passare la notte in cella?», gridò Peterson lanciandogli un'occhiataccia.

«Rilassati… Sai che spreco di risorse per un tè versato», rispose il ragazzo.

«Rientrate in casa, per favore», urlò Erika raggiungendo Peterson.

«Quella chi è, sbirro, la tua fidanzata?», strillò lui.

«Sei inglese?», chiese il bambino con lui. «Sembri polacca».

Erika lanciò a Peterson un'occhiata esasperata.

«Ehi, è una domanda lecita. Mica ci avete mostrato i distintivi», proseguì il ragazzo, dando una pacca sulla testa del bambino. «Come ti chiami, biondina? Somigli a Brigitte Nielsen, sai? Intendo dopo la dissenteria».

Qualcuno sui balconi sopra e sotto il loro scoppiò a ridere.

«E tu come fai a conoscere Brigitte Nielsen?», strillò una donna.

«Piace al nonno», gridò il ragazzo. «L'ultima volta che sono andato da lui, l'ho trovato che se lo menava davanti a *Red Sonja*». Ci fu qualche fischio e un mozzicone di sigaretta volò verso i due agenti. Erika lo mancò per un pelo.

«Giuro che se cade qualcos'altro, chiamo i rinforzi e vi riempio il palazzo di poliziotti», strillò la detective verso i balconi gremiti.

«Ehi, lasciateli stare. Brigitte e il suo amico sono qui per fare il loro lavoro», disse ancora il ragazzo, mentre si sporgeva dalla ringhiera a guardare i vicini sugli altri balconi. Poi tornò a fissare Erika. «Visto, Brigitte, ti guardo le spalle… Per me il lavoro della polizia è inestimabile», aggiunse con sarcasmo.

«Togliamo la roba di Jasper dall'auto e filiamocela da qui», disse Peterson. «Ci penseranno gli altri agenti ad aspettare il carro attrezzi». Ignorando le urla e le volgarità che venivano dal condominio, infilarono i guanti e provarono ad aprire lo sportello posteriore. Più facile a dirsi che a farsi, visto che l'auto era capovolta e in equilibrio precario contro il tronco di un alberello. Alla fine ci riuscirono, Erika entrò nell'abitacolo poggiando i piedi sul tettuccio e recuperò i borsoni di Jasper.

Stavano per andare via, quando qualcuno urlò qualcosa che li fece fermare sul posto.

«Che ha combinato Jasper stavolta?».

Erika si voltò verso la voce che aveva posto quella domanda. Il ragazzo con la barba da topo era sul prato di fronte all'ingresso del palazzo. La detective poggiò i borsoni a terra e si sfilò i guanti. Superò il nastro della polizia e lo raggiunse. Adesso che lo osservava più da vicino, si accorse che non si trattava di un ragazzino: quell'uomo doveva essere vicino ai quaranta, era pallido e gonfio.

«Sei tu che chiedevi di Jasper?», chiese Erika. Da quella distanza le arrivava la puzza nauseante del suo alito, che sapeva di alcol. Indossava una maglia sbiadita del Manchester United sotto una giacca leggera. Dal taschino spuntavano un accendino e un pacchetto di sigarette.

«Pagate ancora gli informatori?», disse.

«Perché, tu sei un informatore?», ribatté Peterson.

«Potrei, sbirro», rispose lui. Poi abbassò la voce e, lanciandosi una veloce occhiata ai balconi alle sue spalle, continuò: «Ehi, scherzavo prima, quando ho detto che somigli a Brigitte Nielsen dopo la dissenteria. In realtà sei un gran pezzo di donna da vicino».

«Magari farebbe comodo a te un po' di dissenteria», rispose Erika. Pensò di essersi spinta troppo oltre con il botta e risposta, ma lui si limitò a sorridere scoprendo due file di denti gialli.

«Touché», rispose sputando per terra. Lanciò un'occhiata ai due agenti e prese le sigarette che aveva nel taschino. Aveva le dita gialle di nicotina. «Sono stato dentro nel 2004. A Belmarsh».

Belmarsh era il carcere di massima sicurezza in cui venivano reclusi criminali di alto profilo.

«Cosa sai di Jasper?», gli domandò. L'uomo si accese una sigaretta, prese un tiro profondo e soffiò fuori il fumo, raccogliendo un pezzettino di tabacco sulla lingua.

«È stato dentro per stupro. *Jaspaaar. Jaspaaar Claaaark*, senza "e"», disse, imitando un accento altezzoso. «Un moccioso snob intrappolato nel corpo di un poveraccio. Ha scontato otto anni. Gliene avevano dati due, ma si è fatto beccare mentre spacciava in prigione. Aveva messo su un bel giro. Cellulari, eroina, cocaina. Quei poveri imbecilli non riuscivano a capire come avesse fatto. Non che noi lo sapessimo».

«Come avesse fatto cosa?», domandò Erika. Era al tempo stesso incuriosita e sconvolta. Stavano scoprendo dei trascorsi di Jasper da un delinquente del Forbes Housing Estate. Sempre ammesso che dicesse la verità. Il tipo sorrise e si sporse verso di lei.

«Era riuscito a costruire una specie di funicolare che andava dalla sua cella alla finestra dell'edificio davanti. Con un filo da pesca, sottilissimo e trasparente. Nessuno lo vedeva. Chiaramente qualcuno lavorava con lui, fuori».

«Chi?»

«Che ne so. Alla fine l'hanno beccato e ha dovuto scontare altri tre anni».

«E l'hai riconosciuto dal quinto piano?», disse Peterson.

«Certo che l'ho riconosciuto. Sono andato pure al suo ristorante qualche mese fa. Non era contento di riabbracciare il suo vecchio compagno di cella. Mi ha fatto sbattere fuori quando ho provato a ordinare una pinta. Perché ha combinato questo casino, ora?», chiese, mentre indicava l'auto ribaltata con la sigaretta disegnando piccoli cerchi di fumo nell'aria.

«Sono informazioni riservate», rispose Erika. «Qual è il tuo nome? In caso volessimo chiederti altro».

«Chiamatemi Johnny. E sono venti sterline», disse tendendo la mano. Erika rovistò nelle tasche e nel portafoglio e alla fine gli consegnò la banconota, che lui ripose prontamente in tasca.

«È stato un piacere fare affari con te, Bridget, e pure con te, sbirro. Bello show. A quando la nuova stagione?»

«Avanti, andiamo», disse Peterson. Attraversarono il prato per tornare all'auto di Erika. «Non ci credo che l'hai pagato davvero».

«Potrebbe tornarci utile, non si sa mai», rispose Erika, lanciandogli un'ultima occhiata. Johnny li fissava a occhi stretti, fumando l'ennesima sigaretta.

«*Jaspaaar! Jaspaaar Claaaark*, senza "e"», cantilenò alle loro spalle.

«Dobbiamo scoprire se Jasper ha dei precedenti», disse Erika. «E se ha un alibi per ieri notte».

Capitolo 36

Tornati sulla scena del crimine, Erika e Peterson videro che la polizia aveva chiuso la strada. Il furgone della scientifica e il veicolo di supporto erano già parcheggiati di fronte all'abitazione. Stavano giusto per andare da Tess per verificare l'alibi di Jasper, quando Moss li intercettò sul marciapiede. Stringeva in mano una grossa busta bianca per la raccolta delle prove.

«Devo parlarvi. Nello zaino di Vicky c'era qualcosa di interessante», esordì, mostrandogliela.

«Andiamo in un posto più tranquillo», rispose Erika, indicando il veicolo di supporto. Salirono a bordo e presero posto intorno al tavolino.

«Vicky aveva solo questo zaino quando ha lasciato Londra», disse Moss, tenendolo bene in alto. «Era nel soggiorno di Tess; dopo una prima ricerca sommaria, non ho trovato niente. Giusto qualche vestito, soldi, articoli da toeletta e trucchi. Ma quando ho dovuto piegarlo per farlo entrare in questi sacchetti minuscoli, ho sentito una chiavetta USB incastrata tra le cuciture di una tasca». Moss tirò fuori dalla tasca un altro sacchettino più piccolo e lo fece scivolare sul tavolo verso Erika e Peterson. La chiavetta non arrivava neanche a un centimetro quadrato. Vedendola, la detective provò un fremito d'eccitazione.

«Ti sembrava nascosta? Magari messa lì perché nessuno la trovasse?»

«La tasca era piccolissima e la chiavetta era incastrata tra le cuciture, quindi è stata nascosta oppure dimenticata», ipotizzò Moss.

«Hai visto cosa c'è dentro?»

«No. Serviva un portatile sicuro». Peterson si alzò in piedi e cercò fra gli armadietti in cui tenevano l'attrezzatura informatica. In genere avevano accesso a tutta una serie di linee telefoniche e fax e anche al database della polizia metropolitana, il sistema HOLMES. Dopo qualche secondo, tirò fuori un portatile adatto ad analizzare prove digitali in tutta sicurezza e lo sistemò sul tavolino in mezzo a loro.

Erika lo accese senza perdere tempo e inserì la chiavetta. Dopo un estenuante attimo di attesa, sul desktop comparve una cartella denominata TAGLI. Cliccandoci sopra, la detective scoprì cinque file audio numerati semplicemente da 1 a 5.

«Dio, spero che sia roba del podcast e non la musica di Shawn – a quanto pare compone le colonne sonore. E se fosse una demo di un album struggente?», si chiese Moss.

Peterson le rivolse un'occhiata esasperata. «Clicca sul primo file e falla finita», disse.

Erika aprì il file chiamato *1* e alzò il volume.

Partì un ronzio seguito da una breve interferenza, poi arrivò la voce di Vicky. Doveva trovarsi in un pub o in una caffetteria. In sottofondo si sentiva un costante brusio di voci e l'acciottolio di piatti e posate.

«Allora. Questo è per l'episodio diciotto», disse Vicky. «Registro dei suoni d'ambientazione per l'intervista che ho già fatto a…». Seguì un fruscio di pagine. La sua agenda. «Becky Wayland. Sono da Henry, a Covent Garden. Ogni scusa è buona per mettere caffè e cornetto nella lista del rimborso spese», aggiunse con una risatina. «Va bene, adesso mi tappo la bocca». Ci fu qualche altra interferenza e poi diversi minuti di rumori di fondo. Fra il chiacchiericcio e il clangore, si levò una risata.

Erika mise in pausa la riproduzione.

«In questa registrazione porta un'agenda con sé. Dove sono i suoi quaderni? Non abbiamo trovato nulla nel suo appartamento».

Il secondo file partì con altre interferenze e un nuovo brusio di sottofondo.

«Sono qui con Becky Wayland», disse Vicky. «Okay, Becky.

Ignora il telefono. Registro tutto per poi editare il materiale, quindi parla pure liberamente. Ti va?»

«Sì, certo», rispose Becky. Aveva un pesante accento del Norfolk.

«Quando sei arrivata a Londra? E cosa ti ha portato qui?».

Becky sospirò.

«Mi sono trasferita nel 2012. Avevo fatto domanda d'ammissione per diverse accademie di recitazione e avevo ottenuto un colloquio con la GDA e con la RADA».

«Intendi la Goldsmith's Drama Academy e la Royal Academy of Dramatic Art, giusto?», domandò Vicky.

«Esatto. I colloqui erano stati fissati per lo stesso giorno. Il primo al mattino con la RADA, in centro a Londra, il secondo con la GDA. Si trattava di un workshop che sarebbe durato fino alle sei di sera. A mia madre non andava a genio l'idea che andassi a Londra e tornassi la sera tardi da sola, ma la GDA aveva disposto degli alloggi negli studentati. Così, mi sono organizzata per dormire lì quella sera e prendere il treno per tornare a casa il mattino seguente».

«Ricordi la via dove si trovava lo studentato?»

«Sì, era a Jubilee Road».

«Bene, grazie. Raccontami cos'è successo poi».

«Avevo fatto l'audizione alla GDA con altre tre ragazze, anche loro avevano intenzione di rimanere a dormire lì. Lo studentato su Jubilee Road era una vecchia casa a schiera vicino alla stazione di New Cross Gate. C'erano tre piani, ognuno con un bagno in comune. Avevamo trovato una friggitoria dietro l'angolo e ci siamo fermate in cucina a chiacchierare un po'. Sono andata in camera intorno alle dieci e mezzo. La mia era al piano terra, una camera semplice ma pulita. Eravamo a febbraio, ma la stanza era una sauna. Il termosifone aveva la manopola rotta e non si abbassava, ma alla finestra c'erano le sbarre e così mi sentivo tranquilla a tenerla aperta, considerando che era piccola e molto in alto. Un'altra cosa strana era che sia al lampadario che all'abat-jour sul comodino mancavano le lampadine. Filtrava un po' di luce dalla strada di fronte e avevo deciso di tenere accesa la torcia del telefono. Era tardi e non avevo le forze di fare altro. Sono crollata seduta stante. Poi, verso l'una e mezza, mi sono svegliata per via dei rumori fuori dalla finestra…».

«Che genere di rumori?», chiese Vicky.

«Dei passi che strisciavano sull'asfalto. La finestra dava sul cortile posteriore dello studentato. Le persiane erano sottili e non si chiudevano bene. Lasciavano una piccola fessura aperta. A un certo punto ho visto una persona muoversi lì davanti».

«E tu che hai fatto?»

«Ho pensato che fosse uno studente uscito per una cicca. Le altre ragazze avevano detto che andavano tutti lì a fumare… Ho visto una scintilla e, quando ho sentito l'odore di fumo, mi sono tranquillizzata e mi sono rimessa a dormire… Mi sono svegliata più tardi, e a quel punto faceva un freddo cane nella stanza. I riscaldamenti dovevano essersi spenti. C'era un suono stridulo fuori dalla finestra…».

«Che cos'era?»

«Due mani che si erano intrufolate nel varco della finestra e cercavano di svitare le sbarre con un cacciavite».

«Le sbarre attaccate all'interno della finestra?»

«Sì. Ho capito che c'era qualcosa che non andava solo quando ho visto un uomo che allungava il braccio e le abbassava. È successo tutto così in fretta. Si è infilato nella finestra con la parte superiore del corpo e ha sfilato le viti, appoggiando le sbarre a terra».

«Come ha fatto a svitarle in basso?»

«In basso non si svitavano», spiegò con voce tremante. «Una volta abbassate le sbarre, si è tirato su intrufolandosi con spalle e torso nel varco della finestra. Si muoveva in maniera così sfrontata e sicura che credevo fosse un sogno».

«Sapeva che potevi vederlo?»

«Non lo so. Eravamo al buio. Non l'ho visto in faccia… È strisciato attraverso la finestrella in alto, puntando le mani sul davanzale come se volesse fare la verticale. È atterrato con un tonfo e si è rimesso lentamente in piedi. La sua ombra arrivava ai piedi del mio letto, era terrificante. È stato solo allora che è scattato qualcosa dentro di me e ho cercato di scappare... ma lui ha raggiunto la porta prima che lo facessi io». Dal file trapelava una voce carica di emozione. «E mi ha rispinta a letto».

«Tranquilla. Prenditi il tempo che ti serve», la rassicurò Vicky.

«Sono rimasta come imbambolata. Avrei dovuto urlare, combattere, e invece sono rimasta pietrificata su quel letto. La stanza mi sembrava improvvisamente minuscola, era come se lui occupasse tutto lo spazio che c'era. È andato alla porta, si è assicurato che fosse chiusa a chiave e poi è tornato da me».

«L'hai visto in faccia?»

«No, era davvero buio. Le lampadine non c'erano ed era notte fonda, quindi non arrivava molta luce dall'esterno...».

Calò un silenzio pesante, seguito da un lungo fruscio. Forse di fazzoletti.

«Fa' con comodo», diceva Vicky.

«Mi è salito sopra. Ricordo solo il suo odore, aveva un dopobarba fortissimo e orribile. Era stucchevole, soprattutto mischiato all'alito... Mi ha detto: "Sta' zitta, troia, e non ti succederà niente di male...". Mi stringeva le braccia per tenermi ferma... e poi mi ha spinto un ginocchio fra le gambe. Continuava a dire: "Shhh, shhh, shhh", come se fossi una bambina che voleva rassicurare dopo un brutto sogno. Nel frattempo mi stava sopra e mi sbavava addosso. Era disgustoso. Sbavava come un cane, mi colava sul collo e sulle guance... E ce l'aveva... ce l'aveva duro. Riuscivo a sentirlo. Poi, *grazie a Dio*, è passato qualcuno in corridoio: una delle ragazze era andata in bagno. Lo sciacquone del water lo ha distratto per un attimo. E di colpo mi sono resa conto che non potevo permettere che la mia vita finisse così. Mi sono liberata una mano. Avevo seguito un corso di autodifesa e avevo imparato che bisogna colpire l'aggressore con il palmo della mano sotto il naso... Non so come ho trovato il coraggio, ma l'ho colpito con tutta la forza che avevo... E devo aver fatto centro, perché prima si è messo a urlare lui, poi ho urlato anch'io e così è scappato via. Ha aperto la porta ed è filato via più veloce di un fulmine. Il corridoio era buio... Sono rimasta pietrificata per qualche secondo davanti alla porta spalancata, ancora sotto shock. Poi sono andata nel panico, l'ho chiusa subito a chiave e l'ho bloccata con una sedia...».

«E dopo, cosa hai fatto?», chiese Vicky.

«Ho chiuso subito la finestra. Erano le tre del mattino, più o meno, e avevo il terrore che tornasse... Sono rimasta sveglia finché non ha fatto giorno».

«L'hai denunciato?»

«All'inizio non volevo. Ho aspettato fino alle sei. Non appena è sorto il sole, sono scappata di lì con l'intenzione di prendere il primo treno per casa... All'uscita ho incontrato una delle ragazze. Vedendomi, mi ha chiesto se fosse tutto a posto e così le ho raccontato ogni cosa... Mi ha convinto lei a rivolgermi alla polizia. Così, alla fine, l'ho denunciato».

«E dopo la denuncia, cos'è successo?»

«Niente», rispose lei. «Non ho mai ricevuto notizie né dalla polizia né dalla GDA. Non mi presero all'accademia. Tanto non volevo più tornarci. Fu come se non fosse mai successo niente».

Capitolo 37

«Vicky avrebbe dovuto caricare l'episodio diciotto del podcast la settimana scorsa, ma non l'ha mai fatto», disse Erika, una volta finita la registrazione.

«Se l'episodio riguardava uno stupratore, dovremmo sapere qualcosa, no? Ci saranno delle informazioni nel database a seguito della denuncia di Becky Wayland», rispose Peterson.

«Non sappiamo quando è successo, però», disse Moss.

«Ma sappiamo l'indirizzo. Dobbiamo capire quante abitazioni sono state convertite a studentati dalla GDA», rispose Erika. «E, ripeto, è importante che troviamo gli appunti di Vicky».

«Ci sono altri file», disse Moss. Fece partire il terzo. Rimasero in ascolto mentre Vicky si schiariva la voce e cominciava a parlare con un tono intenso e drammatico.

«Episodio diciotto. Introduzione secondo atto. Primo ciak... Ronzio della lampadina che si accende...». Si schiarì la voce e proseguì con un tono molto più serio. «Le tre studentesse che ho sentito hanno raccontato tutte versioni simili. Lo studentato nei pressi di New Cross Gate, l'alloggio al piano terra con i riscaldamenti rotti e la stanza bollente...». In sottofondo partì un cigolio ritmico di metallo su metallo. «A tutti i lampadari mancavano le lampadine...». Il cigolio continuava. «Forse qualcuno aveva architettato tutto? Aveva preparato le stanze, svitando le lampadine e alzando i riscaldamenti al massimo? Secondo un'altra testimone...». Ci fu una pausa, il silenzio interrotto dal fruscio delle pagine e poi dalla sua voce, tornata bruscamente normale, che diceva: «Merda, come si chiamava?».

La registrazione veniva stoppata di colpo. Moss cliccò subito sul quarto file. Si trattava del secondo ciak e stavolta proseguì dal punto in cui si era interrotta citando il nome della testimone: Kathleen Barber.

«Kathleen è riuscita a spaventare l'aggressore prima che potesse farle qualcosa... Un'altra ragazza, Grace Leith, ha dichiarato che l'uomo è scappato dopo aver visto il fidanzato che tornava dal bagno». Seguirono uno schianto e il suono di una lampadina che si infrangeva. La registrazione era finita.

«Tre nomi», disse Erika, mentre Moss faceva partire l'ultimo file audio. Si trattava di una chiamata. Il telefono squillava, il suono leggermente metallico per gli altoparlanti. Poco dopo rispose una donna, che si presentò come una segretaria dell'ufficio studenti della GDA. Vicky le disse che il suo nome era Becky Wayland e che chiamava riguardo un tentato stupro avvenuto mentre alloggiava presso lo studentato di Jubilee Road. Era lei la vittima, e aveva sporto denuncia nel febbraio 2012. Dall'altro capo del telefono calò un lungo silenzio.

«Mi scusi, può ripetere il motivo della chiamata?», disse infine la donna, adesso sulla difensiva.

«Ecco, ho denunciato l'accaduto alla polizia e all'ufficio studenti della GDA, ma non ho mai avuto notizie. È successo sei anni fa...». Un'altra lunga pausa.

«Ha il numero del fascicolo?», chiese la donna.

«No, non ce l'ho, ma dato che si è trattato di un incidente serio, speravo che potesse dirmi qualcosa a riguardo».

«È materia della polizia questa, no?»

«Certo, ma ero nello studentato di Jubilee Road quando qualcuno ha fatto irruzione. Ci sarà uno storico della denuncia, qualche contatto con la polizia. È successo ad altre due ragazze. Ho i loro nomi qui. Kathleen Barber, che ha vissuto un'esperienza simile alla mia nello stesso alloggio a gennaio, un mese prima di me, e Grace Leith, che invece si trovava nello studentato di Hartwood Road, vicino la stazione di New Cross Gate, nel febbraio 2014. Vi risultano altre denunce simili?».

La segretaria sembrava palesemente a disagio.

«Devo farla richiamare, temo. Se avesse il numero di fascicolo, sarebbe utile. Sa, per rivolgere la sua richiesta a chi di dovere…». Vicky le lasciò il numero e la telefonata si chiuse.

«Rivolgere la mia richiesta a chi di dovere», ripeté una volta riagganciato. «Manco fossi una vecchietta che si lamenta delle tendine che ha ordinato».

Il file terminò di colpo.

«Abbiamo le date», ricapitolò Erika. «E gli indirizzi di due studentati».

«La questione delle lampadine è agghiacciante», disse Moss. «Immagina di trovarti in un posto senza poter accendere la luce».

«E a gennaio e febbraio fa buio molto presto», commentò Peterson.

«Dobbiamo inserire tutti i dati nel sistema e scoprire che fine ha fatto la denuncia di Becky Wayland», disse Erika. «E vedere se compaiono aggressioni analoghe: Kathleen e Grace avranno denunciato?».

Capitolo 38

Più tardi, quel pomeriggio, dopo le dimissioni dall'ospedale, Jasper acconsentì di parlare con gli agenti alla stazione di Lewisham Row.

Nella sala interrogatori, Erika e Peterson presero posto di fronte a Jasper, con la testa fasciata e un livido scuro sulla tempia, e al suo avvocato.

«Perché è scappato quando ci ha visto?», gli domandò Erika.

Lui fissò il tavolo, poi fece un respiro profondo. «Volevo timbrare il cartellino».

«E che vorrebbe dire?»

«Andarmene. Volevo andarmene. Ho provato a resistere, ma non ce la faccio più. Il prossimo mese non riusciremo a pagare l'affitto del ristorante e salteremo la quinta rata del mutuo per la casa. Non sapevo di Vicky quando ho tagliato la corda...». Scosse la testa con un'espressione che sembrava sinceramente sconvolta. «È stata Tess a trovare il cadavere?»

«Sì».

«*Cristo.* Non andavano molto d'accordo, come tutte le sorelle del mondo, ma questo la distruggerà». Scosse di nuovo la testa, abbassando lo sguardo.

«È ancora dell'idea di andarsene?», domandò Erika.

«Ormai non posso più, direi, no?»

«Dov'è stato nell'arco di tempo tra mezzanotte, quando ho lasciato Vicky da voi, e stamattina, quando è passato davanti casa sua?»

«Ho dormito al ristorante. C'è una stanza al piano di sopra, di tanto in tanto mi fermo lì».

«Qualcuno può confermarlo?»

«No, ma il Goose ha le telecamere. Sono sull'ingresso principale: posso darvi i video dal momento in cui arrivo a quello in cui esco».

Erika si scambiò un'occhiata con Peterson: i video non avrebbero comunque rivelato dove fosse stato tutto il resto del tempo. Sfogliò il rapporto sul tavolo di fronte a lei, finché non arrivò alla pagina che cercava.

«Sappiamo che ha dei precedenti, Jasper».

«Chi ve l'ha detto?».

Erika non voleva rivelargli che la soffiata era arrivata da un delinquente da quattro soldi di Forbes Estate.

«È tutto nel database. Otto anni di prigione per un'accusa di stalking e molestie e un'altra di stupro. Inoltre, ha messo su un giro di spaccio all'interno del braccio, che le è costato tre anni di pena aggiuntiva».

«Lo avete detto a Tess?», chiese con voce rauca. Adesso tremava e aveva il volto in fiamme.

«Perché, Tess non sa che è stato in prigione?», chiese a sua volta Erika stupita, appoggiandosi allo schienale.

«Sa che sono stato dentro, ma non sa esattamente perché».

«Quale motivazione le ha dato?», domandò Peterson.

«Evasione fiscale», disse dopo un istante.

Cristo, pensò Erika. *Tess non ha idea dell'uomo che ha sposato e sono stata io a portare Vicky dentro quella casa.*

«No, non glielo abbiamo detto», rispose la detective. Jasper sprofondò sullo schienale della sedia.

«Molto bene. Ora siamo tutti al corrente del passato del mio cliente», tagliò corto l'avvocato, prendendo la parola. Aveva il tono di chi non vedeva l'ora di passare all'argomento successivo. Erika si soffermò sul completo gessato e sulla sua inflessione snob. Non si sforzava neanche di nascondere il disdegno che provava per la polizia.

«Può ripetermi il suo nome?», gli chiese.

«Martin Semple», rispose lui.

Erika aprì il fascicolo che aveva di fronte.

«Signor Semple, il 14 agosto 2004 la prima vittima, Kelly Chalk

– di appena diciotto anni – tornava a casa da una serata fuori a Brixton. Il suo cliente l'ha seguita fino al palazzo, poi dentro il passaggio condominiale. L'ha spinta in casa e l'ha stuprata. La seconda donna, Tina Rogers, è stata più fortunata. Il suo cliente si è introdotto nell'appartamento attraverso una finestra aperta e l'ha raggiunta in camera da letto, dove però è stato messo in fuga dalla coinquilina».

L'avvocato le lanciò un'occhiata altezzosa, ma poi abbassò lo sguardo e prese a giocherellare con la penna che aveva in mano.

«Come ho già detto, ne siamo tutti al corrente».

«Lei ha una figlia, signor Semple?»

«Non credo che la domanda sia appropriata... ispettrice».

«Ispettrice *capo*», lo corresse Erika. «E c'è un motivo, se glielo chiedo».

L'avvocato rispose con un cenno del capo, ma non si corresse.

«Tirare in ballo la mia vita privata è poco professionale e di cattivo gusto. Inoltre, le ricordo che il mio cliente si trova qui di sua *spontanea volontà*».

«Di cattivo gusto», ripeté Erika. «Forse ha bisogno di guardarsi intorno e vedere da quale parte del tavolo è seduto?»

«Cos'è, un *gioco delle parti*?».

Jasper spostava lo sguardo da Erika al suo legale, come in preda a una morbosa ammirazione.

«Erika. Posso parlarti un momento in privato?», disse Peterson. La detective notò il cipiglio preoccupato del collega e acconsentì.

«Che cosa ti prende?», le chiese una volta fuori in corridoio. Erika si appoggiò al muro a braccia incrociate.

«Hai letto il fascicolo?»

«Non tutto, è stata una giornata piena», rispose Peterson sulla difensiva.

«Be', Kelly Chalk, la ragazza che ha stuprato, aveva solo diciotto anni. Era una studentessa. Se n'era andata da casa dei suoi solo tre settimane prima dell'aggressione... La seconda, Tina Rogers, era cresciuta in affido e non ha avuto il supporto di nessuno durante o dopo l'accaduto. *Jasper* era il figlio di una buona famiglia, con un'educazione strapagata. Aveva una madre e un padre alle spalle, gente che si prendeva cura di lui. Secondo una valutazione psichiatrica aveva – ha – tendenze sadiche. James, sono stata io a riportare Vicky a Londra per interrogarla. Le ho promesso di proteggerla e subito dopo l'ho abbandonata nella casa di uno stupratore del cazzo!».

«Non sapevi che era stato condannato per stupro. E afferma di non essere stato a casa stanotte».

«Piantala, James! Come prova ha solo dei video di merda di qualche telecamera del Goose. Avrei dovuto scavare nel passato di quella famiglia fin da subito. E se Vicky fosse stata sul punto di scoprire che lo stupratore seriale dello studentato era proprio lui? Jasper?»

«In mancanza di prove, sono solo congetture».

«Ma è una domanda che dovremmo fare».

«Sì, ma una domanda sbagliata che lo farebbe volare fuori di qui, Erika. Hai visto che avvocato fighetto che ha?», ribatté Peterson. Poi le posò una mano sul braccio. «Spero di non aver esagerato».

Erika affondò il viso tra le mani e si massaggiò gli occhi.

«No, certo che no. Hai ragione tu, mi servono prove. È solo che mi rode che il suo legale pensi che io non abbia il diritto di tirare in ballo il suo passato di violenze contro le donne!».

«È rilevante, ma Jasper ha già pagato per questo», rispose Peterson. Alzò le mani bene in alto. «Non voglio scusarlo. Sto solo dicendo che non l'ha passata liscia».

«Ha scontato otto anni! Non è niente, in un'aspettativa di vita di oltre settantacinque. Mi ci è voluto di più per mettere da parte i soldi per la caparra della casa, maledizione», si sfogò Erika.

«Qual è il punto?»

«Che il tempo per mettere da parte i soldi per la caparra non dovrebbe essere più lungo di quello di una condanna per stupro».

Peterson scosse la testa e sorrise.

«Penso che possiamo inserire l'ultimo commento nella cartella *white privilege*». Erika lo guardò con un'aria mortificata.

«Sto scherzando», si sbrigò a dire Peterson. «Un po' di black humour non guasta mai, altrimenti impazziremmo».

Erika scosse la testa. «Tu non puoi scherzare su questo», disse abbozzando un sorriso.

«Certo che posso. E siamo amici ora, no?».

Erika fece un sospiro e lo soppesò con lo sguardo. Quindi le cose stavano così, ora? Erano amici. Quello che sperava. In un certo senso, il pensiero di escluderlo dalla sua vita la terrorizzava. Per un attimo, rivide nella sua mente la scena di lui e Fran stesi insieme sul letto del negozio, ma scacciò via l'immagine.

«Certo», rispose. «Grazie per avermi frenata».

«Come dice il mio amico Leon: se non ti dai una regolata, ti distruggi con le tue mani», sorrise.

«Tu non hai un amico che si chiama Leon».

«Potrei. E se ce l'avessi, ricorderei le sue sagge parole».

Calò un attimo di silenzio.

«Dico sul serio, James. Ci sono troppe somiglianze tra l'episodio del podcast a cui stava lavorando Vicky e le accuse contro Jasper. Non mi piace. Vicky aveva paura di qualcuno… E poi, Jasper dice di essere al verde, eppure era pronto a lasciare il Paese e ora si presenta qui con un avvocato costosissimo. È tutto molto sospetto».

«Torniamo dentro e mettiamolo alle strette, prima che si stufi e se ne vada», rispose. «Piano piano».

Capitolo 39

«Può parlarci del suo rapporto con Vicky, per favore?», chiese Erika nella sala interrogatori, una volta ripreso il controllo delle sue emozioni. Jasper sedeva ingobbito sul tavolo, con la testa poggiata su un palmo e la benda macchiata di sangue. Sembrava ancora scosso dagli eventi della mattinata.

«Era mia cognata», rispose.

«E la sua affittuaria. L'appartamento di Honeycomb Court non è di proprietà sua e di sua moglie?»

«Sì».

«Lei, invece, ha sempre lavorato nel settore dei ristoranti?»

«Sono sempre stato un *ristoratore*. Ho avuto tre ristoranti in passato, tutti a West End».

«Perché non li ha più?»

«Uno è fallito e ho venduto gli altri due quando sono andato in prigione. Ho usato i proventi per mettere su il Goose nel 2013».

«Quando avete comprato l'appartamento di Honeycomb Court?»

«Più o meno nello stesso periodo. Sono amico della proprietaria dell'immobile».

«Henrietta Boulderstone?»

«Sì. Ha posseduto il palazzo per anni prima che mettesse in vendita un appartamento. Poi Tess mi ha convinto a prendere Vicky come affittuaria. Aveva appena finito l'accademia di recitazione e le serviva un posto in cui stare».

Erika rimuginò per qualche istante. Il suo legame con Henrietta Boulderstone la lasciava perplessa: tutte le persone coinvolte in quella indagine sembravano in qualche modo legate tra loro.

«Vicky sapeva dei suoi problemi economici?»

«Non avevo problemi economici fino a due anni fa… Ma, per rispondere alla sua domanda, sì, penso che Tess glielo avesse detto».

«Per quale motivo ha iniziato ad avere guai sotto questo punto di vista?», chiese Peterson.

Jasper sospirò e lanciò un'occhiata al suo avvocato.

«Non vedo cosa c'entri questo con l'improvvisa e devastante perdita che ha subito il mio cliente», disse il signor Semple.

«Ci serve per delineare un quadro della famiglia», spiegò Erika.

L'avvocato annuì e si appoggiò allo schienale della sedia.

Jasper si schiarì la voce. «Due anni fa ho deciso di ampliare il Goose. Ho ipotecato la nostra casa per acquistare il locale di fianco. Avevamo programmato di chiudere per otto mesi. La prima squadra di costruttori ci ha fregato, per poi mollarci a metà del lavoro. Quando siamo riusciti a trovare una soluzione, la riapertura era già slittata di sei mesi, cosa che ha finito per ammaz… per *prosciugare* le nostre finanze».

«Per quanti mesi Vicky è riuscita a pagare l'affitto, l'anno scorso?»

«Tre o forse quattro», disse Jasper.

«E il debito è ancora in sospeso?», chiese Peterson.

«Sì».

«Sapeva che Vicky teneva un podcast?», domandò l'agente.

Jasper si appoggiò allo schienale della sedia, chiaramente sorpreso dalla domanda. «Sì, insomma, sapevo che stava cercando di sfondare come doppiatrice. Aveva ottenuto qualche ruolo, ma poi la cosa è morta lì. Le abbiamo dato noi tutti i cartoni delle uova per lo studio».

«Ne ha mai ascoltato una puntata?»

«No».

«Vicky ha mai lasciato del materiale al ristorante? Appunti sulle cose a cui lavorava, per esempio, chiavette USB o CD registrati?».

Jasper aggrottò la fronte.
«No, perché?»
«Sapeva che l'ultimo episodio a cui stava lavorando riguardava il caso di uno stupratore seriale? Un uomo che molestava ragazze e giovani studentesse della Goldsmith's Drama Academy. Vicky ha mai saputo niente della sua condanna?»
«No», rispose scuotendo la testa. Sembrava di nuovo arrabbiato.
«No al caso che stava seguendo o no alla sua condanna per stupro?»
«No a entrambi. Loro, Vicky e Tess, sapevano che ero stato beccato dal fisco per dei soldi in nero del ristorante che non avevo dichiarato. Ve l'ho già detto, no?», rispose.
«L'hanno condannata a otto anni a Belmarsh. È tosta, come prigione».
Jasper inclinò la testa, trasalendo.
«Vedete questa? Ecco quanto era tosta», disse passandosi il dito lungo una sottile cicatrice bianca che gli correva sotto la mascella. «Per poco non mi ammazzavano. Ci sono voluti sei punti e sei sacche di sangue per la trasfusione. Il medico ha detto che se mi avessero tagliato un centimetro più in basso, avrebbero reciso un'arteria importante e sarei morto dissanguato».
Erika stava per ribattere che probabilmente la mira del suo aggressore faceva schifo, ma si trattenne.
«Perché l'hanno aggredita?»
«Per droga. Dovevo dei soldi a un tipo fuori dal carcere. E hanno chiesto a qualcuno che era dentro di occuparsi della faccenda. Succede spesso».
«Credevo che fosse lei a spacciare, dentro. Non è così?».
Jasper annuì.
«Mi ero stufato di fare la scimmia, volevo diventare il suonatore d'organetto».
«Fa ancora uso di droghe?», domandò Erika.
L'avvocato si sporse sul tavolo e fece per obiettare, ma Jasper lo fermò con un gesto della mano. «Non fa niente, posso rispondere. No, non mi faccio più di quella merda».

«Conosce bene Shawn, il ragazzo di Vicky?», domandò Erika.

Jasper sospirò, rimuginando qualche secondo sulla risposta. «Abbastanza bene da berci una birra insieme ogni tanto, ma mi pare che lui e Vicky si fossero lasciati».

«E la sua vicina, Sophia?».

Scosse la testa.

«No, non l'ho mai vista. Vicky ne ha parlato di sfuggita una o due volte, di lei e dell'altra sorella, ma niente di più. A parte Henrietta, non conosco nessuno. Non sono mai stato nel palazzo, se devo dirla tutta».

«E dell'altro vicino di Vicky, Charles Wakefield, cosa sa?», domandò Erika. Studiava attentamente la reazione di Jasper, che si appoggiò allo schienale della sedia e si strofinò le mani. Per la prima volta, la detective notò le linee definite e nervose delle sue braccia. Non era un tipo muscoloso, ma sembrava davvero molto forte.

«Chi? Ho detto che non conosco nessun altro nel palazzo», rispose stringendo gli occhi.

«Lavora in maniera ufficiosa come manutentore a Honeycomb Court. È molto legato a Henrietta».

«Oh, il manutentore. Sì, ho capito chi è. Ho avuto a che fare con lui anni fa, quando è venuto il tecnico a installare la caldaia nell'appartamento che avevamo comprato. Un tipo strano. Ho sempre pensato che fosse una checca… che fosse gay, insomma».

«Cosa glielo ha fatto pensare?», domandò Peterson.

Jasper si strinse nelle spalle. «Il modo in cui si vestiva. Quando gli ho dato la chiave, gironzolava lì intorno con un cazzo di cappello di feltro». Sfiorò con delicatezza la benda e poi controllò che sulla mano non ci fossero tracce di sangue. «Che c'entra lui con questa storia?», domandò. Erika intuì che cominciava a stufarsi.

«Vicky è scappata dalla scena del crimine ed è andata a rifugiarsi da una sua insegnante dell'accademia di recitazione. Cilla Stone. La conosce?», domandò.

«No, però ne ho sentito parlare spesso. Cilla di qua, Cilla di là. Vicky era una sua grande fan».

«Non avete mai pensato di chiamarla per sapere se Vicky era lì con lei?»

«No. All'inizio pensavamo che fosse morta, poi non lo è stata più, e ora...». Per la prima volta Erika vide sul suo viso i segni di una sofferenza genuina. «Cristo. Non so davvero se Tess si riprenderà mai da una cosa del genere. È stato orribile crederla morta una volta e ora, dopo averla ritrovata, ha finito per perderla di nuovo». Crollò sulla schiena e si massaggiò la fronte. «Avete altre domande per me, agenti? Sono qui di mia spontanea volontà, ma ora vorrei andare a consolare mia moglie».

«Ci servono i video di sorveglianza del ristorante, faccia in modo di recuperarli il prima possibile», lo congedò Erika.

Capitolo 40

«Secondo te ha intenzione di lasciare il Paese?», domandò Erika a Peterson. Dal vetro della finestra guardavano Jasper attraversare il parcheggio e salire sulla Jaguar del suo avvocato.

«Voleva scappare dai debiti. Potrebbe ritentare, ma tu credi che lascerebbe Tess?»

«Non è che sia esattamente Mr. Moralità...».

«Il punto è che non ho una motivazione valida per bloccargli il passaporto», disse Erika.

«E se lo mettessimo sotto sorveglianza?».

La detective si voltò a guardarlo.

«Per quale motivo avrebbe dovuto uccidere Vicky? Per gli affitti arretrati? Non abbiamo ancora i campioni di DNA della scena del crimine di Sophia. Non possiamo nemmeno provare che la conoscesse...Né tantomeno che i due omicidi siano collegati». La Jaguar si lasciò il parcheggio alle spalle ed Erika si chiese ancora una volta dove Jasper avesse trovato i soldi per quello squalo di avvocato, visto che era in bancarotta. Prese una decisione. «'Fanculo. Mettilo sotto sorveglianza, ventiquattro ore su ventiquattro. Me la vedo io con Melanie, quando andrà su tutte le furie».

«Ottima idea», disse Peterson. «Qual è la prossima mossa?».

Erika dovette rifletterci un attimo.

«Voglio andare alla Goldsmith's Drama Academy e vedere se possono metterci in contatto con qualcuno a conoscenza dei fatti raccontati nei file. Adesso conosciamo i tre nomi delle ragazze intervistate da Vicky, e dovremmo fare in modo di ottenere una lista degli studentati. Cerchiamo di scoprire se Vicky aveva in programma di parlare con qualcun altro, durante le ricerche per il suo podcast».

Ci vollero quindici minuti per raggiungere in macchina New Cross da Lewisham Row. Peterson si mise al volante, così Erika si concentrò sul telefono. Chiamò la sala operativa e chiese a Crane di scoprire se risultassero delle denunce per aggressione ed effrazione, sporte da Kathleen Barber nel gennaio 2012, da Becky Wayland nel febbraio 2012 a Jubilee Road oppure da Grace Leith ad Hartwood Road nel febbraio 2014.

Rimase in attesa, ascoltando il suono delle dita di Crane che battevano sulla tastiera.

«Jubilee Road c'è», disse dopo un po'. «Jubilee Road ottantaquattro... C'è un rapporto datato 24 gennaio 2012 che parla di un uomo che ha provato a fare irruzione durante la notte. Ci sono pochissime informazioni. Il rapporto dice soltanto che la ragazza, Kathleen Barber, non è riuscita a vedere in faccia l'intruso, che si è spaventato ed è scappato via. La polizia ha perlustrato i dintorni, cercato le impronte... Ma non è saltato fuori niente... Ah sì, c'è anche la denuncia di una certa Becky Wayland. Ha riportato la presenza di un intruso il 18 febbraio 2012, sempre al numero ottantaquattro di Jubilee Road. La polizia è stata sul posto, ha cercato le impronte ma niente. Non c'erano nemmeno segni di effrazione».

«Nessun segno di effrazione? I verbali dicono nulla riguardo delle sbarre rimosse? Dovrebbero proteggere una finestra nell'alloggio sia di Becky che di Kathleen. E delle lampadine mancanti?», chiese Erika.

«No», rispose Crane dopo una lunga pausa.

«Che mi dici di Grace Leith nel febbraio 2014? È saltato fuori niente? Se non compare l'indirizzo, magari il verbale cita la Goldsmith's Drama Academy», continuò Erika. Sulla linea risuonava soltanto il ticchettio della tastiera di Crane.

«Nada», disse l'agente. «Non c'è niente».

«Va bene, grazie», gli disse Erika. «Puoi mandarmi tutto per e-mail?». La chiamata successiva fu a Melanie. La detective le inoltrò la richiesta di una sorveglianza h24 per Jasper Clark, che la sovrintendente accettò senza troppe remore.

«Pensavo che sarebbe stato più difficile», si meravigliò Erika, dopo aver riagganciato.

«Forse era solo sollevata che tu non l'abbia chiesta per Charles Wakefield», ribatté Peterson. A Erika sfuggì una risatina ironica. Melanie le era suonata sollevata per davvero: probabilmente pensava che avessero cambiato linea di indagine. «Non capisco ancora come abbia fatto Vicky a sapere delle effrazioni», continuò Peterson. «Come ha trovato Kathleen Barber, Becky Wayland e Grace Leith? Conosceva uno dei poliziotti arrivati sulla scena? O magari la GDA aveva aperto un'indagine interna e lei è riuscita a mettere le mani sul fascicolo?»

«Non ne ho idea», disse Erika. Tirò giù il parasole e si guardò allo specchietto. Aveva un volto stanco e tirato. «Porca miseria, devo dormire un po'».

Si fermarono a un incrocio nei pressi della stazione di Forest Hill, vicino al primo appartamento in cui Erika aveva vissuto non appena arrivata a Londra. Erano passati già quattro anni. Anche lei aveva subito un'irruzione in casa, ed era stato terribile. Ripensò a quelle donne, che erano poco più che adolescenti quando quell'uomo le aveva sorprese nell'alloggio dello studentato. Probabilmente era la prima volta che si trovavano fuori casa. La prima volta da sole a Londra. Doveva essere stato orribile.

«Sei riuscita a trovare un letto, poi?», chiese Peterson, insinuandosi fra i suoi pensieri.

«Che? Ah, no. Non da Bed World: poi mi ha chiamata Isaac e sono dovuta scappare all'obitorio. Voi?»

«Sì. Ce l'hanno consegnato ieri sera».

«Com'è? Si dorme bene?», chiese Erika. In realtà non era così entusiasta all'idea di ascoltare Peterson parlare di Fran e della loro vita privata.

«Benissimo. È un bel letto grande, quindi ovviamente Kyle vuole dormire con noi».

«Soffre ancora di terrori notturni?»

«Sì. È un'abitudine sbagliata da dare ai bambini, quella di dormire nel letto con i genitori, ma Fran non vuole che si spaventi ancora di più se si sveglia dagli incubi nel cuore della notte».

«Far dormire un figlio nel letto dei genitori sarebbe sbagliato?», domandò Erika.

«Secondo mia madre sì», confermò Peterson. «E continua ad assillare Fran con questa storia. Sta creando non poca tensione...». Erika annuì e guardò fuori dal finestrino. La madre sapeva essere una presenza davvero inquietante. Nel poco tempo che erano stati assieme, quella donna si era premurata di farle sapere che non la riteneva adatta al figlio, visti i suoi anni in più e la sua ossessione per la carriera. Sapeva che non era giusto, ma una parte di lei non era poi tanto dispiaciuta all'idea che anche Fran stesse patendo la fredda accoglienza della signora Peterson.

«Quindi, se non hai un letto, dove dormi? Sul materassino gonfiabile?», chiese Peterson.

«Su un materassino gonfiabile *bucato*. In pratica, dormo su una pila di coperte... Il che mi ha fatto venire in mente...».

«Cosa?», domandò Peterson mentre scattava il verde.

«Che devo riorganizzare la consegna». Erika sollevò lo sguardo e vide che mancava ancora qualche minuto a New Cross. Chiamò l'ufficio consegne e, con sua grande sorpresa, scoprì che non avrebbe dovuto aspettare troppo. L'unico buco libero che avevano nei prossimi giorni era proprio quella sera alle sei e mezzo.

«Non so se riesco per le sei e mezzo», disse Erika, controllando l'orologio. Erano quasi le tre e trenta e dovevano ancora passare dalla GDA e in stazione. Voleva almeno farsi vedere.

«Se mi dici che devi fare, posso pensarci io», disse Peterson origliando la conversazione. «Ti serve un letto».

Erika coprì il telefono.

«Devo tornare alla sala operativa e controllare il team di sorveglianza».

«Ci penso io. Ferma l'orario per la consegna. Devi dormire per funzionare bene. Ci servi», disse l'agente. Un'ondata di calore e affetto le crebbe dentro, di fronte a quell'offerta. Bloccò l'orario di consegna.

Riagganciò giusto in tempo per lasciarsi alle spalle la stazione di New Cross Gate e avvicinarsi al gigantesco campus della Goldsmith's University. La Goldsmith's Drama Academy si trovava più o meno a un chilometro dal campus, ed era composta da sei villette a schiera comunicanti tra loro.

Entrarono nel parcheggio proprio mentre un gruppetto di persone spuntava dall'ingresso. Indossavano leggings e accessori da danza. Due di loro avevano persino un elastico fluorescente in testa. Chiacchieravano e ridevano, apparentemente immuni al freddo. I ragazzi superarono l'auto e varcarono un'altra porta nella fila di case.

Mentre Erika e Peterson facevano manovra, un maggiolone giallo si fermò nel parcheggio di fronte e Cilla Stone scese dall'auto. Era vestita con colori brillanti: calze verde lime, Dr. Martens rosse e una strana mantella scozzese blu e rossa che le scendeva fin sotto la vita.

«Che diavolo ha addosso?», disse Peterson, mentre osservavano un uomo con un completo blu molto più sobrio chiudere l'auto e seguirla verso l'ingresso.

«Tutti i colori che è riuscita a trovare. Quella è Cilla Stone», disse Erika.

«Cilla Stone? La stessa Cilla Stone che ha ospitato Vicky in Scozia?»

«Sì, l'ho riconosciuta dalla foto sul sito dell'università».

«E quello con lei chi è?»

«Non lo so».

Cilla salì le scale e mormorò qualcosa al suo accompagnatore con fare da cospiratrice, quasi provocatorio. Poi scoppiò a ridere e l'uomo le sorrise. Peterson fece per scendere dall'auto, ma Erika lo fermò.

«Aspettiamo ancora un po'. Non voglio dirle di Vicky nel parcheggio».

Capitolo 41

Rimasero a guardare mentre l'uomo suonava il campanello. La porta si aprì e lui si fece da parte, lasciando passare per prima la donna.

«Non era in pensione?», domandò Peterson.

«Sì. Vicky ha detto che Cilla vive in Scozia, ormai. Che ci fa di nuovo a Londra?».

Scesero anche loro dall'auto e andarono a suonare il campanello all'ingresso. Dopo un secondo, la voce acuta e metallica di una donna rispose, chiedendo di identificarsi. Erika sollevò il distintivo e disse che erano lì per parlare con l'ufficio studenti. Un'altra lunga pausa.

«A che proposito?», disse.

«A proposito di due agenti che sono qui per parlare con voi», rispose Erika. Un attimo di silenzio, e con un lungo ronzio la porta si aprì di qualche centimetro.

Entrarono nell'atrio, che aveva tutta l'aria di un istituto con neon brillanti e il parquet graffiato. Ad accoglierli trovarono un lungo corridoio. Accanto all'ingresso, invece, c'erano una bacheca degli avvisi e un casellario con una sfilza di nomi scritti sopra. Dalla parte opposta all'entrata, videro una ragazza in abiti da ballo, che sostava davanti a una porta in stile olandese aperta per metà. La ragazza aveva i capelli ricci e rossi lunghi fino alla schiena ed era truccata con un pesante strato di eyeliner nero.

«Ho mandato il saggio in tempo», stava dicendo. «Guardi». Rovistò in uno zainetto rosa fatto ai ferri e tirò fuori dei fogli di carta. «Questo è l'orario di invio, cinque minuti prima della scadenza».

Avvicinandosi, gli agenti videro che la porta si apriva su un ufficio open space. Una donnina minuta, con l'aria diffidente e un caschetto corto e grigio, guardava gelidamente la ragazza da sopra gli occhiali a mezzaluna e il dolcevita sgualcito. Alle scrivanie alle sue spalle c'erano tre donne, che lanciavano occhiate fingendo di non sentire.

«Come faccio a sapere che non è un fotomontaggio?», chiese la segreteria, esaminando il pezzo di carta.

«Non ho mai saltato una consegna e il sistema informatico della scuola dice che sono arrivata in ritardo di *un secondo!*».

«Fa parte delle responsabilità degli studenti inviare il materiale in modo che arrivi in tempo», ribatté la donna, restituendole i fogli. Continuarono a battibeccare per qualche altro minuto, ma la segretaria non mollò di un millimetro.

«Ne parlerò al mio tutor», disse la ragazza.

«Fa' pure».

La giovane se ne andò, superando gli agenti con le lacrime agli occhi.

«Salve, siamo qui per parlare con l'ufficio studenti», disse Erika avvicinandosi alla porta.

«Cioè con me», rispose la segretaria con lo stesso tono ostile riservato alla ragazza di prima.

«E qual è il suo nome?»

«Sono la signora Sheila Wright».

Non li invitò a entrare.

«Stiamo indagando su delle vecchie aggressioni avvenute ai danni di alcune studentesse della GDA all'interno degli alloggi forniti dall'accademia. Vorremmo parlarne con lei, magari in un luogo più appartato», disse Erika. Le mostrò di nuovo il distintivo, presentando anche Peterson. Sheila si chinò a esaminarli entrambi e solo allora aprì la porta per farli entrare. Le tre donne alle sue spalle sollevarono lo sguardo incuriosite.

«Prego, seguitemi», disse. Fece strada lungo un altro corridoio con diverse porte da entrambi i lati. Il suo ufficio si trovava alla fine e affacciava su un cortiletto con un piccolo lastricato al centro, alberi e aiuole vuote.

«Non mi hanno avvisato del vostro arrivo», disse.

«Ci serve sapere se disponete di fascicoli o rapporti riguardo un intruso che ha fatto irruzione negli studentati di Jubilee Road e Hartwood Road, cercando di aggredire sessualmente delle ragazze». Sheila sgranò gli occhi. «Le ragazze in questione sono: Kathleen Barber, sorpresa nell'alloggio di Jubilee Road nel gennaio 2012, Grace Leith, sorpresa nello studentato di Hartwood Road nel febbraio 2014 e Becky Wayland, aggredita sempre a Jubilee Road nel febbraio 2012».

Per qualche secondo Sheila non fece che spostare lo sguardo da Erika a Peterson senza dire niente, poi si sedette e girò il computer verso di lei. «Non dovreste averle voi, queste informazioni, dato che siete la polizia?»

«Non tutte le aggressioni ci vengono riportate», rispose Erika.

«E queste giovani signorine erano delle nostre studentesse?»

«Avevano tutte svolto un'audizione per il posto all'accademia di recitazione».

«Se non sono state accettate, non risulteranno come studentesse full-time e noi non teniamo traccia di permanenze temporanee o di persone che non sono nostri studenti», disse Sheila.

«Ma se una possibile studentessa denuncia un'aggressione o un'effrazione, non dovreste comunque tenere traccia dell'accaduto? In qualità di scuola che offre anche un alloggio, avrete di certo un'assicurazione contro casi come questo», disse Peterson. Le dita di Sheila volavano sulla tastiera.

«Non c'è nulla su queste ragazze nel database degli alunni. Teniamo traccia solo degli studenti, ve l'ho detto».

«E se una finestra fosse rotta? O un alloggio avesse bisogno di una o più riparazioni? Tenete traccia dello stato degli alloggi degli studentati? Di quello di Jubilee Road?», domandò Erika.

«Sì. Teniamo traccia degli alloggi per gli studenti. In caso avessero bisogno di riparazioni o si verificassero degli incidenti...». Erika notò la forza con cui Sheila batteva le dita sulla tastiera, come a sfogare il fastidio sui tasti. «Ma qui non vedo niente. Sapete dirmi se erano presenti danni ingenti quando la persona in questione ha ottenuto l'accesso all'alloggio? Una finestra che è stata rotta o una porta buttata giù?».

Ottenuto l'accesso, pensò Erika. Che strano modo di descrivere un'effrazione.

«Non sappiamo se sono stati riportati dei danni», disse la detective. «Quindi ci sta dicendo che, se un intruso irrompe nei vostri alloggi, voi non fate niente a riguardo?».

Sheila raddrizzò la schiena e incrociò le braccia al petto.

«No, non sto dicendo affatto questo. Fornire supporto ai nostri studenti è una priorità per noi, agenti. Mettiamo in atto rigide misure di sicurezza. Dal 2017, tutti gli ingressi degli alloggi studenteschi sono muniti di telecamere. E già dal 2000 abbiamo un sistema elettronico di apertura e chiusura delle porte che funziona esclusivamente con un tesserino. In più, tutte le finestre sono munite di sbarre», disse.

«L'intruso in questione le ha svitate», ribatté Erika.

«Non mi risulta niente di simile».

«Come funziona questo sistema di tesserini?», domandò Peterson.

«Ogni studente viene munito di un tesserino magnetico che serve per aprire le porte. Non si entra e non si esce senza».

«Ma qualcuno potrebbe sempre prendere in prestito o rubare uno di questi tesserini?», disse Erika.

«Tecnicamente sì, ma teniamo molto alla sicurezza e abbiamo dotato il sistema di telecamere nel 2017».

«Solo l'anno scorso?», domandò Erika.

«Sì».

«Perché avete aspettato così tanto?»

«Agente, non sono io che prendo le iniziative, qui. Sono solo la responsabile del benessere degli studenti. Non ho potere sul budget».

«Ed era responsabile dell'ufficio studenti anche nel 2012?»

«Sì».

«Ci fornirebbe tutti i fascicoli che ha riguardo irruzioni o aggressioni avvenute negli studentati?», chiese Erika.

«Ve l'ho già detto, non risulta nulla per le date che avete richiesto», disse Sheila. Sembrava quasi sulla difensiva, ora.

«Ma ha detto che tenete un registro di tutto ciò che accade nei dormitori dei vostri studenti. Ora, possiamo tornare con un mandato, fare un gran baccano e dire che Sheila dell'ufficio studenti ha fatto ostruzione a un'indagine di polizia», disse Erika.

«Ma io non sto facendo ostruzione».

Erika non ne poteva più della puntigliosità dei burocrati.

«Ottimo. Quindi posso contare sul fatto che soddisferà la mia richiesta in quanto ufficiale di polizia e che ci consegnerà tutti i fascicoli che ci servono».

«Dovrei esaminare un mucchio di dati. Non so nemmeno se abbiamo o no le informazioni che cercate».

Erika infilò una mano in tasca e pescò il suo biglietto da visita.

«Qui c'è il mio numero. Quando avrà finito la ricerca, mi contatti, così possiamo organizzare un trasferimento sicuro. Mi aspetto una sua chiamata al più presto».

«Certamente», rispose Sheila con la coda tra le gambe.

«Per caso un'ex studentessa l'ha chiamata per sapere di più di queste aggressioni? Una donna di nome Vicky Clarke».

Sheila ci rifletté per qualche istante.

«No, non che io ricordi».

«D'accordo, grazie. Poco prima di entrare, abbiamo visto Cilla Stone in compagnia di un uomo. Chi era lui?».

Sheila tornò al computer ed Erika vide che aveva preso le immagini della telecamera piazzata all'ingresso.

«Colin McCabe».

«Ha un ufficio nello stabile?»

«Sì, al quarto piano. L'ultimo».

«Cosa fa, qui?»

«È professore di Teatro classico e fa parte del direttivo dell'accademia. Se mi seguite, vi accompagno di sopra», disse.

Sheila aprì la porta con il suo tesserino, ed Erika e Peterson si avventurarono su per delle scale anguste. Ogni pianerottolo era preceduto da una porta a vetri antincendio che si apriva su un lungo corridoio.

«A un certo punto, ho pensato che l'avresti presa a schiaffi», disse Peterson, prendendosi una pausa per rifiatare al secondo piano.

Erika si fermò accanto a lui. «Hai visto come si è rivolta a quella studentessa che ha consegnato il saggio un secondo dopo la scadenza? Secondo te vuole nasconderci qualcosa o è solo abituata a mettere i bastoni tra le ruote alla gente?»

«Non saprei. Certi burocrati non si curano della sostanza del loro lavoro. Si divertono solo a negarti le informazioni che ti servono».

Capitolo 42

L'ufficio di Colin McCabe era alla fine di un lungo corridoio che affacciava su una strada trafficata. Dall'interno provenivano delle voci, che si smorzarono non appena Erika bussò alla porta. Nel giro di pochi istanti, Colin spuntò sulla soglia. Aveva una leggera barba incolta sul viso e, attorno a lui, aleggiava un intenso profumo di dopobarba pregiato dal sentore legnoso.

Alle sue spalle si intravedevano l'ufficio e Cilla, seduta sulla scrivania. Le gambe lunghe e magre, avvolte nelle calze verde lime che spuntavano da sotto il mantello scozzese, ricordarono a Erika uno di quegli episodi dei Muppet in cui Kermit la rana si metteva sul muretto a cantare una canzone con la sua chitarra.

«Buon pomeriggio, come posso aiutarvi?», chiese Colin con un sorriso gentile. Erika e Peterson si presentarono mostrando i distintivi.

«Siamo qui per una vostra ex studentessa, Vicky Clarke», disse Erika.

«Sì», intervenne Cilla, scendendo dalla scrivania. Assunse subito un'espressione più seria. «Stavo giusto pensando di contattarvi. Come saprete, Vicky era venuta a stare da me».

Colin aprì del tutto la porta.

«Prego, agenti, accomodatevi».

L'ufficio era grande, le pareti foderate di librerie. Il pavimento, impolverato e consumato, aveva un parquet a spina di pesce e davanti al caminetto di ferro c'era un enorme divano logoro in pelle verde. Il bovindo accanto alla scrivania dava sul giardino.

«Sedetevi pure», li invitò Colin, indicando il grande divano di pelle.

Erika notò che appesa a una parete c'era una bacheca di sughero piena di Polaroid di studenti e studentesse che fissavano l'obiettivo con uno sguardo sicuro e intenso. Sotto ogni foto c'era un nome a penna. Per un attimo si chiese se qualcuno di loro si fosse mai accomodato su quel divano di pelle.

«Credevo di doverla chiamare in Scozia», disse Erika.

Cilla esitò. «Ecco... ho pensato di tornare a Londra. Volevo vedere se potevo essere d'aiuto a Vicky in qualche modo», disse posando una mano sul petto come a far vedere quanto era sincera. «E, come dicevo prima, volevo contattare la polizia e rendermi disponibile».

«Quando è arrivata a Londra?», domandò Erika.

«Ieri sera tardi. Abbiamo preso il volo dopo quello di Vicky».

«Abbiamo?»

«Ero ospite di Cilla, insieme a un altro nostro collega, Ray», spiegò Colin.

«Dov'è Ray?»

«È rimasto in Scozia per badare al mio cane», disse Cilla. «Lui insegna danza qui alla GDA».

«Ha detto che è tornata a Londra per contattare la polizia e rendersi disponibile, ma a noi non sono arrivate sue notizie», disse Peterson.

«Non sarà mica un problema?», chiese Colin. «Da quanto mi ha detto, Cilla non sapeva che Vicky era scappata da una scena del crimine. Poteva restarsene in Scozia e invece ha scelto di tornare. Non è mica un reato».

«Oh, cielo, spero proprio di no!», disse Cilla. «Se avessi saputo cos'era successo, avrei detto a Vicky di tornare subito a Londra. Credevo scappasse da qualche relazione andata male». La donna giocava nervosamente con un pendente che aveva al collo. Colin, al contrario, sembrava tranquillo e rilassato. Se ne stava in piedi con le mani lungo i fianchi.

«Sapeva che Vicky ha attraversato mezza Scozia per venire da lei?», domandò Erika.

«No... E sì, siamo molto legate», li anticipò Cilla, continuando a giocherellare nervosamente con il pendente. «Siamo sempre rimaste in contatto».

«Amiche intime, quindi?»

«Sì. Non faccio amicizia con molti studenti, ma Vicky è speciale per me. Mi sono trasferita in Scozia solo lo scorso anno, e da subito le ho chiesto di venire a trovarmi. O meglio, le ho detto che poteva venire quando voleva, che la porta era sempre aperta per lei».

«La vedeva regolarmente da quando si era diplomata all'accademia, sei anni fa?»

«Sì, cercavamo di incontrarci almeno una volta al mese per cena. Prima avevo un appartamento a Sydenham, poi l'ho venduto per comprare casa in Scozia». Smise di giocherellare con il ciondolo e guardò Erika negli occhi. Seguì una strana pausa, in cui la donna scrutò i loro volti. Colin aggrottò la fronte.

«È successo qualcosa, agenti?», chiese.

«Sono davvero desolata di informarvi che Vicky è stata assassinata ieri notte», disse Erika.

Cilla li fissò a lungo senza sbattere gli occhi. Poi si portò le mani sulle tempie e per un attimo oscillò sul posto, prima di crollare a terra. Colin corse da lei.

«Cilla!», disse. «Cilla! Riesci a sentirmi?». Le diede uno schiaffo piuttosto forte. Le scosse le spalle ma, vedendo la sua testa penzolare all'indietro, la colpì di nuovo in faccia.

«Okay, va bene, basta così», disse Peterson facendosi avanti. «Mettiamola sul fianco».

«Ha mangiato poco stamattina», disse Colin, facendosi da parte per lasciare il campo a Peterson. L'agente la spostò dolcemente, mettendole la testa in una posizione più sicura.

«Respira? C'è polso?», domandò il professore, con la voce baritonale elevata per la preoccupazione. Dalla sua posizione, Erika vedeva che la donna respirava perfettamente: il petto si gonfiava e si svuotava sotto la mantella scozzese, da cui spuntavano le calze verde lime.

«Il battito è regolare», disse Peterson quando le tastò il collo. Rimasero a osservarla per qualche momento, senza dire niente.

Poi Cilla dischiuse le palpebre con fare teatrale, aprì la bocca e girò la testa da un lato e dall'altro.

Alla fine, spalancò gli occhi.

«Dove sono?», gracchiò, strizzando le pupille per metterli a fuoco. Malgrado la gravità della faccenda, a Erika scappava da ridere e dovette mordersi un labbro per trattenersi.

«Cara!», gridò Colin, spodestando Peterson, che era ancora in ginocchio accanto a lei. «Hai avuto un piccolo mancamento», le spiegò, con una voce tenera e ben lontana dalla violenza delle sberle che le aveva tirato soltanto poco prima.

«Vicky. *Assassinata?*», disse sgranando gli occhi verso gli agenti e Colin.

«Sì», rispose Erika.

«Ma io, lei... lei era a casa mia... Come? Quando?».

Cilla sventolò le braccia in aria e Colin l'aiutò a sedersi, sistemandole il mantello perché la coprisse. La donna si portò una mano sulla guancia, dove campeggiavano i segni rossi lasciati dalle dita dell'amico e, per un attimo, a Erika parve di vedere un lampo di fastidio attraversarle il viso. Colin la aiutò a tirarsi su e la accompagnò al divano.

«Vuole dell'acqua?», domandò Peterson, andando verso il distributore all'angolo.

«Vorrei qualcosa di più forte», replicò lei, e Colin annuì, avvicinandosi alla libreria. Spostò due grossi volumi rilegati in pelle e recuperò la bottiglia di whisky Glenlivet nascosta lì dietro.

«Immagino che in servizio non possiate bere, giusto?», chiese, rivolto a loro.

«No, non possiamo», rispose Erika. Colin riempì di whisky due bicchieri di plastica presi dal distributore d'acqua e tornò da loro. Ne passò uno a Cilla, che lo prese fra le mani tremanti. Erika notò che anche le dita di Colin tremavano un pochettino. Presero entrambi un lungo sorso.

«Cosa è successo?», chiese Cilla con un filo di voce.

Erika li mise velocemente al corrente degli avvenimenti.

«Tess l'ha trovata nella sua cucina? O mio Dio, è orribile. Accoltellata! Oh, Vicky. Chi mai farebbe una cosa del genere?», domandò Cilla. Le si incurvò un labbro. Colin prese il fazzolettino bianco che aveva nel taschino e glielo porse. Cilla prese a singhiozzare. Erika lanciò un'occhiata a Peterson, che alzò un sopracciglio.

«Avete idea di chi possa essere stato? Qualche sospetto?», domandò Colin, parlando da sopra la testa di Cilla, che gli piangeva addosso, con il viso sprofondato nella giacca e il fazzolettino premuto sulla bocca. Ormai sulla sua guancia era spuntata un'impronta rossa e vivida.

«No, ancora no», rispose Erika. «Cilla, se la sente di rispondere a qualche domanda?»

«Ora?», chiese la donna tamponandosi gli occhi. «Mi avete appena informata della morte di una mia cara amica».

«La prego, potrebbe darci una mano».

Prese un respiro profondo e parve calmarsi. Colin restò al suo fianco.

«Potrà sembrarle un argomento strano da cui partire, ma lei cosa sa del podcast di Vicky?»

«Il podcast? So che era molto buono», disse Cilla. «Lo ascoltavamo entrambi, no?». Si voltò verso Colin che annuì.

«Cosa l'ha spinta a mettere su un podcast true crime?». Cilla la guardò con un'espressione confusa. «La prego, capisca, non sono domande a caso».

«Vicky faceva molta fatica a trovare lavoro dopo la laurea», disse Cilla, abbassando lo sguardo sul suo bicchiere. «Aveva un agente, ma non era granché. Lei ha… *aveva* una bella voce, perciò le ho suggerito di buttarsi sul doppiaggio. E questo è quanto».

«Sa se qualcun altro alla GDA l'ha aiutata?»

«Penso che Vince, il responsabile tecnico del teatro, le abbia dato qualche consiglio per la scelta dell'attrezzatura».

«E ovviamente eravamo tutti disposti a darle una mano con i casting», disse Colin.

«Ah, già, i casting», ripeté Cilla.

«In che senso una mano con i *casting*?», chiese Erika, pensando di aver capito male.

«Per i suoi personaggi. L'ha mai ascoltato? In ogni episodio ci sono dei personaggi parlanti», disse Colin.

Erika e Peterson si scambiarono un'occhiata, ma non poterono far nulla per nascondere la sorpresa.

«Non sapevate che il podcast di Vicky è romanzato?», chiese Cilla.

Capitolo 43

Erika si sentiva presa del tutto alla sprovvista. Se il podcast era in parte inventato, allora a cosa stava lavorando Vicky prima di essere uccisa? Un'indagine, una storia?

«Era Vicky a scrivere i copioni», disse Colin.

«Sì, faceva tutto da sola. Era anche un'ottima penna», disse Cilla, tamponandosi di nuovo gli occhi. «Ma le servivano delle voci per i personaggi e noi le abbiamo dato una mano».

«Un attimo. Abbiamo sentito l'episodio sul Gatticida di Croydon», disse Erika. «Quello è un caso vero e lo sappiamo perché la polizia l'ha seguito per anni».

«Certo, il podcast è basato su avvenimenti reali», disse Cilla. «Ma, presentandoli al pubblico, li *drammatizzava*. È una tecnica come un'altra usata da documentaristi e podcaster».

Nell'ufficio calò un lungo silenzio.

«Agenti, avete una faccia strana», disse Colin. «Sicuri di non volere un drink? Non lo dirò a nessuno».

Erika aveva bisogno di un momento per riflettere. Fece qualche passo nella stanza, spostandosi verso il caminetto.

«Abbiamo motivo di credere che, lavorando a un nuovo episodio, Vicky possa aver scoperto qualcosa su una serie di crimini avvenuti nello studentato della GDA».

«Cosa?», domandò Cilla voltandosi verso Colin, che aveva sgranato gli occhi e stava scuotendo la testa.

«Crimini alla GDA? Non ne sono al corrente. Di che crimini parlate, agenti?», domandò.

«Una serie di effrazioni avvenute negli studentati dalle parti di New Cross. Tre giovani studentesse sono state minacciate e, a quanto ne sappiamo, una delle ragazze è stata aggredita fisicamente».

Cilla e Colin erano senza parole, scioccati. Erika li studiò con attenzione: lo sgomento sembrava genuino.

«Avete prove di quanto dite?», chiese Colin.

«Sì. Vicky aveva intervistato queste studentesse e quanto dichiarato combacia con i verbali della polizia», spiegò Erika.

«Come avete scoperto di questa storia? Ve ne ha parlato Vicky?», chiese Cilla.

«Non possiamo condividere altri dettagli in questo stadio dell'indagine», disse Erika.

«Perché, insomma, non ne ha fatto parola, quando è venuta a stare da me. A te ne ha parlato, Colin?»

«No, non ha detto niente neanche a me. A quando risalgono le aggressioni?», domandò Colin.

«Ai primi mesi del 2012 e del 2014», disse Peterson.

«Non ne ero al corrente», ribatté Colin. «Il che è strano. Gli studenti chiacchierano molto da queste parti. E una cosa del genere sarebbe stata sulla bocca di tutti».

«Queste ragazze non erano studentesse. Avevano fatto un'audizione, ma erano state respinte. Sono rimaste solo una notte nel dormitorio», spiegò Erika.

«Questo spiegherebbe perché non ne abbiamo saputo niente», disse Cilla. «Partecipo ogni anno alle audizioni. Vediamo i candidati per mezza giornata e poi, il più delle volte, non li incontriamo più».

Colin aveva un'espressione contratta.

«Avete i nominativi di queste ragazze? In caso ci ricordassimo di loro o potessimo esservi d'aiuto?»

«Sì ma, come ho detto, non possiamo condividere altri dettagli», disse Erika.

«Avete parlato con Sheila, la responsabile dell'ufficio studenti?», domandò ora, con una punta di cautela nella voce.

«Siamo passati di fronte all'ufficio prima di salire», rispose Erika, cercando di sondare il terreno per vedere se poteva ottenere informazioni differenti da lui. «Presumo che la scuola tenga traccia degli incidenti o delle aggressioni avvenute nello studentato, no?»

«Sì ma, se posso permettermi, alla GDA non tolleriamo affatto comportamenti del genere, dico bene, Cilla?», fece Colin.

«Sì», rispose lei.

«In tutti gli anni di insegnamento, ho conosciuto studenti e studentesse gentili che sanno divertirsi, ma non ho mai sentito parlare di aggressioni, neanche una volta», disse Colin.

«Già, la maggior parte degli studenti qui è gay», puntualizzò Cilla. In seguito calò un silenzio imbarazzato.

«Posso chiederle dove alloggia e quanto tempo intende rimanere a Londra?», le domandò Erika.

«Sono a casa da Colin, in fondo alla strada, a Telegraph Hill», rispose Cilla.

«A che ora siete atterrati ieri sera?», domandò Peterson.

«Alle otto, otto e mezzo», disse. «Abbiamo preso un volo da Glasgow a Heathrow. Saremo arrivati a casa sua non prima delle dieci».

Colin annuì.

«E siete rimasti tutta la notte a casa a Telegraph Hill?», proseguì Erika.

«Ci state chiedendo un alibi?», ribatté Cilla in preda a un'improvvisa ondata di rabbia.

«Stiamo solo cercando di stabilire i dettagli», spiegò Peterson con fermezza.

La donna posò il bicchiere di plastica sulla scrivania. «Faccio presente che non mi piace questa linea di domande. Ho appena saputo che una mia cara, *carissima* amica è morta. Io sono scioccata, e voi non fate che pormi domande ridicole per insinuare che...».

«Cilla, tesoro. Stanno solo facendo il loro lavoro», disse Colin prendendola per mano. Ma lei si divincolò, liberandosi dalla sua stretta. Il professore si girò a guardare Erika e Peterson. «Sì, siamo rimasti a casa mia tutta la sera. Direi che siamo arrivati dall'aeroporto intorno alle dieci e trenta e siamo andati a letto poco dopo. Questa mattina ci siamo alzati tardi, prendendoci del tempo per sistemare un po' le cose: siamo usciti solo un paio d'ore fa. Cilla era stremata. I voli la stancano moltissimo, anche se brevi».

«Perché è venuto qui, oggi?», chiese Erika. «Presumo che avesse preso dei giorni per andare in Scozia da Cilla, no?»

«Sono a capo del dipartimento di teatro, c'è sempre del lavoro da svolgere, scartoffie da firmare», disse. Cilla tratteneva a fatica la rabbia, il respiro affannato.

«Abbiamo finito qui con le domande, agenti?», chiese alla fine.

«Sì, penso che possa bastare per il momento», disse Erika.

«Be', vogliate scusarmi, ma ho delle faccende da sbrigare. Devo chiamare Tess e… ho bisogno di tempo per processare quanto mi avete detto. Non voglio stare qui, voglio tornare a casa. A casa tua, Colin», disse.

«Certo, cara. Tutto quello che vuoi».

«Grazie per il vostro tempo», disse Erika.

Fuori era quasi buio e pioveva a dirotto, quando Erika e Peterson uscirono. Rimasero per qualche istante sugli scalini all'ingresso, indecisi se fare uno scatto verso la macchina o aspettare che la pioggia scemasse.

«Ancora non riesco a capire quali fossero le fonti di Vicky», disse Erika. «E Cilla e Colin dicono che si serviva di attori e scriveva i copioni!».

«Non significa che l'intero podcast sia inventato».

«Devo parlare con quelle donne», ribatté Erika, rimpiangendo di non aver trovato nulla di utile a casa di Vicky: neanche un quaderno o un file salvato sul computer. «Come ha fatto a rintracciarle o a scoprire delle aggressioni? I ragazzi che si presentano a fare le audizioni non restano in giro per molto: arrivano il pomeriggio, si fermano la sera negli alloggi dello studentato e poi se ne vanno».

«Vicky si è laureata sei anni fa», disse Peterson. «Forse le ha conosciute o ha sentito parlare di loro. Ha frequentato l'ultimo anno nel 2012, e le denunce di effrazione da parte di Kathleen Barber e Becky Wayland risalgono ai primi mesi di quell'anno».

«Ma se il podcast di Vicky è in parte inventato, la nostra teoria per cui avesse trovato l'aggressore va a farsi benedire», disse Erika. «E se l'omicidio avesse un altro movente?»

«Perché Tess non ci ha detto niente?»

«Tess non si interessava al podcast».

«E Shawn? Ha detto che Vicky faceva tutto il lavoro e lui pensava soltanto alla musica...».

Erika si strofinò il viso. «E non ti pare strano che Cilla sia tornata a Londra così in fretta? Significa che ha comprato il volo non appena Vicky è uscita da casa sua».

«Senza dimenticare che Colin e quest'altro insegnante, Ray, erano appena arrivati. Quei due mi danno i brividi, Cilla e Colin. E la scenetta dello svenimento, poi», disse Peterson.

«Già, a dir poco teatrale. Ma come possiamo saperlo con certezza? Incontriamo un sacco di gente strana nel nostro lavoro». Erika controllò l'orologio: erano le cinque e mezzo passate.

«Devi darti una mossa se vuoi arrivare in tempo per la consegna», disse Peterson.

«Me n'ero completamente dimenticata». Erika controllò il telefono e vide che aveva delle e-mail da leggere da parte di Crane e altri membri del team. «Meglio che rimandi. Devo sentire la squadra che sorveglia Jasper Clark. E Maria Ivanova mi ha lasciato due messaggi... Chiede quando le ridaremo il corpo della sorella. Vuole riportarlo in Bulgaria per programmare il funerale. Bisogna pure sentire Sheila e scoprire se ha trovato qualche fascicolo sulle aggressioni».

«Penso a tutto io».

Erika continuò a scrollare la casella di posta e vide altri messaggi.

«Mi ha contattata anche una collega di Sophia, all'ospedale: una praticante di nome Olivia Moreno. Vuole parlare con noi. È disponibile domattina».

«Erika, lascia che ci pensi io», disse Peterson. «Scusa la franchezza, ma sei uno straccio. Non dormi bene da giorni. Va' a casa, fatti consegnare quel letto. Mangia qualcosa di buono e va' a dormire presto, stasera».

Erika fece per ribattere, ma si sentiva davvero uno straccio. Incrociò lo sguardo di Peterson, i suoi occhi castani e gentili, e si sentì sollevata di poter contare su una persona come lui. Voleva dirgli quanto significasse per lei... ma si trattenne. Guardò di nuovo le e-mail. Non riusciva a pensare lucidamente. Una bella notte di sonno su un letto vero era il minimo che potesse fare per tornare a lavorare come si deve.

«D'accordo. Grazie. Ti inoltro tutto», disse.

«E se stasera ti ritrovi con altri compiti che posso sbrigare io...».

«...ti giro tutto quanto», finì lei.

«Basta che non mi chiedi di montare i mobili», rispose. «Stupratori e assassini sono un conto, ma le istruzioni di montaggio mi terrorizzano sul serio».

Erika si mise a ridere.

«Probabilmente finirò per svenire sul materasso nuovo e monterò il letto un altro giorno», rispose. La pioggia si fece meno fitta, e corsero verso la macchina.

Capitolo 44

La tregua durò solo qualche minuto. La pioggia tornò a martellare sul tettuccio dell'auto proprio mentre Erika si avvicinava a casa. Il telefono prese a squillare, sullo schermo un numero sconosciuto. Quando rispose, sentì dall'altra parte la voce di un uomo con un forte accento slovacco.

«Sono il corriere. Ho la sua lavatrice», disse. «È in casa stavolta?».

Erika sgranò gli occhi, esasperata. Era lo stesso con cui aveva litigato l'altra sera. Imboccando la via di casa, vide un grosso furgoncino bianco appostato di fronte all'ingresso, con le luci dei fanali che scintillavano attraverso la pioggia.

«Eccomi», disse. «Sono appena dietro di lei».

Erika parcheggiò mentre un tipo alto e muscoloso con un cappellino da baseball scendeva dal furgone per cacciarsi sotto il diluvio. Doveva avere poco meno di quarant'anni, portava un paio di jeans e, nonostante il freddo, una T-shirt con il logo della birra Corgoň. Trafficò sul retro del furgoncino ed Erika gli andò incontro, camminando ingobbita e stretta nel colletto della giacca sotto la pioggia sempre più forte.

«Vuole che gliela sistemi davanti o sul retro?», strillò l'uomo, saltando dentro il furgoncino tappezzato di scatoloni. Erika si prese un secondo prima di rispondere. C'era un cortile sul retro, ma qual era la via più corta per arrivarci? Non aveva controllato neanche la larghezza del cancelletto.

«Davanti, grazie», decise, sperando che passasse dall'ingresso. Si tirò su il colletto. «La casa è questa, con la porta rossa».

La rampa di carico si sollevò con un ronzio e il corriere rovesciò lo scatolone con la lavatrice sul carrellino. Erika si affrettò lungo il vialetto per aprire la porta di casa. Al suo ingresso, fu accolta da un forte gelo e dalla puzza di umidità. C'era anche George il gatto, che corse da lei con un miagolio e le si strofinò contro le caviglie. Erika lo salutò con una rapida carezza. Nel momento stesso in cui iniziò a guardarsi intorno in cerca di una posizione adatta per la lavatrice, spuntò il corriere con lo scatolone in equilibrio sul carrello.

«Entri, prego», disse. Lo scatolone passò per un pelo dalla porta. George miagolò infastidito e si dileguò verso la cucina.

Sulla giacca del corriere c'era un tesserino con un nome: Igor. Quello, più la maglietta con il logo della birra slovacca, la convinse di trovarsi di fronte a un connazionale. In qualche modo, quel dettaglio la fece sentire in imbarazzo per lo stato della casa.

«Dove la metto?», chiese lui.

«In cucina, di là». George sfrecciò di nuovo verso di loro, miagolando e strusciando tra i piedi di Erika. La detective lo prese in braccio, lasciando sferragliare il carrello sulle assi di legno verso la cucina. Una volta arrivati, Igor scaricò l'elettrodomestico.

«Ho ordinato anche il letto», disse Erika.

«Sì, c'è anche quello», rispose, allontanandosi con il carrello vuoto. Nel giro di qualche minuto, tornò con un materasso avvolto nella plastica protettiva e un lungo scatolone sottile.

«Di sopra», disse Erika. Sempre con George tra le braccia, salì di corsa le scale e cercò di stabilire in fretta in quale camera avrebbe dormito. Scelse quella al centro: era più piccola, ma aveva un bel caminetto e si affacciava sul giardino.

Igor trasportò materasso e scatolone nella stanza e posò a terra anche un altro sacchetto contenente le lenzuola. Tornarono in cucina, dove erano rimasti i documenti da firmare. Vedendo che era bagnato fradicio, Erika gli passò la confezione nuova di strofinacci che aveva comprato.

«Grazie», disse lui, prendendone uno per asciugarsi il viso.

«Di dove sei?», gli chiese direttamente in slovacco.

«Nitra», rispose lui. «In realtà un comune poco più fuori, Lehota».

«Anche io sono di Nitra», gli rispose. Igor si sfilò il cappello e si asciugò la fronte sotto lo sguardo attento di Erika.

«Quanti anni hai?», gli chiese ancora.

«Quarantaquattro».

Aveva un'aria familiare, e di colpo ebbe un'illuminazione.

«Igor Mak?»

«Sì», rispose lui.

Si squadrarono per qualche istante.

E poi: «Erika Boldišova?»

«Sì!». Di colpo lo rivide com'era ventisei anni prima: un ragazzino secco come un manico di scopa. Adesso, invece, era robusto e ben piazzato, aveva il fisico di una persona allenata. Se lo ricordava ancora, il giorno del diploma: alto e magrolino, con un elegante completo marrone e una larga cravatta fuori moda. Sexy e un po' goffo. Era stato il suo primo ragazzo, niente di serio, ma comunque il primo: una parte importante della sua vita, con cui aveva perso i contatti da quando a diciotto anni si era trasferita nel Regno Unito.

«Dio, *Erika*», sorrise lui.

«Sono stata così maleducata con te prima, mi dispiace», gli disse.

Le rispose con un'alzata di spalle. «Tranquilla, capitano a tutti i giorni no».

Rimasero a sorridersi imbambolati per qualche altro minuto, poi Igor abbassò lo sguardo sui suoi vestiti. La maglietta era zuppa e gocciolava sul pavimento di legno. Si mise ad asciugarla con lo strofinaccio, mentre Erika faticava a trovare qualcosa da dire. Igor prese la cartellina sullo scatolone della lavatrice. Anche la carta si era inumidita. «Hai richiesto l'installazione?»

«No».

«D'accordo, allora mi serve solo una firma», disse rovistando nelle tasche alla ricerca di una penna.

«Quanto costa farla installare?», domandò Erika. Già solo il pensiero di trovare e chiamare un idraulico la sfiancava, e poi era così felice di aver rivisto Igor dopo tanto tempo.

«Ottanta sterline, ma va prenotata al momento dell'acquisto», disse.

«E se ti dessi ottanta sterline in contanti? Che ne dici, hai un po' di tempo ora?».

Igor pareva indeciso.

«Perché no. Questa era l'ultima consegna».

«Hai fame? È tardi e potrei ordinare qualcosa a domicilio, sempre se non ti sembra troppo strano. È che mi sento davvero in colpa per come ti ho trattato e poi sono contentissima di averti rivisto».

Per un attimo ebbe il timore di aver esagerato. In fondo, era improbabile che avesse mai pensato a lei in tutti quegli anni.

«Cinese?»

«E cinese sia. Ho trovato un volantino nella buca delle lettere giusto l'altro giorno».

Per la prima volta da molto, moltissimo tempo, Erika sentì una scintilla d'eccitazione nel petto e si dimenticò del lavoro.

Capitolo 45

Igor scartò e installò la lavatrice di Erika e poi, di sua iniziativa, montò anche la struttura del letto. La cena arrivò subito dopo. Lui riportò il materasso di sotto, piazzandolo in salotto ancora avvolto nella sua pellicola protettiva. Finirono a mangiare, bere birra e a raccontarsi gli ultimi ventisei anni di vita, seduti l'uno di fronte all'altra alle estremità del materasso.

«Ancora ricordo quando sei venuto a salutarmi alla fermata dell'autobus, il giorno in cui sono partita per l'Inghilterra», disse Erika. Igor annuì, intento a giocherellare con l'etichetta della sua bottiglia. «Ero così spaventata ed emozionata: mi sembrava di saltare nel vuoto. Conoscevo a malapena sei parole in inglese, all'epoca».

Igor sorrise.

«Ci siamo scritti per un po', vero?», ricordò.

«Sì, è vero», rispose Erika. Adesso era lei a torturare l'etichetta.

«Mica me lo ricordo: perché abbiamo smesso?».

Erika esitò, in imbarazzo. L'improvvisa ondata di ricordi ed emozioni la lasciava un po' stordita.

«Abbiamo smesso a causa mia. Avevo incontrato un'altra persona», disse.

«Giusto. Un britannico. *Mike?*»

«Mark».

Quel nome rimase sospeso tra loro in maniera sinistra. Erika si rese conto che non lo pronunciava quasi mai a voce alta.

«Lavoravi a Manchester come ragazza alla pari per quel professore di medicina legale, giusto?»

«Il professor Portnoy. Un tipo strambo, viveva in questa casa antiquata e gigantesca. Moquette alta, un silenzio inquietante, orologi che ticchettavano all'infinito. Non era proprio un posto gioioso».

Rimasero ad ascoltare la pioggia che picchiettava sul tetto per qualche istante.

«Mark che fine ha fatto? Dov'è? Vorrei proprio scambiarci due parole riguardo al modo in cui ti ha portata via da me», disse con il sorriso sulle labbra. Ma poi, vedendo l'espressione di Erika, aggiunse: «Oh, scusa, ho esagerato».

Erika si massaggiò le tempie. Il disagio di dover spiegare che era rimasta vedova non passava mai.

«Per farla breve, ci siamo sposati. Abbiamo frequentato entrambi l'accademia di polizia e lui ha perso la vita in servizio. Uno spacciatore gli ha sparato. Quasi cinque anni fa».

«Mi dispiace. Non lo sapevo».

«E come potevi?»

«Hanno mai preso il tipo che gli ha sparato?»

«No».

«*No?* Ma sapete chi era?».

Erika esitò per un attimo.

«Sì. Lo tenevamo d'occhio da… da tantissimo tempo. Poi è sparito nel nulla». Si strinse nelle spalle. «Ogni tanto lo cerco nel database della polizia, per vedere se rispunta fuori. Ma probabilmente è fuggito all'estero, o almeno così crediamo. Tu che mi dici?», aggiunse alla fine cambiando discorso. Il ricordo di quanto successo a Mark la buttava giù, e non era una sensazione che voleva provare nella nuova casa.

«Ho studiato letteratura inglese a Bratislava. Sono arrivato a Londra nel 1999 e ho lavorato come interprete per una società finanziaria. Mi sono sposato con Denise, abbiamo avuto un maschietto. Poi nel 2009 ho perso il lavoro, nel 2012 abbiamo divorziato e ho passato gli ultimi sei anni…». Scrollò le spalle. «A cercare di mantenermi a galla. Sai, con l'affitto. Gli alimenti».

«Quanti anni ha tuo figlio?»

«Dodici». Posò la bottiglia e si alzò per prendere il portafogli dalla tasca posteriore. Tirò fuori una foto e la passò a Erika. Lo ritraeva insieme a un bambino piccolo e con i capelli scuri, seduto sulle sue spalle. Avevano entrambi gli occhiali da sole e sorridevano alla macchina fotografica. Il sole splendeva sullo sfondo, riflettendosi sull'obiettivo e disegnando intorno a Igor e a suo figlio una specie di aureola gialla e bianca.

«Quant'è carino», disse Erika, felice di pensarlo davvero.

«Thomas».

«*Thomas*. Non *Tomaš?*», rispose. Igor scosse la testa con un sorriso, mentre lei gli restituiva la foto.

«Non ne parliamo, ti prego. Non sai quanto ne ho discusso con Denise: io volevo chiamarlo Tomaš, ma secondo lei "Mak" è un cognome già fin troppo strano per un bambino inglese».

Erika si mise a ridere. Quel cognome significava "seme di papavero". Igor abbassò lo sguardo sulla foto prima di metterla via. Per un secondo, un accenno di tristezza si fece strada sul suo sorriso.

«Tommy Seme di papavero. Comunque, è un bel nome per un piccolo rapper», commentò Erika. Igor si mise a ridere. «Io non ho mai incontrato nessuno che sapesse pronunciare *Boldišova*. Foster è molto più semplice».

Igor prese un altro sorso di birra.

«Che tipo di poliziotta sei?»

«Un po' stronza, ma sempre corretta».

Igor scoppiò a ridere.

«Intendevo il tuo rango».

«Sono un ispettore capo», disse Erika. Si alzò in piedi e recuperò il distintivo dal cappotto appeso alla sedia. Glielo consegnò con un senso di orgoglio che non sempre si accorgeva di provare.

«Wow. Congratulazioni», disse Igor mentre osservava la sua foto identificativa.

«Non ho figli, quindi niente foto di bambini... da mostrare».

Calò un lungo silenzio, interrotto solo dal ticchettio della pioggia sul tetto. Igor le restituì il distintivo. George sbadigliò in mezzo a loro e si stiracchiò sul materasso, facendo cigolare la plastica.

«Quel camino funziona?», le chiese Igor indicandolo.

«No. Ho cinque camini, ma solo uno fa il suo dovere. E niente riscaldamento».

«Se vuoi farti aprire e ripulire i camini, posso pensarci io. Ho tutte le qualifiche. L'ho fatto per anni, appena mi sono trasferito qui. Lavoravo per conto mio e... Comunque sia, devo solo noleggiare l'attrezzatura per qualche ora...».

«Non ho ancora pensato ai camini. Guarda com'è messo il resto della casa. C'è parecchio lavoro da fare».

«Va bene, intanto lo sai», disse con tono gentile, senza metterle pressione. Igor era un tipo tranquillo, una presenza rassicurante. L'aveva dimenticato. Anche Mark era così, tranquillo e sereno. Il ricordo di lui tornò a galla, ma Erika lo respinse altrettanto in fretta. Finirono di bere la birra, lanciandosi di tanto in tanto qualche occhiata da sopra il materasso. Erika si chiese quanto fosse cambiato negli ultimi ventisei anni. E pensò a com'era cambiata lei.

«Sai, sono a tanto così da lasciare Londra e tornarmene in Slovacchia», disse Igor rompendo quel silenzio confortevole. «Il lavoro da corriere è terribile. La paga, gli orari: tutto. E con la Brexit e il costo della vita, non so. Ma qui c'è mio figlio...».

Il telefono di Erika si mise a squillare di colpo. Era Isaac.

«Ciao, va tutto bene?», gli chiese.

«Sto venendo a casa tua. Sono per strada, va bene? Volevo darti il benvenuto a casa nuova e ho i risultati dell'autopsia di Vicky Clarke», disse.

«Hai già i risultati?»

«Sì. Arrivo tra un paio di minuti», le rispose Isaac riagganciando.

«Era un tuo amico?», domandò Igor.

«Sì e no. Un collega, ecco».

«Meglio che vada», disse lui, alzandosi in piedi. Scolò quello che rimaneva della birra. «Grazie per la cena».

Si avvicinò alla stufetta elettrica dove aveva lasciato asciugare la maglietta e si sfilò la T-shirt che aveva preso in prestito da Erika. Lei intravide una schiena scolpita. *Si prende cura di sé, il ragazzo*, pensò. Non erano molti gli uomini slovacchi che a quarantaquattro anni avevano ancora gli addominali.

«Senti, ho salvato il tuo numero. Ti chiamo per i camini non appena mi sarò sistemata qui», gli promise, anche se nemmeno lei sapeva se diceva sul serio.

«Sarebbe fantastico».

«E grazie dell'aiuto con il letto e la lavatrice».

Una volta all'ingresso, Erika vide Isaac attraversare il vialetto e suonare il campanello oltre la porta a vetri. Avvertiva una strana sensazione all'idea che lui e Igor si incontrassero. Quando aprì, il collega stringeva una bottiglia di vino in una mano e un piccolo vaso di fiori nell'altra.

«Salve», salutò Isaac, lanciando uno sguardo d'apprezzamento in direzione di Igor. «Scusami, non sapevo avessi compagnia».

«Tranquillo, me ne stavo andando. Piacere, Igor», si presentò lui, tendendogli la mano. Isaac si giostrò con la pianta mentre Erika lo liberava della bottiglia di champagne.

«Isaac Strong, piacere mio. Sono un amico di Erika, il suo… GBF», rispose con una risatina nervosa.

«GBF?», ripeté Erika sorpresa. Era la prima volta che glielo sentiva dire.

«*Gay Best Friend*, avete presente?», spiegò arrossendo. Erika lo fissò sbalordita. Non era da lui perdere il contegno così.

«Oh, giusto», disse Igor abbozzando un sorriso incerto. Si sfiorò la testa con la mano. «Ho lasciato il cappello in cucina».

«Lo prendo io», rispose Erika, facendo dietrofront nell'ingresso.

«E sono ottanta sterline per l'installazione della lavatrice», aggiunse Igor alle sue spalle. Erika recuperò cappello e borsa dal tavolo della cucina e tornò da Igor e Isaac, che si guardavano in un silenzio imbarazzato. Gli porse il suo cappello e quattro biglietti da venti, più uno da dieci come mancia.

«Oh, grazie», le disse. «Allora, mi chiami tu?»

«Certo, come no. Per i camini», rispose. Igor fece per salutarla con un bacio sulla guancia, ma lei si girò dal lato sbagliato e finirono per baciarsi sulle labbra.

«Scusami!», si sbrigò a dire lei.

«Tranquilla, è colpa mia. Comunque sia, è stato un piacere rivederti e conoscere te, Isaac».

Quando se ne andò, Erika chiuse la porta e si voltò subito verso il collega.

«Doveva consegnarmi il letto e la lavatrice, si è offerto di installarmela, e indovina un po'? Salta fuori che è un mio ex dalla Slovacchia. Non è assurdo?»

«Interessante. È proprio un bell'uomo», commentò Isaac con un sorriso. «Be', benvenuta nella nuova casa», le disse consegnandole la pianta. «E quello è per innaffiarla», aggiunse, lanciando un'occhiata alla bottiglia.

«Grazie. Dai, accomodati. Puoi scegliere tra una sedia sdraio o un materasso per terra. Che ne dici, la apro?», domandò sollevando lo champagne.

«Sì... Ho portato anche i risultati dell'autopsia di Vicky Clarke. Se ti va di parlare di lavoro».

«Davvero? Hai fatto presto», disse Erika, curiosa e contenta di aver riportato la conversazione su un terreno sicuro. «Dimmi tutto».

Capitolo 46

«Vicky Clarke è morta per una singola coltellata al cuore», disse Isaac non appena si accomodarono in salotto. «Non aveva alcol né droghe in circolo».

«C'erano altri segni di violenza?», domandò Erika.

«Nessuno. E non è facile colpire il cuore, perché è protetto dallo sterno e dal pericardio, una struttura fibrosa che lo ricopre completamente», spiegò Isaac, posando il bicchiere per indicare con la mano l'osso tra i muscoli pettorali. «E lo sterno è in parte coperto dalle costole».

«Quindi l'assassino deve aver usato un coltello parecchio lungo e affilato? E doveva avere una buona mira».

«Esatto. Colpire il cuore con un coltello è molto difficile. Richiede molta più forza del normale. E la persona in questione dev'essere molto sicura di sé. Ho riscontrato una sola ferita da lama: una scena del crimine ben diversa da quella di Sophia Ivanova, che era il frutto di un'aggressione feroce e fuori controllo. Faccio questo lavoro da parecchio tempo, e ti dico che morire per una coltellata al cuore è molto, molto raro. Se si fosse trattato di un crimine passionale o un raptus dovuto alla rabbia, avrei riscontrato una ferita al collo, alla vena epatica che scorre vicino al fegato, all'aorta nel petto, ai reni – se avesse attaccato da dietro – o alle arterie femorali sulla coscia».

«Quindi stai dicendo che i due omicidi non sono legati?», domandò Erika. «Faccio fatica a trovare una connessione tra i due casi, se non che l'assassino abbia ucciso Sophia credendola Vicky e che, una volta che è rispuntata fuori, sia tornato per finire il lavoro».

«A questo non so rispondere. Posso solo dirti che le armi dei delitti di Sophia e Vicky sono molte diverse. Il coltello che ha ucciso Sophia Ivanova era largo e lungo all'incirca venti centimetri, come ogni comune coltello da cucina. Per Vicky, l'assassino ha usato una lama lunga e stretta, fondamentale per raggiungere il cuore».

Isaac sollevò la mano destra.

«Prova a stringere il pugno», disse. Erika mise giù il bicchiere e strinse la mano destra. «Immagina di avere un coltello in mano e di voler colpire qualcuno».

Fecero qualche prova a vuoto. Erika si accorse che riusciva a esercitare molta forza, in quel modo. Finse di accoltellare il materasso, schiacciando l'aria al di sotto della plastica. La pressione ruppe l'involucro in qualche punto con un leggero scoppiettio.

«Okay, sto accoltellando. Quindi?», domandò Erika.

«Hai un coltello da cucina, così posso mostrartelo meglio?»

«Aspetta qui». Si alzò dal materasso e andò in cucina a rovistare negli scatoloni, finché non trovò quello con la scritta POSATE. «Eccoci», disse portandolo nel salotto. Lo aprì, mostrando otto coltelli di varia grandezza.

«E questo a che ti serve?», chiese Isaac sollevando una grossa mannaia argentata.

«Erano tutti di Mark. Era a lui che piaceva cucinare».

«D'accordo. Immagina di volermi pugnalare al cuore e scegli un normalissimo coltello da cucina», disse.

Erika ne prese uno con la lama spessa e il manico serrato. Lo strinse in mano, sentendone il peso.

«Il comune coltello da cucina non è progettato per pugnalare», spiegò Isaac. «È fatto per tagliare, e la pressione va applicata sulla lunghezza della lama. *Inoltre*, se volessi accoltellarmi tra le costole, dovresti girarlo in orizzontale per permettergli di passare, *e questo* renderebbe la lama molto più difficile da gestire. Un coltello del genere, magari, sarebbe più utile allo scopo». Prese un lungo coltello per il pane. Era più vecchio degli altri, con il manico di legno liscio e consumato. Apparteneva al nonno di Mark, che era fissato con il pane tagliato sottile. Isaac glielo passò.

«Immagina di volermi pugnalare con questo». Si voltò di schiena. Erika si concentrò sulle sue spalle e strinse il coltello nella mano, sentendo il manico adattarsi perfettamente al palmo. Lo sollevò sopra la testa. La lama era molto lunga. Anche se lei e Isaac avevano la stessa altezza, doveva alzare parecchio il coltello per ottenere la velocità e la forza necessarie affinché penetrasse i muscoli della schiena.

«È impossibile prendere la mira, con il coltello così alto».

«E il tuo braccio, per sua natura, darebbe al movimento una traiettoria ad arco», spiegò l'anatomopatologo, voltandosi mentre Erika abbassava delicatamente la punta del coltello sulla sua felpa.

«Se il coltello fosse più corto, sarebbe più facile controllarlo», disse lei, rimettendo a posto quello del pane e scegliendo un coltellino da frutta con il manico in madreperla. Era affilatissimo, un tempo apparteneva alla madre di Mark. L'aveva comprato durante una vacanza in Tailandia negli anni Settanta, quando souvenir come i coltelli erano ancora ammessi in aereo.

«Un coltellino da frutta come quello penetrerebbe più facilmente la carne», disse Isaac sfilandoglielo di mano, «ma la lama è troppo corta per arrivare fino al cuore. La mia idea è che l'assassino abbia usato un particolare tipo di coltello oppure un pugnale per uccidere Vicky. E che fosse dotato di grande forza e precisione».

«Puoi dire lo stesso anche di chi ha ucciso Sophia?», domandò Erika mentre rimetteva il coltellino nello scatolone.

«No, non per forza, ma te lo ripeto: il mio compito non è fare ipotesi. Mi limito a spiegarti i fatti...».

«Però, gli omicidi di Sophia e Vicky potrebbero essere opera di due persone diverse», disse Erika, crollando di nuovo sul materasso. Raccolse il bicchiere e bevve un bel sorso di champagne.

«C'è dell'altro», disse Isaac.

«Cosa?», domandò lei con voce sfinita.

«Sulla scena sono state rinvenute pochissime tracce di DNA. Abbiamo trovato quello di Jasper e Tess, cosa che non stupisce visto che era casa loro, e qualche altro campione innocuo che abbiamo cercato nel database. Può benissimo trattarsi di qualche fattorino, amici della coppia e via dicendo. Ma sulla spalla sinistra di Vicky siamo riusciti a raccogliere un campione di saliva», disse.

«Quanta?»

«Diciamo che non era una goccia, ma molto di più. Quando è stato trovata, Vicky indossava dei pantaloni del pigiama e una canottiera: probabilmente l'assassino deve averle sfiorato la spalla con la bocca. Dall'epidermide siamo riusciti a prelevare un millilitro di saliva secca».

«Detto in soldoni?», domandò Erika.

«Un bel po' di bava», spiegò Isaac.

«Siete risaliti al DNA?», chiese con un barlume di speranza nel cuore.

«No. L'abbiamo confrontato con i campioni prelevati e abbiamo cercato nel database nazionale. Abbiamo prelevato anche il DNA di Tess per escluderlo da quelli rinvenuti sulla scena del crimine. Non appartiene neppure a Jasper, e non si tratta della saliva di Vicky stessa, che ho comunque voluto controllare per sicurezza. Chiunque sia, è incensurato. E non ha mai fornito un campione».

«Il che esclude Charles Wakefield, perché abbiamo prelevato il suo DNA lunedì, al momento dell'arresto. E pure Shawn, che ce l'ha fornito volontariamente. Cos'altro hai scoperto tramite il campione?»

«Che appartiene a un maschio caucasico», rispose Isaac.

«È chiaro che c'è stato qualcun altro in casa, quella sera, prima che Vicky venisse uccisa», disse Erika. «Credi che la persona che ha ucciso lei sia la stessa che ha ucciso Sophia?»

«Impossibile stabilirlo», disse Isaac. «Il *modus operandi* dei due omicidi è completamente diverso: violento e fuori controllo per Sophia, calmo e calcolato per Vicky».

Capitolo 47

Per prima cosa, la mattina seguente, Erika e Peterson incontrarono Olivia Moreno, una praticante che studiava insieme a Sophia Ivanova. La giornata scorreva tranquilla, all'ospedale di Lewisham, e i tre si accomodarono in un angolino vuoto della caffetteria.

«Non mi viene in mente nessuno che potrebbe aver voluto fare del male a Sophia», disse Olivia. Era una donna bellissima, che a Erika ricordava una versione nerd di Penélope Cruz. «Era molto popolare».

«Vi vedevate spesso fuori dal lavoro, tu e Sophia?», chiese Erika.

«No, non molto. Non veniva spesso al pub. Credo che non vedesse di buon occhio l'idea di bere dell'alcol. Le piaceva il caffè e di tanto in tanto ci vedevamo al bar, ma era totalmente focalizzata sullo studio».

«Ti ha mai parlato di qualche amico o amica che aveva al di fuori del lavoro?»

«No. Parlava spesso della sorella... Be', *si lamentava* della sorella, *un sacco*. Non le stava bene che dovessero vivere e studiare in due in un appartamento per uno».

«Ti ha mai parlato di un'amica di nome Vicky Clarke?», domandò Erika.

Olivia ci pensò su per qualche istante. «No, mi dispiace».

«E di qualche ragazzo?», chiese Peterson.

Olivia si appoggiò allo schienale della sedia.

«La conoscevo solo da un anno e mezzo. Da quando ci hanno trasferite in questo ospedale, ha – cioè, aveva – una storia con un tipo che lavora qui, il che mi ha sorpreso».

«Perché?»

«Perché fa il portantino».

«E cosa c'è di tanto sorprendente?».

Olivia esitò per un momento, poi sorrise.

«Sono dinamiche da ospedale. È tutto molto separato. I medici non socializzano con gli infermieri e gli infermieri non socializzano con i portantini o gli impiegati. E i dirigenti dell'NHS sono odiati da tutti, quindi il fatto che Sophia frequentasse un portantino risultava un po'...».

«Strano?»

«Sì. Anche se era un bel tipo, sexy e con quest'aria da cattivo ragazzo. È solo che l'assortimento era un po' insolito».

«Come si chiama?», domandò Peterson.

«Reece. Reece Robinson. Lavora nel seminterrato».

«E uscivano insieme?», domandò Erika.

«Scopavano, e forse di tanto in tanto uscivano a prendere un caffè».

Dopo aver salutato Olivia alla caffetteria, Erika e Peterson andarono a cercare Reece. Salirono in un ascensore di dimensioni industriali e premettero il tasto del seminterrato. La discesa parve durare secoli. Un'infinità di cigolii, scricchiolii e tonfi più tardi, arrivarono a destinazione. Le porte si aprirono su un lungo corridoio privo di finestre e scarsamente illuminato. Poco più avanti, un quadrato di luce brillava sopra il linoleum scheggiato. Seguirono la targa graffiata sul muro, che diceva: INCENERITORE. Le scarpe ticchettavano sul pavimento mentre seguivano il fragore che rimbombava contro le pareti. Alla fine del corridoio, c'era una pesante porta doppia di metallo. Era aperta. I due agenti sentirono il calore proveniente dal forno e si ritrovarono in uno spazio ampio e rotondo, interamente fatto di cemento. Poche luci fioche erano incassate nel soffitto e, a un'estremità della vasta sala, c'era un enorme forno di metallo. Un uomo in tenuta da lavoro aprì lo sportello per gettarci dentro dei sacchi di rifiuti, facendo brillare per un secondo la luce bianca e incandescente dell'interno. Lo richiuse subito dopo, con un colpo veloce e secco.

Quando vide i due agenti, l'uomo si sfilò gli spessi guanti che indossava e gli andò incontro. Era magro e incredibilmente alto. Sia Erika che Peterson superavano il metro e ottanta, ma lui svettava su entrambi. Il suo viso aveva il classico colorito spento da fine giornata di lavoro, e gli occhi erano scuri e penetranti, quasi neri. Aveva il naso pronunciato e le labbra carnose, insieme a uno sguardo intenso che lo rendeva in un certo senso attraente.

«Serve qualcosa?», disse. Aveva l'accento dell'East End.

«Salve, Reece Robinson?»

«Sì, chi vuole saperlo?».

Erika e Peterson si presentarono, mostrando i distintivi. «Vorremmo farle delle domande su Sophia Ivanova», disse Erika. Da quella posizione, Erika si sentiva arrivare addosso tutto il calore e la puzza di putrefazione. «Fuori, magari?»

«Va bene», disse. «Tanto stavo per andare a fumare una cicca». Li guidò verso un'uscita di sicurezza, sbucando nell'aria decisamente più fredda e pulita del parcheggio. Reece indicò una panchina e vi si accomodarono. Si accese una sigaretta e strizzò gli occhi verso la luce del sole.

«Ho sentito quello che è successo a Sophia. Terribile», disse, soffiando il fumo e raccogliendo un pezzettino di tabacco rimasto incollato alle labbra. Erika gli intravide un piercing sulla lingua.

«Lei e Sophia stavate insieme?», domandò Peterson.

«Non la metterei in maniera così formale. Era più una storia casuale, se capisci che intendo», rispose. Parlò con un tono da sbruffone che Erika trovò davvero fuori luogo.

«Ci serve parlare con chiunque la conoscesse. Lei dov'era lo scorso lunedì, il 22 ottobre, tra le quattro e le otto di sera?», domandò Peterson.

«Fammi pensare...». Fece un altro tiro di sigaretta.

«Non mi sembra una domanda difficile», disse Erika.

«Già, lo so anch'io. Ma al lavoro faccio i turni e gli orari sono sempre sballati. Lunedì... Lunedì 22 ho conosciuto una ragazza in centro. Siamo andati a casa sua e abbiamo fatto sesso».

«Come si chiama?»

«Quello devo controllarlo», disse.

«Può controllare ora?»

«Ho dimenticato il telefono. Ero in ritardo per il lavoro, ma ho tutti i messaggi lì», disse staccando un altro pezzettino di tabacco dalla lingua.

«È mai andato a casa di Sophia?», chiese Erika.

«Sì. Quando non c'era la sorella».

«Quando è stata l'ultima volta?».

Ci rifletté su, gonfiando le guance.

«Due settimane fa, mi pare. Devo controllare».

«Cos'hai, un'agenda?», chiese Peterson.

Reece sospirò e sputò a terra. «No. È tutto nel mio cellulare».

«Ha mai incontrato la vicina di Sophia, Vicky?», chiese Erika.

Qualcosa gli brillò negli occhi.

«Ha i capelli scuri?»

«Aveva», rimarcò lei.

«Perché, se li è tinti?»

«No. È morta. Hanno trovato il corpo ieri mattina...». Reece raddrizzò le spalle, impallidito. «Ha avuto rapporti sessuali anche con Vicky?»

«Sentite, io non ne sapevo niente. Vicky...».

«Ha avuto rapporti sessuali con Vicky o no?», ripeté Erika.

«Sì. Con Vicky e Sophia. Insieme. Era consensuale e...».

«Quando?»

«Ancora una volta, devo controllare sul telefono. Posso mostrarvi tutti i messaggi. Così, su due piedi, direi un paio di mesi fa». L'aria da gradasso era sparita, rimpiazzata da una palese agitazione.

«Sarebbe d'accordo a farci prelevare un campione di DNA?», chiese Erika.

Reece esitò. «Devo proprio?»

«No, ma il suo rifiuto verrebbe considerato sospetto e torneremmo con un mandato».

«Okay, va bene. Vi darò un campione», disse Reece.

«La ringrazio per il suo tempo. Ecco, questo è il mio biglietto da visita», rispose Erika prendendone uno dalla tasca. «Per favore, mi scriva il nome e i contatti della ragazza con cui è stato lunedì e mi faccia sapere le sue disponibilità per il prelievo del campione di DNA».

«Che ne pensi?», chiese Peterson una volta saliti in macchina. Oltre il parabrezza vedevano ancora Reece seduto sulla panchina, con lo sguardo scioccato e perso nel vuoto.

«Non mi fa suonare nessun allarme, ma mi sentirò più tranquilla una volta che avremo il suo DNA», disse Erika infilandosi la cintura e mettendo in moto l'auto. «E ora ci tocca affrontare lo stesso discorso con Maria Ivanova. Non vedo l'ora».

Capitolo 48

Arrivati all'enorme porta a vetri di Honeycomb Court, videro che Maria stava firmando la consegna di un grosso scatolone di cartone. Era pallida, indossava dei leggings neri e una maglia informe dello stesso colore. I due agenti incrociarono il corriere sul vialetto.

«Serve una mano?», chiese Peterson vedendola trascinare lo scatolone ingombrante per tutto l'ingresso. Maria mise giù il pacco, tirò fuori la collanina con il crocifisso che era finita sotto la maglietta e provò a sistemarsi i capelli.

«Avete preso l'assassino di Sophia?», disse. «Ho saputo che hanno ucciso anche Vicky. Siete venuti a dirmi questo?». Tremava di rabbia.

«Che ne dice se ne parliamo dentro?», domandò Erika.

«Ci penso io allo scatolone, se posso», ripeté l'offerta Peterson. Dopo un attimo di esitazione, Maria annuì. Il salottino era esattamente come Erika lo ricordava, pulito e ordinato in maniera dolorosa. Maria spostò il tavolino da caffè per fare posto allo scatolone, che Peterson appoggiò a terra.

«È pesante», disse l'agente.

«Grazie», rispose Maria. «È un letto pieghevole... Domani arrivano i miei genitori... Vogliono riportare il corpo di Sophia in Bulgaria per darle una degna sepoltura. Quand'è che rilascerete il corpo? L'ho chiesto a Fiona, l'agente di collegamento, ma non mi ha saputo rispondere».

«Posso controllare», disse Erika.

«*Posso controllare*», ripeté Maria in tono sdegnato. «Non sto chiedendo se l'hamburger è pronto. È il corpo di mia sorella!».

Erika trasalì.

«Mi dispiace. Le assicuro che mi informerò».

Maria respirò a fondo e si ricompose.

«I miei genitori hanno un ristorante. Non possono restare a lungo, perciò abbiamo bisogno di sapere quando sarà possibile far rimpatriare il corpo».

«Ne parlerò con l'ufficio del coroner e spiegherò le circostanze, glielo prometto», disse Erika. Non sapeva se la pratica sarebbe stata sbloccata tanto presto, data la complessità del caso. «Maria, vorremmo parlare con lei di alcune cose. Possiamo sederci, per favore?».

La ragazza annuì e prese posto in un angolino del divano. Peterson si sedette all'estremità opposta ed Erika si appoggiò al bancone della cucina. Raccontò a Maria della morte di Vicky, di ciò che era successo. Maria chinò la testa e la scosse leggermente a occhi chiusi.

«Pensate sia la stessa persona che ha ucciso Sophia?»

«Ancora non lo sappiamo. Siamo in attesa dei risultati delle analisi. Posso farle qualche domanda?», rispose Erika.

«Che altro volete sapere? Ho già detto e ripetuto tutto quello che so, sia a voi che ai vostri colleghi. Ho un sacco di cose da fare», disse. La detective aveva notato che sul bancone c'erano gli ingredienti per un impasto e un vecchio libro di ricette aperto sulla foto di una treccia di pane.

«È molto importante».

Maria allargò le braccia e annuì rassegnata.

«Che cosa sa degli amici di Sophia a Londra?»

«Conosciamo le stesse persone dell'università, ma non usciamo molto. Studiamo e basta».

«Sappiamo che svolgevate il tirocinio in ospedali diversi. Sophia le ha mai parlato di qualcuno che aveva incontrato lì? Nuovi amici o...», Erika la osservò con attenzione prima di aggiungere: «un fidanzato, magari?».

Maria sbottò solo sentendo quelle parole.

«Sophia non aveva tempo per queste cose. Siamo a Londra grazie a una borsa di studio. I soldi che ci danno bastano a malapena per il cibo e per gli spostamenti».

Peterson guardò Erika e scosse impercettibilmente la testa. La detective cambiò subito tattica.
«Sa che lavoro faceva Vicky Clarke?»
«Era un'attrice, no?»
«Sì. E aveva anche un podcast, una specie di radio show».
«So cos'è un podcast», la rimproverò Maria fulminandola con lo sguardo.
«Sa se Sophia ne ha mai preso parte?»
«Preso parte? E come?»
«Vicky ogni tanto ingaggiava degli attori per recitare la parte di alcuni personaggi. Sophia le ha mai raccontato di aver fatto qualcosa di simile per lei?».
Maria scosse la testa.
«No, era un medico tirocinante. Non un'attrice».
«Vicky ci ha detto che vi conosceva».
«Sì, come vicine».
«Lei è mai andata a casa sua? Avete mai stretto oltre il rapporto di cortesia?»
«No. Mai».
Erika fece un respiro profondo.
«Maria. Quando abbiamo parlato con Vicky, ci ha detto che lei e Sophia erano diventate parecchio intime... E che in alcuni casi la loro amicizia ha avuto risvolti... sessuali».
Maria la fissò a lungo. «Come? Siete venuti qui per dire queste cose su mia sorella, ora che non può più nemmeno difendersi? No. No. So come lavorate, voi poliziotti. Dite cose scioccanti solo per provocarmi!».
«No, Maria, non lo dico per provocarla. Vicky era davvero sconvolta dalla morte di Sophia e ci ha rivelato questi dettagli perché pensava che potessero aiutarci a scovare la persona che...».
«Che ne sapeva Vicky della morte di Sophia? È scappata via, lasciando il cadavere di mia sorella a marcire!».
«E noi dobbiamo scoprire cosa ci faceva Sophia a casa di Vicky. Ci ha detto che a volte le lasciava usare il suo letto, se doveva vedersi con un ragazzo».

«Adesso *basta!*», strillò Maria scattando in piedi. Aveva i pugni chiusi e gli occhi accesi di rabbia.

«Maria, per favore. Abbiamo bisogno che lei risponda a queste domande», la pregò Erika, scioccata che stesse reagendo in quel modo alla notizia che sua sorella avesse una vita sessuale. «C'è un ragazzo all'ospedale che ha avuto una relazione fisica con Sophia. Si chiama Reece Robinson, lavora come portantino».

«*Ho detto basta! Lo so! So che era una troia!*», strillò Maria. Si lanciò addosso a Erika e le tirò un violento schiaffo in faccia. Peterson saltò in piedi e corse a fermarla, immobilizzandola con le braccia dietro la schiena. Il colpo fu forte, e per un attimo le fece vedere le stelle. Erika guardava la ragazza che si dimenava contro la presa di Peterson, gridando come una forsennata: «*Vaffanculo! Lasciatemi!*». Erika si chiedeva se fosse rabbia o angoscia, quella che stava tirando fuori Maria. Spesso le due cose erano interconnesse, ma dare della troia alla sorella e colpire un'agente di polizia erano reazione estreme – soprattutto per una persona che aveva giurato di non nuocere alla gente.

«La lascerò andare, ma adesso deve calmarsi», disse Peterson, alzando la voce per coprire le urla di Maria. Mollò la presa e lei collassò, crollando contro il suo petto.

«Era buona! Non so perché si buttasse via con certi uomini! Ma era buona, ve lo giuro», disse tra violenti singulti.

Peterson la aiutò a riaccomodarsi sul divano, mentre Erika cercava ancora di riprendersi dallo schiaffo. Sentirono bussare e la detective andò ad aprire. La catena era inserita. Dallo spiraglio, spuntò il viso di Henrietta Boulderstone.

«Che succede qui dentro?», chiese bruscamente. Erika chiuse la porta, sfilò la catena e la lasciò entrare.

«Siamo venuti a porgere qualche domanda a Maria», rispose.

«A me sembra più che siate venuti a tormentarla!», disse Henrietta. Superò Erika con una spallata, fermandosi di fronte a Peterson che era seduto di fianco alla ragazza. «Maria, cara, stai bene? Vuoi che questi poliziotti se ne vadano?». Maria sollevò lo sguardo verso Henrietta e annuì. «D'accordo. Visto che non avete un mandato, vi consiglio di levare subito le tende!».

Erika non era dell'umore per una lezione di diritto improvvisata. Sentì il ronzio del portone e, dalla porta dell'appartamento di Maria ancora spalancata, vide Tess entrare nel palazzo.

«Maria, le faremo sapere quando potrete recuperare il corpo di Sophia», concluse. Lasciarono la ragazza insieme a Henrietta e uscirono per andare a parlare con Tess.

Capitolo 49

«Tess, permette una parola?», disse Erika. La donna sembrava stremata e aveva delle borse scure e profonde sotto gli occhi. Con un grosso zaino sulle spalle, attraversò l'atrio e si fermò di fronte a Erika e Peterson.

«Ho già risposto a tutte le vostre domande, agenti».

«Temo di no, purtroppo», rispose Erika. «Possiamo parlare dentro?».

Tess lanciò un'occhiata a entrambi.

«Cos'ha fatto alla faccia?», domandò. Erika sbirciò il suo riflesso sullo specchietto dell'ingresso. Sulla guancia destra c'era l'impronta rossa e vivida di una mano.

«Nulla. Possiamo entrare, per favore?».

Tess andò alla porta e infilò la chiave.

«Non farti tormentare anche tu, cara», disse una voce alle loro spalle. Voltandosi, videro che Henrietta Boulderstone stava uscendo dall'appartamento di Maria. Chiuse la porta dietro di sé e andò a stringere la mano di Tess. «Sono davvero addolorata per quanto successo a Vicky».

«Grazie», rispose Tess.

«È una cosa orribile...». Incrociò di nuovo lo sguardo di Erika e Peterson. «E voi, agenti. Quando ero piccola, la polizia meritava rispetto. Adesso si legge solo di poliziotti che tormentano la gente per qualche scemenza pubblicata sui social media mentre sotto il vostro naso due, *due*, ragazze di questo palazzo vengono assassinate. Dovreste vergognarvi!». Si voltò di nuovo verso Tess. «Ti serve qualcosa?»

«Devo solo dare una ripulita», rispose la donna indicando l'appartamento.

«Oh, certo. So che Charles ha una bella scorta di prodotti per la pulizia. Se ne hai bisogno, chiedi pure a lui», disse Henrietta mentre le accarezzava una mano con il bastone da passeggio infilato sotto il braccio.

«Grazie».

«Sai già quando si terrà il funerale?», continuò Henrietta, abbassando la voce in segno di rispetto. Tess scosse la testa. «Be', immagino sia ancora troppo presto. Non appena saprai la data, informaci. Verremo tutti. Questa era casa di Victoria ed è una perdita devastante per tutti noi».

A Erika sembrò un'esagerazione: le parlava come se fosse la regina in visita a Honeycomb Court.

«Tess, possiamo scambiare due parole in privato?», domandò Peterson, facendole segno di entrare.

«Non devi farli entrare per forza, sai. Non hanno il mandato!», sciorinò Henrietta come un disco rotto.

Oh, per l'amor del cielo. Sparisci, vecchia strega, avrebbe voluto dirle Erika, ma si sforzò di mantenere un'espressione impassibile. Per fortuna, sembrava che Tess iniziasse ad apprezzare la presenza di Peterson e annuì.

Entrarono tutti e tre nell'appartamento di Vicky, ed Erika chiuse la porta davanti allo sguardo in cagnesco di Henrietta.

Tess si fermò al centro della stanza e posò lo zaino per terra. L'appartamento era ancora una scena del crimine, c'erano tracce di sangue sulla moquette e sotto lo scheletro del divano letto. La donna si inginocchiò sullo zaino, lo aprì e tirò fuori un rotolo di sacchi neri dell'immondizia e vari prodotti, panni e spugne per la pulizia.

«Possiamo parlare prima che cominci, per favore?», chiese Erika.

«Perché? Cosa mai avrete da dirmi? Che mio marito ha precedenti per stupro? Che in tutti questi anni mi ha sempre mentito? Che aveva programmato di lasciarmi il giorno in cui mia sorella è stata assassinata?», disse mentre si alzava in piedi e si avvicinava alla detective. «Jasper ha dato al suo avvocato il video delle telecamere del Goose. Lo hanno ripreso mentre entrava al ristorante poco dopo l'arrivo di Vicky per uscire alle nove e dieci del mattino seguente. E poi, coprono entrambi gli ingressi: è rimasto sempre là». Peterson incrociò lo sguardo di Erika: se i video di sorveglianza confermavano la versione di Jasper, avevano un sospettato in meno.

«Sono sicura sia un sollievo per lei sapere che le telecamere lo confermano», disse Erika. Tess chiuse per un attimo gli occhi.

«Sollievo? Mia sorella è morta. Casa mia pullula di agenti della scientifica, ho appena detto a mio marito che voglio il divorzio e sono da sola a dover gestire tutto questo», disse a denti stretti. «Il ristorante e la casa sono a rischio pignoramento e forse questo appartamento, *sempre ammesso* che riesca a darlo in affitto, potrebbe tenere a bada la banca per un po'. Ma se non pulisco questo cazzo di sangue e di schifo che c'è, nessuno lo vorrà!». La voce si alzò in un veloce crescendo.

«Mi dispiace davvero tanto, Tess», disse Erika. «Vogliamo solo farle un paio di domande veloci che potrebbero aiutarci nelle indagini».

«Avanti».

«L'abbiamo già chiesto a Jasper…».

«Non voglio parlare della condanna per stupro».

«Non si tratta di questo. Vicky ha mai lasciato quaderni, unità dati o chiavette USB a casa vostra o al Goose? Intendo, roba che fosse legata alle sue ricerche per il podcast? Il motivo per cui lo chiedo è che crediamo possa aver scoperto l'identità di un uomo che aggrediva le studentesse alla sua vecchia accademia».

Tess rifletté in silenzio per qualche istante.

«No, non ha mai lasciato niente al lavoro. E andavo sempre io a trovarla, lei veniva raramente da noi…». Aggrottò la fronte. «Quando parlate di queste aggressioni, pensate che il colpevole fosse Jasper?». Parlava con voce flebile, sconfitta.

«Nei verbali della polizia risultano due aggressioni perpetrate a gennaio e febbraio 2012. Jasper è uscito di prigione soltanto a maggio dello stesso anno, perciò non può essere stato lui», rispose Erika. Tess tirò un sospiro di sollievo.

«Vicky non parlava mai del podcast, o magari sapeva che l'argomento non mi interessava».

«Le ha mai chiesto soldi in prestito dicendo che le servivano per pagare degli attori?»

«Pagare degli attori per cosa?»

«Per lavorare al suo podcast».

«No... Mi dispiace». Tutte quelle emozioni sembravano aver ribaltato il suo stato d'animo, e ora Tess appariva mite e abbattuta. «Ha recitato in così tanti piccoli ruoli che a un certo punto ho perso il conto».

Uscendo da casa di Vicky, Erika e Peterson videro Charles Wakefield all'ingresso, fermo di fronte alla sua cassetta della posta. Lui li guardò con la coda dell'occhio e recuperò la pila di lettere all'interno.

«Buongiorno», disse Erika. Charles li salutò con un cenno, poi richiuse a chiave la cassetta. «Non ho avuto modo di parlare con lei dell'altra sera».

«E cosa sarebbe successo, l'altra sera?», ribatté lui, voltandosi verso di loro. Sembrava quasi che il suo doppio mento, con il resto del viso, si girasse un millesimo di secondo in ritardo rispetto al resto del corpo.

«Quando ci siamo incrociati alla stazione di polizia...».

«Ero lì con mio fratello per elargire una donazione. Sono certo che lo conosca anche lei, è...».

«Sì, so chi è», tagliò corto Erika. «Quando l'ha vista, Vicky Clarke ha reagito in modo molto strano. Sa dirmi perché?»

«No, non lo so. Ma mi pare di capire che fosse traumatizzata, senza contare che è stata trascinata in centrale di polizia a tarda serata. Immagino avrei reagito anch'io in modo simile...».

Erika annuì. Il torpore alla guancia dovuto allo schiaffo stava svanendo e sul viso cominciava a tornare la sensibilità – il dolore, più che altro. Per un attimo, Erika si sentì sopraffatta dalla frustrazione: erano morte due donne, e chiunque interpellassero sembrava non sapere niente – a meno che non fossero davvero bravi a celare le informazioni.

«Ho appena saputo che quella povera ragazza è stata uccisa ieri mattina», aggiunse Charles. «E, prima che lo chiediate, ho un alibi per giovedì sera. Ho dormito da mio fratello. Dopo la presentazione alla stazione di Lewisham Row, abbiamo cenato fino a tardi all'Ivy e poi sono rimasto da lui fino al giorno seguente. Lui abita in centro, ha una villetta a Grosvenor Square. Sono certo che sarà felice di confermarlo».

Ci scommetto, pensò Erika.

«Ora, se qui abbiamo finito, agenti», si congedò. S'incamminò per il corridoio, sfogliando le lettere che aveva in mano. Gli sfuggì un verso strozzato, uno strano suono che spinse Erika e Peterson a voltarsi.

«Tutto bene?», chiese Peterson. La mano di Charles tremava mentre stringeva una lettera. Si voltò verso di loro, premendosi la posta sul petto.

«Sì», rispose forzando un orribile sorriso. «Sì, tutto bene. Sono solo sorpreso di aver ricevuto una lettera da un vecchio amico».

Erika e Peterson lo guardarono aprire la porta e sparire dentro casa. Rimasti soli, si voltarono nuovamente per tornare alla stazione di Lewisham Row.

Capitolo 50

Passò una settimana, poi un'altra. Le indagini rallentarono, la lista di sospettati diventava sempre più sottile e a quanto sembrava non riuscivano proprio a collegare i due omicidi. Il caso si era impantanato. I corpi di Sophia Ivanova e Vicky Clarke vennero riconsegnati alle famiglie e Maria Ivanova tornò in Bulgaria insieme al cadavere di sua sorella.

Il DNA di Reece Robinson venne prelevato all'ospedale di Lewisham, ma non produsse alcun riscontro con i campioni rinvenuti sulle due scene del crimine. In più, la sua avventura di una notte confermò che era rimasto con lei a North London per tutto il pomeriggio, il giorno in cui era morta Sophia. Ottennero anche il DNA di Shawn Macavity, che combaciò con i residui trovati all'interno dello studio di registrazione a casa di Vicky, ma la cosa non destò sospetti dato che la aiutava con il podcast. Erika era ancora turbata dal fatto che nei suoi resoconti ci fosse un buco di un'ora dopo la scoperta del cadavere e che nessun testimone potesse confermare che aveva davvero trascorso quel tempo a camminare nella brughiera.

Sheila, dalla segreteria della Goldsmith's Drama Academy, inviò tutti i fascicoli delle denunce di aggressioni sessuali riportate dalle ex allieve, ma le informazioni risultarono scarse e in ogni caso riguardavano solo studentesse iscritte all'accademia. I registri erano stati tenuti in modo approssimativo, il che non fece che aumentare i sospetti di Erika e del suo team. Anche rintracciare Kathleen Barber, Becky Wayland e Grace Leith si stava rivelando complicato. Non vivevano più agli indirizzi dichiarati nei verbali della polizia. Quindi, rimaneva un grande interrogativo: come aveva fatto Vicky a trovarle, se queste ragazze avevano solo fatto delle audizioni per la GDA e non erano mai diventate parte del corpo studentesco?

Verso la fine della seconda settimana, ci fu un piccolo passo avanti. Esaminando una pagina Facebook dedicata agli ex studenti dell'accademia, Erika trovò tra gli iscritti una donna di nome Becky Church-Wayland. Nel profilo non c'erano foto né informazioni personali, ma la detective le inviò comunque un messaggio spiegando chi fosse e dicendo che aveva bisogno di parlare con lei in relazione al podcast di Vicky Clarke. Passò una settimana senza risposta. Poi, un lunedì sera, le arrivò una mail.

Becky Wayland, ora Becky Church-Wayland, disse che sarebbe andata al funerale di Vicky il giorno seguente a Worthing. Non le scrisse il proprio numero di telefono, ma Erika le diede il suo e le disse che avrebbe partecipato alla cerimonia insieme a Moss.

Il mattino seguente, martedì 13 novembre, Erika e Moss partirono alla volta di Worthing, nel Sussex: per volere di Vicky, il funerale si sarebbe svolto nella sua città natale. Il viaggio da Londra durava due ore, così le due agenti partirono alle sette e trenta per arrivare in tempo alla cerimonia, fissata per le undici.

Fu strano sia per Erika che per Moss tornare a Worthing. Avevano uno strano legame con quella cittadina: erano passati ormai due anni da quando avevano condotto un'operazione di sorveglianza proprio lì, per rintracciare l'assassina conosciuta come l'Ombra della Notte.

Attraversarono la città e imboccarono il lungomare sotto un bellissimo cielo dorato e azzurro, striato di nuvole argentate. L'acqua calma e piatta specchiava il cielo sopra di lei. La spiaggia era pulita e deserta, quasi idilliaca. Entrambe voltarono lo sguardo verso la fila di case vittoriane.

«Era quella, il civico trentaquattro», ricordò Moss, indicando una porta verde mentre la superavano a bordo dell'auto. Era lì che Erika aveva affrontato l'Ombra della notte, mentre Moss e Peterson erano qualche porta più in là, ignari di ciò che stava accadendo.

«Speriamo che Worthing ci porti ancora fortuna», si augurò Erika.

«Fortuna? Quale fortuna?», rise Moss. «Ti hanno quasi ammazzata, in quella casa!».

«Ma ho trovato l'assassina».

«Se arriviamo a una svolta in questo caso, spero solo che sia meno drammatica», disse la collega. Superarono il lungomare e il Worthing Theatre, che si ergeva in fondo al molo come una barchetta ormeggiata.

La chiesa, in disparte rispetto alla via principale, era un edificio raccolto in mattoncini bianco burro, con il tetto di rame e la guglia di un verde acqua ormai sbiadito. Trovarono parcheggio tre strade più in là e tornarono indietro a piedi. L'aria era fresca e limpida, Erika sentiva il profumo salmastro del mare invaderle le narici. La città sembrava ancora addormentata, per essere un martedì mattina, ma di fronte alla chiesa trovarono un folto gruppo di ragazzi e ragazze vestiti in maniera elegante. Dovevano avere tutti sui venticinque anni. Tra loro c'era anche Shawn, in completo nero e scarpe lucide. I capelli lunghi erano raccolti in una coda di cavallo.

Erika e Moss si tennero in disparte, lasciando che il gruppo facesse il suo ingresso nella chiesa per primo. Quasi tutte le panche erano occupate. Dovevano esserci almeno un centinaio di persone, pensò Erika. Shawn e un altro ragazzo distribuivano il libretto del servizio funebre sui due lati della navata. Salutò Erika e Moss con un cenno stentato quando entrarono. Le agenti presero una copia ciascuna e presero posto in fondo alla navata.

La bara, di legno lucido e con le maniglie d'ottone, spuntava sul lato destro dell'altare. Al di sopra c'era un piccolo mazzo di rose rosse e dietro, montata su un cavalletto, una grande foto incorniciata di Vicky. La famiglia doveva aver optato per un funerale all'americana. Era passato davvero meno di un mese dall'ultima volta che aveva parlato con Vicky, nella mensa della stazione di Lewisham Row? Avrebbe potuto fare di più per salvarla? Avrebbe dovuto richiedere una pattuglia di sorveglianza e piazzarla fuori casa di Tess, quella notte. Cercò di non pensarci.

Chiunque fosse, non aveva fatto irruzione: Vicky gli aveva aperto la porta. Le bruciava il pensiero che, a tre settimane dall'omicidio, non fossero neanche un passo più vicini alla verità.

Le bruciava anche non avere una foto di Becky Church-Wayland. Una volta in piedi, passò in rassegna i vari membri della congregazione. Di donne tra i venti e i trent'anni ce n'erano a bizzeffe.

Tess sedeva con Jasper nella prima panca sulla sinistra, con un largo cappello nero calcato in testa. Era uno straccio: smunta e dimagrita, aveva l'aria di non dormire da giorni. Cilla Stone era seduta dall'altro lato della chiesa, anche lei nella prima panca, con un abbigliamento che spiccava in quel mare nero. Indossava un tailleur verde brillante, con una sciarpa gialla e un cappello a tamburello verde.

«Che si è messa?», mormorò Moss, avvicinandosi a Erika. «Sembra un incrocio tra Willy Wonka e un Umpa Lumpa». Accanto a Cilla sedevano due uomini, Colin a destra e un altro signore a sinistra, entrambi con dei sobri completi neri.

«Chi è l'altro tipo con lei e Colin?», domandò la collega, leggendole nel pensiero.

«Non lo so, forse Ray», bisbigliò Erika. Dall'aspetto doveva avere più o meno la stessa età di Colin, quindi una cinquantina d'anni, ma era più magro e con un incarnato scuro e butterato. Aveva la testa rasata e un orecchino d'argento. Cilla annuiva e sembrava completamente presa dalla conversazione. Mentre Erika li osservava, la donna posò una mano sul braccio di Colin, infilandola sotto il polsino della giacca. L'altro uomo, invece, le cingeva le spalle e intanto accarezzava il collo di Colin. Dal loro linguaggio del corpo si evinceva che erano molto intimi. «Quei tre sembrano una *treppia*», disse.

«Sembrano cosa?», chiese Moss.

«Una *treppia*, tre persone che hanno una relazione sentimentale».

«Vuoi dire una *troppia*, semmai?», disse Moss. «Deve far rima con *coppia*».

Alzando gli occhi al cielo, Erika notò che Charles Wakefield e Henrietta Boulderstone erano seduti due file dietro di loro. Charles indossava un completo elegante, che però sembrava di una taglia troppo grande e quindi gli calzava male. Henrietta portava un elegante capellino con una retina nera e un lungo cappotto dello stesso colore, che le pendeva dalle spalle come un mantello. Charles dovette sentirsi osservato perché si girò verso di loro, seguito subito da Henrietta. I due le fulminarono con lo sguardo, ma vennero distratti da una signora anziana che entrò di corsa in chiesa e strappò un programma dalle mani di Shawn. La donna era senza fiato e aveva uno sguardo desolato sul viso piccolo e spigoloso. Indossava pantaloni neri e un paio di décolleté di vernice nera. I piedi gonfi sporgevano dal collo della scarpa. Dietro di lei arrivò subito un uomo alto e magro, con il viso segnato dal tempo e un completo molto elegante. Aveva le guance scavate e gli occhi scuri come due pezzi di carbone. Erika lo vide afferrare un programma con il fiatone e gli occhi lucidi e disorientati, come se volesse nascondere di essere sbronzo.

«Scusaci, Jasper», disse la donna con un bisbiglio melodrammatico, quando arrivarono in fondo alla navata. «Tuo padre non riusciva a trovare parcheggio».

Diede un buffetto a Tess e poi strinse il volto di Jasper tra le mani, baciandolo a lungo sulla guancia e premendo il viso al suo ben più del necessario. Jasper sgusciò dalla sua presa e lei gli accarezzò il bavero della giacca.

«Sei così elegante. Lo siete tutti», disse alla fila. «Conrad, *Conrad!* Siamo qui», sibilò voltandosi verso il marito, che si era fermato di fronte alla bara e se ne stava con il capo chino e la mano premuta contro il legno lucido del coperchio.

«Secondo te non hanno trovato parcheggio o hanno fatto tappa al pub?», bisbigliò Moss, mentre Conrad barcollava verso la prima fila di panche.

«Vieni, abbiamo i posti vicini», mormorò la donna come se fossero venuti a vedere uno spettacolo e il sipario stesse per alzarsi. Malgrado bisbigliasse, il suo accento dell'East End rimbombava per tutta la chiesa spezzando l'atmosfera.

Henrietta osservava la donna con un palese disprezzo. Erika la vide sporgersi verso Charles per sussurrargli qualcosa all'orecchio, e lui annuì.

L'organo che aveva accolto l'ingresso dei fedeli con una melodia malinconica si spense, e nella chiesa calò un silenzio raccolto. Shawn lasciò la sua postazione alla porta e attraversò la navata per raggiungere il gruppo di amici, seduto qualche panca più avanti rispetto alle due agenti.

Un attimo dopo, una voce gentile ordinò: «*In piedi*». Nel silenzio che seguì, il prete diede inizio all'omelia. «*Padre nostro, che sei nei cieli…*».

Capitolo 51

Il servizio funebre risultò troppo pomposo. Non che Erika fosse sorpresa: con il tempo aveva imparato che i funerali cattolici sono più adatti a declamare la propria fede che a celebrare i defunti. Alla fine del servizio, il prete aveva annunciato – con una punta di disgusto, quasi avesse l'amaro in bocca – che ci sarebbe stata un'altra cerimonia al forno crematorio alle tre del pomeriggio. Erika e Moss uscirono dalla chiesa per prime e rimasero in disparte a guardare la processione dei fedeli. La detective non faceva che controllare il telefono nella speranza di trovare una chiamata di Becky.

Origliarono una conversazione tra un gruppo di ragazzi, e scoprirono così che alcuni di loro avevano programmato di fare tappa al Brewer's Arms Pub per bere qualcosa e mangiare un boccone tra una cerimonia e l'altra. Ai margini del piazzale c'erano quattro taxi neri. Erika vide Tess e Jasper riemergere dalla chiesa e fiondarsi in quella direzione. Un uomo e una donna anziani – a vederli sembravano centenari – li seguirono a passo di lumaca, lei con le stampelle e lui con il deambulatore. Ad aiutarli c'era un'altra coppia sulla quarantina, con i modi distaccati tipici degli infermieri.

«Non credo che sia il caso di portare mamma e papà al pub», disse Tess a Jasper, guardando i due anziani che le andavano incontro. «C'è una caffetteria più tranquilla sulla strada principale», disse. I genitori di Jasper apparvero alle loro spalle e Conrad mormorò qualcosa all'orecchio del figlio, le labbra rugose e imbronciate.

«Mia madre e mio padre vogliono bere qualcosa», rispose Jasper.

«Il pub è troppo affollato», disse Tess.

«Cristo, Tess. Ci serve un drink!», sbottò Jasper. Era un quadretto davvero curioso. Da un lato i genitori di Tess, che scrutavano le porte del taxi con uno sguardo vuoto in attesa di ordini, dall'altro Jasper e la sua famiglia, stretti l'uno all'altro. Tess era nel bel mezzo di quella combriccola, sola in quella striscia di cemento che era terra di nessuno. Si accorse di Erika e Moss, in piedi poco più in là.

«Vi state divertendo, vero?», gridò. «Chi vi ha invitato?»

«Siamo davvero dispiaciute per la sua perdita», disse Moss dopo qualche istante. «Volevamo solo porgervi le nostre condoglianze».

Fomentati dalle parole di Tess, i genitori di Jasper si fecero avanti con un'espressione che dalla contemplazione era virata verso la furia.

«Il nostro Jasper non c'entra niente con tutto questo!», lo difese sua madre, puntando una copia arrotolata del libretto funebre contro la faccia di Erika. Il suo accento *cockney* era acuto e marcato. «Niente! Voleva bene a Vicky come a una sorella!».

Conrad marciò verso Erika e Moss, fermandosi a pochi centimetri da loro e costringendole a fare un passo indietro. Quell'atteggiamento aggressivo mise la detective in allerta. Il fiato gli puzzava di alcol e sigarette. Era così alto che svettava su Moss, e persino Erika dovette alzare leggermente la testa per guardarlo negli occhi.

«Non c'è bisogno che la polizia resti qui. Fossi in voi, mi leverei dai piedi», disse. Gli occhi neri bruciavano di un profondo odio. Erika era su tutte le furie, ma resistette alla tentazione di schiaffargli in faccia il distintivo e ricordargli con chi stava parlando.

«Conrad, giusto? E come si chiama sua moglie?», chiese Moss, guardandolo dal basso con un'espressione imperturbabile. La detective vide che Henrietta e Charles si erano fermati a guardare, così come Shawn e un altro gruppetto di ragazzi.

«*Fottiti* è l'unica risposta che avrai da me oggi», disse.

«Conrad, vieni via», lo chiamò la madre di Jasper. Girò di colpo sui tacchi e si allontanò dalla chiesa.

«Volete lasciarci in pace? Siamo in lutto», disse. Diede le spalle a Jasper e, aggiustandosi il bavero della giacca per ripararsi dalla brezza fredda, si affrettò dietro suo marito, che ormai aveva quasi raggiunto la spiaggia con il vento che gli scompigliava i capelli grigi.

Girandosi di nuovo verso i taxi, Erika vide che Tess e Jasper erano saliti a bordo insieme ai genitori di Tess. Jasper le fissava in cagnesco dal finestrino mentre l'auto si allontanava.

«I genitori sanno che l'abbiamo tenuto sotto sorveglianza per buona parte della settimana», disse Moss.

«E che settimana», rispose Erika. Jasper e Tess avevano trascorso i primi sette giorni dalla morte di Vicky a casa dei genitori di lui, a Catford, e nel sesto giorno di permanenza Conrad era andato verso la volante e aveva aggredito verbalmente McGorry e Amir, dicendo che stavano solo cercando di piangere un morto e che la presenza inquietante della polizia sul loro vialetto stava facendo impazzire sua moglie.

Henrietta e Charles salirono su un altro taxi. Shawn e i suoi amici si erano incamminati a piedi ed erano già a metà strada. Il piazzale di fronte alla chiesa era quasi vuoto.

«Questa Becky ci ha tirato il pacco», disse Moss, riuscendo a malapena a nascondere l'irritazione nella voce. Erika controllò chiamate e messaggi, la chat di Facebook. Ma niente.

«Proviamo al pub, giusto per sicurezza», disse.

Erika e Moss percorsero a piedi la breve passeggiata che portava al Brewer's Arms. Arrivarono poco dopo mezzogiorno e solo un quarto del locale era occupato, quarto che consisteva perlopiù di gente uscita dalla messa. Il pub era in stile saloon, con un'ampia sala e due bovindi che si affacciavano sulla spiaggia. All'orizzonte si stava preparando una tempesta e, in fondo al molo, il Pavilion Theatre sembrava rannicchiato sul ciglio dell'acqua, con il tetto ricurvo sormontato da un enorme stormo di gabbiani. Sparsi per il locale c'erano gli stessi volti che avevano visto al funerale, mentre una radio trasmetteva una canzone in sottofondo. In un angolo, un paio di ragazzi sulla ventina giocavano a biliardo, mentre un anziano infilava delle monetine in una slot-machine. Aveva appoggiato il boccale sulla macchinetta e ai suoi piedi erano ammucchiati dei sacchetti della spesa.

Si avvicinarono al bancone e Moss ordinò due Coca Cola. Erika scrutò il pub. Cilla sedeva con Colin e l'altro uomo sulle poltrone di fianco al bovindo, attorno a un tavolo spazioso. La luce del locale faceva risplendere i suoi capelli rossi. Al loro tavolo sedevano altri quattro studenti, due ragazzi e due ragazze, immersi in una conversazione con i due uomini.

A un certo punto, la donna si avvicinò al bancone affiancata dal suo secondo accompagnatore.

«Salve, agenti», le salutò. «Lui è Ray, un collega. Insegnante di danza alla GDA».

«Salve, molto piacere», salutò lui, con un marcato accento dell'East End. Cilla si sporse e ordinò alla barista due vodka-cola e una Guinnes.

«Che genere di danza insegna?», gli chiese Moss.

«Tutti», rispose squadrandole dall'alto in basso. Erika non riusciva a decifrarlo: gli piacevano le donne, gli uomini o entrambi?

«Faceva il ballerino?», gli domandò lei.

«Un tempo», sorrise. Aveva i denti da coniglio e gli mancava l'incisivo destro, ma questo difetto non lo rendeva brutto. Quando sorrideva, però, il suo volto un po' sinistro diventava in qualche modo ridicolo. Il barista consegnò a Moss le due Coca Cola e l'agente si girò per pagarlo.

«Conosceva bene Vicky Clarke?».

Ray scosse la testa con le labbra imbronciate.

«No, non ha mai frequentato la mia classe di danza. La conosco solo tramite Cil e Col», disse grattandosi il sopracciglio. Erika notò che portava un mucchio di braccialetti sul polso destro.

Cilla pagò i drink e consegnò a Ray la sua mezza pinta di

Guinness. Tornò al tavolo con le ordinazioni di tutti e Ray fece per seguirla.

«Posso farle qualche altra domanda?».

L'uomo bevve un sorso di birra e si passò la lingua sulle labbra per togliere la schiuma.

«Siamo a una veglia, agente».

La detective avrebbe voluto rispondergli che tecnicamente non lo era ancora, ma si sforzò di sorridere.

«Faccio presto. È tornato a Londra insieme a Colin e Cilla il 24 ottobre?», domandò Erika.

«Dovrebbe conoscere già la risposta. Ho parlato al telefono con uno dei suoi agenti pochi giorni fa».

«Sappiamo che è rimasto in Scozia».

Ray bevve un altro sorso di birra e annuì.

«Perché?»

«Per badare al cane di Cilla, Nutmeg. Sono stato con lui una settimana finché il suo vicino di casa non è tornato dalle vacanze. Ci sono altre domande sagaci che volete farmi?», sorrise.

«Siamo a posto così, grazie», disse Erika.

Le salutò con un'ironica riverenza facendo tintinnare i braccialetti, e poi se ne tornò al tavolo.

«Tieni, la tua Coca», le disse Moss passandole il bicchiere.

«Grazie», rispose Erika. Prese un lungo sorso, assaporando la freschezza e la dolce frizzantezza della bevanda.

«Sembra un po' un coglione».

«Sì, ma ha un alibi per l'omicidio di Vicky. E, per quanto ne sappiamo, nessun movente per volere uccidere Sophia», rispose Erika a voce bassa. La porta d'ingresso del pub era separata dal resto del locale da una vetrata colorata. A un certo punto la luce inondò la stanza, annunciando l'arrivo di Henrietta e Charles, che sembravano un po' sbattuti dal vento. Adesso lui portava anche un cappello nero a falda stretta, che faceva pendant con quello della compagna. Sembravano due agenti segreti in una vacanza per pensionati, pensò Erika.

«Che vuoi fare?», chiese Moss mentre scrutava la sala. «Questa stanza sembra l'Indovina Chi della nostra indagine».

Nell'angolo in fondo, Erika notò due giovani donne che non aveva visto in chiesa. Erano entrambe minute e magre, con i capelli lunghi e scuri. Se ne stavano accanto al juke-box, con i cappotti piegati sulle braccia e delle Budweiser in mano. Nel frattempo, il gruppo di studenti intorno a Colin e Cilla cresceva di numero e si faceva sempre più rumoroso, risucchiando tutto l'ossigeno della sala.

Le ragazze si scambiarono un'occhiata e una di loro, quella con i capelli legati, prese il cellulare e fece una chiamata.

Il telefono di Erika squillò. Sullo schermo apparve un numero sconosciuto. Rispose.

«Salve. Siete le agenti che seguono il caso di Vicky Clarke?», chiese la donna con voce quieta. Sembrava tremendamente timida.

«Sì», disse Erika con un fremito di trionfo nel petto. Le sorrise dall'altra parte della stanza.

«Sono Kathleen Barber e lei è Becky», continuò la ragazza indicando l'amica. «Vorremmo parlarvi del podcast di Vicky».

Capitolo 52

C'era un tavolino ancora libero all'angolo e Moss corse a reclamarlo. Le due ragazze arrivarono quasi insieme a loro. Kathleen aveva i capelli lunghi e liscissimi, con una frangetta dritta che continuava a spostare in un tic nervoso. Erika e Moss si presentarono, e le quattro donne presero posto.

«Non eravamo sicure di venire», disse Becky.

«A dire il vero, non sapevamo se avessi letto i messaggi che ti ho lasciato su Facebook», rispose Erika.

«L'ho fatto e l'ho detto subito a Kathleen», rispose.

La ragazza annuì, guardandosi intorno con aria nervosa. Il gruppetto intorno a Cilla, Colin e Ray faceva parecchio chiasso, mentre Henrietta e Charles, seduti proprio di fianco a loro, erano immersi in una fitta conversazione.

«Come avete saputo di Vicky?», chiese Erika.

«Doveva mandarci la versione finale della puntata prima di caricarla nel podcast», disse Kathleen. «Giusto per essere sicura che non avessimo cambiato idea».

«Quando è successo?», domandò Erika tirando fuori il blocco degli appunti.

«Ha detto che ci avrebbe inviato tutto entro il 12 ottobre. Poi ci avrebbe concesso un paio di giorni per ascoltare il file e il 17 l'avrebbe caricato», disse Becky.

«Non abbiamo più avuto sue notizie. Così, il 18 ottobre, quando ormai la puntata doveva essere online, l'ho chiamata per dirle che ero infastidita dal suo comportamento, ma il telefono era spento. Vicky mi aveva dato il numero di Becky e anche lei ha detto di non averla più sentita», disse Kathleen.

«Quando avete scoperto che Vicky era morta?», domandò Erika.

«La settimana scorsa. Abbiamo letto un trafiletto sul sito del "Daily Mail" che parlava di un'attrice trovata morta in casa e c'era anche la sua foto», disse Kathleen. «Ho chiamato subito Becky e gliel'ho detto, giusto?», chiese sistemando di nuovo la frangetta. Becky annuì. Avevano l'aria terrorizzata. Sedevano a testa bassa e con lo sguardo puntato sul tavolo, come se parlare costasse a entrambe uno sforzo enorme.

«Gli appunti, i file nell'hard disk e nei CD: sono stati tutti cancellati. Siamo risalite a voi tramite una chiavetta USB recuperata in fondo alla borsa di Vicky», spiegò Moss. «Come ha fatto a trovarvi, lei?»

«Ha detto che un ragazzo che lavorava all'università l'aveva aiutata con la musica. Quando si sono conosciuti meglio e lui ha ascoltato il podcast, visto che parlava di true crime le ha raccontato delle aggressioni nello studentato di Jubilee Road», disse Kathleen.

«Sì, ma come ha fatto a trovarvi? A risalire ai vostri nomi?», chiese Erika.

«Vicky ci ha detto che aveva dovuto fare un mucchio di ricerche», rispose Becky. «Era andata su questo sito pubblico della polizia: *Police.uk*, può essere? Diceva che, se conosci area geografica e data, puoi cercare i crimini denunciati in quella zona fino a trovare l'indirizzo esatto. Questo tipo dell'università ricordava più o meno l'epoca in cui è successo a me e Kathleen: gennaio o febbraio 2012. Così, Vicky ha controllato tutti i crimini registrati all'indirizzo di Jubilee Road fino a risalire ai furti con scasso e alle aggressioni denunciate in quel periodo».

«Ha detto che al civico 84 di Jubilee Road risultavano solo due casi», aggiunse Becky.

«Poi ha detto di aver chiamato la GDA e di aver finto di essere un membro del British Arts Council. Disse che avevano selezionato la scuola per un articolo sulle tecniche di audizione e che quindi doveva rintracciare tutti i candidati dell'accademia. Era una storia un po' improvvisata, ma era riuscita comunque a farsi dare la lista di chi aveva sostenuto l'audizione il giorno delle aggressioni, sostenendo che fosse per l'intervista. L'elenco comprendeva solo sei ragazzi e sei ragazze. E alla fine ci ha trovate. Avevamo traslocato un paio di volte, ma i numeri di cellulare erano rimasti gli stessi». Quando Kathleen finì di parlare, calò un lungo silenzio. Moss guardò Erika con un sopracciglio alzato. «Che c'è? Qualcosa non torna?»

«No, assolutamente no. Sono solo colpita. È stato un ottimo lavoro investigativo, il suo», disse Erika mentre la collega annuiva.

«Okay. Quindi Vicky vi ha contattate e vi ha spiegato del podcast. E poi?»

«A me ha detto che era il primo episodio che trattava di un'indagine vera», disse Becky. «Gli episodi passati erano stati tirati su a partire da casi veri e di dominio pubblico. Lei aveva drammatizzato il racconto, ma questo era autentico...».

«All'epoca aveva già parlato con me», intervenne Kathleen, «e credo anche con l'altra ragazza, Grace Leith. Scoprire di questo predatore seriale l'aveva scioccata...».

«Esatto, e io ero un altro pezzo del puzzle. Mi ha chiesto se potevo raggiungerla a Londra o se poteva venire da me e registrare quello che avevo da dire. Si offrì di pagare il treno e il pranzo. Non mi dispiaceva fare un giro a Londra, così l'ho incontrata a Covent Garden».

«Dove?», chiese Erika.

«In un bel ristorante nel mercato coperto», disse Becky. «Non so se può esservi d'aiuto. Ma è stata molto gentile e abbiamo parlato tanto prima di andare a prendere un caffè. Fuori dal ristorante c'era una cantante d'opera e Vicky ha detto che non potevamo avere il canto in sottofondo, così siamo state da Starbucks, che era vuoto, e lì abbiamo registrato l'intervista», continuò. «Mi ha pagato sia il biglietto del treno che il pranzo, ed era emozionatissima per l'intervista. Pensava che l'episodio avrebbe portato il podcast a un altro livello».

«E tu dove sei stata intervistata?», chiese Moss a Kathleen.

«Ho dei figli e sono sola. Vivo in una zona sperduta del Suffolk, vicino un paese chiamato Beccles», disse. «Perciò è stata

Vicky a venire da me. Ho chiesto a mia madre di occuparsi dei bambini per un paio d'ore e ci siamo incontrate in un bar lì vicino. Mi ha fatto la stessa impressione che ha fatto a Becky: era adorabile. Mi ha pagato il pranzo e il biglietto dell'autobus per raggiungerla».

«E Grace Leith, la conoscete?», domandò Erika.

«No, ci ha chiesto di lei, ma Grace si è presentata alle audizioni qualche anno dopo di noi», rispose Becky.

Rimasero in silenzio per un momento, cercando di mettere in fila le informazioni. Il tempo scorreva, qualche ragazzo aveva già cominciato a prepararsi. Kathleen bevve un sorso di birra e si scostò la frangia.

«Vicky vi ha mai mandato del materiale audio? File oppure mail con i dettagli di quello che aveva scoperto?», domandò Moss.

Le ragazze scossero la testa.

«Non vi ha mai parlato delle sue indagini?», chiese Erika. Ci fu un'altra lunga pausa, poi Kathleen si scostò la frangia e guardò Becky.

«Com'era quella storia del vicino?», le domandò.

«Che vicino?», la incalzò Erika.

«Vicky ci ha detto che aveva un vicino inquietante, un uomo più grande che viveva proprio accanto a lei. Quando ha iniziato a indagare sulle aggressioni negli studentati di Jubilee Road e Hartwood Road, ha scoperto che tra il 2007 e il 2012 lui aveva lavorato come custode sia lì che in altri edifici della scuola. Proprio negli anni in cui siamo state aggredite noi… Ci ha raccontato di essere andata da lui per chiedergli della sua esperienza come custode e, insomma, di avergli detto che doveva per forza aver sentito qualcosa sulle aggressioni e sui furti, visto che era responsabile di quegli edifici… A quanto pare, lui è andato *su tutte le furie*: le ha detto che non aveva nulla a che fare con quella storia e ha minacciato di denunciarla per molestie. L'ha cacciata di casa trascinandola per un braccio. Ma quella reazione l'aveva resa solo più sospettosa», raccontò Becky.

Erika era senza parole. La gente intorno a lei cominciava a

prepararsi. Henrietta e Charles erano già usciti, lasciando sul tavolo due bicchieri e due pacchetti di patatine vuoti.

«Siete assolutamente sicure che abbia detto che quell'uomo era il suo vicino?», chiese Erika.

«Sì», rispose Becky. «Lo chiamava Charlie, *Charlie-Boy*».

Erika rivide l'immagine di Charles ed Henrietta che entravano nel pub con i cappelli abbinati.

«Merda. Charles Wakefield», disse voltandosi verso Moss.

Capitolo 53

«È vero. Charles Wakefield ha lavorato come custode alla GDA dal 2007 al 2012», disse Erika, chiudendo la chiamata con Sheila della segreteria. Le ragazze erano salite nell'auto di Becky, per andare al forno crematorio, ma le due detective erano rimaste al pub.

«E nessuno dei nostri testimoni ha pensato che fosse il caso di dirlo?», ribatté Moss.

Erika chiamò Peterson alla sala operativa, ma il telefono squillò a vuoto. Provò qualche altro numero e alla fine rispose Crane.

«Che succede, sergente, siete andati tutti a pranzo?», disse.

«Scusa, capo. C'è stato un grosso colpo di scena, qui», rispose Crane.

«In che senso un colpo di scena?»

«Stavamo riguardando le scartoffie e i documenti del caso e McGorry ha notato qualcosa a dir poco *allarmante*».

«Cosa?»

«Quando Charles Wakefield è stato arrestato tre settimane fa e ha prenotato un soggiorno nella cella di lusso del Lewisham Row, non è stato effettuato nessun prelievo del DNA».

«Che vuol dire? È stato arrestato. Viene sempre raccolto un campione di DNA a seguito di un arresto».

«Non in questo caso», insistette Crane. «Charles Wakefield non risulta nel database nazionale. E il rapporto è incompleto».

«Cristo! Com'è possibile?»

«Mi sono fatto la stessa domanda. Stiamo ripercorrendo passo passo tutto quello che è stato fatto finora per provare a capire chi era di turno nelle celle di custodia la sera in cui è stato portato dentro».

«L'hai già detto a Melanie?»

«No, volevo chiamare te prima».

«Quindi tutti i campioni di DNA che abbiamo incrociato nel database nelle ultime due settimane non includevano quello di Charles Wakefield?»

«Non direttamente».

Dopo quella novità, fu il turno di Erika di rivelargli che Charles Wakefield aveva lavorato come custode alla GDA all'epoca delle aggressioni, e che Vicky era andata da lui per chiedergli informazioni nel corso delle ricerche per il podcast.

«C'è dell'altro. Charles e Henrietta si sono presentati al funerale vestiti entrambi con un impermeabile e un cappello di feltro nero. Quei due sono alti uguali. E stavo ripensando ai video di sorveglianza della stazione di Blackheath: Charles ha detto che è andato in centro il giorno in cui Sophia è stata uccisa, questo è il suo alibi, ma visto che il viso è oscurato nei frame non c'è *nessun* alibi. Vedendoli insieme oggi, mi è sorto un orribile dubbio: e se la persona che abbiamo visto viaggiare verso il centro fosse Henrietta? Sei riuscito a trovare altri video di quel giorno che ritraggono Charles Wakefield?»

«No», disse Crane. «E abbiamo parlato con l'impiegato di turno alla biglietteria: non ricorda di averlo visto, ma ci ha tenuto a sottolineare che è stata una giornata caotica e che vendono un mucchio di biglietti e parlano con un mucchio di persone ogni giorno».

Dall'altro capo del telefono, calò un brusco silenzio. Moss lanciò un'occhiata interrogativa a Erika.

«Okay. Dove sei ora, capo?»

«Sono ancora al pub di Worthing insieme a Moss. Sono andati tutti al forno crematorio, incluso Charles Wakefield. Dammi un secondo, Crane. Ti richiamo».

Erika sudava freddo, mentre aggiornava Moss sugli ultimi sviluppi della vicenda.

«E se fosse stato Charles ad aggredire quelle donne alla GDA? L'avrà minacciata dopo aver scoperto che Vicky stava indagando sull'accaduto, ma lei ha continuato le sue ricerche, ha rintracciato Becky e Kathleen e le ha intervistate. Dopodiché, lo avrà affrontato di nuovo per dirgli che aveva le prove di due testimoni».

«Frena», disse Moss. «Questo non spiega perché ha ucciso Sophia».

«Magari è andata come abbiamo ipotizzato all'inizio, ha confuso le due ragazze. Sophia era nell'appartamento di Vicky e si somigliano molto. Charles entra in casa e, nella frenesia del momento, la scambia per Vicky. La picchia, la incastra nel divano letto e la accoltella... E di certo a quel punto pensava solo a trovare e distruggere le prove che Vicky aveva raccolto durante le indagini: i quaderni, le chiavette USB, l'hard disk del computer».

«Ti freno di nuovo», rispose Moss. «Hai visto anche tu il suo appartamento: è un luddista. Gli unici aggeggi elettronici che abbiamo trovato erano un vecchio videoregistratore e una videocassetta».

«E questo prova che sia innocente? Magari ha imparato a usare il computer al lavoro», disse Erika.

«D'accordo, mettiamo che Charles entra in casa di Vicky, uccide Sophia pensando che sia lei... Si dà una ripulita e va a fare l'aperitivo con Henrietta al piano di sopra. Questo spiegherebbe perché si comportava in maniera così schizzata quando siamo arrivati sulla scena del crimine. Lo arrestiamo per dei gatti congelati, ma non c'entra niente. Scopriamo che il fratello è il commissario aggiunto della polizia... Il suo DNA non viene prelevato durante l'arresto. Che mi dici di Henrietta? È coinvolta anche lei?».

Erika si massaggiò le tempie.

«Non lo so. Non lo so. Dici che Julian Wakefield si giocherebbe la carriera per il fratello? E lui, poi, c'entra qualcosa? Se sì, in che modo?».

Moss allargò le braccia.

«Mettiamo da parte queste congetture per un secondo e torniamo al primo omicidio... Anche *Tess* ha scambiato Sophia per Vicky. Si somigliano molto, e visto com'era malridotta...».

«Sono arrivata sulla scena del crimine un istante dopo che Tess ha scoperto il corpo, il che significa che la teoria dello scambio d'identità regge. Abbiamo scoperto che non si trattava di Vicky solo dopo ventiquattro ore», disse Erika.

«Quindi saltiamo le prime ventiquattro ore. Troviamo Vicky, torna dalla Scozia e Charles Wakefield la incrocia quella sera stessa alla stazione», disse Moss. «Lui ti sembrava scioccato dopo averla vista?».

Erika rimase in silenzio per qualche istante, cercando di ricordare quei secondi. Si era concentrata più sulla reazione di Vicky, che su quella di Charles.

«Non so se lo definirei shock, ma c'è stato un momento molto strano tra di loro», concluse Erika.

«Quindi, vede Vicky, scopre che non l'ha uccisa e che lei sta per parlarci... Forse spera di averla spaventata tanto da non farle vuotare subito il sacco? Aspetta che torni da Tess, poi bussa alla porta nel cuore della notte e quando lei gli apre si fa trovare pronto con il coltello e la pugnala alla schiena», disse Moss.

Erika rifletté per qualche istante.

«Cavolo. Reggerebbe in tribunale? Non lo so, ma potrebbe essere andata così. Charles non ha un alibi per la notte in cui è stata uccisa Vicky. O meglio, ce l'ha ma è Julian Wakefield. E considerati quegli inutili video di sicurezza in cui forse appare, direi che non ha un alibi nemmeno per l'omicidio di Sophia. E adesso scopriamo anche che ha lavorato come custode alla GDA all'epoca delle aggressioni su cui Vicky stava investigando...».

«E grazie a Becky e Kathleen abbiamo scoperto anche che Vicky prendeva sul serio il suo lavoro ed era una detective sorprendentemente brava. Cos'altro sapeva? E se avesse affrontato Charles su qualcosa di molto più serio?», chiese Moss.

Erika guardò il locale vuoto.

«Senza il DNA di Charles, le tracce di saliva rinvenute sulla spalla di Vicky potrebbero ancora tornare in scena. Pensavamo di avere già incrociato i due campioni, invece non è così».

Tamburellò le dita sul tavolo. Le serviva il DNA di Charles, e ora avevano basi concrete per arrestarlo e prelevare un campione. L'unico problema era la cremazione: potevano giustificare un arresto nel bel mezzo di un momento così delicato per la famiglia?

«Pensi quello che penso io?», chiese Moss.

Erika annuì. «Se Charles Wakefield avesse riconosciuto Becky e Kathleen mentre erano qui a parlare con noi? Potrebbe cercare di arrivare a loro. Dobbiamo metterlo sotto custodia, prelevare il suo DNA e interrogarlo».

«E come facciamo per il fatto che...», cominciò Moss.

«Non me ne fregherebbe niente, neanche se fosse il re d'Inghilterra, figuriamoci il fratello del commissario aggiunto», rispose Erika. «Forse è lui che cerchiamo».

Prese il telefono e chiamò subito Crane.

«Sergente, richiedo l'arresto di Charles Wakefield. Portatelo dentro. Vi mando l'indirizzo del forno crematorio. Aspettate la fine della funzione e fatelo con riserbo, senza disturbare la famiglia. Chiedete rinforzi alla polizia locale».

«Come facciamo con Melanie?», le chiese Crane.

«Sono io a capo di questo caso, quindi Melanie è un problema *mio*. Voi pensate a mandarmi due agenti in borghese e una pattuglia di rinforzi».

Capitolo 54

Il forno crematorio di Worthing si trovava fuori città, immerso in un bellissimo paesaggio. Superando le file di alberi alti e campi aperti che si susseguivano sul lungo vialetto, Erika pensò che sarebbe stato difficile compiere l'arresto in maniera riservata. Poteva soltanto sperare che il crematorio si trovasse in una zona più riparata.

«Era un palazzo signorile, prima che lo demolissero e lo trasformassero in un crematorio», disse Moss. Sotto un cielo terso, seguirono la curva a destra del vialetto e si ritrovarono di fronte a un edificio lungo e basso, con un tetto piatto e bianco. Tutt'intorno c'erano varie file di lapidi e una donna con un cappotto beige, che stava posando un mazzolino di fiori su una piccola tomba quadrata sotto lo sguardo di un corvo, appollaiato poco più in là. Sembrava un luogo così pieno di pace, un quadretto idilliaco sporcato solo dalla lunga ciminiera che si ergeva dal crematorio e dalla striscia di fumo nero che sputava in cielo.

«Odio questi posti, i contrasti che ci sono qui intorno», disse Moss. «Ricordo il funerale di mia nonna. Ce ne stavamo in mezzo a questo prato incantevole a parlare di lei dopo la cerimonia, fingendo di non sapere che il fumo nero che si alzava alle nostre spalle e puzzava di bruciato era effettivamente *lei*».

Erika si girò a guardare la collega, sorpresa di sentirla parlare in modo così negativo. Di solito, Moss era una roccia.

«Stai bene?»

«Io? Certo», rispose a schiena dritta la sua collega, prendendo un respiro profondo.

Girato l'angolo, sbucarono su un cortiletto di ghiaia. C'era già una volante della polizia parcheggiata di fronte all'ingresso.

Due poliziotti in uniforme se ne stavano in piedi lì davanti a braccia incrociate.

«No, no, no. Avevo richiesto agenti in borghese! Per non dare nell'occhio!», disse Erika, fermando l'auto lontano dall'ingresso principale. I due uomini sembravano pronti a scattare per chissà quale missione. «Questi pagliacci causeranno un bel trambusto».

«Occhi aperti, stanno uscendo ora», disse Moss indicando l'ingresso. In cima alle scale c'erano Cilla, Colin e Ray. Cilla teneva sottobraccio i due uomini, stretta in mezzo a loro. Prese un fazzolettino dalla tasca e si tamponò gli occhi. Un attimo dopo, uscirono anche gli altri membri della congregazione, riempiendo ben presto l'ampia scalinata di pietra che portava al parcheggio.

I due poliziotti erano il tipo di agenti maschi e bellicosi che le facevano scattare una miriade di campanelli d'allarme nelle orecchie. Non che lei fosse estranea all'aggressività, ma quei due sembravano non aspettare altro che uno scontro con qualcuno. Il più alto si staccò dal cofano su cui era appoggiato, raddrizzandosi il berretto. Controllò la cintura per essere certo di avere manette e manganello.

«Dobbiamo andare da loro, subito», disse Erika slacciando di corsa la cintura. Moss la seguì a ruota e le due procedettero di gran passo verso la volante. Erika tirò fuori il distintivo proprio mentre Jasper e Tess spuntavano sulle scale insieme a Shawn e a un altro gruppetto di ragazzi.

«Sono l'ispettore capo Erika Foster. Lei è l'ispettore Moss», disse tenendo d'occhio la folla. Becky e Kathleen uscirono dalla porta con il padre di Jasper, Conrad, e sua moglie al seguito.

«Agente semplice John Fryatt», si presentò il poliziotto con i capelli scuri. «E lui è l'agente semplice Murray Frazier».

Murray toccò il cappello in una sorta di saluto che indispettì Erika.

«È lui il sospettato?», disse Murray, un giovane dai capelli rossi, la mascella marcata e gli occhi un po' troppo vicini. Le mostrò una foto di Charles Wakefield, una scelta infelice: si trattava di quella segnaletica scattata in seguito all'arresto, che lo ritraeva con la testa insanguinata e gli occhi spiritati.

«Sentite, dobbiamo condurre un arresto pulito. Voglio che aspettiate finché la folla non sarà dispersa per avvicinarci a Charles Wakefield».

«È accusato di tentato stupro? E omicidio?», chiese l'agente Fryatt.

«Sì...», fece per dire Erika. Li vide subito raddrizzare la schiena, come due cani pronti all'attacco. L'agente Frazer sollevò la foto mentre Charles Wakefield spuntava dall'ingresso insieme a Henrietta. I due sbatterono gli occhi per la luce improvvisa e Henrietta si appoggiò al bastone. Charles si infilò il cappello di feltro e le porse il braccio. Anche se era lui a sostenere la donna, c'era un che di vulnerabile nel modo in cui le si aggrappava, come un bambino nel primo giorno di asilo.

Tess doveva averli notati – non che ci volesse molto – perché stava marciando giù dalle scale verso Erika, Moss e i due agenti in uniforme. Aveva gli occhi gonfi per il pianto.

«Che volete, adesso? Che succede?», chiese con la voce sovraccarica di emozione.

«Niente, tranquilla. Non vogliamo disturbare», rispose Erika, mentre una punta di panico si accendeva dentro di lei.

«Parcheggiate una volante di fronte all'impianto dove stiamo cremando mia sorella, e dite niente?», strillò. Qualcuno dei presenti cominciò a voltarsi verso la pattuglia. Jasper rimase in disparte insieme ai genitori, che adesso sembravano preoccupati. Arrivati ai piedi delle scale, anche Charles e Henrietta si fermarono a guardare. Erika vide che la donna lo stava esortando a intervenire.

«La facciamo spostare subito, tranquilla. Sono davvero desolata per il tempismo inopportuno», disse Erika mentre cercava di tenere d'occhio Charles.

«Adesso basta, Erika. Presenterò un reclamo al suo superiore. Questo è accanimento. La vostra presenza *non* era gradita oggi!».

Charles si avvicinò e posò una mano sul braccio di Tess.

«Tess, cara. Lascia stare, andiamo via. Purtroppo questa nuova generazione di agenti in divisa non mostra un minimo di educazione. Non meritano neanche di essere definiti poliziotti, a dirla tutta…». Erika sapeva che Charles si permetteva di parlare in modo così arrogante per via di suo fratello, ma per i due giovani agenti fu come se gli avesse sventolato in faccia una bandiera rossa durante una corrida. Accadde tutto così in fretta che la detective rimase pietrificata. Fryatt e Frazer si avventarono su Charles, che d'istinto scattò verso il parcheggio con un'agilità sorprendente nonostante l'età.

Henrietta strillò: «Oh, no!», attirando l'attenzione delle persone ancora sui gradini. Gli occhi di tutti erano fissi sulla scena, sui due agenti che inseguivano Charles attraverso il parcheggio. Lo raggiunsero al bordo del cortile di ghiaia, dove iniziava una fila di cespugli oltre cui si stagliava una ripida discesa d'erba. In fondo spuntava un'insegna che recitava: "Parco della Rimembranza". Frazer afferrò la giacca di Charles, ma lui riuscì a divincolarsi, scivolò e finì sotto la siepe, sfuggendo ai due agenti e rotolando giù per il pendio erboso.

«Prendetelo!», gridò Frazer. «Non lasciatelo scappare!».

Ormai, l'idea di un arresto discreto si era dissolta nel nulla. Jasper aveva raggiunto Tess e aveva preso a sbraitare contro le detective.

«Ma che pensate di fare? È un uomo anziano! Siete dei cazzo di criminali!».

Erika e Moss sfrecciarono per il cortile e oltre la fila di cespugli, verso il "Parco della Rimembranza". In fondo al prato, Frazer aveva immobilizzato Charles a terra con un ginocchio sulla schiena. L'altro agente, chino vicino a Charles, che strillava come un maialino in trappola, gli leggeva i suoi diritti.

Voltandosi, Erika vide che tutti i presenti li fissavano a bocca spalancata. Gli unici che non sembravano né sorpresi né particolarmente sconvolti erano il padre di Jasper, Conrad, e sua madre, che stava in piedi composta in fondo ai gradini, con la borsetta nell'incavo del braccio.

Erika e Moss aggirarono in fretta la fila di cespugli e corsero verso i poliziotti e Charles.

«Lasciatelo andare!», urlò Erika. «Subito!».

Era sconvolta da come la situazione fosse degenerata in così poco tempo.

Frazer tolse il ginocchio dalla schiena di Charles e Fryatt fece un passo indietro. Entrambi ansimavano per lo sforzo. Fu allora che Erika si accorse che Charles aveva smesso di strillare. Era immobile, a faccia in giù sull'erba. Si chinò alla svelta e lo girò con cura. Bofonchiava qualcosa, ma lo sguardo era perso.

«Il braccio! Mi hanno rotto un braccio!», gridò con la voce strozzata dalla furia.

«Chiamate un'ambulanza», disse Erika. Tentò di leggere i diritti a Charles Wakefield, ma lui batté le palpebre e la testa gli ricadde di lato. Aveva perso i sensi.

Capitolo 55

Era una serata tranquilla a Lewisham Row. Uno strano silenzio sommesso si era diffuso tra i corridoi della stazione sin da quando Erika e Moss erano rientrate.

«Vuoi che venga di sopra con te? Ti aiuto a raccontare come sono andate le cose», disse Moss.

«No, torna a casa da Celia e Jacob. Me la vedo io», rispose Erika. Era grata del supporto che la collega le stava mostrando, e sapeva che le sue intenzioni erano buone, ma doveva prendersi lei la responsabilità dell'accaduto in quanto ufficiale con il grado più alto. E poi, era stata lei a ordinare l'arresto di Charles Wakefield.

«Buona fortuna. E fammi sapere come va», la salutò Moss con una stretta affettuosa al braccio.

Erika si avventurò sulle scale della stazione. Si sentiva esausta. Sul pianerottolo si fermò a guardare lo scintillante tappeto della città che si stendeva fuori dalla finestra. La notte era tersa, in lontananza scorgeva le luci colorate del London Eye sulle acque del Tamigi.

«Si dice in giro che hai avuto una giornataccia», esordì Melanie, quando lei prese posto davanti alla sua scrivania. Aveva un'espressione imperscrutabile. Doveva essere davvero stanca, pensò Erika, vedendo le risme di scartoffie e le montagne di fascicoli e rapporti accumulate sulla scrivania e sul pavimento dell'ufficio.

«Non ho avuto altra scelta che arrestare Charles Wakefield. Ma ammetto che le modalità con cui è avvenuto il fermo sono state sfortunate», disse Erika. Proseguì spiegando ciò che aveva scoperto grazie a Becky e Kathleen e raccontando di come

Crane si era accorto che nessun campione di DNA fosse stato prelevato durante il primo arresto di Wakefield.

«Condurrò un'indagine a questo proposito. Scoprirò perché il prelievo non è stato fatto, anche se è *già* capitato in passato», disse Melanie con il volto corrucciato.

«Non ti sembra una coincidenza un po' troppo strana?», chiese Erika sollevando un sopracciglio. «Devo ricordarti chi è suo fratello?»

«Fidati di me, quando ti dico che non ho intenzione di lasciar correre».

«Marsh ti ha già contattata?»

«No, ma qui non si tratta del comandante Marsh. È la tua indagine e questa è la mia stazione», disse Melanie.

«Grazie», rispose Erika sollevata. Non sarebbe riuscita ad affrontarli entrambi, ora come ora.

«In che condizioni versa Charles Wakefield al momento?», domandò Melanie.

«Non so se sia svenuto davvero quando l'abbiamo arrestato, o abbia fatto solo finta... Gli hanno letto i suoi diritti, ma i paramedici mi hanno impedito di prelevare un campione di DNA».

«Non puoi ostacolare il lavoro dei paramedici».

«Lo so, ma se riuscisse a evitarlo di nuovo?», disse Erika strofinandosi gli occhi. «È stato un casino. I due agenti in uniforme che mi sono stati mandati erano degli zoticoni. Hanno creato un dramma in una situazione che doveva rimanere semplice e tranquilla».

«Di fronte a un'intera congregazione in lutto?»

«Sì», rispose Erika. «Ma resta il fatto che Charles Wakefield è in cima alla mia lista di sospettati. Se il suo DNA combacia con la saliva che la scientifica ha rinvenuto sulla spalla di Vicky Clarke, potremo collocarlo sul luogo del delitto. Abbiamo raccolto anche il DNA presente sulla scena del crimine di Sophia Ivanova e uno dei campioni non ha avuto riscontro. Non so quando verrà dimesso dall'ospedale».

«È ferito?»

«Sosteneva che i due poliziotti gli avessero rotto il braccio, ma i raggi X hanno evidenziato una semplice slogatura. L'ospedale ha voluto tenerlo in osservazione per la notte, vista l'età. La polizia del Sussex è stata molto vaga a riguardo e mi tocca lavorare oltre la nostra giurisdizione».

Erika sprofondò nella sedia, schiacciata da un'improvvisa ondata di stanchezza.

Melanie picchiettò la penna sulla scrivania. «Ascolta, conosco il sovrintendente capo del Sussex. Lo chiamo subito e mi assicurerò che mandi uno dei suoi all'ospedale questa sera per leggere i diritti a Charles Wakefield e prelevargli un campione di DNA in presenza di un'infermiera. Faremo tutto come da manuale».

«Se anche fosse, non otterremo i risultati prima di quarantotto ore».

Melanie si appoggiò allo schienale della sedia e le lanciò una lunga occhiata.

«Non essere impaziente, Erika. Davvero pensi che il fratello di un pezzo grosso della polizia tenterà la fuga? E prima o poi Julian Wakefield dovrà decidersi a guardare in faccia la realtà e vedere cosa sta succedendo, anche se si tratta di suo fratello».

«Non do mai nulla per scontato», rispose Erika.

«Senti, è tardi. Va' a casa. Tieni il telefono acceso, io cercherò di sbrigare tutto stasera, per quanto possibile».

«Grazie».

Erano le nove passate quando Erika riemerse nel parcheggio. Le rivelazioni della giornata avevano smosso il caso, ma l'idea che Charles Wakefield riuscisse a sfuggirle di nuovo non la faceva sentire affatto tranquilla. Il telefono prese a squillare, e con suo grande stupore vide che era Igor a chiamare.

«*Ahoj*», gli disse, rispondendo in slovacco.

«*Hello*. Spero non ti dispiaccia se ho chiamato».

«No, nient'affatto. Ti ho detto io di farlo, solo che non ho avuto proprio il tempo di pensare alla questione dei camini. Le ultime due settimane sono state assurde per via del caso che sto seguendo».

Lo sentì esitare all'altro capo del telefono.

«Senti, lascia perdere i camini… Che penseresti se ti dicessi che…», fece una risatina nervosa. «Che non riesco a smettere di pensarti?»

«Penserei che dovresti aggiornare il copione», scherzò lei.

Lui rimase in silenzio.

«Sono serio».

Erika fece per rispondere, per poi rimanere in silenzio a sua volta. Anche lei aveva pensato a lui, certo non in continuazione, ma negli ultimi tempi le erano tornati in mente tanti ricordi del loro passato. Si era resa conto che era stato bello incontrarlo di nuovo.

«Che stai facendo adesso?», gli chiese.

«Adesso? Sono parcheggiato davanti a casa tua».

«Ah, quindi sei uno stalker con battute da rimorchio di quart'ordine?».

Igor scoppiò a ridere.

«No, avevo l'ultima consegna in zona… O meglio, ho fatto in modo di avere l'ultima consegna in zona».

«Sai cosa? C'è una fantastica friggitoria a due isolati da casa mia. Va' a prendere la cena, per me merluzzo e patatine. Ci vediamo a casa mia tra mezz'ora, okay?»

«Mi sembra un bel piano», rispose Igor. Non riusciva a nascondere l'entusiasmo nella voce.

Erika chiuse la chiamata. Era strano e inaspettato avere una specie di appuntamento con un uomo pronto a cadere ai suoi piedi. Si sentiva quasi in colpa. Ma non sarebbe crollato il mondo, se per una volta si fosse concessa una cena con un vecchio amico. Poi lo avrebbe messo alla porta e sarebbe tornata al lavoro.

Non è un appuntamento, si disse. *È solo un amico.*

Capitolo 56

Erika si svegliò di soprassalto. L'orologio sul comodino segnava le tre del mattino. Si girò e vide Igor al suo fianco, che dormiva beatamente.

Che sto facendo?, pensò. La sera prima avevano cenato insieme a casa, avevano mangiato fish and chips e bevuto un paio di birre a testa. Malgrado tutti gli avvenimenti della giornata, era riuscita a lasciarsi il lavoro alle spalle e divertirsi per un paio d'ore. Igor la faceva ridere ed era bello parlare con qualcuno nella propria lingua madre. Poi, una cosa aveva tirato l'altra, ed erano finiti a letto insieme – *e* l'aveva fatto rimanere per la notte.

Si tirò su e tastò il piumone. George non c'era più. Spariva sempre, a un certo punto della notte. Provò a sdraiarsi di nuovo, ma poi sentì uno strano rumore. Un fruscio e un tonfo. Si mise in allerta. Un momento di silenzio, poi di nuovo.

Si alzò e scivolò in fretta sul pavimento a piedi nudi, ma con addosso il pigiama pesante. Quando arrivò in fondo alle scale, vide che la luce dei lampioni in strada filtrava attraverso il vetro della porta, immergendo il pianerottolo e il corridoio in un bagliore rossastro. Sentì un altro lieve fruscio provenire dalla cucina al piano di sotto, stavolta seguito da una specie di squittio. Le scale cigolarono sotto i suoi piedi e il suono fece scendere il silenzio in casa.

George, pensò. *Era George*. Arrivò al pianterreno ed esitò, procedendo con cautela lungo il corridoio. Aggirò il quadrato di luce arancione disegnato sul pavimento e si sporse fino a che non intravide il corridoio e la cucina.

Un lieve rumore di zampette spezzò la quiete.

Nella penombra dell'ingresso, riconobbe gli occhi verdi e scintillanti di George.

Erika fece un sospiro di sollievo e sorrise. Almeno non era un intruso.

«Si può sapere che stai facendo, brutto antipatico? Sono le tre del mattino», mormorò.

Per tutta risposta, George miagolò e batté una zampetta sul pavimento per poi saltare sul bancone della cucina. A quel punto si levò uno squittio, seguito da un fruscio veloce che provocò un forte rumore di vetri in frantumi. *Un topo, quella peste ha portato in casa un topo,* pensò. Adorava George, ma il pensiero di un topo mezzo morto o forse fin troppo vivo che si dileguava tra le assi del pavimento la fece rabbrividire.

Corse in cucina ad accendere la luce, ma all'improvviso sentì un vetro rotto sotto il piede. Era troppo tardi per fermarsi e finì per camminare sui frantumi appuntiti, che le si conficcarono uno dopo l'altro nella carne.

Gridò di dolore e fece un passo indietro, finendo dritta su un altro pezzo. Trovò l'interruttore e accese la luce. George zampettava come un matto sul bancone e cercava di colpire il topo. I contenitori della cena della sera prima e una tazza di Erika finirono sul pavimento. Le assi al piano di sopra presero a cigolare, era Igor che si affrettava a raggiungerla.

«Erika!», gridò. «Stai bene?».

George si avventò sul topo, squarciandolo con gli artigli e lanciandolo in aria. Il sangue schizzò sulla finestra e la detective – comportamento strano per lei – si ritrovò a urlare. Igor si fiondò come un fulmine al piano di sotto, precipitandosi lungo la ringhiera delle scale completamente nudo e con la torcia del telefono accesa.

«Che succede? Stai bene?», disse.

«Fermo! Attento! C'è una bottiglia rotta sul pavimento», disse Erika, mentre barcollava con difficoltà per allontanarsi dal cumulo di vetri verdi. Dopo aver finito con il topo morto, George saltò a terra e miagolò, fissandoli come per dire: *Cosa avete da guardare?*

Igor puntò la torcia a terra ed Erika vide il sangue, un bel po' di sangue, sui vetri rotti. Usciva dal suo piede. Lui le tese la mano.

«Vieni, tu spostati da qui, io pulisco a terra», disse.

Erika si voltò e saltellò via dal macello, tenendo il piede ferito bene in alto. «Occhio a George, potrebbe ferirsi le zampette», disse mentre si appoggiava al braccio di Igor e si voltava a guardare il gatto.

«Sta' tranquilla. È sveglio, il micetto», rispose lui, mentre George saltava oltre i vetri e scivolava sul pavimento dietro di loro. Il piede le faceva un male cane, ma Erika scoppiò a ridere.

«Che c'è?», disse Igor.

«Niente, scusa. È una cosa da bambini».

«Stai ridendo perché ho detto *micetto*?»

«Andiamo, chi è che chiama così un gatto, a parte le vecchiette?», rispose Erika saltellando per il corridoio con il suo aiuto.

«Sono contento che mi trovi divertente», le sorrise.

«E poi sei corso qui senza vestiti», continuò Erika senza smettere di ridere. Barcollò fino alle scale e Igor la aiutò a mettersi seduta sull'ultimo scalino. La guardava ridere a crepapelle e senza motivo con una buffa espressione in viso, cosa che finì per farla ridere ancora di più.

«È difficile non prenderla a male quando una donna ride di te mentre sei nudo», le fece notare.

«No, non rido di te... È una situazione assurda, tutto qui».

Mentre George e Igor aspettavano pazientemente che finisse di ridere, Erika si guardò il piede. C'era un brutto taglio sulla pianta. Era curvo, lungo quasi dieci centimetri, e usciva ancora un sacco di sangue. Vedendolo, smise di ridere e il dolore la attanagliò. Si aggrappò al braccio di Igor.

«È un brutto taglio», disse lui, quando si chinò per esaminarlo. «Dovresti andare in ospedale».

«No, niente ospedale, ti prego. Lo fascerò».

«Erika, è la pianta del piede. Ci scorrono arterie importanti e il taglio è profondo. Dobbiamo farlo controllare. Ti accompagno subito, fammi solo mettere dei vestiti addosso».

Erika osservò lo squarcio. Il sangue si stava raccogliendo a terra. Igor ricomparve un momento dopo, con i suoi abiti addosso e quelli di Erika appesi a un braccio.

«Davvero vuoi portarmi in ospedale?», gli chiese.

«Certo», rispose. Mentre la aiutava a infilare i pantaloni, Erika sentì di essere perfettamente a suo agio con lui, come se di colpo non fosse più sola al mondo.

Era un pensiero spaventoso, ma il dolore lancinante lo cacciò in secondo piano.

Capitolo 57

Quella mattina, Peterson arrivò in stazione con gli occhi ancora carichi di sonno. Faceva un freddo cane. Erano le otto passate, ma sembrava che la luce del giorno facesse fatica a emergere dal buio, immergendo il cielo in una foschia bluastra.

Non aveva dormito bene quella notte. Afferrò la busta con l'hot dog che aveva comprato da Greggs prima di andare al lavoro. Non desiderava altro che tornare nel caldo tepore del letto insieme a Fran. Mentre attraversava a passo spedito il parcheggio, diretto verso la centrale, un grosso furgoncino di Argos superò la barriera di controllo. Era uno di quelli usati per le consegne e, accanto al logo del negozio, c'era la foto di un Babbo Natale scintillante e sorridente con i pollici in su.

Si fermò di fronte all'ingresso. Un tipo giovane e in forma con la barba scese dal sedile dell'autista e corse alla portiera del passeggero. Quando la aprì, Peterson fu stupito di vedere Erika che scendeva con cautela sul marciapiede. Aveva il piede fasciato e infilato in una ciabatta troppo grande. Il tipo si affacciò nel furgoncino e recuperò due stampelle di metallo che passò a lei.

Peterson li stava fissando, e quel tizio lo salutò con un cenno del capo. Vide che Erika era a disagio.

«Buongiorno», disse Peterson. «Tutto bene?».

Erika e il tipo scambiarono un paio di frasi che non riuscì a capire, poi si rese conto che avevano parlato in slovacco. Erika mormorò qualcosa di molto simile a un "grazie".

«Lui è Igor. Igor, James», disse. Qualcuno suonò il clacson e Peterson vide che Moss aveva appena superato la barriera e stava tentando di entrare nel parcheggio, ma il furgone la bloccava.

«Devo andare. La accompagni tu dentro, per favore?», disse Igor a Peterson in inglese.

«Certo».

«Ciao. Chiamami e ricordati gli antidolorifici», disse Igor a Erika.

«Sì», rispose la detective.

«Se fai la doccia, metti un sacchetto di plastica intorno al piede», le ricordò chinandosi a darle un bacio sulla guancia. Peterson notò che Erika non sembrava entusiasta del saluto, ma in fondo non si era neanche tirata indietro.

«Ciao, passa una buona giornata. E grazie ancora», disse a Igor.

Erika zoppicò verso Peterson con l'aiuto delle stampelle, mentre Igor saltò sul suo furgoncino e uscì in retromarcia dal parcheggio, salutandola con la mano. Moss fermò l'auto davanti a loro e tirò giù il finestrino.

«Che ti è successo, capo?», disse vedendo la detective con le stampelle. «E perché ti hanno consegnato al lavoro quelli di Argos?», aggiunse. Peterson la guardò con la coda dell'occhio: era chiaro che non aveva voglia di dare spiegazioni su quella parte della storia.

«Ho camminato su dei vetri rotti a casa», disse. «Un incidente stupido, niente di che. Il gatto ha rotto una bottiglia».

«Non dovresti stare a riposo?», domandò Moss mentre si sporgeva a guardare il piede fasciato di Erika.

«Sto bene. Mi hanno messo i punti e dato degli antidolorifici belli forti... Ci vediamo nella sala operativa».

Si allontanò sulle stampelle, lasciando Moss e Peterson a scambiarsi un'occhiata interdetta.

«Tu sai chi era quel tipo?», gli chiese Moss a bassa voce. Peterson scosse la testa. «Fa niente. Ho il catalogo di Argos nel cruscotto, vedo se riesco a trovarlo lì», aggiunse ridendo. «E da quando ha un gatto?»

«Non ne ho idea».

«Buon per lei», commentò Moss, prima di andare a parcheggiare. Peterson vide che Erika faceva fatica a salire le scale e corse ad aiutarla.

La detective era ancora a disagio per l'incontro di poco prima, ma non appena raggiunse il banco della segreteria si lasciò tutto alle spalle. L'agente di servizio la informò che Charles Wakefield era stato dimesso dall'ospedale e posto sotto custodia. In quel momento entrò Moss e raggiunse lei e Peterson al banco.

«Che mi dite del suo avvocato?», domandò Erika.

«L'abbiamo appena chiamato», disse il sergente.

«Grazie», rispose Erika. Prese le chiavi che aveva in tasca. «E puoi fare in modo che qualcuno vada a casa mia e mi porti qui l'auto, per favore?»

«Certo, capo», rispose il sergente.

«Di quale avvocato parliamo?», domandò Moss.

«Di quello di Charles Wakefield. È di sotto in cella».

«Porca miseria. Ottimo lavoro. Vuoi metterlo sotto torchio?»

«Non appena arriva l'avvocato», rispose Erika.

Moss aprì la porta con il tesserino e fece entrare tutti e tre nel cuore pulsante della stazione. Erika zoppicava alle sue spalle, con Peterson che la seguiva come un'ombra.

«Sicura di stare bene, capo?», chiese Moss. «Sei pallida come se avessi visto un fantasma».

«Sto bene», sbottò Erika. Odiava il modo in cui la gente cambiava atteggiamento di fronte a una ferita. «Scusami. Andate avanti voi, io vi raggiungo», aggiunse. I due ispettori annuirono e si affrettarono lungo il corridoio che portava alla sala operativa, mentre lei arrancava alle loro spalle.

Aveva dovuto aspettare ore al pronto soccorso prima che qualcuno la medicasse, ed era contenta che Igor le avesse fatto compagnia durante quell'attesa. L'aveva fatta sentire accudita. Quando entrò nella sala operativa, Moss e Peterson si voltarono a guardarla e lei fece un cenno per rassicurarli.

«Vuoi un caffè?», le gridò Moss dal corridoio.

«Sì, grazie. Bello forte: il cucchiaino deve restare in piedi da solo», rispose Erika. Si accorse di essere vicina al bagno e zoppicò dentro, fermandosi davanti alla fila di lavandini e specchi. Non era messa tanto male, ma la notte con Igor e l'avventura al pronto soccorso le avevano fatto perdere completamente il filo del caso. Non si aspettava di dover interrogare qualcuno quel giorno, men che meno Charles Wakefield, e non si sentiva per niente pronta.

Appoggiò le stampelle di metallo sul bordo del lavandino e si chinò per sciacquarsi il viso con l'acqua fredda. Le bastò spostare il peso in avanti per scatenare una fitta lancinante al piede e ai punti di sutura. Le avevano prescritto una settimana di co-codamol. Era un antidolorifico potente, eppure l'effetto della compressa presa quattro ore prima stava già svanendo. Per prendere la successiva avrebbe dovuto attendere almeno altre due ore, ma aveva bisogno di essere al massimo della forma per interrogare Charles Wakefield.

Erika tirò il blister fuori dalla tasca, prese una pasticca e la ingoiò con un sorso d'acqua del rubinetto. Poi si sistemò i capelli con le dita inumidite e scavò nella borsa alla ricerca di quel po' di trucco che portava sempre con sé. Con un velo di fondotinta e un filo di rossetto, appariva già molto più sistemata. Si leccò un dito e strofinò via una piccola macchia di cioccolato dalla manica della giacca nera. Soddisfatta, riprese le stampelle di metallo e tornò pian piano nella sala operativa. Non vedeva l'ora di sentire gli effetti della combo caffeina-antidolorifici.

Capitolo 58

«Pronta, capo?», chiese Moss un'ora dopo, prima di dirigersi in sala interrogatori. Erika fece un respiro profondo. Quanto avrebbe voluto riavvolgere il nastro del tempo e tornare all'epoca in cui si poteva fumare nelle stazioni di polizia. Ricordava ancora i posaceneri straripanti.

Si sistemò i capelli e annuì.

Charles Wakefield indossava lo stesso completo che gli avevano visto al funerale. Sedeva in modo composto, con le mani incrociate sulle ginocchia e lo sguardo rivolto verso il muro. L'avvocato era un uomo dalla carnagione scura con addosso un completo troppo piccolo e una striscia di capelli che circondava una testa pelata e scintillante.

«Ah, eccovi qui, agenti», disse Charles. Parlò con tono calmo, quasi stesse tenendo i posti a teatro per tutti e lo spettacolo stesse per iniziare. «Oh, povero me...», aggiunse vedendo le stampelle di Erika. «Che cosa le è capitato?».

La detective lo ignorò e prese posto di fronte a lui insieme a Moss.

«Buongiorno, signor Wakefield».

«Buongiorno a voi», disse sbirciando i loro tesserini. «Scusate, voglio solo memorizzare i vostri nomi e le vostre matricole». Sfoderò un sorriso maligno, ed Erika notò che aveva un paio di molari anneriti. E un alito tremendo.

«Ha lavorato come custode alla Goldsmith's Drama Academy tra il 2007 e il 2012?», chiese Erika.

«Sì, esatto».

«Abbiamo avuto difficoltà a reperire questa informazione. A quanto pare i registri dell'accademia hanno parecchie lacune».

«Ah, sì? Che peccato. Comunque posso confermarvelo io: ho lavorato lì come custode».

«Posso chiederle come mai se n'è andato?»

«Certo. Sono andato in pensione».

«E quali erano i suoi compiti come custode?»

«Supervisionavo la manutenzione, perlopiù».

«Cioè si occupava di ritinteggiature, riparazioni, lampadine mancanti?», chiese Erika.

Charles fece una smorfia. «Chiamavo chi di dovere, più che altro, ma diciamo di sì».

«Lei non ha un passaporto. Non ce l'ha più dal 2012, quando il suo è scaduto», disse Erika controllando il fascicolo.

«Sì».

«Quindi possiamo dare per scontato che non ha viaggiato fuori dall'Inghilterra, da quando il suo passaporto è scaduto?»

«Assolutamente sì, sono rimasto sempre in Inghilterra», disse. L'avvocato strinse le labbra e lanciò un'occhiata a Charles.

«Perché non ha un passaporto?», chiese Erika.

«È davvero rilevante, ispettore?», domandò l'avvocato.

«Signor Wakefield, può rispondere?»

«Non amo andare in giro», disse. «Preferisco dormire nel mio letto».

«Quindi viaggia raramente lontano da casa? Fuori da Londra?»

«Esattamente».

«E soffre di un disturbo paranoico nei confronti dell'autorità...».

«Detective! Sul serio?», disse l'avvocato.

«Lei non ha passaporto né patente di guida. Il suo numero di telefono non è sull'elenco. Non dispone di cellulare, indirizzo e-mail, televisione. Non ha nemmeno carte di debito o credito e tutto, inclusa la proprietà di casa sua, è a nome di suo fratello. Non ha neanche un conto in banca. Come fa a pagare?»

«Questa è una faccenda privata che non ha nulla a che fare con il caso», disse l'avvocato.

«Non è registrato come paziente di nessun dottore o dentista, giusto, signor Wakefield? È un po' strana come cosa, me lo concede?»

«Ho sempre avuto la fortuna di godere di un'ottima salute».

«In effetti, è come se fosse svanito dalla faccia della Terra nel 2012, burocraticamente parlando. Come mai?»

«*No comment*», disse Charles.

«In che senso *no comment*?»

«Nel senso che la legge mi permette di vivere a mio piacimento finché non la infrango. E non c'è nessuna legge che mi obbliga ad avere una di queste cose!», sbottò.

«Abbiamo ripercorso i verbali conseguenti al suo arresto per oltraggio a pubblico ufficiale, avvenuto lunedì 22 ottobre. Suo fratello, il commissario aggiunto, si è fatto avanti e ha ordinato al sergente di custodia di non prelevare il suo DNA. Come mai?»

«Non ha ordinato di non farlo. È solo che soffro di *odontorupofobia*... una fobia nei confronti degli spazzolini e di altri oggetti che mi vengono messi in bocca».

Erika vide che Moss accanto a lei stava trattenendo un sorriso.

«Non osate ridere di me!», sbottò Charles, battendo il palmo sul tavolo con un colpo secco che fece sobbalzare tutti quanti. «È una fobia legittima e debilitante!».

È per questo che l'alito ti puzza come il culo di un cane?, avrebbe voluto rispondere Erika.

«Vorremmo che un medico lo confermasse, ma visto che non ha un medico di base né un dentista...».

«Ce l'ho un medico. Privato. E ho una diagnosi. Per quanto riguarda il campione di DNA, era nei miei diritti rifiutare il tampone, ma ero disposto a sottopormi a un prelievo di sangue. Solo che il mattino seguente è successo tutto molto velocemente e io...».

«E lei è stato tirato fuori da questa situazione in fretta e furia», concluse Erika. «Comunque sia, abbiamo il suo DNA adesso e lo stiamo confrontando con quello trovato sulle due scene del crimine. A quanto pare l'infermiera di Hove è riuscita a effettuare il prelievo».

«Con enorme disagio da parte mia! Comunque, scoprirete che il mio DNA non risulterà sulle scene del crimine, perché io non c'ero», affermò senza l'ombra di un dubbio.

Sembra così sicuro di sé, pensò Erika. Sfogliò le pagine del fascicolo con tutte le ricerche che Crane aveva condotto durante la notte e che le aveva inviato per e-mail.

«Vicky Clarke le ha mai parlato del suo podcast?»

«No. Perché avrebbe dovuto?»

«L'episodio a cui stava lavorando Vicky riguardava un uomo che si è intrufolato nello studentato della GDA, aggredendo tre ragazze. Quando ha saputo che all'epoca lavorava lì come custode, ha voluto parlarle».

«No, si sbaglia. Non mi ha mai contattato».

«Abbiamo due testimoni che dicono il contrario».

«Buon per voi. Ci sono prove concrete? Appunti o registrazioni in cui dice che abbiamo parlato?»

«Siamo riusciti a recuperare alcune registrazioni», disse Erika.

«Mi piacerebbe sentirle», replicò lui con un altro sorriso sarcastico.

«Il suo alibi per lunedì 22 ottobre...».

«Ho già fornito tutti i dettagli», la interruppe Charles, rivolgendosi al suo avvocato.

«Purtroppo abbiamo problemi con il riscontro», spiegò Erika. «Lei ci ha dato uno scontrino e un biglietto del treno. Abbiamo controllato i video di sorveglianza alla biglietteria, ma la persona nel video indossa un cappello di feltro e la visiera ne oscura il volto».

«Io possiedo un cappello di feltro».

«Ma possedere un cappello di feltro non è un alibi».

«Detective, stiamo girando a vuoto», intervenne l'avvocato con un tono annoiato. «Avete controllato in altri modi? Il bigliettaio ricorda di aver visto il mio cliente? Ci sono altre riprese delle telecamere di sorveglianza?».

Erika si immerse di nuovo nel fascicolo del caso.

«Il volto è oscurato in tutti i video di sicurezza e non siamo riusciti a trovare il suo cliente in nessun altro filmato dell'intera rete. Inoltre, la persona che quel giorno era di turno alla biglietteria della stazione di Blackheath non ricorda di aver visto il signor Wakefield. Quanto è legato alla sua vicina, Henrietta Boulderstone?», domandò Erika, rivolgendosi di nuovo a Charles.

«È una buona amica».

«Possiede anche lei un cappello di feltro e un trench lungo e nero. Al funerale di Vicky Clarke, ho notato che siete della stessa altezza e vestite in modo analogo. In pratica, la persona che appare nei filmati del circuito di sicurezza potrebbe benissimo essere lei».

Erika estrasse la foto dalla cartellina e la fece scivolare sul tavolo.

«Detective, sono supposizioni. Supposizioni che non possono essere giustificate solo dal fatto che a lei non piace l'alibi del mio cliente. Tutto questo è ridicolo, oltre che un chiaro segnale che state ancora brancolando nel buio. Per dichiarare falso il suo alibi serve qualcosa di più solido di una semplice coincidenza. Non avete ancora trovato le armi del delitto. Quando siete entrati in casa del mio cliente, lo scorso 22 ottobre, non avete rilevato prove forensi. Il signor Wakefield non aveva nessun rapporto con le due giovani vittime, se non una conoscenza superficiale. E adesso pensa addirittura che abbia mandato la sua anziana vicina di casa in giro, vestita come lui, solo per crearsi un alibi? Per favore, siamo seri».

La stoccata andò a segno. Erika digrignò i denti.

«Il suo cliente non ci ha permesso di prelevare un campione di DNA durante il primo arresto, cosa che ha ostacolato gravemente le indagini», ribatté lei.

«No, non è così. C'era un valido motivo medico per non effettuare il tampone. Ma ora ce l'avete, no?»

«Sì, ce l'abbiamo».

«Ci sono altre domande o potete rilasciare il mio cliente? Non mi sembra che abbiate prove sufficienti per incriminarlo».

Erika fissò i due uomini.

«Abbiamo fino a novantasei ore per decidere se incriminare il suo cliente. Proporrei di fare una breve pausa».

Erika uscì insieme a Moss dalla sala interrogatori e tornò nella sala operativa. Aveva la testa annebbiata e temeva di aver già perso terreno dopo il primo round con Charles e il suo avvocato.

Crane e Peterson, che avevano seguito l'interrogatorio dai

monitor, le raggiunsero in corridoio. Intanto, McGorry spuntava dall'ingresso principale.

«Capo, siamo stati di nuovo nell'appartamento di Charles Wakefield», le disse l'agente.

«Avete parlato con la vicina, Henrietta?», chiese Erika.

«No, ma guarda cosa abbiamo trovato in un cassetto in casa di Charles, all'ingresso», disse McGorry, porgendo a Erika un sacchetto trasparente per le prove.

Al suo interno, c'erano una busta bianca e un piccolo foglio formato A5. Non aveva né data né firma. Al centro del foglio, con l'inchiostro nero, c'era scritto solo:

DUE PAROLE: *LILY PARKES*. SE VUOI VIVERE, NON PARLARE.

Capitolo 59

Tornati in sala operativa, Erika sollevò il sacchetto trasparente per la raccolta delle prove mostrandolo al resto del team.

«Voglio che ci dividiamo in squadre e scaviamo a fondo in questa storia. Potrebbe essere qualcosa d'importante, così come potrebbe non essere niente. Chi ha mandato questa lettera a Charles? Chi è Lily Parkes, e in che modo c'entra con il suo silenzio?». Controllò l'orologio. «Qualcuno può sentire come siamo messi con il DNA di Charles prelevato ieri?».

La prima risposta arrivò poco dopo da Crane.

«La carta viene da Venezia», disse. «Non la definirei rara, ma è venduta da un piccolo fornitore italiano». Sollevò la busta controluce. «C'è la scritta *Benatku* in filigrana».

«Quindi non è la classica *Basildon Bond*?», commentò Erika.

«No, ma ho trovato subito il negozio su internet. Chissà quanta gente va a Venezia ogni anno e torna a casa con un souvenir del genere... Senza contare le maschere di carnevale e i grembiuli con la statua del tizio nudo».

«Io ho uno di quei grembiuli», disse Moss.

Crane sorrise. «Ci avrei scommesso. Ah, la carta ha la busta abbinata, sempre dello stesso negozio».

«Ma a Londra ci saranno centinaia, se non migliaia, di persone con questa carta, no?», disse Erika, tornando alla scrivania.

«Sì. Ma in pochissime scrivono lettere», rispose lui. «E questo la rende già una rarità. Ormai chi riceve più corrispondenza scritta a mano? Non ricordo nemmeno l'ultima volta che mi è successo. E poi, a giudicare dalla busta, bisogna presumere che sia stata consegnata di persona, senza francobollo», aggiunse, sollevando di nuovo il sacchetto con le prove. «Sulla busta c'è scritto solo il suo nome. Avrebbe dato i brividi anche a me, e io sono una brava persona», sorrise Crane.

Erika alzò gli occhi al cielo, trattenendo un sorriso.

«Continua a ripetertelo, se ti fa sentire meglio», disse.

Ripensò all'ultima volta che erano stati a Honeycomb Court, la mattina in cui avevano parlato con Maria e Tess. Avevano incrociato Charles di fronte alla cassetta della posta e lui si era comportato in maniera davvero strana. Ora che ci pensava, come faceva a ricevere la posta? Si era assicurato di rendersi irreperibile. Se non esisti su carta, allora nessuno può scriverti. Erika prese la lettera chiusa nel sacchetto delle prove e raggiunse Moss e Peterson, che stavano lavorando su Lily Parkes.

«Ci sono due Lily Parkes con precedenti penali», disse Moss. «Una ha ottant'anni e sta ancora scontando la pena a Wormwood Scrubs, l'altra è stata dentro dal 2009 al 2013 per aver accoltellato il marito in Scozia. Vuoi che scavi più a fondo?»

«Sì».

«E sui social?», chiese Erika a Peterson.

«Ci sono settanta Lily Parkes su Facebook. Molti sono profili anonimi o senza foto», spiegò l'agente. «Su Instagram ce ne sono molti meno. Non ho ancora controllato gli altri social media».

Erika ricontattò Sheila della segreteria studenti e le chiese se avessero mai avuto una studentessa chiamata Lily Parkes, ma la donna rispose che nel sistema non compariva nessuno sotto quel nome.

Certo che no, pensò Erika.

«Noi non abbiamo dei registri tanto dettagliati sui nostri studenti. Questa non è la Gestapo, ispettore Foster. Continua a chiedermi tutte queste informazioni bizzarre. Nei nostri registri ci sono nomi, date di nascita e dettagli sulle abilità canore. Posso darle una lista di tutti i baritoni e di tutti i soprano, ma certamente non posso dirle chi tra loro sia un pervertito a cui piace stuprare e depredare», concluse Sheila, la cui irritazione traspariva chiaramente dall'altro capo del telefono.

«D'accordo, grazie», tagliò corto Erika, mettendo fine a quella chiamata. Il dolore pulsante al piede non voleva saperne di diminuire. Anzi, stava peggiorando. Controllò l'orologio. Non poteva prendere un altro antidolorifico prima di due ore.

Provò a chiamare anche Kathleen e Becky per sapere se avessero mai sentito quel nome, se Vicky l'avesse mai menzionato. Entrambe le volte scattò la segreteria. Erika lasciò un messaggio in cui pregava di richiamarla il prima possibile. Lo stesso messaggio che lasciò anche a Cilla. Il mattino virò al pomeriggio. Erika non si fermò neanche per pranzo, ma si fece portare un panino da un tipo dell'ufficio amministrativo.

Igor le telefonò proprio mentre stava finendo di mangiare. Stava per rispondere, ma nello stesso momento l'avvocato di Charles Wakefield si presentò alla sua porta per dirle che sarebbe andato via di lì a un'ora, e che se avessero avuto altre domande per il suo cliente avrebbero dovuto aspettare l'arrivo del suo collega.

Così, per la seconda volta nello stesso giorno, Erika entrò nella sala interrogatori con la sensazione di essere impreparata. Stavolta la accompagnò Peterson, mentre Moss rimase dietro il vetro d'osservazione con Crane e McGorry.

«Chi è Lily Parkes?», domandò a Charles, scrutandolo attentamente dall'altra parte del tavolo. Il nome gli provocò un fremito, una reazione appena accennata che l'interrogato cercò di camuffare grattandosi il naso. Le sue unghie lunghe e lucide la facevano rabbrividire.

«Non so di cosa parlate», rispose. Guardò l'avvocato, che fece spallucce. Erika prese il sacchetto delle prove contenente il biglietto scritto a mano e lo posizionò sul tavolo.

«Uno dei miei agenti ha trovato questo a casa sua. Ci ha incuriosito, perché è scritto a mano ed è indirizzato proprio a lei, che riceve pochissima posta».

«E lei che ne sa, di quanta posta ricevo?», ribatté lui con tono imperioso, quasi offeso all'insinuazione che nessuno gli scrivesse.

«Lei esiste a malapena sulla carta, Charles. Persino le sue bollette sono a nome di Julian Wakefield. I miei agenti hanno trovato questa lettera nel corridoio di casa sua, nascosta in un cassetto del corridoio». Seguì una lunga pausa. Charles guardò di nuovo il volto impassibile dell'avvocato. Erika sollevò il sacchetto. «C'è scritto: *Due parole: Lily Parkes. Se vuoi vivere, non parlare*», disse leggendogli il foglio in faccia. Charles trasalì di nuovo.

«Gliel'hanno consegnato *di persona*», disse Peterson. «Ora, noi potremmo anche credere che lei non sappia a cosa si riferisce la lettera, ma perché dovremmo? Ci ha appena mentito affermando di non saperne niente».

Charles avvampò, e il rossore gli si sparse sulle guance lucide e pasciute.

«No, non è quello che ho detto... Non ho intenzione di passare per bugiardo! Ha sentito cosa hanno detto?», si rivolse all'avvocato.

«Signor Wakefield, due donne sono morte, due donne che vivevano a pochi metri da casa sua», disse Erika. «Vicky Clarke stava lavorando a un podcast sui tentati stupri avvenuti nello studentato dove *lei* lavorava come custode. Di sicuro aveva le chiavi di tutte le stanze e la possibilità di entrare quando più le pareva. Noi abbiamo bisogno di fare luce sulla questione. Lily Parkes non era una studentessa della GDA, questo lo sappiamo. Lei dice di non conoscerla, ma qualcuno pensa che ne sappia abbastanza da volersi assicurare il suo silenzio. Anzi, peggio, da minacciarla di morte». Erika si sporse verso di lui. «Noi vogliamo aiutarla. Ma, per farlo, deve dirci cosa sta accadendo. Il suo comportamento e i suoi dinieghi non fanno che renderla ancora più sospetto».

Charles tremava dalla rabbia, anche se si sforzava di non darlo a vedere.

«Va bene, sì. Ho ricevuto la lettera, sì! Ma ho pensato che si fosse trattato di uno sbaglio», rispose con cautela, ancora scosso.

«Charles, c'è il suo nome sulla busta», ribatté Erika, tenendo l'involucro davanti a lui. «Le è stata consegnata di persona. Chiunque l'abbia fatto sa come entrare a Honeycomb Court. E per aprire il portone serve un tesserino magnetico».

Charles scosse la testa e cominciò a tremare in maniera incontrollata. Il viso gonfio aveva perso ogni traccia di colore.

«Io... io... io...».

«Io cosa?»

«Ho pensato che fosse lo scherzo di qualche ragazzino».

«Basta bugie!», strillò Erika, sbattendo la mano sul tavolo in un'ondata di collera. «C'è sotto qualcosa di più dello scherzo di un ragazzino!».

«Non lo so!», ruggì Charles picchiando i pugni sul tavolo. «Non so niente, maledizione. Se pure mi *torturaste*, non saprei niente!».

«Chi è Lily Parkes, Charles?»

«La smetta di ripetere quel nome».

«Cosa le ha fatto?»

«Io non le ho fatto niente!», insistette.

«Allora è stata Lily Parkes a fare qualcosa a lei? È così, non è vero?»

«Mi ha mentito. Imbrogliato».

«L'ha imbrogliata su cosa?», chiese Erika sporgendosi verso di lui. Sentiva di essere vicina alla verità. «Su cosa le ha mentito?».

A quel punto, Charles perse le staffe e si mise a urlare addosso alla detective con il volto livido di rabbia. Scattò in piedi e prese a pugni il tavolo. «*No! Perché non mi lasciate in pace? Lasciatemi in pace! Lasciatemi stare!*».

Fece un passo indietro e si aggrappò alla sedia, prima di piegarsi in due e vomitare sul pavimento. L'avvocato saltò su e si allontanò in preda al disgusto, scagliando sul tavolo i fogli che aveva in mano.

Erika e Peterson erano senza parole. Charles se ne stava lì in piedi a fissare il pavimento, a vomitare e sbavare. Poi, si pulì la bocca e crollò sulla sedia, prosciugato di tutta la rabbia. Gemeva e tremava ancora.

«Oh, cielo… Povero me… Ho combinato un pasticcio. Vi chiedo scusa», disse.

«Adesso basta, ci serve un medico qui!», disse l'avvocato.

Capitolo 60

«Cavoli, era da un po' che qualcuno non ci vomitava in stazione», commentò Moss, uscendo dalla sala interrogatori insieme a Peterson. Un poliziotto aveva riaccompagnato in cella Charles Wakefield che, non appena uscito dalla stanza, era passato dalla rabbia furiosa al mutismo.

«Secondo voi dovremmo farlo visitare da un medico?», bisbigliò Peterson. «Mi pare al limite della sopportazione, e forse è il caso…».

«Che lo facciamo sorvegliare, in caso tentasse il suicidio?», completò Erika. Moss annuì, concordando con il collega.

«Va bene. Facciamolo», disse Erika.

Era così frustrata. Aveva messo Charles alle strette ed era stata a tanto così dallo scoprire chi fosse Lily Parkes e cosa gli avesse fatto. Tornarono nella sala operativa senza dire una parola, il dolore al piede di Erika era più forte.

«Ci sono novità sul campione di DNA prelevato da Charles Wakefield?», chiese forse per la decima volta nella giornata.

Crane alzò la testa e si voltò a guardare McGorry.

«Abbiamo appena saputo da Hove che il campione è stato mandato a Londra», rispose.

«Cosa? Perché non l'hanno analizzato nei loro laboratori?», domandò Erika incredula.

«Pare ci sia stato un malinteso. Pensavano di doverlo mandare al laboratorio della polizia», spiegò McGorry.

Erika fu attraversata da un lampo di rabbia. Mandò giù due antidolorifici con un sorso di caffè freddo. «E quanto ci vorrà?»

«Ci hanno promesso i risultati entro poche ore».

Il resto del pomeriggio passò lentamente. Arrivò un dottore a visitare Charles Wakefield. Senza il suo parere medico, un altro interrogatorio era fuori discussione. Erika ricevette una risposta da Kathleen, che le disse di non aver mai sentito parlare di una tale Lily Parkes. Poi arrivò una chiamata da Cilla.

«Mi dispiace, detective. Non ho sentito la sua chiamata. Come posso aiutarla?».

Erika spiegò che aveva bisogno di farle delle domande su una vecchia studentessa.

«Ora sto per salire in metro, devo tenere una lezione di dizione. Vuole raggiungermi a casa più tardi?»

«Avrei bisogno di parlarle oggi, è urgente» disse Erika, controllando l'orologio.

«Ci raggiunga a cena. Cucino io. Ci sono anche Colin e Ray. Perché non passa e ne parliamo tutti insieme?».

In sottofondo, Erika sentì il fischio della metro in arrivo.

«Preferirei parlare per telefono».

«Sono davvero impegnata, detective. Venga a casa e avrà tutta la mia attenzione».

«Verrò dopo cena. Va bene intorno alle otto?».

Cilla acconsentì e le dettò l'indirizzo di Telegraph Hill. Pian piano il pomeriggio passò e, uno dopo l'altro, tutti gli agenti cominciarono ad andarsene. Moss fu l'ultima a chiudere la giornata, intorno alle sette.

«Come va il piede?», le chiese, vedendola fare una smorfia dopo essersi mossa.

«Ho l'ultima dose di antidolorifici tra qualche ora», rispose Erika, chiedendosi come avrebbe fatto a dormire se non poteva prendere altre pasticche fino al mattino.

«D'accordo, riguardati. Fammi sapere come va con Colin, Cilla e Ray».

Prima di uscire, Erika passò in laboratorio per chiedere dei risultati del DNA. Bisognava ancora aspettare.

«Non abbiamo quasi più tempo: se non ottengo i risultati subito, dovrò rilasciarlo. Rimboccatevi le maniche e datemi un riscontro!», riattaccò con rabbia e rimase a fissare il telefono per qualche istante. Farli incazzare non era stata una grande mossa, ma ormai era fatta. Pensò che doveva parlare con Charles un'ultima volta. Ci rifletté su per un momento, prima di dirigersi alle celle di custodia. Prese l'ascensore, snervata dal fatto che il tragitto richiedesse il triplo del tempo, ora che aveva il piede fuori gioco.

«Come sta Charles Wakefield?», domandò all'agente di servizio.

«L'ho appena controllato: dorme come un bambino. Gli hanno dato dei sedativi», disse. Erika annuì e si guardò intorno. La cella di custodia era vuota.

«Posso dargli uno sguardo?»

«Uno sguardo?», ripeté lui.

«Sì, voglio vederlo. Controllare che sia tutto a posto».

«L'hanno appena visitato».

«Sì, lo so, ho visto il dottore che usciva», rispose Erika, sperando di aver indovinato il sesso del medico.

L'agente di custodia protestò per un momento, ma poi si fece da parte. Scortò Erika attraverso lo stretto corridoio che portava alla cella di Charles. Aprì la serratura e la detective scrutò nel buio: steso e rannicchiato sulla panca, Charles russava appena. Sembrava profondamente addormentato.

«Che ho detto? Come un bambino», mormorò l'agente di custodia. «È l'unico detenuto stasera, quindi spero di passare la notte in tranquillità con un bel libro».

«Il medico ti sembrava preoccupato?», chiese Erika. «Per il suo stato di salute?»

«Per la schizofrenia? Sì. Ha vomitato tutte le medicine, così il dottore ha dovuto costringerlo a riprenderle. È stata una vera guerra».

Schizofrenia, pensò Erika, ricordando i flaconi di pillole senza etichette che avevano trovato nell'armadietto dei medicinali.

«Ha confermato che è un soggetto non violento?», domandò Erika.

«Sì, non violento con forti tendenze paranoiche. È anche terrorizzato dalla tecnologia. Il medico ha detto che, durante una forte crisi psicotica, ha strappato la linea fissa e non voleva tenere nemmeno la radio a casa».

«Spero che sia in grado di parlare domani», disse Erika.

«Il medico tornerà in mattinata. Sa che il fratello è il commissario aggiunto, vero?»

«Sì».

«Che rimanga fra me e lei, ma sta facendo pressioni perché il medico lo ricoveri con un TSO».

«Davvero?», rispose Erika. Si girò a guardare Charles ancora addormentato e sentì un tuffo al cuore. Se lo avessero ricoverato per un episodio psicotico, non avrebbero potuto più interrogarlo. E quanto già detto poteva essere dichiarato inammissibile.

L'agente di custodia chiuse la cella senza far rumore, ed Erika lasciò l'area detentiva.

Capitolo 61

Fu un sollievo trovare l'auto nel parcheggio ma, considerando quanto stava zoppicando per raggiungerla, Erika si chiese se sarebbe riuscita a guidare. Il piede era indolenzito, ma gli antidolorifici stavano facendo effetto. Così, riuscì a mettersi in marcia per andare a Telegraph Hill.

Il quartiere era a due passi dalla Goldsmith's Drama Academy, elegante e arroccato su una ripida collina che sorgeva da New Cross. Aveva un parco e tante case a schiera in mattoncini rossi. Le ricordava il quartiere chic dove viveva Marsh. La casa di Colin si trovava in cima alla salita più ripida. Era una villa imponente, lontana dalla strada, con un grande appezzamento di terreno intorno. Tra i mattoncini spuntava una torretta con una guglia in pietra, un po' pretenzioso per South London.

«Che lusso», mormorò Erika sollevando la testa per osservarla meglio. «A quanto pare basta una casa in pietra per sentirsi un re», aggiunse tra sé e sé. Non c'era parcheggio lungo la strada, ma davanti alla casa c'era un vialetto abbastanza grande che portava a una tettoia in legno. Lì sotto, Erika vide due macchine parcheggiate e uno spazio ancora vuoto, in cui si infilò.

La proprietà non era visibile dalla strada: il muro era coperto da una fila di alberi e alte siepi. Quando arrivò alla porta, si accese una luce di sicurezza e sentì il campanello rimbombare nei meandri della casa. Per un attimo, si aspettò quasi che ad aprirle venisse un maggiordomo inquietante.

Al contrario, dall'altra parte della porta trovò Cilla, con un ampio vestito scamiciato verde brillante e due grandi tasche ai lati. Ai piedi portava un paio di tacchi altissimi verde smeraldo, con le punte ricoperte di una pioggia di glitter argentati. I capelli erano di un altro colore, rispetto al funerale: adesso erano di un rosso acceso, come una cassetta postale.

«Buonasera! Giusto in tempo per il caffè», la salutò con un entusiasmo teatrale. Erika entrò in casa, scalando due ripidi gradini con le stampelle. Digrignò i denti per il dolore. «Santo cielo, che le è successo al piede?», chiese Cilla, richiudendo la porta alle sue spalle e guidandola lungo il corridoio.

«Un pezzo di vetro. Il gatto ha rotto una bottiglia», rispose Erika. Cilla la aiutò a sfilare il cappotto, che poi appese a un enorme appendiabiti in ferro vicino all'ingresso. La detective si guardò intorno. Il corridoio era grande, tutto rivestito di legno scuro e pietra, e con una piccola vetrata colorata che si affacciava sul parcheggio. Le sembrava di trovarsi in un castello in miniatura, oppure nella boutique di qualcuno che aveva delle manie di grandezza. Nell'aria c'era un buon profumo di cibo. Dalle voci e dalle risate maschili provenienti dalla prima porta, intuì che sarebbe stata una serata vivace.

Si pentì subito di aver accettato l'invito. Sarebbe stato molto più semplice parlare al telefono.

«Prego, entri», disse Cilla. Erika la seguì in un ampio salotto con un tavolo da pranzo. Era arredato con mobili bianchi con finiture d'ottone, e un fuocherello scoppiettava in un gigantesco camino moderno in calcestruzzo.

«Ah! Buonasera, detective! Possiamo offrirle un caffè?», domandò Colin. La sua cordialità era finta tanto quanto il benvenuto di Cilla. Era seduto a tavola di fianco a Ray – molto, molto vicini. Quando la vide entrare, Ray allontanò la sedia ed Erika ebbe come la sensazione che il suo arrivo avesse interrotto un momento intimo.

«Amaro, grazie», rispose.

«Torna da una guerra?», domandò Ray mentre batteva il pacchetto di sigarette sul tavolo per estrarne una. La fissava da sopra l'accendino.

«Solo uno stupido incidente. Ho camminato su un vetro rotto», spiegò.

«Prego, si accomodi», continuò Colin indicandole la sedia di fronte. Ray si alzò in piedi e fece il giro del tavolo per porgerle la sedia, mentre Cilla rientrava in salotto con una tazza di porcellana piena di caffè.

«Sigaretta?», domandò Ray alla detective allungandole il pacchetto.

«No, grazie».

L'uomo fece dietrofront e si sedette.

Erika controllò l'orologio. Prese il flacone di antidolorifici e ne buttò giù un paio sotto lo sguardo attento di Colin.

«Scusate», disse bevendo un lungo sorso di caffè. «Così va meglio».

Cilla si era seduta accanto a lei. Sul tavolo c'era un piatto da portata, con i resti di un pasticcio di carne, e un piattino più piccolo con delle verdure.

«È sicura che non possiamo tentarla?», chiese Colin indicando il cibo.

«No, grazie», rispose Erika. Le brontolava lo stomaco, ma voleva chiudere la faccenda e filare a casa il prima possibile.

«Volevo farvi delle domande sulla GDA, su dei vecchi studenti e su Charles Wakefield».

La fissavano tutti in maniera altezzosa, ma Erika proseguì imperterrita.

«Posso chiedervi come mai Charles Wakefield ha lasciato il lavoro come custode della scuola?»

«Chi sarebbe?», domandò Ray spegnendo la sigaretta nel posacenere, per riaccenderne subito un'altra.

«Charles Wakefield era il custode di alcuni alloggi per gli studenti, ha lavorato alla scuola fino a qualche anno fa», rispose Cilla.

«Non è proprio il mio campo, cara. Io insegno danza, non mi immischio certo in questioni come gli *alloggi* dei miei studenti», rispose Ray.

«Ma la GDA non è un'accademia molto grande...», fece per dire Erika.

«Oh, può dirlo forte. Al contrario, a volte è persino troppo piccola», commentò ancora Ray.

«Non l'avreste saputo, se si fosse sparsa la voce che il custode, Charles Wakefield, aveva avuto un atteggiamento inappropriato nei confronti di una studentessa?»

«Io non ho mai avuto niente a che fare con lui, e voi?», disse Ray, voltandosi verso Colin e Cilla.

«Sapevo solo che era un po' strano», rispose lei. «Mi è capitato di sentire dei commenti sul suo conto da parte di qualche studentessa. Dicevano che era inquietante, che si appostava di qua e di là… Ma niente di serio, ovviamente. Lo prendevano solo in giro».

«Ne è sicura?»

«Penso di sì».

«L'episodio del podcast a cui Vicky stava lavorando riguardava un uomo che si intrufolava negli alloggi degli studentati. Con voi non ha mai parlato di Charles Wakefield? Non vi ha mai fatto delle domande in merito alla questione?».

Colin e Ray scossero la testa.

«No, gliel'ho già detto, Vicky non ha detto nulla», rispose Cilla. «E, se posso chiedere, cosa è successo a Charles Wakefield? C'è stato un tale trambusto al crematorio, quando quei due agenti l'hanno portato via».

«È in custodia cautelare», disse Erika.

«Credete che sia l'assassino? Davvero sospettate di lui?», domandò Ray.

«Al momento è un soggetto particolarmente sensibile ai fini delle indagini», disse Erika. «Il che mi porta alla domanda seguente. Avete mai sentito parlare di una ragazza di nome Lily Parkes?».

Il terzetto si scambiò un'occhiata e la temperatura nella stanza parve calare a picco.

«Sì. Era una ragazzina della zona che ha lavorato alla GDA per un periodo. Dava una mano con il cantiere scenografico», disse Cilla. Dal suo tono di voce, Erika ebbe come l'impressione che questa Lily Parkes non le piacesse affatto.

Capitolo 62

«Cantiere scenografico? Cosa sarebbe?», domandò Erika. Intanto, fuori aveva iniziato a piovere. Il silenzio della casa era infranto solo dalle grosse gocce d'acqua che picchiettavano sul tetto. Ray fece un ultimo tiro di sigaretta, spostando lo sguardo tra Cilla e Colin, come se volesse assaporare l'imbarazzo che si era creato.

«Il cantiere scenografico è il luogo dove si costruiscono e preparano le scenografie per gli spettacoli», spiegò Cilla. Lanciò un'occhiata ai due uomini, chiaramente perplessa dalla situazione. «Lily è arrivata come stagista, all'epoca andava ancora al liceo».

«Perché non c'è nessuna traccia del suo stage? A maggior ragione considerando la sua giovane età», chiese Erika.

«Non so, pensavo ci fosse», disse Colin.

«Quando è arrivata alla GDA?».

Cilla si voltò verso Colin.

«Che anno era?»

«Il 2009, mi pare», rispose lui. Seguì uno strano silenzio imbarazzato. Ray spense la sigaretta nel portacenere.

«Amici, detective. Purtroppo per me è ora di andare. Ho accettato un invito nel West End. Non ho mai conosciuto questa Lily Parkes ma, a quanto pare, riesce ancora a creare scompiglio sebbene fosse solo una scolaretta», si congedò, alzandosi in piedi. Il silenzio si fece assordante. Cilla e Colin si scambiarono un'occhiata.

«Preferirei parlare con tutti voi», disse Erika.

«Mi spiace, cara. *Francamente*, devo scappare. Cilla può darle il mio numero, se vuole chiamarmi domani», disse. «Colin, devi spostare la macchina. La mia è parcheggiata davanti».

«Cilla, potresti pensarci tu?», domandò Colin riassumendo la sua consueta compostezza. La donna sembrò sorpresa dalla richiesta.

«Ma ho bevuto molto... E ho i tacchi».

«Certo, quelle scarpe non vanno bene per la guida», disse Ray. «Ma vanno benissimo con quel vestito, sei meravigliosa». Cilla si limitò a porgergli il viso, senza sorridere. Ray si chinò a baciarle la guancia, mentre Colin sembrava solo scocciato del rifiuto.

«Se le tolgo non riuscirò più a infilarle».

«E va bene. Allora puoi tenere compagnia a Erika mentre esco», rispose Colin. Ray salutò la detective e i due si incamminarono verso l'uscita. Erika decise di approfittare del momento per dare un'occhiata al resto della casa. Come diversivo, chiese a Cilla dove fosse il bagno.

«Al secondo piando, in fondo al corridoio», rispose la donna versandosi un altro bicchiere di vino. La detective prese le stampelle e attraversò il corridoio, superando l'ampia cucina in fondo. Da quel lato della casa, la pioggia batteva più forte. Una volta arrivata alla scala, vide che non c'erano ringhiere: tre ripide rampe che salivano fino alla torre e a un lucernario colorato. I gradini erano tosti, ma gli antidolorifici stavano facendo effetto. Erika riuscì ad arrampicarsi e trovò il bagno di fianco a due grandi camere da letto.

Diede uno sguardo veloce alle stanze. La prima era arredata in stile marocchino, con mobili laccati dalle finiture in oro e colori sgargianti. Alla parete c'era un'enorme foto della ballerina Martha Graham e, sopra il letto, il poster di un modello a torso nudo. I mobili dell'altra stanza, invece, erano tutti bianchi. L'unico tocco di colore era dato dalle mensole piene di libri su tutte le pareti.

Chi dorme in queste stanze?, si chiese. Ma doveva davvero fare pipì, così andò in bagno e si chiuse la porta alle spalle.

Seduta sulla tazza, Erika guardò l'arredo teatrale. Gabinetto, lavandino e vasca erano pezzi d'Art Déco e sul retro della porta c'era uno specchio enorme. Bello, pensò, ma perché metterlo proprio lì? Chi è che vorrebbe guardarsi mentre è seduto sul gabinetto? Quei tre al piano di sotto avevano qualcosa di strano. C'era qualche dinamica contorta tra loro, o erano solo incredibilmente bohémien? Non riusciva a capire. Mentre si asciugava le mani, sentì un ticchettio di passi sulle scale.

Uscì dal bagno e fece per tornare di sotto, quando la voce di Cilla la raggiunse dal piano superiore.

«Colin! Sei tu? Sto cercando l'album fotografico di *West Side Story*... Sono nel tuo ufficio, dove l'hai messo?».

Nessuna risposta. Dalla finestra di fronte, Erika vide Colin e Ray salutarsi sul vialetto. Salì le scale verso il piano di sopra, raggiungendo Cilla. Doveva farsi dare il numero di Ray. Guardando giù, vide che l'altezza era da capogiro.

La trovò in una stanza rivestita di legno, simile all'ufficio che Colin aveva alla GDA. C'erano diverse mensole stracolme di libri e anche la scrivania era piena di roba. Cilla sentì i passi di Erika alle sue spalle e si voltò verso di lei con un album in mano, ondeggiando sui tacchi alti.

«Oh, pensavo fosse Colin», disse. Sembrava un po' scioccata, e chiuse subito l'album.

«Che cos'ha in mano?», domandò Erika.

«Ecco... Veramente volevo chiedere a Colin. Sono le sue foto... Ne ho trovata una del cast di *West Side Story*, c'è anche chi ha lavorato dietro le quinte». Aprì l'album e parve esitare per un momento. «Questa è Lily Parkes», aggiunse.

Erika guardò la foto. Attori e membri dello staff erano in posa sul palcoscenico di un teatro. Da un lato, proprio di fianco a Colin, c'era una ragazzina minuta e magrolina con dei lunghi capelli biondo scuro. Era l'unica a non guardare l'obiettivo: era rivolta verso di lui, una luce intensa negli occhi. Colin guardava davanti a sé con un bel sorriso sulle labbra e il braccio intorno alla vita della ragazza. Erika guardò meglio. No. La mano era molto più in su della vita, sembrava proprio che le accarezzasse il seno.

«Non ho mai guardato bene questa foto. Anzi, forse sarebbe meglio dire che non l'ho mai osservata davvero», disse Cilla, parlando tra sé e sé.

Erika si guardò intorno. Davanti a lei c'erano mensole piene di articoli per l'ufficio e sopra, appesa al muro, una maschera di carnevale. Nella sua testa risuonarono le parole di Crane: «*Chissà quanta gente va a Venezia ogni anno e torna a casa con un souvenir del genere...*». Si avvicinò alla mensola, scorgendo una pila di biglietti e buste per la corrispondenza. La scritta sulla filigrana era la stessa: Benatku. Rovistò tra le scartoffie sopra la scrivania. C'erano resoconti bancari e bilanci dell'accademia. Doveva trovare qualcosa con la sua grafia. Aprì un cassetto e, sotto una pila di bollette pagate, trovò una busta con su scritto: PER RAY: DUE BIGLIETTI. Carica di eccitazione, Erika si rovistò nelle tasche e tirò fuori il telefono. Scorse le foto della galleria fino a trovare quella della missiva rinvenuta a casa di Charles Wakefield: DUE PAROLE: LILY PARKES. SE VUOI VIVERE, NON PARLARE. La grafia era identica, la parola "due" scritta in maiuscolo non lasciava dubbi.

«Che sta facendo?», chiese Cilla che, sentendola rovistare tra i cassetti, si era voltata verso di lei. Il pavimento scricchiolò e Colin comparve sulla soglia dell'ufficio, con lo sguardo fisso sul foglio e sul cellulare che Erika stringeva in mano.

«Che cos'è?», domandò ancora Cilla, spostando lo sguardo tra Erika e Colin.

L'uomo entrò lentamente nella stanza e vide l'album che l'amica aveva tra le mani, aperto sulla foto in cui lui stringeva la vita di Lily. Il telefono di Erika si mise a squillare, ma lei continuò a fissare Colin.

«Forse è meglio che risponda, agente», disse lui.

Al contrario, Erika tolse la suoneria. «Questo è suo?», domandò sollevando la busta.

Colin sorrise e scosse la testa.

«Questo è il suo ufficio, no? E questa la sua scrittura?».

Colin iniziò a ridacchiare, scuotendo la testa sotto lo sguardo attonito di Cilla. La donna sembrava confusa, del tutto ignara di cosa stava accadendo. Il telefono di Erika vibrò: un messaggio. La detective abbassò per un attimo lo sguardo. Crane. Le aveva mandato il frame di un video delle telecamere di sicurezza in cui si vedeva Charles Wakefield camminare da solo lungo la banchina della metro, con addosso il trench nero e il cappello di feltro. Il viso era rivolto al tabellone degli orari, adesso chiaramente visibile. Data e ora riportavano: 22.10.2018 – 16:58.

Ho appena ricevuto questa dal mio contatto nei trasporti pubblici. È stata scattata alla stazione metropolitana di Baker Street il giorno dell'omicidio di Sophia. Charles diceva la verità. Era a Londra: l'alibi è confermato!

CRANE

Colin si scagliò su Erika e le strappò di mano il cellulare, cogliendola di sorpresa con un gesto violento e repentino. La detective lo vide leggere il messaggio e sbiancare.

«Che succede? Colin, vuoi dirmi cosa sta succedendo?», lo pregò Cilla.

«Ha ucciso Sophia, scambiandola per Vicky», disse Erika. «E poi è tornato a finire il lavoro, quando si è accorto dell'errore». Parlò senza staccare gli occhi da Colin, ancora intento a leggere i suoi messaggi. «Vicky non aveva capito che era stato lei a intrufolarsi nello studentato e ad aggredire quelle ragazze... ma c'era quasi, non è vero? Era andata da Charles Wakefield, aveva iniziato a fare domande. Lui lo sapeva? All'epoca era il custode. Come lo ha scoperto?».

Colin era fermo, la mascella serrata, una vena che pulsava sulla fronte.

Erika guardò la foto nell'album. «Che è successo tra Charles e Lily?». Lo vide abbassare gli occhi sull'immagine di lui e Lily abbracciati e ripensò alle parole di Charles, su come Lily avesse mentito, su come lo avesse imbrogliato. Nella foto la ragazza guardava l'insegnante con uno sguardo rapito. Pieno di desiderio e sottomissione. «Lily è andata a letto con Charles, non è vero? Lo ha fatto per lei?».

Colin fece un passo avanti, spostandosi tra Cilla e la detective, mentre Erika continuava a parlare. «Charles aveva scoperto che era lei a intrufolarsi nel dormitorio nel cuore della notte e così ha avuto bisogno di infangare la sua credibilità, di ottenere il suo silenzio. Ha sedotto una quindicenne affinché lei seducesse il custode...». Erika pensava ad alta voce nel tentativo di capirci qualcosa. Il panico crescente di Colin le faceva capire che stava battendo la strada giusta.

«Colin?», diceva Cilla. «Dille che non è vero. Mi hai detto che non c'è stato niente tra te e Lily. Era minorenne, lo sapevi».

«Quindi, una volta che Lily ha sedotto Charles, lei lo ha avuto in pugno. Sapeva che era un soggetto fragile, mentalmente instabile, e che sarebbe stato condannato per atti sessuali con una minore. Il fratello è un ufficiale di polizia. Di sicuro ha fatto in modo di fargli sapere che Lily avrebbe collaborato con la polizia e che la prigione può essere un inferno per il fratello pedofilo di un poliziotto».

«Zitta!», urlò Colin.

«Colin! È assurdo! Dille subito che non è vero!», strillò Cilla con gli occhi sgranati e terrorizzati.

«E questa villa, proprio in cima alla collina... Da qui si vede l'accademia e persino gli studentati di Jubilee e Hartwood Road», continuò Erika, indicando la finestra che dava sul reticolo di strade che circondavano la stazione di New Cross Gate, un groviglio di luce stagliato contro la notte. «Così vicini, una passeggiata per lei... Sapeva che stavamo per scoprire la verità, non è vero? È per questo che ha scritto quel biglietto a Charles, per ricordargli cosa rischiava», continuò Erika, scuotendo la testa con un sospiro. «Sono sempre i dettagli a fregarti. Succede sempre, con gli psicopatici come lei. Pensate di averla fatta franca e la falsa sicurezza vi spinge a essere incauti. È lì che si commettono gli errori».

Sollevò la busta, ma ormai era troppo tardi. Si accorse del pugno di Colin solo quando la colpì in pieno volto, buttandola a terra.

Capitolo 63

Erika si ritrovò stesa sul pavimento dell'ufficio, frastornata e con la faccia intorpidita. Aprì gli occhi e vide Colin incombere su Cilla, che stringeva ancora l'album fotografico tra le mani. La donna tremava dalla testa ai piedi e aveva uno sguardo disperato negli occhi. Di colpo, lui la afferrò per il vestito e la trascinò fuori dalla stanza. La donna si mise a urlare, lasciando cadere l'album: le sue grida terrorizzate ruppero la bolla di confusione in cui era precipitata Erika.

«Colin, no! Che stai facendo?», gridava mentre lui la costringeva a voltarsi, i tacchi che martellavano il pavimento di legno. Si scontrò contro la libreria e la trascinò fuori dall'ufficio, sbattendosi la porta alle spalle. Ci fu un momento di silenzio infranto solo dai gemiti e dalle suppliche della donna. Poi, ricominciò a urlare.

«No! Che vuoi fare? *Ti prego, no!*». Arrivò il suono di una zuffa, poi un tonfo tremendo, seguito da un lungo silenzio. Passò un minuto. L'unico suono nella casa, adesso, era la pioggia che scrosciava sul tetto.

Erika riuscì a mettersi seduta, appoggiò la schiena alla libreria e si sforzò di fare mente locale, ma la stanza continuava a girare. Le stampelle erano finite lontano, troppo perché riuscisse a recuperarle. In più, il suo telefono era ancora nelle mani di Colin. Sentì un rumore di passi fuori dalla porta. Il pavimento cigolò. Un attimo dopo, Colin comparve nella stanza di fronte a lei. Si chinò e la guardò per un lungo istante. Erika cercò di tirarsi su, ma era troppo debole. Colin la afferrò per i capelli, sbattendole la testa contro la mensola di legno. Una, due, tre volte. Il dolore era accecante, la vista offuscata. Erika pensò che avrebbe perso i sensi, ma poi la lasciò andare.

«La vita è piena di opportunità», le disse con voce calma. La detective sentiva il suo fiato caldo sul collo, un misto acido di aglio e vino. Colin le infilò una mano nella tasca dei pantaloni, prima la destra e poi la sinistra, accarezzandole le cosce con le dita, indugiando in mezzo alle gambe. «Ah, eccole qui». Prese il flacone di antidolorifici, svitò il tappo e rovesciò le pillole nella mano. «*Sei*. Troppe? Troppo poche?», disse. «Facciamo sette, per sicurezza», aggiunse, facendosi cadere un'altra pastiglia nella mano. Si fece ancora più vicino, mentre Erika cercava di ritrarsi. Le strinse la mascella con una mano, costringendola ad aprire la bocca. Le cacciò le pillole sulla lingua, tutte insieme, tappandole labbra e naso con la mano. Erika si dimenava, ma lui le spinse la testa all'indietro e le pillole le scivolarono in gola, costringendola a deglutire. Vedendo che facevano fatica a scendere, Colin le inclinò ancora di più la testa. Erika non aveva altra scelta che ingoiare tutto.

«Ora, diamo un'occhiata al telefono», disse, sollevandole lo schermo davanti agli occhi. Erika intravide il suo riflesso nella fotocamera: gli occhi iniettati di sangue, il labbro gonfio, il naso tumefatto e sanguinante.

«Ti farò finire dentro», provò a dire, ma la voce era impastata e distorta. Lui la ignorò. Il riconoscimento facciale andò a buon fine e il telefono si sbloccò. Colin si rimise in piedi e cominciò a trafficare con lo schermo.

«Chi sapeva che saresti venuta qui? Crane è un tuo collega?», chiese, girando il telefono. La stanza non faceva che vorticare attorno a lei. Era come se non riuscisse a stare in equilibrio sul pavimento. Persino mettere a fuoco lo schermo era diventato impossibile. «Non importa. Se anche avessi detto al mondo intero che venivi qui, convinceremo tutti che sei andata via per conto tuo».

Colin scrisse un messaggio e lo inviò. Erika si rese conto di essere svenuta perché, quando riaprì gli occhi, Colin si era cambiato. Adesso portava degli abiti informali e stava ripulendo il telefono con la maglietta per eliminare le impronte. Glielo rimise in tasca, accarezzandola di nuovo fra le gambe.

Si mise a sedere e la osservò per un momento, controllando l'orologio. «Come va con gli antidolorifici?». Le schiacciò il piede ferito ed Erika sentì a malapena una fitta accennata, ovattata. Una lontana parte di lei sapeva che avrebbe dovuto urlare di dolore, che avrebbe dovuto reagire e difendersi, ma era come stesse fluttuando via di lì, distante anni luce. Come osservare la scena dalla parte sbagliata di un telescopio.

Colin si chinò su di lei e la prese per le braccia. La stanza si capovolse, soffitto e pavimento cambiarono improvvisamente di posto. Se l'era caricata sulle spalle.

Il pavimento di legno dell'ufficio cigolò e ondeggiò. In un attimo si ritrovarono nel corridoio. Sentiva i tonfi metallici dei gradini mentre Colin la trasportava al piano di sotto. Quel movimento la cullava, la morsa del sonno era sempre più forte.

Arrivarono in fondo alle scale dove, immobile in una posizione innaturale, c'era Cilla. Una scarpa verde e brillante era scivolata in un angolo del corridoio, l'altra era ancora infilata al piede. La testa era piegata in maniera scomposta, il corpo rigido.

«Povera Cilla, gliel'ho sempre detto di non salire le scale con quelle scarpe», disse Colin.

Erika provò a concentrarsi sul corpo di Cilla, cercando un appiglio per reagire, ma la realtà intorno a lei continuava a sbiadire un dettaglio alla volta.

Non sapeva quanto tempo fosse passato quando si ritrovò nella sua auto, seduta al posto del guidatore. Erano nella tettoia sotto cui aveva parcheggiato al suo arrivo. Era piegata in avanti, con il petto schiacciato sul volante e il volto a pochi centimetri dal parabrezza. Colin era appoggiato allo sportello e le stava sistemando i piedi sotto al sedile, in modo che fosse in ginocchio sul pavimento dell'abitacolo. Caviglie e ginocchia erano piegate. Provò a muoversi, ma non ci riuscì. Sentiva gli arti pesanti, il corpo di pietra. Colin chiuse la portiera, ed Erika lo guardò fare il giro dell'auto e aprire lo sportello del passeggero. Si sporse dentro l'abitacolo e tolse il freno a mano. Adesso portava anche un paio di guanti di pelle e un cappellino da baseball ben calcato in testa. Richiuse la portiera e uscì dal vialetto per controllare la strada da una parte e dall'altra.

Tornò ancora una volta da Erika e aprì la portiera dal lato del conducente. Erika sentiva il volante muoversi sotto il petto, spinto dalla mano di Colin. Manovrò la macchina con un braccio, tenendo la portiera aperta con l'altro, e la spinse fuori dal vialetto. Ruotò il volante verso sinistra, man mano che si avvicinavano al cancello. Alla fine, tirò il freno a mano e l'auto si fermò con uno scossone.

Attraverso il parabrezza, Erika vedeva chiaramente la collina: la discesa ripida, quasi verticale, verso la strada. Provò di nuovo a muovere le braccia e a tirare su le gambe, che però erano intrappolate sotto il sedile e schiacciate a terra dai suoi stessi stivali.

Colin diede una rapida occhiata alla strada e si chinò di nuovo su di lei, raddrizzando le ruote con un gesto deciso. Tolse il freno a mano. Un istante dopo, la macchina scivolava verso il basso. Colin si tirò indietro, richiudendo la portiera con forza mentre l'auto prendeva sempre più velocità. Erika lo vide rimpicciolire nello specchietto retrovisore mentre la macchina imboccava il vialetto. Il mondo al di là del parabrezza era un vortice di confusione. L'auto stava accelerando e adesso sfrecciava per la collina in folle, a motore spento. Non riusciva a muovere le gambe. Quando provò a tastare il volante, lo sentì rigido, bloccato.

Erika si sentiva calma e distaccata, come se stesse guardando la scena dall'ultima fila del cinema. Nella sua testa, però, un'eco lontana urlava: «*Fa' qualcosa!*». Persino a motore spento, il tachimetro segnava già sessanta chilometri orari. La macchina sfrecciava tra le file di auto parcheggiate e le case ai lati della strada. Correva inesorabilmente verso l'incrocio ai piedi della collina, pieno di macchine che si muovevano in entrambe le direzioni.

Provò a mettersi seduta, ma le ginocchia non si staccavano da terra e i piedi erano intrappolati sotto il sedile. L'incrocio in fondo alla strada si faceva sempre più vicino, le auto le scorrevano intorno e le case erano ormai una scia indistinta.

Riuscì a piegare le dita della mano destra. Sì, poteva allungarsi verso i pedali.

L'auto arrivò in fondo alla collina, catapultandosi nell'incrocio. L'inclinazione della strada cambiò bruscamente, e le ruote ripiombarono sull'asfalto con uno scossone violento, facendole sbattere la testa contro il tettuccio. Attraversò la prima corsia, schivando per un pelo un camion che si attaccò al clacson, e scivolò sulla seconda salvata da un enorme SUV grigio che inchiodò di colpo con un assordante stridio di freni. A quel punto, riuscì ad arrivare anche lei al freno, ma era troppo tardi. L'urto le si riverberò fin dentro le ossa. La macchina finì contro il marciapiede dall'altro lato della strada e volò sull'aiuola che lo separava dal parcheggio di un supermercato.

L'auto atterrò, schiantandosi contro il bagagliaio di una Porsche nera. L'ultimo pensiero che attraversò la mente di Erika, prima di perdere i sensi, fu che tutti avrebbero pensato che aveva avuto un incidente tornando da casa di Colin. E lui l'avrebbe fatta franca.

EPILOGO

Per molto tempo, Erika riprese conoscenza solo a tratti. Come se stesse nuotando appena sotto il pelo dell'acqua. Percepiva i *bip* delle apparecchiature elettriche, il sibilo dell'aria fresca, il clangore del metallo e il suono di voci familiari. Di tanto in tanto, sentiva persino un soffio di vento freddo sul corpo. Ma, a parte quello, era alla deriva, persa in un mare di oblio.

La realtà riprese i suoi contorni solo quando tornò il dolore. A volte, Erika si svegliava e riapriva gli occhi in una stanza buia e vuota, ma la terza o la quarta volta capitò in pieno giorno. Si accorse che era sdraiata su un letto, attaccata a una sfilza di macchinari lampeggianti.

Si sentiva così confusa. Un volto familiare si affacciò davanti ai suoi occhi, poi più nulla.

Al risveglio successivo, si ritrovò in una stanza diversa. La poltrona nera nell'angolo era vicina al letto, adesso, e quel volto era più nitido. Lenka, sua sorella.

«Eccoti qui, finalmente», le disse con un sorriso. Lenka era bassa e minuta in confronto a Erika. Avevano gli stessi capelli biondi, che lei portava legati.

«Che sta succedendo?», chiese la detective. La voce suonava distorta. Provò a sollevare la mano e vide che il braccio era cosparso di cicatrici, come se avesse attraversato un cespuglio di rovi. Aveva diversi tubicini attaccati al polso e, quando provò a tirarsi su, una tremenda fitta di dolore le attraversò il petto e gli arti. Non sentiva più le gambe.

«Non muoverti», disse Lenka mentre le stringeva una mano.

«Sono paralizzata?», gracchiò.

«Che hai detto?», domandò Lenka. «Vuoi dell'acqua? Il dottore ha detto che devo cercare di farti bere». Prese un bicchiere con una cannuccia ed Erika fece un sorso. Sentiva qualcosa in faccia e si accorse che non riusciva a respirare dal naso. Sollevò la mano, scatenando un'altra fitta di dolore nel petto. Il setto nasale era coperto da un enorme gesso.

«Le gambe. Che è successo?», chiese, allungandosi in modo da poterle vedere. Aveva addosso delle coperte, e non si capiva niente. Non riusciva nemmeno a distinguerne la forma, sempre ammesso che le avesse ancora. Non sentiva nulla, laggiù.

«Va tutto bene. Ti sei rotta entrambe le gambe, poco sotto il ginocchio. Ti hanno messo dei ferri e somministrato una valanga di antidolorifici... Non ricordi niente? Te l'ho detto tre volte», disse Lenka. Non era infastidita, solo preoccupata.

«E alla faccia?», sospirò Erika. Quella breve conversazione l'aveva già sfinita.

«L'airbag ti ha rotto il naso e sei costole... Pensavano che ti fossi rotta anche lo zigomo, ma per fortuna era solo un brutto livido».

Erika affondò la testa nel cuscino. Avrebbe voluto chiedere di più, ma la stanchezza ebbe la meglio e chiuse di nuovo gli occhi.

Passò un'altra settimana prima che riprendesse del tutto conoscenza. Sua sorella era la costante di ogni risveglio. Non aveva idea di quanto tempo fosse passato, ma aveva notato che ogni volta Lenka era vestita in modo diverso. Un pomeriggio, si svegliò durante il giro visite del medico e la rincuorò sentire che si stava rimettendo, sebbene la strada fosse ancora lunga.

«Da quanto tempo sei in Inghilterra?», chiese Erika.

«Due settimane. Siamo a casa tua. È venuto pure Marek. I bambini sono con sua madre in Slovacchia», rispose Lenka.

«Come sta Marek?»

«Adora il tuo gatto. E sta facendo qualche riparazione alla casa».

Erika sospirò, sentendo un forte dolore alle costole.

«Che non si azzardi a dipingere le mie pareti di verde o arancione», disse.

«Perché, che cos'hai contro il verde e l'arancione?», si difese Lenka. «Comunque, lo sta aiutando Igor».

Erika fece un altro sospiro.

«Avete conosciuto Igor?»

«Sì, ma me lo ricordavo. Molto carino. La sorella vive ancora a Nitra, ci conosciamo di vista. È seria la cosa?»

«Lenka, la cosa seria è *questa*», rispose Erika, indicando il letto e i fili che le uscivano dalle braccia. «Che è successo al caso che stavo seguendo?»

«I colleghi vengono a trovarti nel pomeriggio. Perché non mi hai mai detto che lavori con una che si chiama Kate Moss?».

Erika sorrise. L'idea di rivedere qualcuno che faceva parte della sua vita a Londra le dava conforto. La presenza di Lenka era così surreale.

Più tardi, quel pomeriggio, Moss e Peterson vennero a trovarla. Le loro facce le diedero i brividi.

«Ciao, capo», disse Moss. Aveva portato un enorme mazzo di fiori, che Lenka andò a sistemare sul tavolino nell'angolo. «Stanza privata. Che lusso».

«Ciao, Erika», disse Peterson. Quando si chinò a darle un bacio, Erika vide il timore nei suoi occhi.

«Non sto morendo», disse.

«No, certo che no», rispose Moss. «È che noi, siamo solo...».

«Preoccupati», continuò Peterson. «Abbiamo visto l'incidente».

«Non sono stata io», ribatté Erika mentre i ricordi tornavano a galla. Provò un'improvvisa ondata di panico. «Non stavo guidando. È stato lui a mettermi nell'auto. Mi ha imbottita di pillole. È stato Colin!».

«Va tutto bene», disse Moss. «L'abbiamo preso. È in custodia, accusato degli omicidi di Sophia, Vicky, Cilla Stone e... di un tentato omicidio. Il tuo».

Erika sprofondò nel cuscino, sollevata.

«L'incidente ha coinvolto qualcun altro?»

«No», rispose Peterson. «Dovresti vedere le foto». Moss lo fulminò con lo sguardo.

«Le avete qui?», domandò Erika.

«Non è necessario che tu le veda», disse Moss.

«No, voglio farlo».

Peterson si scambiò un'occhiata con la collega e prese il cellulare, scrollando lo schermo per mostrarle l'immagine.

L'auto di Erika era diventata un mucchio di rottami. Si era schiantata contro il bagagliaio di una Porsche che, in qualche modo, sembrava messa pure peggio. Il parabrezza era andato in frantumi e i vetri erano volati ovunque. Grazie alla posizione da cui era stata scattata, l'immagine riprendeva il pendio della collinetta che portava a casa di Colin e la scia di disastri che l'auto di Erika si era lasciata alle spalle. Sulla strada di fronte al parcheggio, un agente stava deviando il traffico su un'unica corsia. L'altra era bloccata da un tamponamento che aveva coinvolto tre macchine: un SUV grigio, una Smart blu, che gli si era schiantata addosso, e una vecchia Sierra nera, che aveva distrutto il posteriore dalla Smart. Un'ambulanza prestava soccorso ai tre conducenti, che sembravano un po' disorientati e malconci, ma comunque in grado di camminare e fissare a bocca aperta l'aiuola distrutta.

«Non posso credere di essere sopravvissuta», disse Erika con un filo di voce, quando l'enormità di quello che era successo le piombò addosso.

Peterson fece scorrere il dito sul telefono. «Magari questo ti farà sentire meglio», disse. Era uno screenshot del sito web della BBC. Il titolo dell'articolo diceva:

PROFESSORE DI SOUTH LONDON ARRESTATO PER OMICIDIO E VIOLENZE SESSUALI AI DANNI DI EX STUDENTESSE

Subito sotto c'era una foto di Colin che veniva scortato fuori casa in manette da due poliziotti.

«Come l'avete preso?», domandò Erika.

«Era così sicuro che il piano del finto incidente avrebbe funzionato, che ha aspettato un'ora prima di chiamare i soccorsi per Cilla. Ha detto all'operatore che era inciampata e caduta dalle scale, ma l'agente che è arrivato sul luogo dell'incidente non ha trovato le chiavi inserite nella tua auto e ha dubitato subito della versione che Colin gli aveva fornito, ovvero che te n'eri andata da casa sua dopo aver parlato con loro. Il cretino ha tolto il freno a mano e spinto giù la tua auto in folle, ma si è scordato di mettere le chiavi», spiegò Peterson.

«La polizia le ha trovate sul pavimento del suo ufficio», disse Moss. «E, perquisendo la casa, abbiamo rinvenuto degli abiti sporchi di sangue in un bidone del garage. Il sangue apparteneva a Sophia. Abbiamo trovato anche gli appunti e le chiavette USB di Vicky Clarke. Si sono rivelate un tesoro di informazioni: era davvero vicina a scoprire che c'era Colin dietro le aggressioni negli studentati».

«Dopo che l'articolo è uscito sul giornale, altre due ragazze che avevano sostenuto le audizioni per la GDA sono venute a parlare con la polizia», aggiunse Peterson.

«Quindi, la procura ha le prove sufficienti per incriminare Colin degli omicidi di Sophia, Vicky e Cilla?», chiese Erika con il cuore un po' più leggero.

«Sì, e verrà processato anche per il tuo tentato omicidio. Ce ne stiamo occupando noi, puoi starne certa. Gli avvocati di Colin hanno provato a ribattere che non possiamo provare che sia stato lui a uccidere Sophia e che qualcuno potrebbe aver piazzato i vestiti insanguinati nel suo garage, ma abbiamo confrontato il suo DNA con quello rinvenuto a casa di Vicky e sui vestiti sporchi di sangue. E poi, la scientifica ha trovato un'altra microscopica traccia di saliva sulla struttura del divano letto, che combacia con il suo campione e anche con quello prelevato dalla spalla di Vicky Clarke».

«E le armi del delitto? Il coltello scomparso da casa di Vicky?», domandò Erika.

«Non le abbiamo trovate. Crediamo che se ne sia liberato altrove, ma ovviamente non vuole dirci dove», rispose Peterson.

«Abbiamo dei testimoni? Qualcuno che l'abbia visto a Honeycomb Court? Ho come l'orribile presentimento che riuscirà a farla franca pure stavolta, quel verme».

«Ci sono nuovi sviluppi», disse Moss. «Ti ho detto che abbiamo rintracciato Lily Parkes, no? Ebbene, l'abbiamo interrogata. A quanto pare, la matematica non è il suo forte».

«In che senso?»

«Ha dichiarato ufficialmente che Colin l'ha forzata ad andare a letto con Charles Wakefield quando aveva solo quindici anni, e quindi era minorenne. Tuttavia, le date fornite non tornavano. A quanto pare, aveva già compiuto sedici anni ed era quasi diciassettenne all'epoca dei fatti, al contrario di quanto hanno lasciato credere a Charles. Quindi, anche se l'immagine è ancora disturbante, Charles non ha infranto nessuna legge. Una volta saputo questo, ha deciso di testimoniare contro Colin McCabe e adesso afferma di averlo sorpreso più di una volta mentre cercava di entrare negli alloggi femminili dello studentato di Jubilee Road».

«Ma perché l'ha tenuto segreto? Perché non l'ha mai denunciato?», chiese Erika.

«Charles è psicologicamente molto vulnerabile».

«Pensate che finirà in prigione per occultamento di prove?», chiese Erika.

«Il procuratore sta cercando un accordo che possa proteggere sia lui che Julian Wakefield».

«Quando si andrà a processo?», domandò ancora Erika.

«Alla procura servono da sei a otto mesi per imbastire il caso, quindi in autunno. Tutto il tempo necessario affinché tu ti riprenda», disse Moss.

Erika provò un'ondata di sollievo, e un'improvvisa stanchezza la colpì.

«Forse è meglio che riposi, ora», disse Lenka, che era rimasta pazientemente seduta in un angolo. Si era accorta che la breve visita l'aveva sfinita.

«Sappiamo perché l'ha fatto? Perché Colin ha seguito e aggredito quelle donne?», domandò la detective. Moss la guardò a lungo e si limitò a un'alzata di spalle.

«No. Pensiamo che lo facesse solo perché riusciva a passarla liscia. Semplice, per quanto malato». Erika annuì e accantonò la questione del *perché*. Non aveva senso rimuginare sui motivi che l'avevano spinto a fare quello che aveva fatto. L'unica cosa che importava era che l'avessero fermato.

«Grazie per la visita, ragazzi», disse, contenta di aver rivisto i suoi colleghi. «E per i fiori».

«Sono da parte di tutti, puoi leggere i nomi sul biglietto», rispose Moss. «Isaac, McGorry e Crane. Non vedono l'ora di venirti a trovare, ma per adesso pensa a riposare. Sappi solo che abbiamo preso Colin McCabe e che non potrà più fare del male a nessuno per molto tempo».

Cinque settimane dopo, Erika venne dimessa dall'ospedale. Era un limpido e freddo mattino di dicembre, il giorno prima della vigilia di Natale. Era venuto a prenderla Isaac che, durante il periodo di ricovero, le aveva fatto compagnia spesso e volentieri. La convalescenza andava alla grande, e ormai Erika riusciva a saltellare qua e là per brevi distanze con le stampelle. Isaac la aiutò a scendere fino alla macchina, per poi riaccompagnarla nella sua nuova casa. Durante il viaggio, Erika rimase in silenzio e lui le chiese perché sembrasse triste.

«Non sono triste, solo nervosa. Sto per tornare a casa, una casa piena di persone. E non persone qualunque, la mia famiglia», disse Erika. «Lenka, Marek e i miei nipoti: stanno tutti da me...E hanno arredato casa».

«Non devi preoccuparti di niente», rispose Isaac, sollevando una mano con il sorriso sulle labbra. «Ho istruito Lenka come il più severo dei maestri. È tutto bello, neutro e semplice».

«Ha invitato Igor per Natale».

«Igor è carino», disse Isaac. «Si è tolto la maglietta per dipingere la tua cucina e devo dire che sono rimasto molto colpito».

Erika sorrise.

«Siamo usciti solo due volte e nelle ultime settimane ci siamo visti in ospedale. Io ero pure conciata così», disse indicando le stampelle. «Sono più emozionata di rivedere George».

«È diventato il beniamino dei bambini», commentò Isaac. L'auto imboccò la sua traversa. Erika vide che il portone era stato dipinto e che un albero di Natale troneggiava di fronte alla finestra.

Isaac si voltò a guardarla.

«Erika. Sei sopravvissuta. Hai risolto un caso enorme e c'è una casa piena di persone che ti vogliono bene ad aspettarti. Ti prego, dammi un briciolo di spirito natalizio».

Parcheggiarono lungo il marciapiede. Erika notò un'altra novità. Al piano superiore avevano montato le tende.

«E, se ti serve una pausa da tutti i festeggiamenti, io sono proprio dietro l'angolo», aggiunse con un sorriso. Le prese la mano e lei la strinse forte. «Fa' un bel respiro».

«Va bene, sono pronta», rispose Erika. Isaac la aiutò a scendere e a salire i gradini della porta d'ingresso. Erika fece un altro respiro profondo e aprì la porta.

«Ehilà», disse. «Sono a casa».

UNA NOTA DA PARTE DI ROBERT

Scrivere un libro è uno strano miscuglio di solitudine e lavoro di squadra. Grazie ai miei editor in lingua inglese, Charlotte Herscher, Robin Seavill e Tom Felton. Grazie agli abili traduttori di tutto il mondo che danno vita alle mie opere. Un grazie di cuore a Henry Steadman per un'altra splendida copertina. E grazie anche a Jan Cramer, che dà meravigliosamente vita alle versioni audiolibro di Erika Foster.

Grazie, come sempre, al Team Bryndza – o, come li chiamano adesso, *Raven Street Publishing*. Sì, siamo diventati anche editori! Janko, Vierka, Riky e Lola: vi amo immensamente e grazie per tutto il sostegno, l'amore e il supporto!

Un ringraziamento speciale va a delle persone importantissime: voi, i miei lettori. Grazie per tutti i messaggi calorosi che mi inviate. Eravate con me agli albori, a leggere e sostenere i miei libri, e siete qui ancora oggi. Negli ultimi anni, ciò che più mi ha colpito è quanto i libri ci uniscano. Ricevo messaggi tanto da lettori che non si interessano di politica, quanto da chi invece lo fa. La cosa che mi scalda il cuore in questi tempi divisivi è che, pur con idee politiche molto differenti, tutti amate leggere le stesse storie e ciò mi spinge a pensare che, in fondo, non siamo poi così diversi. Amo leggere perché i libri aprono porte su mondi differenti e tutti sono i benvenuti.

Infine, so che parlo sempre del passaparola, ma è davvero la forma di pubblicità più potente. Se questo libro o uno qualsiasi dei miei vi è piaciuto, per favore parlatene con amici, familiari, colleghi, vicini e quant'altro.

Come dico sempre, ci sono molte altre storie in arrivo! Le prossime offriranno nuove svolte nelle vicende di Kate Marshall ed Erika Foster, ma ci sarà anche qualche altra emozionante novità all'orizzonte. Spero che vogliate continuare il viaggio insieme a me!

Indice

Robert Bryndza

Indizi mortali

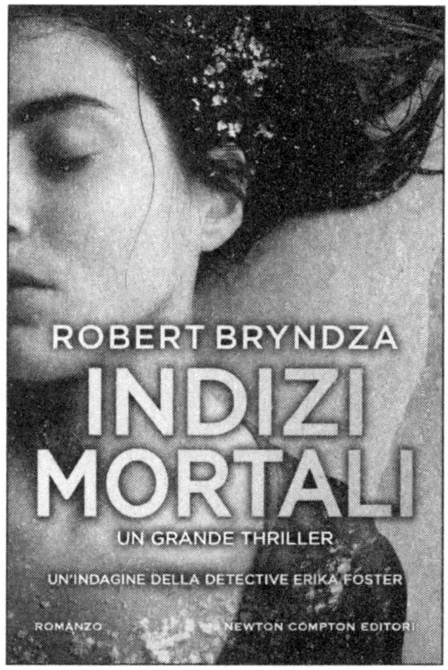

Volume di 320 pagine

In una gelida mattina londinese, il corpo della giovane Marissa Lewis viene ritrovato dalla madre in una pozza di sangue, a pochi passi dalla porta di casa. Chi può essere stato tanto folle o crudele da aver commesso un crimine del genere?
Nonostante sia ancora scossa dall'ultimo caso, la detective Erika Foster è determinata a condurre le indagini in prima persona. Appena si mette al lavoro trova notizie di altre aggressioni avvenute di recente nello stesso quartiere tranquillo in cui è stata uccisa la donna. Un dettaglio agghiacciante le collega tra di loro: pare che tutte le vittime siano state assalite da una figura vestita di nero con una maschera antigas sul volto.
Mentre indaga, Erika finisce in mezzo a un'intricata rete di bugie che avvolge la vita di Marissa, ballerina di burlesque conosciuta in molti strip club di Londra. Più scava e più si rende conto che la soluzione di questo caso la costringerà a fare i conti con dei ricordi dolorosi. E quel che è peggio, qualcuno a lei molto vicino potrebbe presto finire nel mirino del killer...

NEWTON COMPTON EDITORI

Robert Bryndza

Sangue freddo

Volume di 352 pagine

La valigia è logora, la zip arrugginita. Quando riesce a forzare la cerniera, Erika Foster si trova davanti qualcosa di inaspettato…
Sulle rive del Tamigi viene ritrovato il corpo martoriato di un ragazzo. La detective Erika Foster è scioccata dalla macabra scoperta, tanto più che c'è un precedente, un omicidio altrettanto brutale… Due settimane prima, infatti, in una valigia identica era stato rinvenuto il corpo di una ragazza. Che cosa collega le due vittime? Erika e la sua squadra si mettono al lavoro e i loro peggiori timori trovano presto conferma: c'è uno spietato serial killer in circolazione. E va fermato al più presto.
Ma proprio quando l'indagine comincia a fare emergere una pista promettente, Erika subisce una violenta aggressione che la costringe a un riposo forzato. Un inconveniente che, insieme ai problemi della sua disastrosa vita privata, rischia di distoglierla dalla caccia all'uomo.
La conta delle vittime non si ferma, ed Erika non ha scelta: deve tornare al lavoro e trovare l'assassino il prima possibile. Perché qualcuno che è molto vicino a lei potrebbe essere in pericolo. Riuscirà a salvare la vita di altri innocenti prima che sia troppo tardi?

NEWTON COMPTON EDITORI

Robert Bryndza

Ultimo respiro

Volume di 352 pagine

Il corpo di una donna viene ritrovato in un cassonetto, con gli occhi spalancati e i vestiti ricoperti di sangue, e la detective Erika Foster è tra i primi a giungere sulla scena del crimine. Il problema è che questa volta il caso non è suo.
Mentre tenta di assicurarsi un posto nella squadra investigativa, Erika non può fare a meno di notare che le caratteristiche del ritrovamento ricordano un omicidio irrisolto avvenuto quattro mesi prima. Il cadavere di un'altra donna, abbandonato in un luogo analogo, presentava una ferita identica: un'incisione fatale sull'arteria femorale. Nell'ombra c'è un assassino che adesca le vittime online, nascondendosi sotto una falsa identità. Le sue prede sono donne giovani e attraenti. Quando un'altra ragazza scompare, per Erika e la sua squadra ha inizio una corsa contro il tempo sulle tracce di un individuo terribilmente sadico. Ma come si può catturare un killer che non sembra nemmeno esistere?

NEWTON COMPTON EDITORI

Robert Bryndza

La ragazza nell'acqua

Volume di 384 pagine

Il detective Erika Foster ha appena ricevuto una soffiata che le indica il luogo in cui è nascosta la prova per sventare un grosso traffico di droga. Seppure sospettosa, ordina la perquisizione di una cava in disuso alla periferia di Londra. Quello che non si aspetta è che, scavando nel fango, oltre alla droga venga ritrovato un piccolo scheletro, subito identificato. Si tratta di Jessica Collins, scomparsa ventisei anni prima all'età di soli sette anni. Il caso fece un grandissimo scalpore e il mistero dietro la scomparsa di Jessica non venne mai risolto. Cominciando a indagare grazie alle nuove prove, Erika si addentra in un caso difficilissimo, in un costante alternarsi di passato e presente. Dovrà fare i conti con i segreti della famiglia Collins, i rimorsi del detective divorato dal senso di colpa per non aver mai ritrovato Jessica, e un altro omicidio avvenuto vicino alla cava. Chi conosce la verità? E perché qualcuno non vuole che il caso venga finalmente chiuso?